U0466761

叶辛传

Yexin Zhuan

时代出版传媒股份有限公司
安徽文艺出版社

林影简介

　　林影（本名张华），上海市作家协会会员、上海电影评论学会会员、上海微电影评论学会会员，供职于《文学报》社。

　　作品有文学评论、电影评论、散文诗、小说等，散见于国内外报刊。著有散文诗集《风吟花语》、电视剧剧本《谍网斗》（与叶辛合作）、长篇传记文学《叶辛传》。多篇散文诗被收入历年"中国年度最佳散文诗年选大系"。

叶辛传

Yexin Zhuan

林 影 ◎著

时代出版传媒股份有限公司
安徽文艺出版社

图书在版编目(CIP)数据

叶辛传/林影著.—合肥:安徽文艺出版社,2017.8
ISBN 978-7-5396-6169-8

Ⅰ.①叶… Ⅱ.①林… Ⅲ.①传记文学-中国-当代 Ⅳ.①I25

中国版本图书馆 CIP 数据核字(2017)第 180731 号

出 版 人:朱寒冬	策　　划:岑　杰
责任编辑:韩　露	装帧设计:徐　睿

出版发行　时代出版传媒股份有限公司　　www.press-mart.com
　　　　　　安徽文艺出版社　　www.awpub.com
地　　址:合肥市翡翠路 1118 号　邮政编码:230071
营 销 部:(0551)63533889
印　　制:安徽联众印刷有限公司　(0551)65661327

开本:700×1000　1/16　印张:24.25　字数:350 千字
版次:2017 年 8 月第 1 版　2017 年 8 月第 1 次印刷
定价:48.00 元

(如发现印装质量问题,影响阅读,请与出版社联系调换)

版权所有,侵权必究

▼ 16岁的叶辛

▲ 1962年戴上红领巾的叶辛

红领巾的叶辛摄于一九六二年

▲1979年1月，叶辛和妻子王淑君新婚留影

▲叶辛一家人在黔东南苗寨

▲叶辛

▲1981年在猫跳河畔小屋内拆阅从全国各地寄来的读者来信

▲1982年秋天《蹉跎岁月》轰动全国,导演蔡晓晴和叶辛一起来到砂锅寨拍摄《叶辛和"蹉跎岁月"》专题片后在山巅上留影

▲叶辛与巴老合影

▲叶辛和南斯拉夫作家在一起

▲叶辛和比利时作家在上海作协爱神花园

▲俄罗斯文学院院长向叶辛赠送普希金画册

▲叶辛和德国汉堡文化局馆员互赠礼品

▲本书作者林影与叶辛在他插队落户的砂锅寨旧居前合影

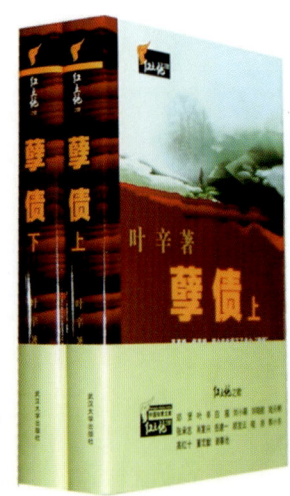

▲《孽债》的各种版本

▲《蹉跎岁月》的各种版本

▲《家教》的版本

▲叶辛长篇小说精品典藏（8卷）

▲《圆圆魂》手稿

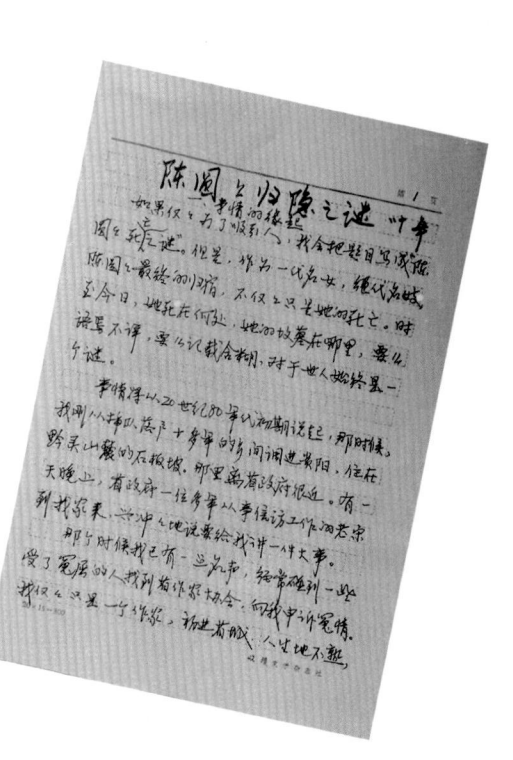

目　录

追　梦

第一章　一个追梦的少年，却有着一副沉重的翅膀
　　外婆的心愿／003
　　家道中落／005
　　小书迷／007
　　成了被"挽救"的对象／013
　　"逍遥派"／017

第二章　从狂热中走出，却又陷入了迷惘的痛苦中
　　一片红／026
　　初到山寨／033
　　艰苦的山乡劳动／038
　　拖煤船／041
　　迷惘／044

第三章　在山寨里，爱情生长得如此之慢
　　爱情萌动的探亲／048
　　爱的小路／053
　　在湘黔铁路工地上／055
　　点亮梦想之火／059
　　苦苦的思念／062
　　未婚妻工作之后／064

第四章　遥远的文学梦，艰难的追梦旅程
　　与命运抗争／072

山乡小学校 / 077

　　暗自发力 / 082

　　退稿风波 / 084

　　放牛 / 088

　　在孤独蚕食的日子里 / 090

　　大雨冲塌了茅草屋 / 096

第五章　《高高的苗岭》让他敲开了文学之门

　　土地庙里的创作 / 099

　　上海改稿 / 106

　　一波三折的《火娃》剧本改编 / 114

　　陪谢飞走四大寨 / 124

　　突然中断了拍摄 / 129

　　敲开了文学的大门 / 132

第六章　初涉文坛，上下求索

　　《我们这一代年轻人》：文学新起点 / 137

　　走上了不归路 / 141

　　《风凛冽》：又有了新进步 / 145

从《蹉跎岁月》到《孽债》

第七章　《蹉跎岁月》让他成了知青文学的代言人

　　难忘的长篇小说座谈会 / 151

　　《蹉跎岁月》让他一举成名 / 159

　　电视剧《蹉跎岁月》轰动了全国 / 171

第八章　当选全国人大代表之后

　　踏上荣誉的阶梯 / 181

　　突如其来的惊喜 / 185

　　柴房里的呼救 / 189

　　走进生活 / 192

第九章　牛刀小试，《山花》赚得钵满盆满

　　中国最年轻的主编 / 198

　　培养民族作家 / 203

　　《山花报》赚大了 / 206

第十章　《蛊》事件，让他再次尝到了挫折的滋味

　　风雨骤起的《蛊》事件 / 210

　　省委领导出面平息事端 / 215

　　风波再起 / 221

第十一章　呼唤主体意识觉醒的《家教》

　　转向婚恋题材 / 225

　　窥视家庭伦理关系的变化 / 228

　　呼唤城市主体意识的觉醒 / 231

　　《家教》又获"飞天奖" / 234

第十二章　21年，生命的曲线画了一个圈

　　33次的请调 / 239

　　不同寻常的五年 / 243

　　中央党校充电 / 247

　　艰难的回归 / 251

第十三章　《孽债》——还不清的感情债

　　一个时代的孽债 / 256

　　多线索的《孽债》创作 / 266

电视剧《孽债》又一次轰动了全国 / 270

由《孽债》引发的故事和《孽债2》/ 278

跨　越

第十四章　两副目光看世界

　　两种生命的环 / 283

　　两副目光 / 286

　　春晖行动 / 289

第十五章　一片哗然的《华都》

　　一座城市的百年沧桑 / 292

　　当代人的心灵史 / 295

　　《华都》的纷纷扰扰 / 297

第十六章　《客过亭》为知青文学画了一个圆

　　一本知青名册引发的故事 / 300

　　一个等待已久的开头 / 303

　　沉重的心灵之旅 / 307

　　《客过亭》引发作家和评论家的高度关注 / 309

第十七章　井喷式的创作晚年

　　《安江事件》：一个作家的良心 / 318

　　《问世间情》：问世间情为何物 / 321

　　中央文艺座谈会：总书记激励继续创作 / 324

　　《圆圆魂》：揭开陈圆圆归隐之谜 / 331

　　《古今海龙屯》：探寻土司王朝的秘密 / 334

第十八章　叶辛在世界
　　作品翻译成了多国文字 / 339
　　《孽债》在越南 / 341
　　《孽债》在澳洲 / 345
第十九章　叶辛的名字成为一张文化名片
　　叶辛文学馆 / 351
　　叶辛书屋和叶辛阅览室 / 355

　　附一：伟大作家的名字是写在人民心坎上的（叶辛对谈录） / 359
　　附二：叶辛作品目录 / 369
　　后记 / 377

追　梦

　　萌生在童年的梦想种子，与他一路相依相伴，无论岁月如何艰苦，梦始终顽强地在心里生长。

　　在那山也遥远、水也遥远，道路也是十分遥远的山寨里，苦难、劳累、失败和孤独伴随了叶辛如金似玉的青春岁月，在那个瘦弱的生命里，有一种坚硬的东西，支撑着他成了叶辛。蹉跎岁月，中国却出了叶辛这样一个人。

　　叶辛是一个格外引人瞩目的作家，一个叱咤中国文坛40年的作家，他生长在上海的大都市，却"从山沟里崛起"。

第一章
一个追梦的少年，却有着一副沉重的翅膀

　　梦想的翅膀，在叶辛幼小的心灵里不经意地生出了,却在经意地生长着,是时代的眷顾,还是他自身的坚强？这副稚嫩的翅膀历经凄风苦雨,竟然没有被折断,反而越打击越坚硬,后来终于扶摇而上,搏击长空……

外婆的心愿

　　1949年10月16日清晨,天刚蒙蒙亮,上海城隍庙附近的一条旧式弄堂深处,传来一声"哇哇"的婴儿啼哭。襁褓中的婴儿,并不知道这是开埠只有100来年中国最繁华的城市,他更不知道这时新中国才刚刚成立半个月,5个月前刚进入上海南京路的解放军,已经将五星红旗插在了上海外滩的一幢幢大楼上。

　　上海解放了,新中国成立了,人们走出了战争的恐惧,无比兴奋。南京路、淮海路等一些街道上到处彩旗招展,锣鼓喧天,满街都是花儿一样盛开的笑脸,全上海的市民都拥挤在大街上,游行队伍浩浩荡荡,大家庆祝战争结束有了新生活,庆祝打跑了外国列强、战胜了国民党军队,庆祝中国人甩掉了东亚病夫的帽子,中国站在了世界之林。

　　对于世上的一切,他全然不知,一片混沌,只知道放声大哭,以他的哭

声,来表达他对这个世界和这个城市的陌生。

外婆给这个嗷嗷待哺的婴儿起名叫叶承熹,"承熹"与"承袭"谐音,这个名字寄托了外婆继承祖业、光宗耀祖、保持家族恒久的愿望。外婆有两个女儿,一个儿子,子孙后代满堂,不知道为什么却单单将她的愿望直接写进了这个婴儿的名字里。这个承担着外婆殷切期望的名字用了二十多年,直到27岁那年,他出版了人生的第一本书,感叹自己生活和创作之路走得太艰辛、太曲折,将自己的名字改成了叶辛。

如今记载叶辛生命初始的城隍庙附近的旧式弄堂,早已经改头换面地变成了高楼林立的商铺,再也找不到六十多年前旧式弄堂的踪影了,但是上百年的繁华依然在那一带沿袭,热闹也是依然如故。

20世纪40年代,城隍庙是上海的市中心,它代表的是真正意义上传统的上海。

每逢过年过节,婚丧嫁娶,沪上的高官富贾,凡是有钱的人家,都会络绎不绝地来到城隍庙上香烧纸,祈求神的保佑庇护。也有贫苦的人家,前来祛病消灾,或是托一些神的福气,企图斗转星移,能让自己的命运突然一变。

每年正月十五灯会时节,更是城隍庙最热闹的时候。大大小小、稀奇古怪、各式各样的彩灯挂满了城隍庙,不管远近,上海的老老少少都赶来看灯。拥挤的城隍庙变成了人山灯海,上海一年的热闹,都集中在了正月十五的城隍庙里。

城隍庙的热闹,要追溯到清朝同治年间。那时,城隍庙离上海县衙门很近,离城隍庙不远的大东门、小东门、外马路、董家渡附近是上海最繁华、最热闹的地方,码头林立,货栈、钱庄、酒楼、集市都集中在这里,一条小小的弄堂,就会有八九家钱庄。小东门还有一幢有名的迎春楼,常有身穿长袍马褂的有钱人在楼上抽大烟、玩妓女,寻欢作乐。迎春楼外面的马路上,南来北往的马车会叮叮当当地穿梭在热闹拥挤的人群之中。

城隍庙附近的各条老街,都是五方杂处的沿街铺子,各式各样的小商品琳琅满目，客来人往，熙熙攘攘，"卖白兰花""卖梨膏糖"的叫卖声，会走街串巷地传到弄堂深处。

在20世纪40年代，这些弄堂就是上海的市民生活区域，是老百姓居住的地方。

这个小生命的到来，给这个殷实富裕的家庭，不只带来了欢乐和喜气，更带来家族兴旺的希望，外婆更是欢天喜地地迎接他。刚刚走出战争的中国人，还活在战争的阴影里，觉得只有人丁兴旺，家庭才有希望。

叶辛是父母的第十一个孩子，他的父母共生了十二个孩子，夭折了八个。叶辛出生的那年，上面只有一个17岁的哥哥和一个12岁的姐姐。

新中国成立前，做父母的都要承受特别多的苦难。那个年头，医疗条件很差，一场感冒也会夺走一个孩子的生命，再加上逃难、战争，小孩的存活率低得吓人，命大的能活下来，命小的也就夭折了。

痛失爱子，对于父母而言是一场巨大的灾难，多次经受这种乱箭穿心的痛苦，再坚强的心也会破碎。所以叶辛的出世，给父母带来了一份喜悦，也同时带来了一份担忧。

叶辛的母亲，是江苏昆山一户地主人家的千金小姐，外公做渔业生意发了财，在昆山乡下购置了家业，将儿女们带到了上海上学居住。

母亲成家后，遗传了外婆的基因，将日子安排得井井有条。

在城隍庙附近居住的日子里，幼小的叶辛虽不曾留下什么记忆，但那是他一家人最幸福的时光。

家道中落

人的命运，总与一些人和一些事有着密切的关系。

外公家住在江苏昆山,是上海嘉定与江苏你中有我我中有你的插花地带,那里濒临太湖,气候潮湿温润,雨水丰沛,从没有因为旱涝歉收过,又是农业与渔业兼得,是一个有名的富庶之地。

土地和房产是生存的最基本保障,外公做渔业生意发家以后,有钱就买地置房,他置良田近600亩,算得上家大业大的大户人家。外公创立了家业,却没有好好享受,39岁那年患肺病早早辞世,留下外婆叶氏孤儿寡母地独自支撑这个大家。外婆是一个精明能干的人,她除继续经营渔业生意以外,还顾了长工短工,耕田种稻,春播秋收,维持着家族外表繁盛的势头。可是她万万没有想到,会有一场灾难猝不及防地悄悄降临,使叶家从此发生了根本性的逆转,每况愈下,并一发而不可收。

外婆有两个女儿,一个儿子。儿子小时候明眸皓齿,天资聪颖;两个女儿天生丽质,楚楚动人,都有一双迷人的大眼睛,秀丽而又明澈。靠着外公留下来的家业,一家人过着富足的日子,儿女们无忧无虑地成长。外婆没有料到原本很好的命运,却被儿子的一场大病给摧毁了。

舅舅9岁那年,突发高烧,几天几夜的高烧,烧得舅舅直迷糊。外婆焦急地四处求医,可是使医用药,高烧就是不退。后来听说有一种金药可以医治舅舅的病,外婆千方百计买来给舅舅治病。果然舅舅服了金药之后,高烧迅速退去,不知是连续高烧不退烧坏了脑子,还是金药退烧太快,物极必反,这场高烧之后舅舅就神经错乱,从此变成了一个说胡话、不认人、干傻事的疯子,而且疯疯癫癫一辈子,终生不愈。

小时候,叶辛最怕有精神病的舅舅,他一发病,瞪着一双直呆呆的大眼睛,乱砸东西,还念念有词地胡言乱语,发起疯来什么糊涂事都做得出。叶辛每次看见他,都觉得不寒而栗。

孟子说:"不孝有三,无后为大"。外公早逝,舅舅是外婆家唯一的男丁,如今舅舅疯了,叶家无以传宗接代,沿袭家火,对外婆来说,这可是塌了天的大事。舅舅的病,让外婆心如刀绞,伤心欲绝。

外公虽然走得早,但给叶家留下了富足的家境,够一家人享受几辈子,外婆要强、精明、能干,保持了叶家在当地的家族体面。凭着两个女儿的美貌和富裕的家底,外婆非要让两个女儿招上门女婿,她把传宗接代的重担放在了两个女儿身上,对上门求亲的人提出要求,就是将来的后代都要姓叶,她不能让叶家在她手上断了香火!

那时候,中国人的思想很保守、很封建,如花似玉的姑娘哪个不喜欢?可是要后代姓娘家的姓,很多人却摇头怯步、敬而远之了。也许父亲和姨父心里也挣扎过,但是为了获得这两个既美貌如花又知书达理的姑娘的芳心,他们冲破了封建思想的樊篱,都答应了外婆的要求,所以外婆两个颇有姿色的女儿,在兵荒马乱的年代里也都嫁了如意郎君。

大女儿就是叶辛的母亲叶清华,新中国成立后做了小学教师。叶辛3岁的时候,妹妹才1岁,父亲就已撒手人寰,母亲一边教书,一边带着儿女们生活,十分劳苦。患精神病的舅舅时常还给小小的家庭制造一些诸如"走失"、夜不归宿之类的事端,给一家人生出了不少烦恼。

小书迷

20世纪50年代初,叶辛的家搬到了离新中国成立前叫"跑狗场"、新中国成立后改称"文化广场"很近的永嘉路上,与城隍庙附近比起来这里显得幽静多了,清静的街道里很少有车辆经过。

一天,永嘉路上突然停满了各种各样的汽车,车上插着黑色旗帜,旗帜上面还绣有列宁和斯大林的像。他那时并不知道列宁、斯大林是何许人也,但一种直觉告诉他,那是一个大人物过世了。

这是斯大林逝世时的追悼纪念,给幼年时期的叶辛留下了极其深刻的印象。这一年,叶辛4岁。

7岁那年,叶辛背着小书包,被母亲领进了家对面的一所小学,这所小学的名字叫中国小学,这座以"中国"命名的小学,让叶辛一直引以为豪。

离永嘉路不远有一条肇嘉浜河,让城市的孩子有了与水亲近的机会,孩子们常常在这条肇嘉浜河里玩得像过节一样热闹。

永嘉路附近的弄堂和肇嘉浜河,都是孩子们的天地。在那里,叶辛度过了快乐的童年时光。

少年时代的叶辛,并不是一个乖孩子,与现在温文儒雅、文气十足的叶辛判若两人,毫不沾边。少年时,他聪明、顽皮、爱跑、爱跳、点子特别多。

胳膊一般粗的楠竹,小伙伴们你看我我看你,谁都不敢爬,转眼之间叶辛已经爬到竹梢,小伙伴个个瞠目结舌,为他担惊受怕,他却朝着下面做鬼脸,一副其乐无穷的样子。三米多高的围墙,"咚"地一下就跳下来,跳得脚底板生疼,当小伙伴们担心地围过来时,他却没事人一样爬起来就走。

炎热难耐的暑假里,叶辛与好多弄堂里的孩子一起,不是在弄堂里打弹子球、飞香烟牌子、打康乐球、抽转轴儿、滚铁环,就是到绍兴路的小花园去抓蝉、斗蟋蟀、爬树、玩"官兵捉强盗"的游戏,要不就是穿过襄阳南路或是岳阳路泡在肇嘉浜河里游泳。儿时的叶辛,疯玩无度,不亦乐乎,常常令母亲找不见踪影。

去肇嘉浜河里捉小鱼、抓螃蟹,是少年时代叶辛最快乐的事了。那时的肇嘉浜,并不是现在绿荫成林、人来车往、热闹拥堵的大马路,而是一条肮脏的河,常年污泥淤积,无人治理,渐渐变成了一条又深又臭的臭水沟,大人们走到这里,常常掩鼻而过,而这里却成了他和那些小伙伴夏天里消暑的好去处,成了他们真正的儿童乐园。

一帮孩子下到河里去,就在混浊的水里乱扑腾,顿时搅得河水乌黑,鱼啊、虾啊就被呛得往水面上跳,小伙伴们一起上阵,有时还会抓到螃蟹和泥鳅。抓住这些小生灵,孩子们幼小的心灵里就会油然生出某种成就感,这使他们快乐无比,哪里知道这快乐的背后也常常会隐藏着某种危险,有一次叶辛差点为此丢了性命,从那以后母亲就不许他再去肇嘉浜河了。

那是一个炎热的夏天,太阳火辣辣的,烤得人喘不过气来。叶辛又与一帮小伙伴从永嘉路一溜烟地穿过岳阳路,来到肇嘉浜河去捉小鱼,他们乱哄哄地下了水,一个个瞪大了眼睛,紧盯着小鱼,非要捉住它们不可。叶辛不知不觉半个身子陷进了稀烂的污泥中,他顿时吓得脸色发青,两只小手胡抓乱扑腾,可是双脚却死死地陷在淤泥里,越陷越深,怎么挣扎也出不来,吓得他"哇哇"大哭起来,同去的小伙伴也吓得大声尖叫。他们的哭喊声引来了一位过路的大哥哥,这位大哥哥是弄堂里的高中生,他一眼看见深陷污泥中的叶辛,就迅速跑过来使劲地把他从泥坑里拔了出来。妈妈刚给换上的新衣服糊满了臭熏熏的泥巴,第一天穿上的一双新布鞋也陷在了污泥之中,再也拿不出来了。

叶辛光着脚,穿着一身臭熏熏的新衣服,直到黄昏也不敢回家,害怕母亲看到自己泥猴一般的模样,会气得摸一根棍子朝自己的屁股上狠打,打得皮开肉绽。

天渐渐黑下来了,叶辛还待在弄堂口不敢回家。黑漆漆静悄悄的弄堂有些恐怖,吓得他"哇——"地大声哭了起来。母亲听到了他的哭声,赶忙跑出来,见他赤着双脚、满身脏兮兮的,把他领回家去,自然少不了一顿严厉的教训,再也不准他去河里玩了。

不能去肇嘉浜河捉小鱼了,生活失去了不少乐趣。但是,对于孩子们来说,生活再贫乏也能不断地找到好玩的东西,所以很快另一种乐趣又悄然生长于叶辛的内心,他喜欢上了看书,小人书一本接一本地读起来。

有一次,叶辛看到了一本《儿童时代》,这本书里有故事、有寓言、有谜语、有小游戏,图文并茂,引起了他极大的好奇心,他翻来覆去地看这本书,津津有味地做上面的小游戏,挖空心思地猜那上面的谜语,从这本薄薄的书上,他知道了世界上还有那么多的高山、大海、冰川、河流。

呵,原来世界这么大!原来看书能晓得那么多东西!书本真是太有趣了!从此,书像磁石一样吸引着他,每见到一本书他就如饥似渴地读起来。

三年级时,《中国少年报》上连载了陶承的文章《我的一家》,老师利用每星期的周会课给学生念一节,边念边讲解,生怕大家不能理解。这篇文章吊了叶辛的胃口,撩拨了他的阅读欲望,他觉得老师每周一节的速度实在太慢了,就用平常省下的零用钱去书店也买了一本《我的一家》。每天放学回家,他就抱着这本书读,里面有很多生字,他连读带猜,囫囵吞枣地读完了。

叶辛开始一本一本地找书读,每读到一本好书,他就兴奋好几天,兴致勃勃地讲给小伙伴们听。书中一个又一个扣人心弦的故事深深地吸引着他,他把课余时间全部扑在了书本上。爱上读书以后,弄堂里小伙伴们玩游戏的热闹喧哗声再也听不到了,滚铁环、踢足球、打弹子的声音也不再惹得他心里痒痒了,他不再像以前那样顽皮了,也不爱扎堆凑热闹了。

1960年暑假里,学校开展红领巾读书活动,每个班级都分到了好多书,只要如期归还,可以同时借几本。暑假前夕,叶辛抱回家一大摞书,暑假的每天早晨他都坐在阳台上读两三个钟头。

嘀!书籍里的东西太新奇、太奇妙了!那个卖火柴的小女孩,赤脚站在冰雪里多冷啊,他的爸爸妈妈和外婆都死了,她多么孤单、多么饥饿啊;灰姑娘与白马王子的爱情故事真是神奇又浪漫;原来自己生长的上海是东方一个最美丽的大都市;原来黄浦江是从吴淞口流入了浩瀚的东海……一个暑假,他渐渐地脱离了顽童的行列,读了好多书,长了不少见识,这个暑假他过得非常快乐。暑假结束的时候,他已经成了一个地地道道的小书迷,书成了他形影不离的好朋友,他对很多玩的兴趣渐渐淡去,而读书的兴趣却与日俱增。

书本教给了叶辛很多东西,他开始注意自己周围的一切,学会观察世界了。他亲眼看到茅盾《子夜》中老太爷乘船从苏州来到上海花花世界的那条美丽绵长的苏州河,河水变得黏稠污浊,走近河岸还有股难闻的腥臭味,而贫困的船民们在舱板上吃着一碟咸菜,喝着酒,哼着苏州小调,却是一副快乐的样子。与同学们一起去上海郊区学农,路过当时还是乡下的龙华时,满眼金黄的油菜花,像一块艳丽的地毯铺展着,他兴奋极了。

书读得多了,叶辛幼小的心里,开始生出五光十色的梦,美妙的梦想一个接着一个。他幻想着长大当一个飞行员,驾着飞机在高远浩瀚的天空里无拘无束,任意飞翔驰骋,俯视地球上目光所及的每一个角落;他幻想着长大当一个海员,在惊涛骇浪的大海里航海远行,越过太平洋、大西洋、印度洋、地中海,到大洋彼岸去看看另一些陌生的国度;他想当一个登山运动员,到珠穆朗玛峰上去看看晶莹剔透的雪山冰川,看看这个世界的制高点;他还幻想着长大当一个司令官,像威武、神气的夏伯阳那样一声令下,千军万马奋勇而上,英勇杀敌⋯⋯许多离奇的、荒诞的梦想不断在他内心膨胀着、跳跃着、破灭着、变幻着。

有一天,叶辛捧着高尔基的《童年》,沉浸在书中阿廖沙悲惨的童年生活中,心情久久不能平静。《童年》的主人公阿廖沙4岁丧父,他跟随悲痛欲绝的母亲到专横的、濒临破产的小染坊主外祖父家,外祖父性格暴躁,经常痛打外祖母和孩子们,有一次竟把阿廖沙打得失去了知觉,后来大病了一场。勤劳善良的外祖母处处护着他,还常常给他讲神话故事,潜移默化地教他做一个不向丑恶现象屈膝的人。自私的米哈伊洛舅舅和雅科夫舅舅,他们贪得无厌,为了分家产,常常争吵不休。朴实的小茨冈(伊凡)深爱着阿廖沙,每次都用胳膊挡住外祖父打在阿廖沙身上的鞭子,自己却被抽得红一块肿一块的,强壮的他后来却在帮二舅雅科夫抬十字架时给活活地压死了。可怜的格里戈里为外公干了一辈子活,当他双目失明丧失劳动能力时,却被外公赶出染坊,流浪街头乞食为生。从这本《童年》中,叶辛仿佛亲眼看到了发生在这个俄罗斯小市民家庭里残忍的一幕又一幕:父子兄弟间为了分家,吵架斗殴,甚至打得头破血流;米哈伊尔舅舅为了寻开心,竟用烧红的顶针捉弄老匠人格里戈里;母亲跪在地上请求继父不要在外面鬼混,继父却用他穿着靴子的脚狠狠地踢她的胸部；外公不但残酷剥削工人，而且六亲不认，最后把老伴与外孙赶出了家门，让他们自谋生路。叶辛暗自思忖着：那些发生在外国的事情，历历在目，竟像看见过的一模一样。他觉得阿廖沙像是弄堂里的一个同伴，就在自己的身边。他抚摸着书的封面，第一次感到写这本书的这个额头耸起的外国老头儿是那么了不起，因为他写出的书感动了他这个中国小孩子。

再仔细端详这外国老头儿的相貌，叶辛突然觉得似曾相识。在哪儿碰见过这个人呢？想了半天，总算想了起来，是在上海市少年宫的阅览室里，这个人的像画得好大，和鲁迅先生的像挂在一起。

就在那一刻，叶辛的心像是被什么东西撞击了一下，在他稚嫩的心灵里，又默默地生长出了一个美妙的梦想，并燃起了金灿灿的梦境：我长大了，也要当一个写书的人，要去感动那些读我书的小孩子。

哦，一个多么美好而又遥远的梦！

这个愿望，叶辛没有对任何人说，悄悄地把它埋在了心底。潜意识的梦想，往往决定着一个人日后的走向，预设着一个人的未来前景。读书，让少年时期的叶辛生出了色彩斑斓的梦境，又引导他去五颜六色地幻想着，正是这些幻想和童年时期细枝末节的经历，无意中给了他实现梦想的原动力，影响了他的一生。

书、梦、聪明、爱思考，这些杂七杂八的东西同时作用于少年时期的叶辛。

梦想的翅膀就这样不经意地生出了，就连叶辛自己也没有想到，这个儿时的梦想，在若干年后真的变成了现实，他成了全国著名的作家，写作成了他一辈子都为之奋斗的事业。

成了被"挽救"的对象

　　1965年9月,叶辛踏进了初中二年级。这一年,他获得了全校作文比赛二等奖,享受到学校图书馆借书不受限制的优待,别提多高兴了,他经常一借就是五六本书,能读到那么多书,真是快乐极了!

　　读书让叶辛有了梦想,有了动力,他觉得牛顿所说的那只上帝之手,在使劲地推动着他,引导着他,改变着他。他心无旁骛,两耳不闻窗外事,一心只读圣贤书,沉浸在书中的世界里,沉浸在学习的快乐中,学习成绩名列前茅。

　　随着年龄的增长和阅历的增加,叶辛的许多梦想和想法都渐渐地自生自灭,找不到踪迹了,但是想当作家的梦想非但没有泯灭,而且像一颗种子一样种在了他的心里,慢慢生根发芽,越长越大了。他书读得越多,这种想法就越强烈,后来居然像着了魔一般梦寐以求地想当作家。为了当作家,很多班里的活动他都不怎么热心了,一心一意地读书、记笔记,执着地坚持着自己的理想。

　　一天,叶辛兴致勃勃地向几个同学表露了心迹。"哼!还想当作家?"同学们嗤之以鼻,都拿着批判的眼光来打量他,没有人相信。不料,他的这个想法,很快就传到了老师的耳朵里。

　　本来一个十四五岁的少年,对未来不知天高地厚、上天入地地瞎懂憬和幻想一下,没什么大不了的。反过来说,学生对未来有一些愿景,还可以增加学习动力和学习兴趣,并非是一件坏事。但是老师却从他这个想法中,发现了他思想深处的资产阶级名利观。小小的年纪,就一心想成名成家,这简直就是一棵资产阶级的歪苗子!这是多么严重的思想问题?需要进行严厉地教育和"挽救"才行。

平时,班主任老师喜欢把学生划分成左、中、右三类人,都是根据学生的家庭出身、对学校班级的活动是否积极、尤其是对她的态度是否让她喜欢来划分的。在她的眼里,经常参加歌咏比赛为班级争光的、主动大扫除让班级干干净净的、会出黑板报能展示班级风采的,当然还要出身好不给班里抹黑的,才是她心目中的好学生。叶辛只知埋头读书,认真学习,虽然学习成绩鹤立鸡群,却很少参加班级的活动,又根不正苗不红,像他这样的学生,怎么能讨得老师的喜欢?

叶辛不知不觉成了老师和同学眼里"走白专道路"、思想有问题的坏学生,成了全班"挽救"的对象。这突如其来的打击,让他目瞪口呆。

一天,叶辛趴在课桌上津津有味地读着一本外国小说,漂亮的女同桌歪过头来一看,气冲冲地指着扉页上的作家肖像,教育他道:"你看你借的这些书,不是大胡子,就是秃头顶,不是长头发,就是戴着深度近视眼镜,一个个都像牛鬼蛇神、妖魔鬼怪!整天看这些个书,你的思想怎么会好?你就抱着书本走白专道路吧!"

"你一个丫头片子懂什么?牛鬼蛇神你又没见过,你怎么知道牛鬼蛇神长成啥模样?你知道什么是白专道路?其实,我不光看托尔斯泰、屠格涅夫、巴尔扎克、法捷耶夫、莫泊桑的书,我也看柔石的书,柔石还是共产党的烈士呢!"两人争吵得面红耳赤,闹得很不愉快,叶辛掏出粉笔在课桌中间狠狠地画了一条白线,表示从此断绝关系,互不来往。

叶辛始终想不明白,读书可以懂得那么多东西,而且读书给他增添了很多快乐,又不妨碍别人,怎么就成了一件坏事呢?他从小就有一股子牛脾气,认准了的事九头牛也拉不回来,哪肯轻易放弃他的作家梦?他真的是无可"挽救"了,一头钻进了书本里,任凭别人怎么说,就是置之不理,继续读他的书,而且越读越凶,只要能借到的书,他无一不读。

劝告和"挽救"并没有真正挽救叶辛的思想,反倒给了他一种警示,那就是:说话、做事都要谨慎小心,万万不可乱说话,一不小心就会惹出麻烦,那是要挨批评的,严重的还要遭到批判哩。

但是,叶辛已经喜欢上读书了,一看到书心里就痒得慌。书本让他开阔了视野,让他知道了无数奇妙的事物,让他看到了丰富多彩的大千世界。许多名著中,都有好多精彩的景物描写、人物刻画,他不厌其烦地记录了一本又一本。许多让他心灵为之震撼的格言警句,启迪着他的心灵和智慧,他把这些精彩的句子记在日记本上,经常翻读,并且铭刻在心。

书读得多了,叶辛的作文文笔流畅、语言优美,写得洋洋洒洒,两节作文课他常常只用一节就写完,把另一节省下来看书。有一次,他与坐在后面的唐刚毅同学打赌:"这个作文本我一篇作文就可以写完。"唐刚毅睁大了眼睛,摇着头不信,"你不信我就写给你看。"果然一堂作文课下来叶辛把作文本写了个精光,唐刚毅不得不口服心服。

叶辛的逞强,很快得到了惩罚。作文发下来,叶辛瞄了一眼女同桌的分数是95分,再赶忙打开自己的作文本一看,只有75分。叶辛惊呆了,他在心里不服气,写了一大本的作文竟然还不如一篇150字的作文分数高!老师在评语中写道:都像你这样写作文,全班那么多学生,我哪能来得及看?原来老师是嫌他写得太多、看起来麻烦!老师这一句变相的批评,使他感受到一种轻视、一种不被尊重的侮辱,让他觉得一个少年刚刚建立起的自尊轰然倒塌了。由此,他与老师之间产生了抵触情绪。

叶辛在心里问自己:我是个坏孩子吗?我不是,我诚实守信从不撒谎,我从不阿谀奉承从不拍马溜须,而且我学习成绩还名列前茅呢,我不是个坏孩子!我只是不人云亦云、有一些独立见解罢了。我要做老师眼中的好学生吗?他听见自己的心在回答:我要做自己心中的好学生!

这些思索,让少年叶辛更加我行我素、离经叛道了。

叶辛确实已经脱离了当时正常学生成长的轨道,人家长大了想当工人、农民、飞行员,想当兵保卫祖国的边疆,唯独他想当作家。在老师和同学的眼里,他是一个另类学生,是走在成名成家白专道路上的问题学生,是有着严重思想问题病入膏肓的病人,而且已经到了危险的境地,甚至无可挽救了。大家开始另眼看他,冷淡、孤立和讽刺包围着他,这让他非常孤独和痛苦。

痛苦催生了反思,叶辛不断地在心里思考着、追问着:想当作家为什么就是资产阶级成名成家的思想?鲁迅写了那么多书,他是无产阶级的作家还是资产阶级的作家?无产阶级的作家和资产阶级的作家又有什么不同?什么是"白专道路"?难道不读书、参加活动凑热闹就是又红又专了?读书有什么错?到底是我有病,还是他们有病?很多问题困扰着他,他苦苦思索着,不得而知。

也许,老师的批判和忠告对他这个十四五岁的孩子而言,还没成熟到完全理解的程度;也许,他读书读多了,真的不小心误入了歧途。反正,叶辛越想越想不通,越想越觉得自己没有错。多年以后,他才明白不是他有病,而是那个时代病了。

爱因斯坦说:"人只有献身社会,才能找出那实际上是短暂而风险的生命的意义。"

奥斯特洛夫斯基在《钢铁是怎样炼成的》一书中写道:"人最宝贵的是生命,生命属于人只有一次。人的一生应该这样度过:当他回首往事时,不会因为虚度年华而悔恨,也不会因为碌碌无为而羞耻。这样,临终前他就可以自豪地说:我已经把自己整个生命和全部精力都献给了世界上最壮丽的事业——"

……

叶辛并没有摁下自己成名成家的念头,反倒在痛定思痛之后,他更加坚持自己的梦想了,既然选定了目标,就要咬定青山不放,他用这些名人的语录来激励自己,让自己重新坚强地站起来。在他真正走上文学道路之后,他才明白少年时期的作家梦和那一次又一次的坚持,对他来说不但正确,而且特别重要,它不但成为日后下乡十年的精神支撑,更重要的是它成了他黑暗中的一盏明灯,使他朝着这个方向努力,再努力。

与其他孩子相比,叶辛过早地成熟了。十六七岁的他已经在准备走向社会,独立生活了,他开始在心里默默地设计自己的前途,上完初中上高中,高中毕业考大学,而且一定是文科大学,大学毕业以后,争取能实现自己的理想,当一名作家,写出很多好书。

叶辛急切地盼着自己快快长大,他要投身到广阔的社会生活去,他要朝着自己的梦想奔跑。可是,不久后爆发的一场轰轰烈烈的"文化大革命",让中国的一切都脱离了正常轨道,他稚嫩心灵里的所有梦想和那些不成熟的人生规划也被这场疾风暴雨统统摧毁,人生的一切都成了把握不定的未知数。

"逍遥派"

1966年6月,一场"红色风暴"席卷了整个中国。一时间,工厂停产、学校停课,全国各地一片混乱,将要毕业的66届也无法正常毕业了,大家都留在学校里闹革命。

一开始,叶辛和许多同学一样,怀着一颗虔诚的心,狂热地投身到"文化大革命"的洪流中去。大家在学校看大字报,抄大字报,写大字报,到处张贴大字报。每次最高指示和《红旗》杂志社论发表以后,他们热情高涨,振臂欢呼。一辆又一辆敲锣打鼓的宣传车开过,宣传单像雪片一样飞扬,大伙就跟着宣传车后面捡传单,心情亢奋地盼望着中央"文革"的新指示、新消息。

大串联的时候,叶辛与同学一起爬上拥挤不堪的免费火车,去南京参加串联活动。每次看到一个又一个"牛鬼蛇神"被揪出来,心情都很振奋。他情绪高昂地投身于破"四旧"的革命行动中,期待着早日破旧立新,建立一个崭新的世界。多少日子啊,他和同学们兴奋得整夜整夜不睡觉,天天跑到大专院校去看大字报,回到家里就把每天在学校和社会上的所见所闻密密麻麻地记录下来,很快几本四四方方的小本子就写完了,"文革"才过了几个月,日记本已经写了一大摞。

投身这场"伟大的革命",叶辛觉得每天都激情涌动,热血沸腾。

"文化大革命"搞到八九月份的时候,叶辛就读初中的九江中学里,突然从北京来了一帮红卫兵纠察队。他们到上海来煽风点火,一到上海就在九江中学里划分阶级路线,把全校每一个班的同学按出身划成分,工人阶级家庭的、资本家家庭的、职员家庭的、高级职员家庭的、地富反坏右和五类十八种家庭的,都划分得清清楚楚。每天校门口两边各站四个红卫兵,都是红五类子弟,他们每人肩上扛一根体操棒,每个同学进校门,站在校门口的红卫兵都要盘问:"哪个班的?什么家庭出身?"出身好的就放行,出身不好的就被挡在校门外,还发一个通知,勒令他们星期三一定要来复课闹革命。出身资产阶级和地富反坏右的狗崽子们拿到勒令书,只好胆战心惊地在校门口排队。

后来,叶辛看到走资派、地富反坏右等五类十八种人,都被揪着头发,戴着高帽子游街示众,他们佝偻着腰向人民低头认罪。学校的墙壁被造反派砸烂了,教室里学生上课的桌椅被拆毁了,教室门窗上的玻璃也全都敲坏了……他糊涂了,难道革命就是拿着体操棒打人、破坏公物、打语录仗、开辩论会、搞文攻武卫、斗黑七类子弟吗?世上怎么会有那么多的坏人?

沸腾的革命才进行了几个月,越来越多的困惑就塞满了叶辛的内心,一种茫然的情绪不知不觉地向他袭来。叶辛知道那是一个动辄就被打成现行反革命的年代,说错了话是会掉脑袋的,他把这些没有答案的思考,深深地埋在了心底。

几个月来,叶辛亲眼看见了如火如荼的革命中一幕又一幕的闹剧,无不惊心动魄,又无不深深地触疼了他的灵魂,他的革命激情迅速退却,对革命有些惧而远之了。

造反派天天在闹,反对老师,反对校长,反对资产阶级教育路线,打倒走资派,打倒当权派,几乎什么都要打倒。一时间,造反派、保皇派、好派、屁派……众多革命派系如雨后春笋,不断地冒了出来。叶辛无法断定其他派是否正确,但是他觉得造反派肯定是不对的,怎么可以打校长呢?校长有错误也不能逼着他围着火堆子爬啊!

正在叶辛还没有认清革命形势、走出内心的困惑、下定最后的决心参加一个派系的时候,却发现自己居然已经失去了革命的资格。

早年,外公、外婆勤俭持家,过上了荣华富贵的好生活,母亲和姨妈出身高贵,生活富裕,曾引来多少人羡慕啊!而今,时代变了,人们的价值观和是非观都发生了天翻地覆的变化,大地主家庭出身的人变成了社会最大的敌人,革命就是要把他们打倒、批臭、彻底铲除!叶辛心里委屈,自己又没有过一天大地主的好日子,凭什么被划成大地主出身的人?可是"老子英雄儿好汉,老子反动儿混蛋",这已经是一条铁定的定理,外婆已经给自己打上了剥削阶级家庭出身的烙印,就再也没有了资格参加任何革命行动,连保皇派也没有资格参加了。地主阶级的"狗崽子",只许老老实实,不许乱说乱动。置身于这样的乱世,母亲生怕儿女出去惹是生非,就叮嘱他们要多读书,少说话。叶辛与妹妹自知出身不好,都不敢乱说乱动,老老实实当了"逍遥派"。

"革命"的形式,还在往纵深发展,传单、宣言、标语、口号充塞着生活的每一个角落,每天不是高音喇叭宣读"首都来电",就是揭开"事件真相",整个中国变成了纷纷扬扬、吵吵闹闹、打打杀杀的世界。上海乱极了,学校、工厂都成了派战的阵地,有的派系真枪实棍地打起来,场面十分惨烈可怕。

已经半年没有打开课本了,叶辛多么渴望学校复课,再像过去很多人一样上高中、考大学,有个深造的机会啊!

"文革"一直在蔓延,学校复课已经遥遥无期。日复一日的枯燥日子让叶辛十分厌倦,他掉进了茫然和失落的情绪中,觉得自己的理想在破灭,少年花季的大好时光也在被一天一天地蚕食。

弄堂里有许多"逍遥派",有初中生、高中生,还有大学生,一大帮"逍遥派"成了游手好闲的社会闲人。世界一片混乱,一帮十六七岁的小青年,万一盲目地狂热起来,还不知要闹出什么可怕的事情来,"逍遥派"成了社会的不安定因素,弄堂的叔叔阿姨们都盼着儿女们快快分配。叶辛也和"逍遥派"的同学一样,焦灼不安,焦急地等待着。

"分配、分配,怎么老不分配我们呢?"

分配遥遥无期,等待也遥遥无期,叶辛暗自思忖:"这大好的时光就这样白白流逝吗?给自己制订个学习计划吧!到底学点啥呢?"

叶辛的各门功课都很好,但是自学总得选一个切入口才行。几门课一起自学?没有老师请教,困难太大了,还得从单方面入手。数理化吗?找不到课本不说,理科太抽象难以自学,很可能会半途而废。学外语吗?他倒是很有兴趣,也有的同学每天花四五个小时在学,可是靠自学要达到较高的水平,好像也很困难。对了,文学!到处抄家,抄出了那么多书籍都当垃圾乱扔乱烧,里面有好多文学名著呢,自己在小学、中学时作文都得过奖嘛,得朝着文学创作的道路上走。想到这里,他内心深处的那个文学梦又在暗流涌动,浓厚的文学兴趣再一次被点燃了。

这是他平生第一次冷静而又理智地选择自己的人生之路,理性的思考,驱散了他心灵的阴霾,让他走出了迷茫和彷徨,重新获得了生命前行的原动力,他开始向着自己向往的美好人生一步步迈进。就连他自己也没想到,动乱中的这个选择,日后改变了他的人生。

"文革"越闹越凶,几乎所有的知识分子家庭都被抄了家,图书馆砸烂了,学校也砸毁了,很多图书都悄悄流传到了社会上,叶辛找到了很多外国名著,他如获至宝,兴奋极了,一本接一本地读起来。

俄国作家冈察洛夫的《奥勃洛摩夫》是叶辛最喜欢的长篇小说,主人公奥勃洛摩夫受过良好的教育,禀赋聪慧,他却把人生活成了一具活尸,整天穿着宽大睡衣懒洋洋地,不是卧躺在床上就是躺在沙发上,连穿袜子都要仆人服侍,还奇思怪想地说:"河里流淌的不是水,而是牛奶该多好啊!"终于有一天,他"像一只忘了上发条的时钟停摆不走了"。

叶辛第一次意识到,懒惰是一件可怕的事情,它可以毁掉一个人的一生,长大以后一定要勤奋有为,绝不能像奥勃洛摩夫一样无所事事,一事无成地过一辈子。

读了巴尔扎克的《欧也妮·葛朗台》和《高老头》,叶辛感觉到,葛朗台血管里流淌的是拜金主义的血,死到临头,当神甫把镀金的十字架送到他唇边给他亲吻基督像时,他还想把十字架抓在手里,弥留之时他交代欧也妮:"把一切照顾得好好的,到了那边向我交账!"高老头的信条是"钱是性命,有了钱就有了一切",可到头来还是落得身无分文、家境破落。叶辛觉得资本主义是一个拜金主义社会,连人类最为根本的人性都泯灭殆尽了,亲情不亲,爱情不爱,人们眼里只看到钱。

四马路上有一家旧书书店,是叶辛最喜欢去的地方。1965年,他们家搬到了长沙路,从家里出来,走不多的路就到了四马路旧书店。旧书店里的书便宜,几毛钱就能买到世界文学名著,叶辛把母亲给的零用钱全部买了文学书籍。

旧书店的门口有一个牌子,上面写着:《基督山恩仇记》宣扬复仇,《红与黑》宣扬色情,一概不售。这块牌子反倒激起了叶辛的好奇心,这两本书到底写了啥?这种禁书,几乎绝迹,在哪里可以读到?

造反派天天抄家,抄家的书很多都抄到了废品回收站里,废品回收站里有一位叔叔,他没有像造反派一样把书统统烧掉,而是把一些好书偷偷地藏了起来,后来这些书就偷偷摸摸地从弄堂里流传出去了。有一天,叶辛发现弄堂的邻居家有《基督山恩仇记》和《红与黑》,他就软磨硬泡地借了来,彻底满足了自己的好奇心。

叶辛读了屠格涅夫的长篇小说《贵族之家》和《父与子》,还想读屠格涅夫的六大名著,却怎么也找不到,后来互相借阅,同学朋友之间换来换去,六大名著竟然全都交换到了,让他既狂喜又得意。

不知不觉叶辛手头上积攒了二三十本好书,这个跟他交换,他又跟那个交换,换来换去他读到了上百本好书。

蒲松龄说:书中自有黄金屋。叶辛觉得的确如此。那些绚丽多姿的意境,那一个又一个曲折的、扣人心弦的故事,那一幅又一幅动人的生活图景,都展现在眼前。他读着那些眼睛深陷、鼻梁高高的巴尔扎克、高尔基、托尔斯泰、屠格涅夫、法捷耶夫、梅里美、莫泊桑、陀思妥耶夫斯基、托马斯·哈代、易卜生等外国作家写的书,感受着书里的精神世界,他时而伤心,时而欢喜,时而兴奋,时而哀婉,时而激奋。

书,成了叶辛最好的老师,让他学到了很多知识和文化,读书也成了那个混乱时代里他唯一的精神寄托。他白天坐在阳台上读,晚上坐在书桌前读,常常通宵达旦,他把特别喜欢的地方抄下来,每天都是被母亲多次催促才熄灯入睡。他不但读中外文学名著和翻译诗歌,还读哲学、社会科学、地理、历史等书籍。"文革"最动乱的三年,是他人生里最重要的三年,他不但养成了自学的习惯,更重要的是他在不知不觉中为以后的创作打下了坚实的文学基础。

自从搬到长沙路居住,叶辛的家离南京路近了,他就读的中学坐落在九江路外滩,旧社会那里叫二马路外滩。上学的时候,他每天要从南京路上来来回回走四趟,帽子店、扇子店、西服店、瓷器店、南货店……南京路上一个挨一个的商店橱窗,布置得既时尚又漂亮,引得他们一帮孩子常常驻足观看,流连忘返。

自从"文革"乱成了一锅粥,叶辛就整日窝在家里读书,过着几乎与世隔绝的日子,完全不知外面的世界是个啥样子,他已经很久没有出去看看了。

这天,叶辛在家里读书读累了,想出去散散步,不知不觉地走到了南京路上。他猛然发现,南京路一个挨一个的橱窗里,竟然糊满了一层又一层的革命大字报。他沿着马路南侧从西藏路走到外滩,再沿着北侧从外滩走回来,三站路的距离,走了两三个小时,橱窗一个不落地看过来。有揭发走资派罪行的,有揭发过去地主和资本家怎样残酷剥削工人和农民的,有陈毅的讲话、周恩来的讲话、贺老总的讲话,有中央"文革"小组领导的讲话、保皇组织和赤卫队的讲话,还有中央领导接见红卫兵、八六事件真相、哪里镇压红卫兵、哪里造反派和保皇派武斗,这里说广西在"文革"之中抢了银行,那里说四川兵工厂也加入了武斗,再看下去是农民也进城闹革命了,合同工、菜场的职工也在要求当工人阶级,下乡的知识青年要杀回城市闹革命……一路看过来,每一张大字报都触目惊心,看得他目瞪口呆。社会是如此复杂,同样是个"七九事件",这一派说得铮铮有理,那一派也说得铮铮有理,他搞不清楚谁对谁错,当然也没有谁能搞清楚对和错,他脑子里装满了各种各样的印象。

南京路的新发现,让叶辛震惊和愕然,也让他感慨和兴奋。从那以后,每天午饭过后,叶辛就往南京路上跑,这些大字报的文字不像小说那么好读,有的字迹比较潦草,他却像看惊险小说一样,新奇、刺激、震撼。回到家里,他急忙把大字报上各种各样的新鲜事和惊心动魄的内容记录下来,虽然没有参加革命,但是每天他都心情激动,无法平静。

正是南京路上的大字报,让叶辛不知不觉地阅读了社会这本大书,从南京路这个社会的窗口,他看到了正在如火如荼激烈进行的革命和革命形势的不断演变与发展,他了解了整个中国的大事件,了解了社会上发生的一切,感受到了时代的脉搏在快速地跳动。一张张大字报,使他初步认识了社会,认识了自己所生活的城市。

到同学家里看足球赛,是叶辛唯一的娱乐。有一个同学心灵手巧,组装了一台九寸的电视机,一有球赛,大家就凑到他家去看足球赛,足球踢得很烂,大家却看得津津有味,连声叫"好!"

大热天里,太阳西斜了,无所事事的"逍遥派"精力旺盛,就经常聚在苏州河旁边同学家的阳台上,大家交换书籍也交换大字报的内容。叶辛一心盼着复课上高中考大学,同学却告诉他:学校里红卫兵把出身不好的"狗崽子"关了起来,学校两派打派仗,门都进不去了,他听了十分失望。

学还没有上完,却糊里糊涂地初中毕业了,拿毕业证的那天,叶辛发现了一件令他完全没有想到的事,老师竟然在他的学生档案上写着:该生从小就有个人主义和资产阶级成名成家的思想……

多么沉重的当头一棒!这一棒砸掉了他的整个中学时代,也差点砸毁了他的未来。档案,是职业生涯最重要的依据,上大学、招工、当兵哪一样不看档案啊?带着这么一个污点,还有什么美好的前途可言?

老师不负责任的评语,就像一把锋利的匕首,狠狠地刺在了叶辛的心头。从此,一道长长的伤痕,深深镌刻在他的内心深处,镌刻在他的少年时代,让他很多年都生活在绝望和阴影里。

从那以后,叶辛失去了一个孩子本该有的天真烂漫和单纯,他像一只蚕蛹,一层一层地把自己包得严严实实,防备着突然的不测和攻击,内心变得复杂和敏感起来。

幸好还有梦想,萌生在童年的梦想种子,与叶辛一路相依相伴,无论岁月如何艰苦,梦想始终顽强地在他心里生长着。幸好还有一帮爱读书的同学和弄堂里的伙伴,和他们在一起的时候,叶辛才会感到自在和欢乐。

随着"文革"的深入进行,同学家里,弄堂里一起长大的伙伴们家中,也都不同程度地受到了冲击,一个个家庭的变故,让叶辛越加对社会有了深层次的了解和思考。在踏上社会之前,年轻的叶辛已经在阅读"上海"这本大书,为他以后时常自觉不自觉地拿上海和偏远的山乡作对比打下了思想基础,为日后形成他独特的"两副目光"创作视野,涂上了底色。

书籍给叶辛打开了通往未来的门户,正在他有了深厚的文学积淀,毫无畏惧地憧憬着、梦想着,并准备朝着那五颜六色的梦奔跑的时候,中国另一场轰轰烈烈的运动又席卷而来,他的命运跟随着时代的风暴发生了根本性的逆转。

第一章　一个追梦的少年,却有着一副沉重的翅膀

第二章
从狂热中走出，却又陷入了迷惘的痛苦之中

奔赴几千里之外的贵州，叶辛去寻找心中的青山秀水和大有作为的广阔天地，一片破败的景象和难以承受的劳苦，打破了他美好的梦境。云山雾罩的高山，阻断了回城的路，却阻断不了他回城的心，但是走出山寨的出路究竟在哪呢？

一片红

1968年，中国深陷在一片混乱之中，置身于"文革"狂澜中的中国人，已经失去了自己的意志，大家揣着一颗冲动而又狂热的心，盲目地跟随着洪流而走。

11月的一天，叶辛沐浴着初冬暖洋洋的阳光，依然坐在阳台上看书，他把书搁在窗台上，站起来望着远处车来人往的马路，心里突然烦躁起来，一股莫名的惆怅涌上心头。

充满了火药味的"文革"，打打杀杀地搞了两年多，世界非但没有变好，反倒变成了一个乱哄哄的社会，"文革"越闹越凶，完全没有停止的意思，分配更是遥遥无期。一些激进的同学为了证明自己的革命意志，主动报名要

去上山下乡。也有一些同学耐不住这样干等着,干脆报名去了农场。

"春去冬又来,何时才能分配我们?这样等下去到底结果会是怎样?"

在家里待业已经近三年了,叶辛觉得像一只大海里漂泊的小船,完全不知道自己何去何从,他茫然,他急躁,他无所适从,他想结束这样的等待,却又不敢贸然迈出脚步。

这一年,全国的就业形势十分严峻,尤其是不能正常毕业的66、67、68老三届,已经积攒了整整67万待分配的学生。而这时,轰轰烈烈的"文化大革命"还在往纵深发展,而且显现出它极大的破坏力量。各个工厂都在打派仗,不是钢铁兵团跟红西南兵团发生武斗,就是造反派和保皇派争论不休……各种派别吵得不可开交。革命和武斗致使绝大多数企业处于半瘫痪状态,不能正常生产,根本不可能招收新的工人,个别厂矿即使招收工人,名额也十分有限,根本无法安排如此众多的待业青年,老三届已经给国家带来了严重的社会问题。

这个时候,各个学校的红卫兵组织几乎都由老三届组成,又几乎都分成了两派,一派是革命的,一派是更革命的。原先的保皇派看到毛主席支持造反派,也赶紧换成了革命造反派的头衔。红卫兵组织并不是正规组织,但是作为一级组织,总不能闲着没事做,他们把校长打倒了,把执行修正主义路线的教导主任打倒了,把老师打倒了,把社会上的走资派也打倒了,实在没有什么可打可斗的了,激情澎湃的红卫兵,总要有所革命的举动,他们就到弄堂里揪斗历史反革命和七老八十旧社会的白相人。

上海人说的"白相人",就是有势力的地否流氓和黑社会的人,革命的红卫兵小将几乎每天把那些坏人揪出来,审讯、批斗、殴打,敲锣打鼓地揪着他们游街示众,曾叱咤一时的"白相人",个个戴着大牌子,在红卫兵的逼迫下,低声下气、可怜巴巴地说:"我认罪!我认罪!我认罪!"就连旧上海势力曾遍及全国工商、农矿、文化各界赫赫有名的青帮头目,在革命面前也不得不向人民政府坦白罪行,拿着扫帚扫大街,看到这样的人物也被斗得低头认罪,威风扫地,红卫兵组织感到很有成就感。

打倒了旧上海的"白相人",红卫兵组织就又跟自己观点不同、口号不同的红卫兵组织打派仗、闹武斗,他们把革命和派性武斗闹到了社会上,经常制造惨案和流血死人的大事件,影响了社会的正常秩序和人们的生活。

老三届的红卫兵组织已经成为革命的中坚力量,他们坚守着学校这块阵地闹革命。小学生升中学了,教室里还是66届、67届、68届那帮老学生赖在那里闹革命,他们不毕业,新生来了就没有去处,学校里人满为患,成了一个极为迫切的现实问题。

叶辛暗自忧心忡忡:"高中不招生,大学不办了,工作又不分配,失学的学生越来越多,大家总得要有个去处吧?"

叶辛的忧虑,正是当时政府亟待解决的问题。黑龙江省首先对老三届的就业问题找到了一条有效的解决路径,他们提出了"面向基层,面向农村,面向工矿"的三个面向。内地的许多城市一呼百应,为了把城市人口疏散出去,他们又在三个面向的基础上加了"面向边疆",变成了四个面向。这个口号很快传到了国务院,国务院大力支持各地对失学青年的安置办法,鼓励他们到农村去、到边疆去、到祖国最需要的地方去。

1967年,一些在大串联当中去过内蒙古、西双版纳、井冈山、延安等地的红卫兵,亲眼看到祖国一穷二白的农村,觉得应该将自己最宝贵的青春和热血,献给祖国最需要的农村,湖南、云南、贵州、上海、天津一些有觉悟的中学生,怀着强烈的社会责任感,心里装着建设社会主义新农村的美好蓝图,背上简单的行囊,先后奔赴了僻远贫困的农村。

1968年上半年,北京的一个红卫兵,主动要求去大串联时到过的山西省榆次县黄采公社杜家山当一个普通的农民,在全国引起了强烈反响和巨大震动。下半年,北京几所中学的10名毕业生,紧步后尘,启程前往内蒙古西乌珠穆沁旗白音宝力格公社插队落户,自告奋勇当了普通农民。从此以后,青岛、北京等一些大城市的毕业生自发去山东、河南、井冈山等农村尤其是山区插队落户的络绎不绝。上海的几个女学生,说要到焦裕禄战斗过的兰考县去,果然她们连鞋子也不穿,光着脚板,就去了兰考县的盐碱地。

报纸上、广播电台里经常报道这样的先进事迹,鼓动着热血青年投身广阔的天地,叶辛坐立不安,按捺不住地涌动起了革命的热情。

下乡的风潮一浪高过一浪,大家都争着到乡下去,上海郊县的农场成了上海知青争相要去的地方,一来离家比较近来回方便,二来第一年每月18元、第二年20元、第三年22元,三年以后就可以拿到每月28元的收入,至少可以养活自己,叶辛的两个同学已经被分配去了崇明农场。很多同学正在积极报名到军垦农场去,军垦农场工资高,每月36元,更主要的是军垦农场带一个"军垦",感觉上像是军队编制,人民子弟兵多么亲切、多么受人尊重啊,连女孩子也是不爱红装爱武装哩,每人发一件军大衣,既神气又好听。相比之下,国有农场就受到了冷落,每月32元工资比军垦农场每月差4元钱不说,虽然也发军大衣,关键是名字不好听。为了这一件军大衣和好听的名字,大家争破头地抢着去军垦农场。

叶辛从小身体瘦弱,特别怕冷,他不愿意到北方去。一些上海周边农村有亲眷的同学,都纷纷报名去绍兴、宁波、无锡、常熟等地投奔爷爷、外公、舅舅、叔叔、七大姑八大姨等亲眷插队落户,这些城市青年自寻出路,受到了政府的大力鼓励和支持。叶辛的祖籍在江苏昆山,他也想到昆山投奔亲戚,可以有个照顾,可是外婆家是当地有名的大地主,是剥削阶级出身,无论如何也不能再钻到那个黑窝子里去了!

大家都在报名下乡,叶辛心里火烧火燎的,他不想再观望了,想快点结束这种长期没有着落的日子,跟随着大形势到乡下去,通过自己的双手,彻底改变农村贫穷落后的面貌,把贫困的农村建设成与城市一样美好的社会主义新农村。

但是要到乡下去,总得有个去处,到底去哪里呢?他这个不谙世事的城市少年,空有一腔热情,却完全没有方向。

1968年12月21日晚饭前,大喇叭里突然播放紧急通知:晚上8点钟,中央人民广播电台将有重要广播,请大家准时收听!通知重复了好几遍。

是什么重要新闻?毛主席又有什么重要指示?叶辛心里乱嘀咕、瞎猜测,他急切地盼望着时间过得快一点,让晚8点快点来临。

闹钟的指针终于指到了8点,喇叭里果然响起中央人民广播电台的重要新闻,播音员高昂洪亮地播送着毛主席的最新指示:"知识青年到农村去,接受贫下中农再教育,很有必要。要说服城里的干部和其他人,把自己初中、高中、大学毕业的子女,送到农村去,来一个动员。各地农村的同志应当欢迎他们去。"

重要新闻刚一播完,几十万革命的师生员工连夜上街游行,游行的队伍高喊着震天的口号从街上走过,欢快的锣鼓声一直响到了深夜。不少同学当场写下决心书和保证书,有人还咬破了手指,写下了血书,表达插队落户闹革命的雄心壮志!

这一天,每张报纸上都刊登了毛主席的最新最高指示,全国的城镇、乡村、牧区和海岛,处处一片欢腾,高潮迭起。广大知识青年热烈响应毛主席的伟大号召,掀起了到农村去的新高潮。

《人民日报》在头版以整版的篇幅,原文刊登了由新华社转发的12月8日刊登在《甘肃日报》上的《我们也有两只手,不在城市里吃闲饭!》的通讯报道,并加了编者按。上海到处都打出了"我们也有两只手,不在城市里吃闲饭!"的大红标语。

叶辛意识到,一场波澜壮阔的上山下乡运动就要开始了,自己也总是要到农村去的。

1968年底的一天,叶辛在街上突然碰到了去崇明农场下乡的同学顾培德和周思浩,他们回到上海来取东西,见到叶辛便说:"我们在农场待了两三个月,现在正是农闲,无事可做,你跟着我们去玩吧。"他俩是叶辛最要好的同学,想到不久自己也会到乡下去,听他这一说,就很想先去崇明感觉一下农村,在思想上也好有个准备,便欣然答应了。

1969年3月份,叶辛随着两个探亲回农场的同学,乘了汽车换小船,摇摇晃晃的小船在海浪上摇摆了半天,终于到达了崇明。空旷荒凉的稻田,破旧简陋的农舍,乡下的一切在春寒料峭的初春都显得极其萧索和苍凉。叶辛第一次亲眼看到农村的景象,想到以后要离开生长的城市,到如此荒凉落后的乡下去,心里有些黯然。

两个同学十分热情,轮流邀请叶辛住到自己的宿舍去,他不知不觉住了两个星期,正想打道回府,不料又在崇明碰到了弄堂里一起长大的伙伴张铭生。在崇明相见,格外亲切,两人高兴极了,伙伴热情地邀请道:"你来都来了,也到我那里住一个星期吧。"恭敬不如从命,叶辛就又跟着他去了隔壁农场。

妹妹心急火燎地打长途电话到崇明找到叶辛,劈头就问:"哥哥,你走不走?你不走我可要走了!"

"你准备到哪里去?"

"哎呀,其他地方都被抢完了,只剩下一个贵州省了。"妹妹有些沮丧,"我要争取去黑龙江!"

"你要去黑龙江我不跟你一起去,冷得要命,我怕冷。"

"你要到哪里去?"

"你要跟我一起去就到贵州去。"

60年代,纪录片的片头都有一个《祖国新貌》的节目,全国各族人民身着五颜六色的民族服装,佩戴亮晶晶的饰品,载歌载舞,非常漂亮。美丽的西双版纳也曾让叶辛十分神往,听说从上海到达西双版纳要坐七天七夜的火车,如此遥远,他只能望而却步了。

叶辛做梦也没想到会有机会到贵州去,他心里非常兴奋。贵州也是多民族的地方,不但民族服饰漂亮,云贵高原上到处是青山绿水,风光奇异,风情万种,到达贵州只要两天两夜,这是多么难得的机会啊!他恨不得马上就走。

妹妹说:"好嘛,就去贵州!"19岁的叶辛与16岁的妹妹,就这样轻而易举地定下了自己的前程。

第二天,叶辛急忙从崇明回到上海,整个上海像是炸开了锅,马路上到处是欢送知青上山下乡的人潮,欢呼声、锣鼓声和鞭炮声,一片沸腾。上海的军民抬着伟大领袖毛主席的画像和最新指示的语录牌,挥动红宝书,举行声势浩大的集会游行,在欢腾的海洋里有人写出了热情洋溢的诗歌:

北京传来大喜讯,
最新指示照人心。
知识青年齐响应,
满腔豪情下农村。
接受工农再教育,
战天斗地破私心。
紧跟统帅毛主席,
广阔天地炼红心。

在毛主席最新指示发表以后,上海市革委会积极响应毛主席的号召,很快决定66、67届毕业生中尚未分配的学生,不再分配工矿名额,全都上山下乡;即将分配的68、69届毕业生,也一律都上山下乡到农村去。就连以往得到照顾的烈属、军属、高干子女,甚至身体残疾的,也不例外,统统"一锅端",又称之为"一片红"。

妹妹去学校拿到一张到贵州下乡的通知书,叶辛拿了妹妹的通知书也跑到自己的学校兴冲冲地找到老师,要求到贵州上山下乡。

老师嗔怪道:"人家都走了,你们十几个人还拖在后面不选择,我现在就同意你!"老师不假思索地照着妹妹通知书上的地址,在叶辛的下乡通知书上写下:贵州省修文县久长人民公社永兴大队。

叶辛糊里糊涂地拿到了决定着自己前途命运的插队落户通知书,没有激动,也没有悲伤,心里没有任何念头,只是觉得逍遥三年多的日子终于结束,自己又置身于潮流之中了。

知识青年上山下乡,犹如一场骤然而至的龙卷风,任何力量都不能阻挡这股汹涌而来的巨大洪流。在此面前,彷徨犹豫也好,担心多虑也罢,个人一切的一切都显得微不足道,叶辛和妹妹还有上海111万的知青,不由分说都被卷入了这场波澜壮阔的知识青年下乡运动之中,以后的一切无从顾及,任凭命运的安排。

初到山寨

叶辛和妹妹凑在地理书前,仔细地寻找着贵州,他们翻了很长时间,翻到了几句简单的介绍:贵州是云贵高原朝里的一面,是一个多民族的地区,农民在山坡上种苞谷,在山与山之间的坪坝里种水稻。旧社会曾流传说:"天无三日晴,地无三分平,人无三分银。"

看了寥寥几句介绍,叶辛对贵州仍然一无所知,毫无概念,遥远的贵州到底是个什么样子啊?他反复琢磨着那几句顺口溜的含义,心里想:"这地方无非就是雨多、山多、穷呗!"

对于贵州,母亲却是知道的。在抗战期间,为了躲避日本人,母亲带着哥哥姐姐逃难去了大西南昆明,路过贵州时,她看到火车外面重峦叠嶂,到处是荒凉贫穷的景象。

母亲茫然地看着两本插队落户的粉红色通知书,又急又气,一整夜都在叶辛的床边踱来踱去,翻来覆去地只说一句话:"贵阳只有一条街,何况你们去的是农村,贵州是你们去的吗? 真是不懂事啊!"

叶辛与妹妹没有想到自己草草的一个决定,会让母亲担心成这样,两人面面相觑,等待着母亲的训斥,母亲却没有再说什么,一屁股坐在椅子上,在一旁伤心地默默流起眼泪来。

母亲心里明白,谁都无法阻挡儿女们下乡的脚步,但是她多么希望两个孩子能到离上海近一些的地方下乡。母亲更担心的是,贵州既遥远又贫穷落后,这两个瘦小体弱的孩子,到了穷乡僻壤的山乡,根本吃不了苦,不后悔才怪呢!

临行前,叶辛心里七上八下的,他和妹妹心情沉重地准备着行装。

计划经济年代,吃粮食要粮票,做衣服要布票,可是凭了这张上山下乡的通知书,什么都能买到,而且买啥都便宜。雪白的蚊帐,平常要卖到十几块钱,他们七块钱就买了;漆成大红色、光鲜耀眼的木板箱也只花了七块钱;一床厚厚的毛毯,当时可以花掉母亲一个月的工资,他们才花了十几块钱;还有肥皂盒、牙膏牙刷、毛衣毛裤、内衣内裤、棉袄棉鞋……一口气备齐了所有的生活用具,叶辛松了一口气。

那天,妹妹从同学家回来,感叹道:"有的女同学真细心,连烧火的火钳和坐的小板凳都装上了。"

"是啊,知识青年上山下乡是要扎根农村一辈子的,漫长的一辈子才只有两次回上海探亲的机会,该是多么遥远的事情!还有什么要带的呢?"叶辛思忖了一会儿,突然想到,对! 农村没有电灯,到处漆黑一片,赶紧去买手电筒!

母亲悄悄叮嘱妹妹:"要多带几只胸罩,农村里可没有地方买这些东西。"妹妹恍然大悟,马上又跑到商店去了。

叶辛和妹妹早早打好包,随时启程奔赴一无所知的未来。知识青年不管带多少东西,只要凭那张上山下乡的通知,都可以免费托运。叶辛特意带了两大箱子书,用绳子捆绑得密密麻麻、结结实实的,生怕路途遥远,万一丢失。

1969年3月31日,叶辛和妹妹整装出发,他们一早赶到培光中学门口集合,那里聚满了送行的亲戚朋友。

居委会敲锣打鼓地欢送他们,母亲却呆呆地坐着,泪流不止。

叶辛和妹妹与同样去贵州的800名知青一起登上卡车,在一阵锣鼓声中,卡车从南京路出发,缓缓地行驶,又转到城隍庙、淮海路、徐家汇、曹家渡……最后才开到了彭浦车站。就要告别上海了,好心的司机兜这样一个大圈子,是为了让这些少男少女们再好好地看一看上海,但是没有谁领会司机的好意,也没有谁有这份心思再看上海。他们虔诚地奔赴农村去,都盼着快点到达那广阔的天地,好在那里大有作为。大家心情激动,一副急不可待的样子。

叶辛心里说:"一片红了,那就快点离开吧!"

一路上,知青们笑容灿烂地打着红旗,戴着大红花,唱着红卫兵战歌,壮志凌云,雄心勃勃,一种改变一穷二白农村的崇高理想鼓舞着大家。

叶辛望着同伴们一张张狂热的脸,脑子里一片空白,心里似乎被掏空了一般,他不知道理想和蓝图是否真的能够实现,只觉得现在一片红、一锅端了,大家都得下去,大家都能活,我也能活。

天已经黑下来,火车扑哧扑哧地爬行了两天三夜,56个小时,终于在贵定下了火车,大家被带到贵定一中的教室里,教室的地面上已经铺了厚厚的稻草,带队的人说:"今晚,大家就在这里睡。"

大伙儿打开行李,把随身带的铺盖铺在稻草上。第一次长途跋涉,一路上十分疲惫,在铺着稻草的地上,居然个个睡得特别香甜。

第二天吃过早饭,他们又乘上卡车从贵定开到修文县城去。一场奇特的倒春雪迎接他们,雪花飞扬,洒落到盘山公路上,洒落到他们乘坐的大卡车上,天寒地冻,知青们都缩在衣服里,盼着快点到达修文县,可是带队的人却说:"你们到修文县来插队落户,一定要把县城的面貌认识一下。"他又让卡车司机多绕了几十公里。

县城里只有一条非常破旧的街道,路面坑坑洼洼,高低不平。街的两旁,都是破旧的老房子,和繁华的上海大都市相比简直是天壤之别。

卡车又继续前行,前往二三十公里之外知青们插队落户的久长人民公社。到达久长,已是黄昏时分,在一座歪歪斜斜的茅草屋里住了一晚,吃过早饭,老乡们已经笑容可掬地等在那里,他们身边放着扁担和箩筐,准备给知青们挑东西。看到纯朴善良的老乡,在如此寒冷的天气里早已等在这里,叶辛心里热乎乎的,非常感动。

简单的欢迎仪式过后,60个知青被分到了沙雁、杨柳、永兴三个大队的10个生产队,一个生产队6个人,都是男女搭配。本来卡车司机的任务是送到公社,他看了看知青们大包小包的行李,十分热情地对老乡说:"再往前开四公里吧,开到公路边,你们只要挑三里山路就可以了。"

大家喜气洋洋地又上了车,卡车一直开到开阳县民国时候修的公路旁边才停下来。挑担的老乡向司机频频道谢,他们感谢完司机的好心和热情,就挑起知青的行李兀自走了。

卡车上的6个知青,望着一大片荒山野岭和远处破旧的村寨,心里产生了巨大的落差。看着老乡挑着担子走了很远,他们还迟迟不肯下车。下乡前那颗炙热的心,一下子不见了踪影。

妹妹叶文与另一个女知青眼泪哗哗流淌下来,两个脆弱的城市女孩跺着脚硬是不肯下车,她们哽咽地说:"我们是来建设社会主义新农村的,这哪是什么新农村啊!这么落后的地方怎么建设啊!"

听两个女知青这样一说,男知青们也沮丧了。短短的两天三夜,他们经历了两个世界,一边是中国最繁华的大城市,宽阔的柏油马路上熙来攘往,到处是林立的高楼;一边是荒芜原始的穷山寨,到处是破旧的茅草房和衣衫褴褛的农民。如此现实的反差,让他们内心深处难以承受。

大家怏怏不乐地下了车,跟着挑担的老乡进了山寨。

老乡们将6个知青的行李,抬到大院坝中心一个破旧的泥墙茅草屋面前。这是一个年久失修的茅草屋,已经很多年不曾住人,泥墙成片地剥落下来,屋顶上铺着一层薄薄的发黑的茅草。老乡告诉他们,这里原是生产队的保管房,放置风车、犁、铧、耙子之类的集体农具,生产队把知青每人300块钱的安置费收进了集体账户,却并没有给他们造新房子,而是因陋就简把破旧的保管房腾出来给他们住。

知青们提着行李正要进门,6个人的眼睛不约而同地盯在了那扇门上,那是一个用山竹编起来的房门,门上糊了厚厚的一层灰泥巴,干呼呼的,拉起来很重。看热闹的农民见他们不认识,就告诉他们说:"这不是泥巴,是牛屎!"

哎呀,又脏又臭的牛粪怎么能糊在门上呢?叶辛心里暗自吃了一惊。听到那是个牛粪门,谁都不愿跨过那道房门,只想呕吐。16岁的知青冯百龄,站在门前不停地摇着一张小圆脸。

直到很久以后,知青们才习惯农村的生活,也和农民一样觉得牛粪是干净的,有时还靠在牛粪门上吃饭。

一个老乡见知青皱着眉头不进屋,就解释说:"牛粪是最干净的,因为牛是吃草的,消化以后拉出来的也是草,又有黏性,糊上去不脏,干透了很保暖。"

茅草屋前,里三层外三层地聚满了人,老乡们从没见过几千里之外的上海人,眼睛瞪得老大,用惊奇的目光打量着他们,像是见到了外星人一般,看得他们很不自在。

在众目睽睽之下,知青们开始搬行李,住进了砂锅寨这间门上糊着牛粪的破旧茅草屋,开始了漫长而又艰苦的知青生活。

艰苦的山乡劳动

绵延黛绿的群山四面环绕，中间是一块大坪坝，远远望去，酷似一个砂锅，对面的一座小山，宛如砂锅的把手，这便是叶辛插队落户的砂锅寨，砂锅寨的60余户人家，就住在地势平缓的砂锅底里。

寨子中心有一座破旧而不大的土地庙，"文革"以后已经完全废弃，没有人去烧香拜佛了。砂锅寨还有一座破旧的尼姑庵，后来改成了山寨上的小学校，是在对面小山的砂锅把子上。

十七八岁的年龄，真正是少年不知愁滋味。初来乍到的知青们，刚才还在伤心落泪，一会儿工夫6个知青已像自由的鸟儿，很快忘记了这里的贫瘠落后，忘记了这里的遥远偏僻，忘记了可能扎根这里一辈子的思乡之苦，他们又兴奋起来。

老乡让他们多休息几天，这帮好说好动的孩子哪能闲得住呢？他们与老乡要了一桶白石灰，有说有笑地抬着上了山。

在山坡上，大家纷纷把心里的想法写成了大标语。

叶辛想了想，在山坡上写下：

重新安排修文河山！

到底怎么安排修文河山？叶辛也不知道，既然是来建设社会主义新农村的，就要展现知青们大有作为的气魄，这条标语气势似乎还不够大，他又挥起大刷子，写下毛主席的一句诗词：

不到长城非好汉！

叶辛瞅着这条标语，每个字比人还高，他心满意得。

6个知青把自己的雄心壮志写在了山坡上，决定改天换地，让贫穷落后的砂锅寨,在他们手上彻底改变模样,他们请群山为他们做证。

此刻,6个满脑子幻想的阳光少年和花季少女,竟然把自己看成了改天换地的伟大人物,似乎这个偏远的山寨要靠他们来拯救。

当时的政治土壤,只能生长一种思想,懵懂无知的知青们,更是盲目地狂热着。

三天之后的早晨,6个知青每人挑着一副担子与老乡一起上了山,把臭熏熏的农家肥一担一担挑到山坡坪坝的稻田里。城里来的孩子没干过农活,老乡们挑七八十斤重,只让知青挑20余斤。干了一天,知青们两个肩膀又肿又疼,腰仿佛也要折断,腿软得几乎要瘫在地上,夕阳西下的时候,生产队长吹起收工哨,知青们没了魂似的挑着空箩筐跟着老乡往回走。

知青们都累瘫了,回到茅草屋,3个知青脸没洗,衣服没脱,饭也没吃,就瘫倒在床上,一会儿就打起呼来。

叶辛睡不着,他清清楚楚地听见,住在里间的妹妹与另一个女知青小邵呜呜咽咽地哭起来。妹妹只有16岁,哪能吃得了这样的苦?又岂止是妹妹,自己也从未干过这么累的活,妹妹的哭声让叶辛十分心疼。

劳苦的日子从此开了头,知青们也像老乡一样,日出而作,日落而息,开始了艰苦劳累的生活。

知青茅草屋是集体户,两个女知青住里间,四个男知青住外间,中间是灶间,大家轮流生火烧饭,每人做一天。

一天,妹妹在灶头上生了两个小时的火,灶头却还是只冒烟没有火焰,烟熏火燎的,呛得她眼睛直流泪,妹妹气得跺着脚跑开了,叶辛赶紧过来帮忙,忙活了半天,灶头才生出火红的火焰。

下乡不久,洗衣做饭、缝纽扣、缝被子……生活的一切知青们很快都学会了,生活已经不是难事,对他们来说,最难过的是劳动这一关。挑粪、背灰、薅草、铲田埂、耙田、敷田埂、打煤把、采茶叶、收洋芋、收苞谷、挞谷子、钻煤洞挖煤……山寨上无一不是苦活累活。

在灼人的夏日里,知青们与老乡一起在苞谷地里弯腰勾背地薅草,实在累得撑不住了,叶辛就跪在田里干,细密的针毡草,牢牢地长在地里,十分难拔,手上被草割出一道道小血口。烈日烘烤着大地,苞谷地里像一个大蒸笼,蒸得汗水像断了线的珠子,不停地滴落在地上。一会的时间就已经口干舌燥,嗓子像是在冒烟,等队长哨子一吹,6个知青拔腿就跑,先找一汪清泉,饱饱地喝上一顿,再一屁股坐在地上喘粗气。

晚上,知青们个个手疼、脚疼、腰酸、腿疼,尖尖的苞谷叶子像锋利的小刀,有的扎着了眼睛,有的划伤了脸颊,每个人胳膊上深深浅浅的,尽是血痕,疼痛难忍。

6个年小体弱的知青,每天都用单薄的身体,去适应高强度的劳动。

生产队按劳动能力的大小记工分,分成好几个等级。同样是劳动一天,一般的劳力记10分,一个强劳力能拿12分。一些技术含量比较高的活,比如插秧插得又好又快、木匠和烧窑的窑师,也能拿到12分。挖煤炭是最苦最累的活,还带一点技术性,工分最高,可以得到16分。知青挑得比别人少,干得比别人慢,辛辛苦苦干一天,才记8分,知青们气得肺都要炸了。

"我们也是出一天工,凭什么不给一个整劳力的工分?"

"我们不干了!"

大家七嘴八舌地议论着,小李气不过,他二话不说跑去找生产队长,指着队长的鼻子质问,非要让队长给知青记10分,两人争得面红耳赤,生产队长铁着脸就是不答应。小李没争得10分工,大家都觉得受了老乡的欺负,吃了大亏,一向说说笑笑的知青们一下沉默了,6个人闷闷不乐的,谁都不言语。

生活是现实的,工分就是口粮,少得工分来年就要少分粮食,没有工分也就没有饭吃,有饭吃才能活命,在如此艰苦的生活环境里,知青们不得不斤斤计较,如此看重一分一厘。

为了来年不至于挨饿,挑粪、耙田、采茶叶、收洋芋、收苞谷、收谷子,知青们样样抢着干,硬撑着去适应各种农业劳动,终于在一年之后与老乡们同工同酬,记得10分工。

拖煤船

一个人的能量,往往是逼出来的。有时候,生存的需求,不得不让人去承受力不能及的事情。

劳动是活命的条件,越艰苦的劳动收入越高,生活才有保障。

一天,一个老乡凑到叶辛跟前,悄悄地对他说:"你要不要去挖煤炭?"

叶辛经常看到半山腰上有一些黑黝黝的洞子,洞子旁边有一个三角窝棚,他非常奇怪,一打听才知道,这三角窝棚是挖煤佬儿休息的地方。

插队以前,叶辛曾在电影里看见江西萍乡煤矿瓦斯爆炸的镜头,煤坑很高,挖煤的工人背着煤船艰难地爬行,煤船非常沉重。

老乡说:"与我搭档的挖煤汉子家里有事不干了,你要是愿意,你去挖吧,一天16分!"

叶辛明白老乡的好意,挖煤工分最高,这么美的差事,或许很多人想干还逮不着呢。他心想:"这个劳动无非是累一点苦一点,毕竟出一天工可以多挣半天的工分,再说那个黑咕隆咚的煤洞,神神秘秘的,还真想去看一看。"想到这些,他就爽快地答应了。

夏秋之交,秋风已经送来凉爽的秋意。到了窑洞口,约他挖煤的老乡见叶辛穿了三层衣服,笑着说道:"哪里需要穿这么多衣服?钻进煤洞挖煤要脱得精光才好进去的。"

叶辛很难为情地说:"哪能脱得精光呢?我还是进去吧。"说着他学着老乡的样子,把安全帽戴在头上,跟着老乡往里爬。

窑洞里暗无天日,安全帽上有一盏电筒一样的灯,微弱的光线照着黑漆漆的煤洞,地上积水很深。

老乡在前面爬,叶辛在后面爬,他们摸着壁上的湿泥巴,深一脚浅一脚地蹚着泥水往煤洞深处爬,下到80多米的时候,老乡说:"到了。"

叶辛抬头一看,哇!洞子里满是黑色的大石块,不禁让他一阵惊喜。

洞子里很小,仅能容下一个人进出,叶辛挽起袖子准备挖煤,老乡说:"煤洞里地方小,十字镐两边都是尖的,不会挖的人经常让十字镐头挖到脑袋和眼睛,你不会挖,还是我来挖吧!"说着他就"哐哐"地挖起来,一会的工夫,就挖下一堆煤块。

拖煤的工具是编得很密的小船形状的大竹筐,叫作煤船,煤船前面有两根背篓背带一样宽宽的带子,装满一船两百五十多斤重。煤洞的地面上铺了两根钢轨,钢轨已经磨得锃亮,像两把钢刀一样躺在地上,钢轨的下面每隔一尺左右就垫着一根圆木棍,一磴一磴像梯子一样,叫作脚窝。

老乡说:"我给你平平地装一船,你试试看,大概有两百斤。"老乡把煤船的带子背在叶辛肩上,然后说:"你就爬出洞去吧。"

叶辛拖着这个两百斤重的沉重煤船,艰难地往外爬行。他使足了全身的力气,身体几乎是趴在泥巴堆上,每爬一个脚窝,都要重新铆足了劲,但是煤船却像蚂蚁一样极其缓慢地往前蹭。他觉得自己的力气太小了,简直像蚂蚁撼动大象,根本承担不了这么一个沉重的负担。没爬多远,他浑身的力气已经全部用光,很想坐下休息一下,但是狭窄的洞里都是泥水,根本无处可坐,只能进,不能退,他急得浑身上下直淌汗。

250多个脚窝,只有83米的距离,叶辛拖着沉重的煤船在煤洞里艰难地爬行,又是汗,又是泥,又是水,还没爬出洞子,浑身上下里里外外的衣服已经全部透湿。他好不容易才爬完这250多个脚窝,艰难地爬出洞口。

阳光一下照射过来,有些晃眼,叶辛这才真实地感觉到自己活着爬出了煤洞,眼泪禁不住"哗哗"地流下来。他从没有想到,拖煤船是如此累人!

拖煤船,是人世间最艰难最沉重的活,让人积攒了一辈子的力气全部消耗殆尽,一船煤拖出来,简直就像是死过了一回。

叶辛瘫在地上,大口大口地喘着粗气,觉得浑身的零件都被这沉重的一船煤磨损烂了,整个身子像是散了架子似的。

叶辛曾听说,挖煤佬儿都很蛮横,山寨里穷得叮当响,他们回家就向婆娘要肥肉吃,如果买不起肉,婆娘也要给他烧很油的菜。现在他全明白了,挖煤拖煤是要把浑身的劲都从骨头里面使出来,要把一个人的精气神全部用光,这个消耗实在是太大了!

歇息了好一阵子,叶辛才慢慢地把煤船拖到煤堆旁,将这船煤倒在煤堆上。被汗水泥水湿透的三身衣服粘在身上,既沉重又活动不方便,他四处望了望,山野里空无一人,就脱了个精光,全身上下一丝不挂地钻进煤洞里,把空空的煤船滑下去。

挖煤的老乡看见叶辛光溜溜的样子,哧哧地笑道:"我开始让你脱你不脱,现在你三身衣服都搞脏了吧?"叶辛不好意思地朝老乡挤出了一个笑容。

整整一天,叶辛拖了八船煤,浑身上下全是乌黑的煤灰,除了眼睛还在转动,张嘴会露出一排白牙,躺在那里就像一根烧黑的木头。收工的时候,他往水渠里一躺,顿时一股黑色的水流顺着他的身体往下流去。他觉得身体已经累成了软面条,好像筋骨都被抽走了一般。他一动不动地躺在水里,任凭流水随心所欲地冲着自己,他不想起来了,恨不得就在水里睡过去。

叶辛的身体根本支撑不住这样严重透支的劳动,干了一天他就向挖煤老乡提出不干了。老乡断然拒绝:"不行啊,你已经答应来了,队里也都知道了。再说,我没有你这个搭档,就要少挖煤。这样吧,快收工的时候我替你拖两船。"老乡连哄带蒙,他只得答应下来。

一个星期过后,叶辛再也干不动了,他暗下决心:"别说一天16分,就是一天160分也死活不挖了,打死也不去挖煤了!"

看着叶辛确实体力不支,生产队终于同意了他的要求。

尽管只有一个星期的劳动，叶辛得到了96个工分。在叶辛看来，这哪是96个工分？简直就是96公斤的血汗！为了这96个工分，他苦累交集、辛酸无比，差点把命都搭上了。

这个艰苦的经历，深刻地镌刻在叶辛的生命里，他永远忘不了挖煤工的艰辛和不易。

迷惘

群山静静地卧在远处的四周，山寨里除了偶尔的鸡鸣、狗吠和小孩哭声，一切都是静悄悄的，一股浓浓的荒寂和沉闷感压在心头，叶辛常常盼望着有点声响打破这里的沉寂。

"铿锵、铿锵、铿锵……"春耕大忙的季节，寨子上沉默了一个农闲季节的铁匠铺子又开张了，四邻八寨的农民都赶来打锄头、打镰刀、打犁铧，铁匠铺的生意十分红火，那有节奏的打铁声，是寨子上最好听的响声，给来自喧嚣嘈杂大都市的上海知青增添了一些情趣。

掌铁钎的大铁匠姓冯，与知青集体户的小冯是同姓，按照当地的规矩，他们认了兄弟。冯大嫂姓叶，又与叶辛的妹妹叶文认了姐妹，这样冯铁匠一家与知青户沾亲带故，就格外亲切。

40多岁的冯大哥很能干，已经有了大大小小七个娃，大女儿已是胸脯高高、两腮红红马上要出嫁的17岁大姑娘了，顶小的还在冯大嫂的怀抱里吃奶。娃娃多，劳力少，日子过得很艰难。

繁重的农活常常累得知青们早上酣睡不醒，只要清脆的"叮叮当当"的打铁声响起，最早被惊醒的知青便开始招呼还在梦乡的人："懒汉们，该起床了！贫下中农已经开始干活了，我们可不能偷懒，这是锻炼我们意志的好机会……"

初下乡的时候,那份虔诚是从骨子里冒出来的。如是再赖在被窝不起,就要被同伴咯吱得哇呀乱叫,满床打滚。一会的工夫,知青屋里就全都起了床,像一群醒来的鸟儿,开始叽叽喳喳。

没过多久,那有节奏的打铁声停止了,害得知青们出早工天天迟到挨批评。叶辛很纳闷,那两个铁匠哪去了?冯铁匠不打铁干什么去了呢?

终于盼来一个赶场天,知青们欢呼雀跃地逛街赶场去了。劳累了一周,叶辛打算美美地睡上一天,好好歇歇身子骨。他睡够了,从床上爬起来,已经是艳阳高照,他就端起盆往河塘边洗衣服。洗完衣服正站起来的时候,他远远地看见久违的铁匠冯大哥挑着一担石灰走过来,他拿着湿衣服迎上去,与冯铁匠招呼道:"连续好几天你怎么不打铁了?"

冯铁匠转脸望着他,好些日子不见,冯铁匠面黄肌瘦,眼睛里透出两股无神的虚光,把叶辛吓了一跳。

"我打不动铁了,我已经连续吃了十一天洋芋了。"冯铁匠说话有气无力的。

"那你还挑石灰?"

"不干咋个办呢?挑石灰比打铁轻松。"

回到知青屋,叶辛用簸箕端着他与妹妹分的 14 斤苞谷,去了冯铁匠家。铁匠家从小到大的 7 个娃娃挨着门板站着,7 双饥饿的眼睛都盯着他,看到这七个娃娃的眼神,叶辛一阵心酸,他连簸箕一起放下,转身赶紧离开了。

知青们已成长为年轻力壮的小伙子,吃得多了,劳动了一年,秋后收获时却每人只分到 90 斤湿谷子、140 斤苞谷、几斤油菜籽和 10 来斤黄豆,这便是他们全年的口粮。叶辛精确地计算了一下,这些粮食刚够吃半年,而刚进入冬月他已吃去了一半,另半年吃什么?没有饭吃靠什么来活命?他十分担心后半年的生活,担心像冯铁匠家一样饿饭。

叶辛不得不一毛一分地计算着,怎样用最少的钱,支撑最长时间的生活。

几个月后,粮食越吃越少,日子越来越艰难了,叶辛开始精打细算。为了节省粮食,他与山寨上的农民一样,早上九十点钟吃早饭,晚上五六点钟吃晚饭,一天只吃两顿,还把苞谷磨成粉,煮糊糊吃,味道香甜的苞谷糊糊却顶不住饿,时常饿得他饥肠辘辘。顿顿少油缺盐地清水煮菜叶,十一个月不见腥味,眼珠子都快转不动了。

叶辛忍不住向老乡发起牢骚来,老乡过惯了贫穷的日子,不以为然地说:"这算啥?真正饿饭的年头你还没遇上呢!"

老乡说的饿饭年头,指的是三年困难时期,那时全国都在饿饭,挖野菜、吃草根、扒树皮,饥饿的农民啥都吃,为了填饱肚子,凡是能入口的东西啥都往嘴里塞,公路两旁两大排老树,被剥得光秃秃、白生生的,那些被剥了皮的老树,没几天就全死了。

繁重的农业劳动和不能养活自己的严酷现实,磨光了知青们改天换地的锐气,熄灭了他们建设社会主义新农村的热情,个个失望颓丧,灰心丧气。

到久长赶场时,叶辛经常转个弯来到路边一个叫沙雁二队的寨子上,找在这里插队的同学何济麟和徐炳耀玩。这天,叶辛又来到何济麟的住处,两人聊起知青们下乡的生活和处境,何济麟摇着头说:"我看这个知青下乡是错误的……"

叶辛吓了一跳,知青下乡是毛主席的指示,再有牢骚也不能否定毛主席啊!这些话一旦传出去,肯定被打成反革命,轻则坐牢,重则掉脑袋!叶辛叮嘱他千万不要在别人面前乱说,以免引火烧身,惹出杀身之祸。

这天夜里,叶辛翻来覆去怎么都睡不着,他想到贫穷落后的山寨上,到处都是衣衫褴褛的农民们和一年四季光着脚丫的娃娃。他想到1700万知青离乡背井,跑到穷乡僻壤来受苦受难、忍饥受饿,心里产生了许多问号,他不断地问自己:连自己都养不活,这样的辛苦劳动还有什么价值?把自己的大好青春扔在这穷山沟里值得吗?以后的路该怎么走?

不断地思索,让叶辛渐渐地从狂热中清醒过来,他扎根农村的心开始动摇了,心里第一次强烈地产生了要走的念头。

　　"一定要想办法走出这个贫穷的山寨!"

　　走出大山,谈何容易!

　　面对无奈的命运,叶辛心里十分焦急又茫然不知所措,他陷入了新的迷惘之中,觉得灵魂上背负了沉重的东西,心里压抑极了,也郁闷极了。

　　清醒也是一种痛苦。

　　鲁迅先生说:"人生最痛苦的是梦醒了无路可走。"

　　走对了路才能有出路,叶辛猛然醒来,却一时找不到合适的路径,就如同一个迷失在沙漠里的人,最让他痛苦的不是路之艰难,而是找不到方向和自己内心的迷失。

　　前途是渺茫的,叶辛不知道自己脚下弯弯曲曲的山路通向何处,内心里装满了苦闷。他苦苦地思索着,越想越觉得没有出路,越想越痛苦。他隐隐约约地觉得,这样混下去是不会有好前途的。可是,如何走出这个山寨呢?

　　无奈之中,叶辛拿起了笔,偷偷摸摸地写起小说来……

第二章　从狂热中走出,却又陷入了迷惘的痛苦之中

第三章
在山寨里，爱情生长得如此之慢

在难熬的孤独中，创作和爱情成为叶辛的精神支撑。他热切地等待着一个结果，从黎明到黄昏，从阳春到严冬。他没有想到那条爱情的小路也会像创作一样如此崎岖和艰辛。十年的爱情长跑，让人不得不感叹：在山寨里，爱情生长得如此之慢……

爱情萌动的探亲

繁重的农业劳动，换来的是难以养活自己的现实。知青们个个情绪低落，只好在茫然和颓丧中等待着命运的转机。

在心灰意冷的时候，一些知青却开始恋爱了，他们内心里产生了爱的强烈渴求，渴望万能的爱情降临在自己身上，让寒冷的心相拥相亲，相互取暖。

下乡的第一个冬天，在潮湿阴冷的农闲时节，知青们在山寨上待不住了，都准备回老家去探亲。在当时的政治环境下，当地政府显示了一回人道主义，既不支持，也没有阻拦，反正不报销路费，你想回去就准假。

临到春节时，叶辛问妹妹："你回去吗？"

妹妹摇摇头说："不回了。"

一次探亲的路费要花去半年的劳动积蓄，女知青们都从过日子的角度着想,不想花那么多路费。

"儿行千里母担忧",叶辛想念母亲,更怕千里之遥的母亲牵挂他们兄妹二人,就决定趁着农闲回上海一趟。

听说叶辛要回上海,老乡们都涌来了,有的让他带海虎绒帽子,有的要他带花手帕和有机玻璃扣子,有的要他带半导体收音机,还有的要他带中长纤维料子……

男女知青们也都涌来,有让他往家里传口讯的,更多的是让他带回一包瓜子,一袋洋芋粉或是两斤黄豆等当地土特产。

王淑君特意从3里路之外的杨柳大队赶来,她让叶辛回来时帮她捎一只瓶子。

临行前,叶辛的一只小箱子和两只帆布旅行袋装得满满登登的,妹妹与淑君特意送他到长途车招呼站。

王淑君是妹妹的同学,比叶辛小两岁,她插队在杨柳大坝生产队,两座寨子只隔3公里,步行十五分钟,翻过一个山垭口就到了,放假赶场和农闲的时候,她总来找妹妹玩,有时叶辛兄妹俩就留她吃过晚饭再回去。晚饭后,天黑下来,她一个人回去不安全,妹妹送她回来一个人也害怕,妹妹就常让哥哥叶辛去送同学淑君。

几个月之后,叶辛对淑君产生了好感,他常常盼着淑君来玩,希望她晚上走,好去送她。

乘火车之前,叶辛请赶马车的师傅顺道把行李捎到长途招呼站,他小心翼翼地揣着积攒下的30元钱上了路。

当时,村寨上纷纷传言,贵阳来了两广兵,骑着白马齐刷刷地进了城,威风凛凛的,街道也整洁多了,连进城去卖洋芋、卖鸡蛋、设个地摊都要管。

叶辛心里想,实行军管了,那就证明武斗已经结束,秩序已经恢复了。

临近黄昏的时候,叶辛安然地坐在贵阳火车站的候车室内,在这里遇到了三个在关岭县插队的上海长宁区知青,大家一见如故,这回路上不孤单了,也有了照应。他们轮流看行李,分别到马路对面的饭馆里吃碗面,对付一下晚餐。

天黑下来了,两个第二批去吃面的知青回来,一脸沮丧地对叶辛说,回来路上碰到了勒索,被敲诈了3元钱。

叶辛吃了一惊,更让他吃惊的是,拦住他俩敲诈的,居然也是上海知青。

两个长宁知青气愤地说:"那些敲诈分子,说话轻声慢气,文质彬彬的,讲的是一口地道的上海话,在站前的广场上围住他俩,旁边的贵阳人都以为是老乡在扯闲话,也没人来管,他们死缠烂磨还威胁,真是丢上海人的脸!"

叶辛的心陡然提了起来,暗自提醒自己千万不要离开候车大厅。

"文革"前,上海一些学习差考不上中学又犯过偷盗错误的孩子,都进了工读学校,他们不爱学习,变成了一些社会小混混,偷盗、敲诈、耍流氓,危害社会的事样样敢做。知识青年上山下乡运动一开始,张春桥就下令解散工读学校,让工读学校的学生夹在毕业生中间一起上山下乡。这些人下乡以后,四处乱窜作案,把知青的名声都搞坏了。

候车室广播里不断播报,他们乘坐的列车晚点至下半夜,四个人在候车大厅里熬时间。

刚过10点,候车大厅里突然走进来一批解放军,要求所有在大厅里过夜的人都要出示证明和证件。知青和农民一样,没有任何证件,叶辛身上只带着一张大队会计开的证明,这张证明上没有盖公章,盖的是大队会计的私章,叶辛心里惴惴不安,生怕大队会计的私章不管用,无法通过检查。

那天,大队会计给叶辛开完证明,不假思索地在证明上盖上了自己的私章。叶辛有些疑惑,大队会计忙解释说:"夺权以后,所有的生产大队都没有公章,私章同样是管用的,你带着,全省通用!"

叶辛将信将疑地带着这张证明上了路,没想到这会儿真要出示证明了,这证明管用吗?万一通不过回不成家,怎么向那些稍带东西的老乡和知青们交代啊!

一个操着广西口音的排长走到他们跟前,三个关岭知青说,证明放在旅馆里了,排长喊过来两个战士,交代他们跟着三个关岭知青去旅馆查看证明,两个战士把他们仨带走了。叶辛取出了大队会计盖了私章的证明,排长接过证明看了看,问道:"为什么不盖公章?"叶辛把大队会计的话学了一遍,排长把证明还给了叶辛,让他等着,排长转身又去查看别的旅客了。

检查过了关,叶辛如释重负,在大厅里静静地候车,没想到20分钟以后,那位排长又来到叶辛跟前,帮他提起箱子,严肃地说:"跟我走!"

叶辛跟着排长来到站前广场上,一辆掀开后篷帆布的卡车停在那里。排长先把他的箱子放在卡车上,接着一摆手,示意叶辛上车。

叶辛不解地问:"要去哪儿?我还要赶火车呢?万一误了点……"

排长说:"你去了就知道了,会让你回上海的。"

叶辛爬上了卡车,车厢内已有十几个人,卡车慢慢开了起来,半夜时分的马路上没有行人,十几分钟后卡车开进了一个院子,卡车上所有的人都下了车,被带进一间屋子。一个解放军把叶辛的证明、箱子和两只旅行袋都扣在那里,让叶辛空手进了一间没有灯的屋子。

行李和证明都被搜走了,叶辛忐忑不安地站在水泥地上。同在黑屋子里的人,有的坐在地上打瞌睡,有的小声耳语。叶辛毫无睡意,他从窗户望出去,只看见一株树的树梢。

是拘留所,还是收容所?要么就是看守所?下半夜的火车还能赶上吗?三个关岭知青会不会也被关进来?叶辛心里边琢磨边着急。

黑屋子外面静悄悄的,没有人进来检查和盘问他们。插队知青一插到底,没有收入,口粮不够吃,与山区的农民一样贫穷,难道连回家探亲也不允许吗?难道插队知青的命就是如此倒霉吗?叶辛不着边际地想着许多问题,一夜都没有合眼。

早晨的晨光透进了黑屋子,院子外头传来过路的汽车声和公交车的开门声。叶辛又冷又饿,焦虑地等待着,心里想:"整整关了一晚上,还要把我们不闻不问地关到什么时候啊?"

这时,小屋的门开了,屋里的人一齐涌到门口,看见大家都挤在门口乱哄哄的,叶辛站在窗口没动,静静地观察来人要把他们怎么样,不料走进来一个穿便装的中年人,大声叫道:"叶辛!谁是叶辛!"

叶辛应声走到他跟前,来人从头到脚打量了一遍,招手说:"跟我走!"就独自出了门。

走出门口,叶辛回头望了一眼,那间屋的门前有一块小牌子,上面写着:接待室。

中年人把叶辛带到了门房间,指着地上的小箱子和两只旅行袋说:"这是你的,没错吧?"

叶辛看了看,那三样东西几乎没动过,就点了点头。

中年人把大队会计那张证明也递还给叶辛说:"以后别拿出来了,没用!你走吧,可以坐今晚的火车走。"

叶辛小心翼翼地又揣好那张证明,背起旅行袋,提着小箱子,走出门房间。

中年人跟随叶辛走了两步,手一指大门说:"出门不远就有公交车,直达火车站。"

叶辛点了点头,跨出大门,他又转身看了一眼,门口的大牌子上赫然写着:"贵阳警备区司令部。"

"哦,原来我是在司令部的接待室里过了一夜!"叶辛在心里说。

有惊无险地回了上海,可是叶辛心里老是放心不下遥远山寨上的妹妹,男知青们都走了,妹妹与小邵两个女孩子害怕吗?在偏远的山寨上孤孤单单的她俩如何过春节?越想越不放心,他提笔给妹妹写信,问长问短,嘱咐叮咛。

写完妹妹的信,叶辛觉得心里还放不下另一个女知青,那是淑君,她那圆圆的脸和一双美丽的大眼睛时常浮现在叶辛眼前,虽然不在同一个大队插队,但是他常代妹妹送淑君,不知不觉对妹妹的这个女同学似乎产生了另外一种感情,他又提笔给淑君也写了一封信,这是他平生第一次给一个女孩子写信,内心里十分激动。

两封信刚刚寄出,叶辛心里不安起来:"淑君收到信会怎么想?她会回信吗?"

在上海探亲的日子里,叶辛默默地盼望着淑君的来信。

淑君收到叶辛的信,十分高兴,当天就给叶辛回信,把山寨上的情况一一向他汇报,并且说小邵也回家了,妹妹已经搬到了杨柳大队与她住在一起。

在上海探亲的日子里,叶辛和淑君虽然相隔千山万水,但是鸿雁传书,他反倒觉得与淑君心的距离在渐渐地缩小,渐渐地靠近。

爱情的种子,就这样悄然播下。

20岁的叶辛与18岁的淑君在这个探亲的日子里,开始了爱的旅程。

爱的小路

月光朦胧的夜晚,远处的高山像是沉睡的雄狮,旷野上十分宁静,叶辛与淑君在路边站定下来,淑君抬头望着叶辛,默默地听着他讲完《安娜·卡列尼娜》,又讲《悲惨的世界》,再讲《罪与罚》,淑君被这些故事吸引着,为故事里那些人的命运而悲伤而感动而感慨。"文革"期间,好多人家里被抄,书要么被烧掉要么被当废品扔了,根本读不到外国小说,叶辛讲的这些故事淑君闻所未闻,她听得很认真,很入神。

看着淑君这么喜欢听他讲故事,叶辛讲得更起劲了,不知不觉他们已经站了很久,有些累了,两人就坐在路边的土堆上,叶辛继续讲,淑君偎依在叶辛的身旁继续听,听着听着一股幸福的热潮涌上了淑君的心头,她为叶辛知识渊博而折服,她为自己找了一位心上人而幸福。

第二天,叶辛送淑君回她插队的杨柳大队去,他们突然发现昨晚坐着的那个土堆竟然是一座坟头,两人居然在一座坟墓上坐了一晚上,两人都笑了。夜晚,他们待在一片乱坟岗里,没有觉得害怕,也没有觉得晦气,有的只是快乐和幸福。

叶辛插队落户的寨子与淑君插队的寨子有一条小路相连接,这条小路弯弯曲曲,时而下到谷底,时而爬上坡去,他们已经记不清从那条小路上走了多少回。

春天,雨声淅沥的夜晚,他们撑着伞并肩走在那条泥泞的小路上,雨点啪啪地砸在油布伞面上,这声音就像有节奏的音乐,听起来好美;明月朗朗的秋夜,他们沿着小路,跨过水田,绕过土坡,走进幽静的青秆桦树林里去,地面上铺满了绵软的针叶松,风悄悄地掠过树梢,吹向山崖,月光静静地在树林里投下浓密而斑驳的影子,他们默默地伫立在树林里,四目对视,好像语言在这个时候变得多余,他们愿意静静地待在这片桦树林里;秋末初冬的农闲时节,他们来到路边的林子里捡干枯脆裂的松果;烈日当空的夏日,他们坐在树荫底下,可以足足待一整天。雨后初晴,树叶上还挂着露珠般的雨水,他们戴上斗笠,去捡鲜美的香菇;他们感觉不到夜晚的潮湿、山石的冰冷和严冬的寒冷,他们也感觉不到泥泞、黑暗和恐惧。在青春萌动的花季,他们把爱情看得既庄严又神圣,只要能在一起,心里就充满了幸福。

恋爱之中的叶辛,浑身有使不完的劲儿。他常常想,为什么与淑君在一起有说不完的话?身心是那么愉快、心情又是那么开朗?也许淑君就是上帝给他派来的天使,天天都想见到她,几天不见她心里就空荡荡的,爱情的火焰在他的心底熊熊燃烧起来。

爱情是如此美好,叶辛倍加珍惜,生怕这幸福会从身边溜走似的。

在两个寨子之间小路旁的山垭口上,有一株春着花、秋落叶的洋槐树,树龄不大,树冠也不是太大,站在这棵亭亭玉立的洋槐树下,往右看叶辛可以看到垭口那边山脚下一座小村寨,淑君与另一群知青就在那里插队落户,往左看淑君可以看见在另一座山寨上,叶辛默默地坐在茅草屋前写着什么。

走过这棵洋槐树,叶辛与淑君常常停住脚步,长久地注视着山路两边的知青屋。这天,他们走到垭口的洋槐树下,再一次停下了脚步,淑君深情地望着叶辛说:"每回我来,走到这棵树下,都能看到你在写……"

叶辛一下子脸红了,心也跳得更快了,他向淑君谈起了一些写作的打算。

"文革"初期,一些作家被抄家、游斗和批判,受不完的人身侮辱,在淑君眼里,写作这个职业,一旦说错了话,是非常危险的,可是看见叶辛如此热爱文学,她却说:"你写吧,忙不过来,我帮你抄。"

叶辛与淑君在这条崎岖不平、弯弯曲曲的小路上漫步,他们倾诉着思念,憧憬着未来,为未卜的前途担忧和惆怅,也互相鼓劲、互相勉励。

甜蜜的爱情给了他们一股无形的精神力量,在艰苦的生活和繁重的劳动中,他们相依为命,走向未来……

在湘黔铁路工地上

1970年,湘黔铁路动工修建,这条湘黔线起于湖南省株洲市,终到贵州省贵阳市,是连接湖南和贵州的重要干线铁路,缩短了云、贵、川三省到中南、华南、华东地区部分省市的距离,它蜿蜒于武陵山和苗岭的群峰深谷中,沿线地势险峻,地质复杂,单是贵州境内大龙至贵定段就有隧道及明洞185座,桥梁183座,建路工程之艰巨显而易见。早在1936年,国民政府就与德国签订了修建湘黔铁路的借款协定,并进行初测,后来因抗战爆发而被迫中止。新中国成立后,曾于1958年至1960年两次复建又两次停工,1970年9月再次复工,1972年10月才建成通车,前后历时37年,修筑时间之长恐怕绝无仅有。

湘黔铁路复工后,贵州省调集了全省的知青和民工抢修湘黔铁路。永兴大队分到一男一女两个名额,大队支书在动员会上说:"组织上批不批是另一回事,你报不报名是对毛主席他老人家的态度问题。"上升到如此高度,谁敢不报名?叶辛和妹妹也去大队报了名。

在山寨上,人们的观念尚未开化,寨民们都不愿把自己家的女儿送到工地上修铁路,妹妹叶文报名,大队干部暗自高兴,一个女名额总算解决了。既然叶辛也报了名,索性让他兄妹俩一起去修铁路,永兴大队毫不费劲地完成了任务。

修建湘黔铁路,知青们都有自己的想法,在山寨上同样是繁重的劳动,却没有收入,而在湘黔铁路工地上工作,苦是苦了些,但每月有36元工资,18元交生产队抵工分,还剩18元的生活费。在食堂里吃三顿饭,一个月只花12元,每月可以省下6元的零用钱,工地上经常加班,每月还会发6元的伙食补贴,这对在劳动中独自谋生的知青来说,多少有了一些经济来源。湘黔铁路建成后,沿线会有很多车站,哪个车站不招工?兴许会将修铁路的知青留在车站工作,因此知青们都抢着报名去修铁路。

淑君听说叶辛与妹妹要去修铁路,十分着急,因为她所在的生产队没有安排知青去修建湘黔铁路。

湘黔铁路建设,线路长,工程艰巨,可不是一朝一夕就能建好的,至少也得一年多才能竣工。而修建时间紧迫,经常大会战,工地上是不可能放假的,况且路途十分遥远,这就意味着热恋中的叶辛与淑君要一年多不能见面。面对突如其来的分离,叶辛与淑君都很难过。叶辛与妹妹极力鼓动淑君一起到铁路工地去,淑君急切地跑到杨柳大队去要求,三人高高兴兴地去了湘黔铁路的工地上。

来到苗岭腹地黄平县谷陇区深山沟里的湘黔铁路工地，每人发了一根木棍和一张芦席，夜里大家将芦席铺在地上，就"天当铺盖地当床"地睡起来。深山沟的夜晚，野兽们活跃起来，它们常常在夜深人静的时候出来觅食，野狼嚎叫，野猪奔跑，有时蛇会从民工的身旁爬过，每个人身边都放着一根木棍，以防野兽出来会有什么不测，但是高强度劳累了一天，个个一觉睡到天明，野兽们的一切活动，他们完全不知。后来，工地上搭起了工棚，每人只有八寸宽的铺位，挤得像沙丁鱼的罐头一样，睡觉都无法翻身。再后来，工棚多了，每人的铺位增加了一尺，终于可以睡个舒服觉了。工地上卫生条件差，虱子、跳蚤肆虐乱爬，可是民工们什么都感觉不到，一躺下就睡，睡醒了就再干。

工地上的洗脸水要从远处的田里挑来，都是混汤汤，沉淀半天都不变清。一年到头吃南瓜汤和碱水煮巴山豆，不知是谁编了朗朗上口的顺口溜在工地上流传："上顿瓜，下顿瓜，发了工资好回家。"

湘黔铁路的工地上，到处都张贴着毛主席的最高指示：同帝国主义争时间，同修正主义争时间！

在誓师大会上，台上的领导慷慨激昂地说："毛主席十分关心湘黔铁路建设，如果铁路不修好，毛主席他老人家就睡不好觉。"

为了早日修建好湘黔铁路，让毛主席他老人家睡上安稳觉，湘黔铁路上接二连三地开展大会战，每次大会战都要持续三周以上，160万民工跟着专业铁建队伍争分夺秒地大干苦干。

鲤鱼塘石场公路边的平台上，碎石机高高地架在当中，一块块大石头扔进碎石机里，它"咣当、咣当、咣当"地几下就碎成了小石子。翻斗卡车顺着山路开进来，停在碎石机的架子下面，碎好的石子"咕噜噜"倒在翻斗车里，一辆辆翻斗车排着队等着拉石子。

叶辛在安顺民兵师修文民兵团的三营十连，承担的是最基础的基建任务，十连的任务是开石头，他们在石山上打炮眼，埋炸药，"轰"地一炸，一大片石山劈下来变成了一堆乱石块,将抬不动的大石头用大锤、二锤砸小之后,200多个男男女女就蜂拥而上抱石头,再顺着梯子爬到粉碎机的架子上,五六个人围着碎石机的喇叭口一起扔石头,碎石机张着大口全部吃进,再"咣当、咣当、咣当"吐出小石子。

初干这个活,大家都觉得很好玩,抱着石头飞快地跑,也不觉得累,八个小时干下来,汗水出了又干,干了又湿,每个人的背后都背着一大片盐花花,头发眉毛眼睛从头到脚全都染成了灰白色,累得谁都不想说话,只是机械地抱石头、扔石头,像是一个活动的泥塑。

高高的水泥桥墩,浇灌时需要一气呵成,工地上24小时轮班大会战,没日没夜地同帝国主义争时间,同修正主义争时间。

一下班,叶辛就赶紧洗脸洗脚,再脱下白花花的工作服往箱子上一丢,狼吞虎咽地吃好饭,不管睡着睡不着一骨碌躺在床上赶紧睡觉。八小时以后又得上班,不睡觉哪有力气干活?

几个星期的会战结束后,会有一次大会餐犒劳大家。一盆菜端上来放在中间,一个班12个人围着菜盆蹲在地上,菜盆里大块大块的肉裸露出来,惹得这些久不见腥的民工眼睛放光,大家拼命抢着吃。每次会餐一结束,一个连队就有半个连的人在拉肚子。叶辛力气小,抢不过人家,会餐他吃不到肉,也没有承受拉肚子之苦。

在艰苦的工地上,每天灰头土脸,累得疲惫不堪。叶辛与淑君虽然干活不在一起,但一日三餐都在一起吃饭,天天想见,朝夕相处,感情与日俱增,日渐深厚,觉得无比幸福和甜蜜。

1971年10月,正在湘黔铁路工地上大会战如火如荼的时候,突然传来一条惊人的小道消息,起先大家谁都不信,但是消息越传越烈,一直到"九·一三"林彪事件的文件传达下来,才最终得到了证实。

工地上像是炸开了锅,没有任何人组织,在高强度的劳累之后,一张张惊愕的脸凑在一起,议论、猜测,有的还争执起来,一直谈论到深夜。

突然爆发的"林彪事件"，给大家注入了一剂清醒剂，知青们如梦初醒，开始有了信任危机，开始用怀疑的心态看待一切。

当初虔诚的选择是否正确？1700万知青还能否返回城市？大家的前途命运又将如何？一个个问号，没有答案。

知青们虔诚而狂热的心顿时冷却了，都为自己的前途而担忧发愁，情绪更是像一个泄了气的皮球，一下子颓丧干瘪了，修建湘黔铁路也失去了干劲，再也不想累死累活地与帝国主义争时间，与修正主义争时间了。

哦，多么好的青春年华啊！多么荒谬的时代！

精神的压抑和体力的劳苦，似乎已经到了极限。叶辛的情绪十分低落，陷入了深深的迷惘、苦闷和彷徨的痛苦之中。

点亮梦想之火

夕阳渐渐落下，一阵阵凉风吹来，晚霞染红了远处的群山。

收工以后，知青们垂头丧气，牢骚满腹，他们在无望中盼望，在茫然中期待。

"知识青年到农村去，接受贫下中农再教育很有必要，要说服城市的孩子到农村去……"毛主席一句话，全国1700万知识青年就踩着泥泞义无反顾地背着行李离开了城市，苦也吃了，累也受了，贫下中农再教育也接受了，心却没有怎么炼红，根也扎不下去，大家都盼着毛主席说一句话，让知识青年再回到城市去，可是毛主席他老人家对知青问题金口不开，始终沉默着。

叶辛也渴望着回到从小生长的上海，做梦都是大上海滚滚而流的黄浦江水、扑朔迷离的南京路霓虹灯。

"哦，美丽的上海！何时才能回到生我养我的那方土地？"

叶辛觉得大伙儿像是被困在陷阱里,总要自寻出路、有所行动才行。现在关键的问题是如何迈开脚步,不能只在原地着急上火地打转转。

叶辛不甘心像一些知青一样堕落下去,也不愿昏昏然然地当一天和尚撞一天钟,他觉得心灵要有所寄托,总不能让青春就这样白白虚度。他不断地思索着,漫无边际地遐想着……

从小当作家的念头又在叶辛脑子里灵光一闪,萌动起来。是啊,何不走一条文学的路呢?这个想法让他喜出望外,兴奋不已。来到偏远的山寨上,天天都在接受贫下中农再教育,承受着各种超负荷的劳动,他本以为那股青春的激情会彻底熄灭,少年时代异想天开的梦想也会随之消失殆尽。可是在稍稍适应了湘黔铁路的艰苦劳动和山乡里的生活节奏之后,在前途无望和痛楚地思索之后,他那颗不安分的心又捕捉到了自己最初的梦想,而且那冻僵的梦想,又开始蠢蠢欲动了。

叶辛怀揣着文学的梦上了路。

梦想的复苏,让叶辛心中冉冉升起了一缕希望之光,在理想之火的照耀下,他心里亮堂了,觉得总算有了一条路可以通向光明的未来。

叶辛暗下决心:一定要从脚下崎岖的山寨里走出一条文学的路来!

希望赋予了叶辛一股顽强的抗争力量,由此他迈出了脚步,一头扎进了梦里,在一个有着许多思想盲区的时代,他开始了自己的精神探险,而且越走越远。

早晨,铁路工地上还都在沉睡,叶辛就爬上了山头,米色的稠雾从山谷里袅袅升起,站在雾气腾腾的山巅,犹如自己腾云驾雾地来到了仙境。这时,鸟雀儿开始叽叽喳喳地啼鸣,远处苗家的姑娘们三三两两蹒蹒跚跚地挑着担子上坡来,苗寨上开始了一天的生活。

哦,苗乡真美啊!

夕阳西下,铁路工地上结束了一天的繁重劳动,叶辛不再觉得累,他带上一个小本子去了苗乡,把这里的地理环境、房屋结构、高山河流的名称、当地的谚语、俗语、俚语、俏皮话,甚至农村里婆娘们撒泼时、吵架时骂人的话,都一一记在小本子上。他发现同样经历一件事,一个饱经风霜的老农叙述的话和一个天真烂漫的姑娘说的完全不一样,一个工程师和一个技术员讲的也会有差别。他询问山里的老汉和娃崽:鱼为啥养在稻田里?坡上的树都叫什么名字?林子里有些什么鸟?婚丧嫁娶都有哪些程式?当地流传着哪些民歌?上山对歌时互相爱慕的男女都唱些啥内容?新中国成立前山里有没有土匪?外地的商人到苗寨来都带些什么东西?……

在寒冷的雪夜里,工地上的人们早早地进了刚盖起的工棚休息了,叶辛独自跑到苗寨的老乡家里,和苗家乡亲们一起围坐在火炉塘旁边,听老乡们天南地北地摆龙门阵,他们谈天说地,说古道今……

自从叶辛做了有心人,苗寨上的一切都变得美好而又新鲜,再苦再累的生活也有了意义。

叶辛开始重新认识身处的苗乡土地,重新认识中国的农村。

哦,人一旦有了追求,有了精神寄托,在深山里,青春一样是美好的。

高尔基说:"要爱惜自己的青春!世界上没有再比青春更美好的了,没有再比青春更珍贵的了!青春就像黄金,你想做什么,就能成什么。"

啊!青春是如此珍贵,一分一秒也不能让它白白流走,要努力!

叶辛大彻大悟,暗自这样思忖。

在铁路工地上,叶辛常与淑君谈起自己的理想,淑君默默地听着,心里暗自为自己选择了一位有理想、有追求的好青年而高兴。

就在叶辛点亮了梦想之火,积累了素材,铺开稿纸开始文学创作的时候,却不料命运之手让他与淑君暂时分离了。热恋中的他们,隔山隔水,苦苦地思念着……

苦苦的思念

1972年2月底,湘黔铁路工地大规模的土石方工程逐渐接近尾声,叶辛第一批离开了工地,淑君与妹妹还暂时留在工地上不能一同回归山寨。分离让叶辛与淑君痛苦难忍,他们强烈地思念着彼此,爱情的火焰仍在持续地燃烧。

黑沉沉的夜,死寂一片,叶辛辗转反侧,夜不能寐,他提笔给淑君写信:

"当我凝视着你们的身影在黑暗中远去的时候,我的心里感到阵阵的难受。说心里话,这一次分别,带给我的是无尽的烦恼和苦闷,我比前两次离开上海都难受……我把衣服脱了,上床睡觉。可左睡右睡睡不着,好不容易迷糊了一会儿。可两点半又醒了,开始胡思乱想。不知啥时做起梦来,想到你,心中好难过……设法回来吧,分别永远是不利的……相思的心情是难受的,没有你在身旁,我简直难以生活。你回来吧,真的,无论如何设法回来吧!"

叶辛在心里声声呼唤着淑君,希望淑君能迅速回到自己身边,淑君同样深陷在分别的痛苦之中,淑君在信中写道:

"我们就这样分别了,从主观上说,真不相信,可是,现实却千真万确地告诉了我这一事实……茫茫的黑夜,吞没了我的爱。在这里我再也看不到你的音容笑貌了。泪水伴随着我度过了这一夜晚,身边好像缺少了什么,我感到无比的孤独和恍惚……你无时无刻不在我的心上,哪怕劳动再累、再紧张,只要一闲下来,你的影子就出现在我的眼前。每天晚上我抱着你的信、你的相片,怀着对你的无限思念之情,渐渐入睡,但是当我一睁开眼睛的时候,心中就会涌上一股惆怅、空虚,好像失去了什么似的。"

此时的叶辛和淑君，相隔600多里路，距离是多么可恶、多么残酷的东西，在当时的交通条件和生活条件下，如此遥远的距离是无法逾越的，他们只好用书信倾诉衷肠，诉说自己的思念之苦。

在此后分离的几个月里，叶辛几乎天天给淑君写信，并天天盼着淑君的来信，每次接到她的信，叶辛都一遍又一遍地看，每一封信都被他焐热了、读皱了。叶辛经常会跑到路口等待走街串巷送信的邮递员小丁，那段时间里，小丁成了他最盼望的人。如若淑君几天没有来信，叶辛就怏怏而回，怅然若失，心绪不宁。

山寨上没有邮电所，邮电所设在十几里地的久长公社川黔公路边上一幢小木屋里，后来上面拨下款来，邮电所才搬到了久长街一头公路旁的一幢二层楼里。叶辛常让寨子上在久长读中学的娃娃给他带信到久长邮电所去寄，一些重要的信自己也会跑十几里地亲自到久长邮电所寄。淑君寄信更难，她要从工地上跑到16里山路之外的区政府所在地谷陇区一个苗族聚居的小乡场上。但是热恋中的他们，只有靠频繁地写信，来倾诉着自己的爱，倾诉着对恋人的思念。

1972年5月，淑君背着行李终于与转战的民兵一起回到了插队落户的山寨，叶辛高兴得心直跳，他帮淑君买炉子、挑煤、砍引火的干柴、把谷子磨成米、换面条，很快就帮淑君安顿下来。

他们静静地在山寨上生活着，约定一星期见两次面，一次定在赶场那一天，一次定在星期三的黄昏，其余的日子他们就在自己的生产队里劳动。

一个星期三的黄昏，叶辛收工后来到淑君的知青屋，见门窗紧闭，炉火早已熄灭，住在隔壁下放户的女儿叫大猫，她告诉叶辛："王阿姨与我爸爸妈妈出工还没有回来。"

叶辛默默地等在屋檐下，夜幕降临了，十几步之外已经看不清人影。他赶紧生起炉火，炉子的火焰空燃着，不见淑君的身影，他心里十分焦急。这时，下放户的两口子疲惫地回来了，大猫妈妈急忙告诉叶辛："小王农活没有干完,还要等一阵子才能收工。"

叶辛很着急,不断地望着那条漆黑的小路。时针指向 8 点 10 分,小路上响起了轻微的脚步声,叶辛迎上去,见淑君背着一只大背兜,疲乏无力地朝他走来,一看见叶辛站在她面前,淑君孩子一般啜泣起来。

叶辛安慰着淑君,连忙点上油灯,煮了开水,下了面条,淑君这才露出了幸福的笑容,淑君喃喃地说:"如不是你在等我,我累得真想趴下就睡了。"

插队落户的日子,生活十分清苦,劳动十分繁重,叶辛与淑君相亲相爱,却觉得十分幸福。但是这样的好日子只过了半年,命运就又将他们分开了。

未婚妻工作之后

知青上山下乡已经是第四个年头了,正值青春年华的知青们,都到了恋爱的季节,许多知青朝夕相处,已经激起了爱情的浪花,但是谁都不愿留在生活无着落、食不饱腹、贫穷落后的农村结婚生子。

在严峻的生活现实面前,大家初下乡时的激情早已不复存在,扎根一辈子的雄心壮志也早已烟消云散了,那些美好的田园风光、神秘的异域风情和诗情画意世外桃源一般的农家生活,都变成了一派破败的景象和遥遥无期的等待。许多人揣着名贵的香烟,提着昂贵的名酒和上海的土特产,一次次敲开当权者的大门,又在颓丧中急切地等待,然后再托关系找门路,坚韧不拔地努力着。有的女知青回城心切,对不怀好心的当权者竟然以身相送,只要能快点离开农村,不计代价,不顾一切,一些女知青回到城市后却因此而失去了美好的未来,一辈子生活在阴影里。

1972 年,全国县办工厂形成了一股风潮,农具厂、化肥厂、农机厂、硫黄厂、水泥厂五小工厂,还有小煤矿、小煤厂等小工厂一拥而上。很多当地知青和有城镇户口的青年，几乎都先后有了较好的工作，唯独那些上海知青，在5000里之遥的山乡，既无关系，也无处找门路，都干等在寨子上。

这年3月，久长公社到寨子上招工，十个人去硫黄厂，十个人去水泥厂，当时公社负责招工的干部到砂锅寨招工，他问叶辛："你想不想去？"

叶辛笑了一下，没有表态，没有态度也就是表示不去。硫黄厂是社办工厂，亦工亦农，招工的时候厂子还没建，既没有厂房，也没有设备，水泥厂的影子还没见到，干一年或者换人，或者退回，或者留下，没有一个固定，是去是留，一切都是未知。硫黄厂坐落在扎佐应烟河畔，只修了一条路，挖了几个洞，工作分两个工序，一是进洞挖硫黄矿石，二是烧窑炼硫黄，叶辛望而却步，他曾在山寨上挖过煤，知道挖矿是一个多么繁重的体力活，烧矿也十分辛苦，这些活都是身体单薄的自己根本无法承受的。插队落户，整天在泥土里过日子，参加工作就是为了脱离农村，去了硫黄矿又是整天跟泥巴打交道，叶辛确实不想去，他宁可多在农村里待几年，也要等待更好的工作。

五小工厂，缺少技术，没有过硬的产品质量；缺少市场，没有固定的销售渠道；更重要的是缺少资金，没有发展后劲，很多五小工厂没办多久就先后垮掉了，那些被照顾到五小工厂工作的知青不得不再托关系找门路，调动到别的大集体工厂去另谋职业。

就在这时，中国发生了一件不大不小的事，这件事像一颗流星，给黑暗的天空带来了一缕光明，广大知青的心里有了盼头。

1972年12月20日，福建省莆田县的小学教师李庆霖，斗胆上书毛主席，直谏下乡的儿子口粮不够吃、无钱购物和看病，还就知青干部中走后门成风、任人唯亲等问题告了"御状"。

李庆霖的"告御状"，辗转到了毛主席手中。毛主席在中南海游泳池边，读了由王海容转交过来的这封人民来信，读到悲凉之处，他老人家的双眼慢慢红起来，泪水潸然而下。

毛主席让时任中共中央办公厅主任的汪东兴，从自己的稿费中取出300

元寄给李庆霖,当即复信道:

李庆霖同志:

　　寄上300元,聊补无米之炊。全国此类事甚多,容当统筹解决。

毛泽东

4月26日

　　知青的问题牵动了毛主席他老人家心,很快知青政策放宽了,上山下乡运动中长期存在的具体问题得到了缓解,知青插队落户有了更大的选择,知青的人身权利受到了保护,知青在乡下的生活也有了很大改善。

　　中共中央文件下发后,黑龙江建设兵团第二师十六团团长黄砚田、参谋长李耀东两人合伙奸污和猥亵几十名女知青的罪行被最先揭露出来,这一起恶性案件,震惊了中央最高层,不轻易发火的周总理再也控制不住自己的情绪,愤怒地说:"公安部要派人去,不要手软,不要畏缩,要大胆管。"叶剑英元帅也拍案而起:"要'杀一儆百,杀一儆千'!"

　　一石激起千重浪,各地迫害、殴打、奸污知识青年的案件相继被揭露出来,陆陆续续反映到了中南海。一场严惩摧残、迫害知青犯罪分子的运动在全国大规模展开,各地都对李庆霖信中反映的走后门、贪污挪用知青安置经费和建房材料等破坏知青政策的行为进行了查处。

　　李庆霖"告御状"的事件传遍了全国各地,广大下乡知青及其家长们奔走相告,欢呼伟大领袖毛主席时时刻刻和人民群众心连心。

　　李庆霖的行为,点燃了知青的情绪,成了知青要求返城的导火索,各地知青纷纷集体上访,集体请愿,一片强烈要求回城的呼声。国家开始对知青问题深刻地反思,渐渐地知青政策开始调整和松动了,冻结了好几年的招工工作开始启动,父母退休子女顶替的,办病退的,招工的机会多起来,一批又一批的知青被招工,开始陆陆续续地返回到城市工作。

叶辛和淑君也都盼望着被招工,盼望着能回归城市工作,可是他们出身都不好,招工是先从根正苗红的知青中挑选,他们焦急地等待着。

叶辛多想与淑君一起被招工,同在一个单位工作啊!可是招工是说不准的事,并不是自己能够把握的,如若自己先被招工而淑君暂时没有工作怎么办?他愿意守着淑君,守着这份爱情,与淑君同甘共苦,等待以后一起工作的机会。

在当时,爱情成了甜蜜又痛苦的事儿,甜蜜在于两人精神上有了寄托,痛苦在于要么两人永远扎根农村,而一旦恋爱中的一方有机会返城,势必给另一方造成伤害。

叶辛盼望着与淑君一起被招工,可是心里却惴惴不安,出身不好的子女一切都得靠边站,自己是剥削阶级出身,能不能被招工他心里完全没有底。在等待招工的时候,他拼命地写着一部40万字的长篇小说《春耕》,他知道手艺不是做到极致,是很难靠它混饭吃的,他这样拼命地写作,是企图以自己的才能和努力争取能够无须政审破格录取,走出一条不同寻常的路来。

叶辛的小说寄到了上海出版社,像是投进大海里的石子,杳无音信,叶辛等得心急火燎。就在这时,淑君却意外地被招到六级电站当了工人,捧上了铁饭碗。

1972年12月,红枫发电厂到修文县招收20名学徒工,巧的是来招工的当地人事干部,正是淑君哥哥的好朋友,哥哥这位好友拍着胸脯向哥哥保证:"我手里虽然没有什么权,但既然派我到修文招工,就是犯错误,我也要把你的妹妹招上来。"

淑君不久就分配到地处修文县的红枫发电厂河口电站当了一名学徒工,捧上了每一个知青都梦寐以求的"铁饭碗"。事情来得突然,叶辛一下子蒙了。

这是一个毫无思想准备的巨大变化啊!

叶辛从陶醉的爱情中清醒过来,巨大的城乡差别和社会地位悬殊,让恋爱的天平瞬间失衡了,这段刻骨铭心的爱情还能不能继续?如若自己一辈子留在山寨里,已参加工作的淑君会不会变心?她还会爱我一个农村户口的知青吗?以后该如何重新定位自己?叶辛脑子里一片空白,不断地在心里追问着,猜测着。

叶辛的担心不无道理,在相恋的男女知青中,一方先得到工作,而把另一方无情甩掉的事,知青们听得太多太多了。

1972年12月17日,夜色凝重的晚上,叶辛送淑君到火车站,淑君结束了知青生涯,将永远离开插队落户的杨柳大队了,她十分高兴。叶辛却心情很沉重,看见淑君渐渐地远去,他急忙转过身,不敢抬头再看淑君一眼,只需再看一眼,他就要放声大哭起来。当走出百步之外,他又忍不住回头望了望,一切都笼罩在朦胧的夜色之中,看不见淑君的身影,什么也看不清楚了。

踏上回山寨的公路,叶辛的泪水夺眶而出,大雾笼罩着寂静的山林,他的心里像灌了铅一样,十分沉重,痛苦难忍。

淑君工作了,这明明是一件喜事,但是为何如此悲伤难过呢?叶辛悲伤的不光是永无止境的分离,更预感到他将会永远地失去淑君,这次分离会是永别吗?在如此的悬殊之下,谁又能保证这样的爱情不会飞走呢?

叶辛机械地迈着步子,身体麻木地继续往前走。走到家里,他失声痛哭起来。

三年多的爱,曾留下多少美好的回忆和多少次的向往憧憬啊!一下子,全要结束了。

生活在贫穷落后的山寨里,唯一支撑叶辛的便是爱情和写作,现在淑君走了,他几乎支撑不住自己。他不知道以后将如何生活,但他知道如若永远失去淑君,他甚至都不准备活下去了。

叶辛盼着自己也来个大转变,盼着寄出去的长篇小说《春耕》能给自己带来好运,让他因此而走出山寨去,或者快速被招工也行,总之是不能再留在农村了。

但是屋漏更遭连夜雨,寄出的小说没有消息,中央却下发了44号文件,文件精神说,由于今年粮食歉收,而且招工指标大量超出,停止招工。

叶辛蒙了,现实永远是那么残酷,谁能等谁多少年呢?他盼着淑君快快来信,给他这颗焦虑的心稍稍一点抚慰,一点活下去的勇气和动力,一点安心写作的支撑和定力,可是淑君迟迟没有来信。他坐立不宁,寝食难安。

叶辛担心的事情终于发生了。

1972年12月22日,叶辛收到了淑君的简短来信,淑君从热恋中陡然变得理智和冷静起来。淑君工作以后,巨大的城乡差别,像一条鸿沟横亘在她的面前,而这时,父亲及家里的任何人都强烈反对淑君与没有工作的叶辛再恋爱交往,淑君产生了强烈的思想波动。灿烂而脆弱的爱情之花怎么能经得住暴雨风霜的吹打?三年的爱情还能走多远?叶辛嗅到了一股危险的味道,心里产生了强烈的危机感。

叶辛的心情一落千丈,他躺在床上辗转反侧,难以入眠,他与淑君多次憧憬的那条铺满鲜花的美好未来之路,似乎这一刻走到了尽头,一切路都被彻底堵死了。

为什么?这究竟是为什么呢?叶辛心如针扎,悲伤到了极点。他翻着淑君一年来给他写的一封封来信,那娟秀的字里行间带给自己多少喜悦、激动和美好的希冀啊!

叶辛深陷在痛苦和没有把握的茫然之中,他那颗受伤的心再也撑不住了,多少年来硬撑起来的那种坚强,就在这一瞬间彻底坍塌了。

面对着黑夜,叶辛觉得社会不公,那从未谋面的外公没有给予他一天荣华富贵的好生活,血统论却让他整天背着一个不光彩的大地主阶级的出身;他觉得老天不公,让自己多病,让自己步履维艰,让自己叫天天不应叫地地不灵,让自己无路可走!

这年冬天,中央下令冻结招工前后,突击招工的工人都接到指示要清退,尤其是原先并没有计划,而在听到即将冻结招工风声后招收的学徒,一律要清退。县化肥厂突击招去的知青已经被退了回来,淑君也是在这段时间内被招走的,她开始心神不定,担心被退回山寨去。

不管爱情之路能否走远,叶辛都希望深爱的淑君好,希望淑君快乐。叶辛觉得必须去看看淑君,带给她一些安慰,消除她的担忧,让她快乐起来。

没钱坐车,叶辛打算徒步走60多里山路,去看看淑君。

这天一大早,叶辛便上了路,山高路远,山路崎岖,他两只脚走得麻木了,不敢休息,自己给自己鼓劲。下午,日头偏西了,叶辛终于走完了60多里山路,赶到了淑君工作的电站。

淑君惊呆了,一天的路程,多么遥远?叶辛徒步走来,她简直不敢相信自己的眼睛,激动得眼泪差点落下来。

叶辛喝了两杯水,他安慰淑君:"要安心工作,不要乱想……"

40分钟过去了,毕竟还有60多里的返程路途,叶辛依依不舍地站起来,盯着淑君看了又看。城乡差别的鸿沟,既深又宽,再热烈、再伟大的爱情也是难以跨越的,如果无力改变自己的现状,那这次见面也许就是永别了,他要把她的脸刻在自己的心里。

回来的路上,叶辛一路走一路哭,一路哭一路想,止不住的眼泪簌簌地往下淌。他哭岌岌可危的爱情,他哭自己的遭遇,他哭自己的命,他哭失去的青春,他酣畅淋漓地哭了,没人听得见,更没人来规劝他、安慰他,他的哭声喊声,在空空荡荡的山野里重重地碰撞。这天,他掉进了痛苦的深渊,掉了一辈子最多的泪水。

天漆黑了,黑黢黢的山岭,像一只只猛兽,向叶辛扑来。山坳里常有恶狼、野猪出没,叶辛心里充满了恐惧。他很怕猛然间窜出一只野兽,手无寸铁的他,不知道自己如何徒手对付。

深夜漆黑,看不见道路,叶辛深一脚浅一脚地试探着走,接近天亮的时候才走到自己插队的砂锅寨。

叶辛重新审视自己,他意识到,成功是一切的基础,必须依靠自己的力量,给自己找一个出路,尽快走出农村,从卑微中超越。

　　一个被压在社会最底层的人,要想翻过身来,没有巨大的勇气和百折不挠的毅力,谈何容易。巨大的生存压力和来自方方面面的各种压力,激发了叶辛巨大的勇气和力量,因为在生存面临着前所未有的危机之时,不成功一切都没有指望。

　　从此,叶辛与淑君的爱情,在他对未来的苦苦追求之中,也艰难而又缓慢地生长着……

第四章
遥远的文学梦，艰难的追梦旅程

无论多么黑暗，都不能熄灭梦想的火焰。在无路可走的时候，叶辛将梦想的灯高悬于自己的内心，因为有光明就会有路。但是毕竟走出困境，不只需要勇气，只有有几分胜算的人，才敢和命运去苦苦抗争。

与命运抗争

等待和无望消磨着人的意志，消磨着一天又一天的日子，知青们都像霜打的茄子一样，精神萎靡，心情沉重，难以振作。除了劳动，大家都无所事事地等待着上调或是招工走人。漫长的期盼，让大家等得心焦火燎，等得牢骚满腹。一些知青劳动之余，打牌、喝酒、赶场逛街，无奈地打发着时间；也有一些知青挖空心思地想办法找门路，想方设法离开贫穷落后的农村。

1972年，湘黔铁路竣工了，一条崭新的铁路像一条长长的巨龙卧在中国的湘黔大地上，穿山越岭，蜿蜒而去，可是知青们都没有因为铁路建成而得到安排，大家重新回到了插队落户的寨子上，让许多人很失望。

70年代，中国的社会分为无产阶级和资产阶级两大阵营，无产阶级是革命阶级，是社会的主宰者，他的阶级敌人主要有地、富、反、坏、右和五类十八种人。叶辛出身于地主阶级家庭，是剥削阶级的后代，属于可教育好的阶级敌人的子女,自从他出生的那天起,身上已经烙上了深深的剥削阶级出身烙印。当兵,首先要政审,根正苗红的人才有希望,出身不好的人自然是免谈,想也是妄想。招工,首先也是在出身好的人中间选拔,出身不好的靠边站。

唉!都是家庭出身作的孽!根不正苗不红,顶着一顶出身不好的沉重大帽子,未来哪还有希望?

叶辛把一肚子的怨气都怪罪在出身上,怨完家庭他又觉得社会不公平:"我又没有享受一天的富贵生活,又没有干过一件坏事,凭什么给我贴上剥削阶级出身的标签?我到底剥削谁了?"

出身无法选择,又无处诉苦,无处争辩,一切只能逆来顺受,但是叶辛不甘心任凭命运如此摆布,他认准了文学这条路,把对文学的爱好变成了有意而为之的奋斗目标,决定心无旁骛地一直往前走,靠自己的力量改变命运,凭自己的双脚走出一条通往未来前途的路。

叶辛拿自己的青春做盔甲,拿写作当利剑,去与命运苦苦抗争。

山乡里的劳动十分艰苦,每天干完活回到寨子上,叶辛都觉得精疲力竭,疲倦到了极点,他多想躺下休息啊!可是一想到梦想变为现实要付出艰苦的努力才行,他就坚持从床上爬起来写点什么。破旧的茅草屋里,外间四张床一放,就只剩下勉强能转身的过道了,连一张小桌子都放不进。他掀起铺盖,以铺板当桌子,坐在小凳子上写;下雨天不出工,知青们聚在一起抽烟、喝酒、发牢骚、打牌、吹牛打发时间,他就躲在一个安静的地方写;赶场天,别人出去打牙祭,忙着往街上跑,他躲在知青屋里写;山寨上没有电灯,他就着墨水瓶改制的煤油灯微弱的灯光写;在夜深人静的时候,有时同伴的梦话和隔壁女生的磨牙声还会把他从写作思路中惊醒,煤油灯烟熏火燎地,把他那顶雪白的帐子熏出了一道道的黑条条,洗都洗不干净。时间久了,他觉得不是别人聊天扰乱他写作的思路,就是他掌着灯影响同伴们睡觉,他多么想找一个合适的地方写作啊!可是山寨上哪有个写作的地儿呢?

一天清晨,叶辛听到茅草屋后面传来低低的啜泣之声,他绕过山墙一看,原来是同屋的知青小冯膝盖上垫着个搓衣板,一边写家信一边哭。身在千里之外的贫穷山寨,哪个知青不想家?况且小冯与妹妹同岁,还是一个年少的孩子。叶辛轻轻地走到小冯面前,对他劝慰了几句,小冯却哭得更厉害了。小冯的哭声,也勾起了叶辛沉在心底的思乡情绪,让他心里也充满了酸楚的感觉。

知青茅草屋紧挨着的秧田里,嫩秧顶着银光闪闪的露珠儿从泥土里钻出来,绿茵茵的秧苗铺展开来,像一张大绒毯子。远处群山如黛,满眼翠绿,纱雾缭绕。叶辛暗自思忖:瞧,这倒是个写作的好地方,清清静静无人打扰,还可欣赏到浮云流水和山野绿色的风光,就在这儿写吧!

从第二天起,叶辛每天拂晓起床,坐在后屋檐下的小板凳上,膝盖上放块搓衣板,搓衣板上再垫上硬板纸,写上一阵。

寨子上的俞老汉一连几天在知青屋后的大水田里翻犁,每天早晨都静静地瞅着叶辛坐在那儿写作。

有一天,俞老汉提醒叶辛说:"寨外山头上有座古庙,原来是一个尼姑庵,那里曾办过政治夜校,既清静又有桌椅,你何不去那儿写?"俞老汉说着用牛鞭指了指那山巅上绿荫丛中露出的一角古庙。

叶辛一听,不觉心里一喜。等到了赶场天,他急切地走过小石桥,沿着一条弯弯曲曲上坡的小路,走了一里半路,来到了山巅上的破旧古庙。

庙门前台阶旁边,一颗粗壮的百年老桂花树在飒飒的风中摇曳着,把月洞门遮掩在树荫底下。月洞门很低,略比人高,进了月洞门是一个青石板铺成的院坝,由于年代久远,青石板十分光滑。院坝内立着四间屋子,两间茅草屋,两间砖木结构的瓦房。叶辛走进屋里,见重修的古庙已是现代房屋结构,菩萨神像不见踪影,早已没有了古庙的痕迹。听人说,这庙里原先住的不是和尚,而是尼姑,解放初期,这座尼姑庵的尼姑们都陆续下山还俗,他们嫁人生了娃娃,都成了普通的村妇,这庙就从此成了一座空庙,没有了人的气息。后来破旧立新,古庙拆了,重新盖了房子,变成了一所政治夜校,山寨上的政治运动都是一阵风，风头过去，古庙还是一座空庙。

破庙里满屋蒙着厚厚的灰尘，缺胳膊少腿的破桌椅乱七八糟地堆在一起。这儿清幽寂静，除了飒飒的风声和鸟儿的啼鸣声，没有任何动静，忙忙碌碌的农民们也没有闲情逸致上山来。

看到这些，叶辛心里一阵欢喜，多好的写作环境啊！在这个山寨上，难得有这样一处无人打扰的僻静地方。

叶辛从一堆烂桌椅中找出一套稍微像点样的课桌，又摞起两摞砖头，在两摞砖头上放了一块木板当凳子。

桌凳都备齐了，呵！多么好的写作条件，叶辛告诫自己，万事俱备，只欠东风了，快点写吧！

每天清晨，天刚蒙蒙亮，同屋的知青还在睡梦之中，叶辛就踩着晨露，带着书本、稿纸和一块抹布往对面小山上跑。破旧的古庙里清静安宁，在一堆乱石头和破砖块的陪伴下，听着大自然的风声和鸟鸣，他潜心写着自己想写的东西。

山寨上集体出工干活，早饭要吃到九十点钟，吃完了早饭，队长吹着哨子寨前寨后地吆喝一通，总要拖到十一二点才出工，叶辛每天大半个上午在破庙里忘情地写作，常常忘记了时间，等到妹妹在山脚下喊他吃饭，他才收起稿纸匆忙下山来。

在文思不顺畅写不下去的时候，叶辛就走到古庙的院坝外面，欣赏大自然的风光。

啊！月洞门外石阶旁的百年老桂花树，繁花锦簇，浓郁的花香扑鼻而来；远处群山逶迤连绵，壁立争雄，竞相比高；山坡上树木翠绿，一阵嗖嗖的山风吹过，山谷间绿涛荡漾；山坡上鸟语花香，烟雾缭绕，仙气十足。大自然的造化是多么美啊！置身在空无一人的破庙里，置身在大自然里，没有纷争，没有烦恼，身心都是自由的，可以敞开心扉，任思绪飞扬，心里别提有多惬意了。

第四章　遥远的文学梦，艰难的追梦旅程

好不容易摆脱了内心里的黑暗和无望中的彷徨,心中燃起了理想的火把,初学写作的叶辛又犯起愁来,常常觉得想好的东西一到手上就平淡了,甚至有时脑子里一片空白。

山寨上,老乡们日出而作,日落而息,大家都安安静静地过着日子,连意外的事故都极少发生,如果有人掉进水里,还可能出现个勇于救人的先进,若是谁家起了火,也许会出现个舍身救火的英雄,他拼命地去寻找叱咤风云的人物,可是山寨上总是安安静静的,一切都平平淡淡,究竟写些什么呢?要捕捉怎样的生活内容呢?

在山寨待久了,现实生活暴露出了严酷的一面,乡间随处可见的破旧茅屋,一些都摇摇欲坠;衣衫褴褛的农民,衣不遮体,山寨上的孩子寒冬腊月还光着脚丫;每天繁重的劳动,工值还不到几角钱,到了秋天"忠心粮"一交,家家户户每年春天都要挨饿,回销、救济也吃不饱饭的农民,都是靠挖野菜、吃洋芋充饥……这些东西震撼着叶辛的心灵,可是看到的这一切能写吗?

叶辛心里明白,这些都是社会的"阴暗面",是局部地区发生的事,是生活的支流,而文学应该反映生活的本质和主流。叶辛想不明白,是自小接受的社会主义好的教育出了问题,还是被生活的表面现象所欺骗了,他陷入了不知所以的深深苦闷之中。

究竟能写点什么? 这个文学之路上的最大障碍,逼迫叶辛重新审视山乡的生活现实,更加深入地感受生活,重新认识祖国广袤大地上发生的一切,重新认识长年累月苦苦挣扎和辛勤耕作的农民,深刻地感受这个时代,深刻地反思中国农民的命运和知青这一代人的命运。

一天,叶辛与一位老汉分别站在田埂的两边,一斗一斗地把洼处的水戽到高处干裂的田里。一口气戽了一百五六十斗水,他累得胳膊抬不起来,就与老汉坐在田埂的树荫里歇息。

叶辛摘下草帽扇着风,远山近岭静静地卧着,泉水瀑布"叮叮咚咚"地流淌着,牛羊低头吃草,马不停地甩着尾巴,不知是哪个姑娘唱起了山歌。

叶辛忍不住问老汉："你想嘛,这一座座山头,千百年来都没有变化,你的父母,你的祖父母,你祖父母的祖父母,逢到田旱时,想必也要戽水吧?"

老汉点点头,一扬手说:"那当然,你我都是客,他们才是主人嘛!"老汉指了指远处的高山。

"你说什么?"叶辛不解地问。

"坡是主人——人是客嘛!"老汉见叶辛没有听明白,放慢了语气解释道。

叶辛久久地望着这个目不识丁的老汉,回味着他那"山坡是主人是客"的话,觉得老汉的话多么富有哲理啊!这样的哲理,书本上也学不到。

叶辛猛然觉得,只有深入到生活中去,不断探索和思考生活中有价值的东西,才能写出好作品来。

叶辛慢慢地打开了学习和生活之门,他慢慢看到了生活本质上的东西,在文学的路上又迈进了一大步。

山乡小学校

叶辛从湘黔铁路回到砂锅寨不久,命运发生了第一次转机。

1972年夏天的一天,大队支书走进了知青集体户,叶辛心里纳闷:"大队支书找我啥事?"

大队支书问三道四地和他拉起了家常,四十分钟谈话结束了,大队支书到底要干啥?叶辛仍然丈二和尚摸不着头脑。

第二天,叶辛又被叫到大队,支书对他说:"经大队研究决定,让你去耕读小学任教。"叶辛喜出望外,却看见支书阴沉着脸,带有点恫吓的语气对他说道:"我本来并不同意,大队会计和其他干部都大力推荐,我才找你谈了话,发现你的贵州话十分地道,娃娃们能听懂,所以我就同意了你教书,你可要不负众望,好好教书,教出成绩哦!"

叶辛点头道:"不但要教好,还一定要送一批娃娃进公社中学读书!"

永兴大队所属四个寨子,好几年没有出过一个中学生,大队书记用疑惑的目光看了看叶辛,然后点了点头。贫协主任听叶辛这么说,喜笑颜开,乐得合不拢嘴。

耕读小学是刚由尼姑庵改成的,叶辛一直在那个破旧的尼姑庵里写作,竟然与它有了不解之缘,让自己脱离了繁重的农活。能到耕读小学教书,叶辛心里别提多高兴了!

一个人的命运,很多时候是操纵在别人手上的,别人轻而易举的一句话就能让你的人生来一个大转身、大改变。

教书来之不易,叶辛格外珍惜这次机会,可不能辜负大队干部们对他的厚望,他教得格外认真,一定要把山寨上的娃娃们培养好!

耕读小学只有四名教师,主要教语文和算术,五年级教一点历史、地理和自然。后来叶辛看到这些天真烂漫的娃娃总有一些贪玩的心,把他们捆在课桌上学习老坐不住,他就建议把唱歌和体育写进课程表。

"教这些个干啥?"起先老乡们很不理解,风言风语地说:"娃娃从小跟着大人上山坡,大人唱山歌,娃娃也跟着学,哪个不会唱歌? 体育嘛,更是多此一举,娃娃放学后就爬上山坡掏猪草,还到田里干农活,这些活哪个不比体育课锻炼身体?"

叶辛说:"那不一样的。"

唱歌和体育的课程没有专门的老师教,自然就落到了叶辛的头上。叶辛很喜欢唱歌,他从上海带来一个手风琴,初下乡时他爱在山寨上拉着手风琴唱歌,好心的会计教育他:"你别唱,人家听见你唱歌,就会说你活得太安闲,给你派的活不够重。"叶辛这才恍然所悟,以后他便背着手风琴走几里地,到平常无人去的水库边上自拉自唱,这回他的音乐素养派上了用场。

音乐课、体育课都没有课本,叶辛边学边教。贵州人民广播电台每晚7点有一档儿童节目,每周教一首儿童歌曲,他就每晚跟着学,学会了再在唱歌课上教给学生。学区下来一张广播体操示意图,他对照着自己中小学里做过的广播体操,把比较复杂难做的去掉,把易学易做的一节一节教给学生。

每个星期的唱歌课和体育课是学校最热闹的时候,全校从一年级到五年级的学生,都集中在一起上大课,大大小小的学生跟着叶辛一起唱歌,一起做广播体操,那欢腾的声音从山巅一直传到周围的几个寨子上,小学校显得生机勃勃。

几个月之后,在赶场的路上,叶辛遇见了一位素不相识的老乡,这位老乡扯着他的袖子说:"还是你教书行!"叶辛不解地看着他,老乡又说:"原来我家娃娃一背书包就喊肚子痛,回来不愿意做作业,只晓得赶鸭子玩。现在不同了,回家第一件事就是做作业,做完作业还唱歌,吃完了饭还要教他老奶奶做广播体操。"老乡乐得笑不拢嘴,看到这家的娃娃读书读得一家人喜气洋洋的,叶辛心里也很高兴。

就在叶辛任教第一年的冬天里,发生了一件事,让他一辈子都心存愧疚,后悔不已。

那是1972年12月的一天,飕飕的西北风夹着雪花乱飞。叶辛踏着雪花迎着寒冷的西北风赶到小学校,学校院坝里冷冷清清不见一个人影,快到上课时间了,学生不来上课,教师也不来教书,这样子教与学,哪还能出好成绩?

叶辛急躁起来,一阵恼火直往脑子里涌。他抓起那根打铁棒子,狠命地敲击着吊在屋梁上的圆铁柱。"当、当、当"清脆而急促的钟声,顺着凛冽的寒风传向山脚下邻近的四个寨子里。

听到钟声,四五十个娃娃踏着滑溜溜的山路,陆陆续续地来到学校。9点半了,学校才来了一半学生和几个上课的老师。

娃娃们背着书包,手里都提着一只用破脸盆、破瓦罐、烂花盆做的火笼,"扑扑"燃着的火苗上,架着几根干柴。整个教室里弥漫着腾腾烟雾,熏得人直咳嗽,流眼泪。

学生乱哄哄地打开书包拿出书本,又从书包里拔出干柴,小心翼翼地架到火笼上,生怕火笼灭掉,一个个俯下身子呼呼地吹火,教室里除了吹火声就是烟雾和灰尘。

叶辛板着脸站在讲台上,本来就憋了一肚子的火,看到乱哄哄、乌烟瘴气的教室,火一下子窜到了脑门上,一个箭步跃下讲台,对着第一排杨增贵带来的破脸盆,狠狠踢了一脚,破脸盆"咚"地一下被踢得翻了过去。

教室里顿时安静下来,在学生的心目中,叶老师和蔼可亲,风趣幽默,今天如此粗暴地爆发,学生们惊呆了,个个都瞪大了眼睛看着他。

叶辛气呼呼地走上讲台,正准备对全班学生训斥一通,抬头看见坐在最后一排年龄稍大的一个女生朝他连连摆手,叶辛瞪她一眼没有理会,她又指指前一排的一个男生,叶辛这才看到,这个14岁的男生,光着脚板,只穿着一条破破烂烂缝了很多补丁的裤子,冻得脸都发青了。再看看被他踢翻破脸盆的杨增贵,他的光脚板上还黏着稀泥,衣裳更加褴褛单薄,他正哆哆嗦嗦地掏着书、本子和铅笔盒,眼泪"扑簌扑簌"地落个不停。

叶辛眼泪"哗"地一下涌了出来,心里无比愧疚。他一下子意识到,自己还没有深入到中国农民的生活里,没有真正体会到中国农民的疾苦。在贫穷的山寨里,别说娃娃们都是衣衫褴褛、光脚板,大多数农民连饭都吃不饱,经常饿肚子。很多娃娃上不起学,早早跟着父母下到田里干农活了。教师们家里都有自留地,在赶到学校之前,要先锄地、挑粪,干上一派农活。大队里没有钱盖新学校,尼姑庵改成的小学校,几乎所有的窗户都没有玻璃,教室里连门都没有,屋顶漏雨,下雨天学生们都要撑着伞上课。寒风天,风吹进来冻得人直打哆嗦。

中国农村残酷的现实,使叶辛更加努力地教书,他想让这些农村娃娃学到更多的知识,将来用知识改变自己的命运。

叶辛文学思考的触角也开始伸进残酷的农村现实里面,他觉得文学创作要透过农民生活的表面现象,深入到他们的灵魂深处,了解他们追求什么,希冀什么,带着灵魂的农民形象,才是真正的小说人物。

小学校的教师们都知道叶辛在写小说,把他的课程全都排在了上午,叶辛把整个下午都用在了构思和写作上。

在山乡小学教书,给叶辛带来了灵活的时间,他更加勤奋地写起来。

叶辛常给学生读小说中一些有趣的片断,引发学生的学习兴趣。有一次,读到高尔基苦难童年在面包坊当小工时,一个女生高高地举起手来,接着全班绝大多数学生都举起了手,叶辛觉得奇怪:这些文字里没有不能理解的东西啊?他叫起最先举手的刘光秀:"你第一个举手,你说说,有什么问题?"

刘光秀站起来,不好意思地抽了一下鼻子,懦懦地说:"老师,面包是啥子?"另一个叫黄和江的男生,嫌刘光秀声音太小,大嗓门喊道:"什么是面包?我们听不明白!"

什么是面包?叶辛恍然所悟,农村里的娃娃根本没有见过面包,哪里知道面包是个啥东西?

"面包是一种好吃的食品,先用面粉发酵,然后再放入烤箱烤……"没等叶辛在讲台上比比画画地解释完,学生又是一阵嘈杂:"噢,原来是粑粑,跟馒头差不多。"

又有一个学生提出了新问题:"什么是烤箱?"

讲一个面包,费了好多时间,叶辛又是打比方又是做手势,讲得绘声绘色,他觉得学生还是不一定听得明白。

放寒假了,叶辛回到上海探亲,临走时他专门跑到面包店买了两个大面包。寒假过后第一天上课,他将带回去的面包放在讲台上,学生们都好奇地瞪大眼睛看着这个从未见过的东西。叶辛告诉大家:"这就是面包。"

娃娃们"哇"的一声喊起来,叶辛让娃娃们轮流上来瞅一眼、嗅一嗅,再每人取一片尝了尝面包的滋味。

大山里的娃娃们第一次吃到这么美味的面包,高兴地"噢噢"叫了起来。叶辛费了九牛二虎之力,终于给学生讲清楚了面包,看到学生们兴奋的神情,他心里也特别高兴。

山里的娃娃不会观察生活,写出来的作文干巴巴的,怎么样提高学生的作文水平呢?叶辛教给他们怎样观察生活,还罗列出许多作文题目,让学生反复写,自己还写上四五十篇作文当范例,学生们人手一篇,反复看反复背,不但学生的作文能力提高了,自己的文字功底也得到了锤炼。

叶辛用心教学,第一届小学毕业生就有好几个考上了公社农中,这对永兴大队而言,简直就是一个奇迹,永兴大队的村干部们都觉得选叶辛当老师选得对,老乡们对他心服口服,都说他有水平。

"人不受教育,未来就没有希望。"叶辛经常苦口婆心地对学生这样说。看着农村的贫穷落后,看着农民的艰苦生活,他多么希望自己的学生能学到更多的知识,将来能跳出农门,彻底改变自己的命运啊!

叶辛阔别三十年后回到当年插队落户的砂锅寨时,他发现自己当年的学生,有好些都做了教师,也在山寨上教书育人,一些学生因为有了知识,确实改变了自己的命运,心里非常欣慰。

暗自发力

1972年的冬天,这是叶辛一生中极其黑暗、极其寒冷的冬天,让他灰心的事一件接着一件,这个冬天他过得既无奈又难熬。

寒冬腊月的夜晚,知青茅草屋不断地透着冰冷的寒气,一盏墨水瓶自制的小油灯跳跃着微暗的光,叶辛就着如豆的灯光伏案疾书。

自从未婚妻工作之后,叶辛几乎每天晚上半夜才休息,早上5点又起来写作。但是写作不同于挑担垒砖等力气活,下死力气也并不见得就能写出好作品来。

叶辛苦恼极了,心里一片凄然和忧虑。

山乡下起了大雪,寒冷异常,夜晚冷得睡不着,叶辛只得把稻草盖在被子上取暖,但是仍然睡不着。他躺在草堆里,想着自己的前途,想着自己的未来,想着自己的爱情。他心里清楚,身无着落,成了爱情的羁绊,只有成功才能改变自己的现状,如若不成功,一生的命运就搭进去了。

叶辛很想快速成功,即刻改变,但是成功又没有捷径,心里急躁起来。

居里夫人说:"在失恋以后,我就以为没有嫁资的女子,不能得到男子的忠诚和温爱。"此时,叶辛觉得没有社会地位和经济实力的男子也很难得到女子的忠诚和温爱,他多么盼望着自己能够脱下剥削阶级出身的沉重外衣,轻轻松松地像其他知青一样参加工作啊!

小学校考完了试,叶辛开始了日夜孤独难熬的日子。恰在这时,帮他将小说稿转送出版社的上海同学赵揆初来信,说出版社要约见小说《春耕》的作者,催促叶辛赶快回上海与出版社编辑见面。叶辛归心似箭,觉得在山乡里多待一天都像在受罪,他稍作整理,就立即动身回了上海。

元月9日6点钟,叶辛提着行李来到贵阳火车站,可是四川方向来的火车脱班,直到9点才坐上火车。车厢内拥挤而又嘈杂,他拎着兜,背着提包好容易才挤进了车厢内。

一进车厢,叶辛就发现背上没有了沉重感,转头一看,背上的包不见了,只剩下一根带子。包内装着的钱、粮票、手电筒、肥皂全部不翼而飞,幸好随身的小包内还有114元、一件棉袄、一个杯子和一条毛巾。

天哪!丢的可都是老乡和知青捎带东西的钱和东西啊,这可怎么还啊?叶辛急得简直要哭出来。

此刻,40万字的长篇小说《春耕》,决定着叶辛的命运,他指望《春耕》能尽快出版出来,给他带来命运的转机。他急于回到上海,是抱着出版的希望,来听取出版社编辑修改意见的,可是编辑并没有直接给他实质性的意见,《春耕》的出版仍然遥遥无期。

在上海期间,叶辛的同学、好友都劝他试一试搞病退,叶辛断然拒绝了同学的劝说:"我没有大病,与其费心费力地搞'病退',还不如在山寨上一边教书,一边写小说呢!"他生性就不喜欢搞那些歪门邪道,更不愿求人。

可是文学的路太难了!多少人从这条独木桥上掉下去,摔得鼻青脸肿的,一辈子都没有翻身。

叶辛像着了魔似的,除了写小说什么都没有。对同学好心的劝说,他根本听不进去。他不断地内化,把劳苦、屈辱、艰辛、痛苦、孤寂都慢慢内化为一种桀骜不驯的个性,憋成一股劲头,形成了内驱力,推动着自己一直往前走。

叶辛暗自发力,坚信春种一粒粟,秋收万颗籽,天道酬勤,老天是不会辜负勤奋的人的,劳动总会有收获。他勤奋写作,指望着写作可以使他成功,写作可以从根本上改变自己的命运。

叶辛拼命地写起来,在文学创作的道路上,他踏着荆棘,忍着疼痛,加快了步伐……

退稿风波

1973年,就在叶辛安下心来潜心创作的时候,在知青中发生了一件事,犹如一把利箭狠狠地插进了他的心里,让他遍体鳞伤,疼痛难忍。一时间,叶辛掉进了痛苦的深渊。

事情发生在这年的春夏之交……

那是5月的一个赶场天,那天阳光明媚,柔软细腻的春风吹拂在脸上,叶辛心情舒畅,坐在门前的小凳子上看书,正看得津津有味,同宿舍的知青小李赶场回来,阴沉着脸扔给他一包东西。

包装的牛皮纸已经被打开了,叶辛心里"咯噔"一下,呆住了,这是他的长篇小说《春耕》。

这是他人生创作的第一部长篇小说,共40万字,落笔的那天,他小心翼翼地用牛皮纸包好,寄给了上海的同学,请他帮忙送到出版社去。尔后,叶辛就开始焦灼地等待着出版社的回音,没想到收到的竟然是退稿。

小李呆呆地望着叶辛,然后愤愤地说道:"求求你别再写了,好吗?别人都把你当成疯子了,你还真要当疯子吗?"

邮件被拆封,是乡间的邮电所里常有的事。也就是说,大家已经知道了这是叶辛的退稿,最糟糕的是把他本来秘密进行的创作彻底公开化了。

小李铁青着脸,说出了事情的原委。

原来,这天小李同大家一起去赶场,碰到邮递员小丁,小丁就把邮包交给了住在一起的小李。知青们以为是上海寄来什么好吃的东西,都争着拆包,想先尝为快。邮包拆开来,大家愕然了,原来是一包厚厚的小说退稿。接着,大家七嘴八舌议论开来。

有的说:"这种人就是要永远留在农村接受改造,农村这么累,还改造不过来,满脑子资产阶级成名成家的思想!"

也有的说:"这是癞蛤蟆想吃天鹅肉!"

还有人说:"他这是走白专道路,妄想出人头地!"

更有甚者说:"他要是能当了作家,我人头立马落地!"

听到这些风凉话,几个与叶辛要好的朋友十分气愤,与他们争执起来,险些动手打起来。

叶辛听了这些议论,就如同鞭子猛烈地抽打在他的心上,抽得他伤痕累累。他顽强地忍着不让眼泪掉下来，并安慰小李说："算了，谁不说句闲话？让他们说好了，说得越多我越有动力！"

叶辛赶忙打开退稿信，边看边在心里细细地对照着自己的不足，然后对小李说道："如果你们不看到这包东西，我也许就此打住，不再写了，但是现在大家都知道我在写小说了，我要发扬阿Q精神，更要写下去。刚才看了退稿信上说的六条修改意见，三条我已经意识到了，等于说还有三条，这些意见都改掉不就行了吗？我不信写不成！"

小李怔怔地看着叶辛，然后摇摇头，哭笑不得。

叶辛虽然说得自信满满，但是他的内心里却痛苦不已。

"多么不负责任的议论啊！你们说过也许就忘了，你们还是睡得那么沉、那么香，可你们哪里晓得，这一摞稿子里有我的追求，有我的梦想，有我的心血啊！"叶辛心里五味杂陈，只觉得心被谁狠狠地捅了一刀，鲜血在汩汩地流淌，他的自尊心被突如其来的猛烈一击给彻底摧毁了。

被侮辱、被损害，这种精神之苦，是最折磨人的。

从此，叶辛愁眉紧紧锁住，笑容一下子远他而去，郁闷成了一副沉默的模样。一起下乡的妹妹不解地问他："怎么不说话呢？"

妹妹比叶辛小两岁，正是花季的年龄，她无忧无虑，哪知道哥哥的心思和惆怅呢？

叶辛没有去反驳任何的风言风语，他默默地承受着这莫名其妙的打击和压力。

夜晚，叶辛躺在床上，辗转反侧，怎么都无法入眠。他捧着退稿，失望的眼泪"哗哗"地流淌，打湿了脸颊，打湿了枕头。

男儿有泪不轻弹，只因未到伤心处。众人的不理解，让叶辛十分孤独和难过，他觉得自己像一叶孤舟，在茫茫的大海里漂泊，没有人能向他招招手说："岸在前头。"在无边无际的惆怅和苦闷之中，他茫然，他无助，他觉得生命里看不到任何的希望之光，黑暗极了。

叶辛多么希望有个人在一起聊聊文学,多么希望向有写作经验的人请教啊。在偏远闭塞的山乡里,山村的农民可以教会他犁田耕地,教会他春播秋收,可是他们不懂文学,不知道怎么写小说。永兴大队一千多口人,分散在四个寨子里,连一本文艺书籍都找不到,到哪儿去找人聊文学,又哪里有老师可以请教?

怎么办呢?叶辛不断地在心里问自己,他陷入了深深的苦恼之中,内心生出一种空怀壮志落不到实处的困顿和焦急,无边无际的惆怅包围着他。他觉得自己就如同被困在沙漠中的骆驼,如原地不动,只能死路一条,只有行动起来,自寻出路,才能走出困境。可是难就难在他茫然不知道方向在哪儿,不知道到底该怎么走。

人大都有一段要么忍屈受辱、要么痛苦难捱的经历,关键是看当时的心境,有的人发愤自强,有的人则破罐子破摔,后来的结果却是天壤之别。

痛定思痛之后,叶辛似有一种失败之后的悲壮。他把退稿一推,又铺开稿纸孤注一掷地写起来,他要干下去!

只要走,希望总在前头。

"失败是成功之母",叶辛豁出去了,他要把这次挫折当成是成功的阶梯,坚信只要坚持不懈地努力,就一定能从失败中迈出步子,走向理想的前方。

叶辛开始有意识地接近周围的农民,做生活的有心人,在劳动的时候、赶场的路上、开群众大会时、晚饭后摆龙门阵的时候,他处处留心。他发现这些大字不识的农民,有着惊人的丰富语言,有时一个老农说了一句话,就会把所有在场的人引得哄堂大笑;有时一个难以阐述的道理,老农一个浅显的比喻,就既生动又明了。他把人们的对话、吵架时骂的污言秽语、俗语谚语、唱的山歌歌词、摆龙门阵讲的故事……都如获至宝地一一记录在本子上。

叶辛经常去了解一家一户的过去,了解他们几十年生活中发生了哪些事情,了解他们忧虑的是什么,盼望的又是什么,他们内心深处在想什么,了解他是怎样一个人,为什么会变成这样一个人的,还把寨子里每一个人都写了小传。这对他深入地了解砂锅寨和农村社会,了解中国山乡,了解各不相同的农民形象,有很大的帮助。

深入到山乡的生活中去,久而久之,叶辛积累的东西越来越多了,感受、思考也多了起来。他觉得自己就像一只向往天空的鸟儿,羽翼渐渐丰满起来。

成功的真谛也许就是行动,叶辛在苦苦地思索和追寻中,他无意中找到了学习的老师,那就是生活。他开始向生活学习,汲取生活中最鲜活的东西,思考农民们的思想和命运。

就如同黑夜里的一个行路人,叶辛凭着自己的感觉,一点一点摸索着不断前行。

放牛

秋收的时候,农村的小学校放暑假了,学生们都去帮助家里农忙了,队长没有再安排叶辛干重活,而是以征求的语气问道:"农忙时节你干些什么?"

"放牛吧。"叶辛不假思索地回答。

插队落户的头几年,叶辛也时常赶着牛群上坡放牛,在山乡里繁重的劳动中,放牛是一个较为清闲的活儿。这回,队长尊重他这个民办教师,让他又重操起了旧业,带着生产队的牛群上山放牛。

每天,天刚蒙蒙亮,叶辛就吹起牛角,散养在各家各户的大牯牛、老水牛、大黄牛、小牛犊听到"呜呜"的牛角声,就从院坝里走出来,跟着叶辛顺着寨子里的青冈石路,走到高高的斗篷山的山坡上。

牛群见到绿茵茵的青草,头也不抬地"哞呜哞呜"吃起来,吃饱了就自己跑到不远处的鸭子塘喝水沐浴、嬉戏玩耍,自在极了。

这个时候,叶辛就坐在岩石上,眺望远处千姿百态的高山、飞练般的瀑布、碧绿的山坡。大自然如此博大、壮美、和谐,人置身于大自然之中,是多么渺小和微不足道啊!处在偏远山区的农民和从城市来插队落户的知青们,在这大山深处人生的意义和价值又是何在?

一阵风吹来,云被吹走了,叶辛看着飘走的云朵,他想起了自己的家乡,如果能乘坐在这白云之上,就能飞出这连绵无尽的大山,飞往上海的家乡和山外的世界去看一看该是多好啊!可是山高水远,简直插翅都难以飞出这穷山寨了。

山里响起了闷雷声,狂风夹着大雨倾盆而下,叶辛赶忙吹起牛角,听到"呜呜"的牛角声,牛们从四面聚拢而来,跟着叶辛踏着泥泞的山路往回走。

行走在泥泞的山间小路上,深一脚浅一脚,跌跌撞撞,叶辛想到了自己的人生道路,一路走来,不也是这样泥泞沧桑吗?

日复一日放牛的日子,轻松而又安闲。叶辛斜倚在万籁俱静的山坡上,看着气象万千的山山岭岭,倾听着从峡谷那边传来的透着苍凉的山歌,他那颗青春躁动的心就会安宁下来,去真正体会陶渊明"山气日夕佳,飞鸟相与还。此中有真意,欲辨已忘言"的诗中境界。

这一天,叶辛躺在软软的草坪上,蜜蜂在草坪上"嗡嗡"地吟唱,蝴蝶在花朵上翩翩飞舞,牛在不远处甩着尾巴,不慌不忙地驱赶着叮咬它的牛虻、飞蚊,周围的一切都十分静谧和安宁,仿佛时间也停了下来。他又胡思乱想起来:这里的老乡肯定不知道上海南京路,也从未见过上海的外滩和一个挨一个的百年老店,也不知道城市里是那么喧嚣与繁华,更不知道托尔斯泰、巴尔扎克,外面的精彩世界是什么样子,他们都不知道;而外面的人,也不会知道山寨里的人这样过着平静而又贫穷的日子,也看不到这里山峦的静美,看不到挂在悬崖峭壁上的瀑布和轻吟低唱而来又叮叮咚咚淌向山谷的清溪,闻不到青草野花的芳香,也不晓得山寨里几千年流传下来的风土人情和民间的习俗文化……

突然,就像有人用什么东西敲了一下叶辛的后脑勺:唉——屠格涅夫不是写过一本《猎人笔记》吗?我哪怕写个《山乡笔记》也好。

叶辛心里一下子快乐了许多,觉得山寨四季、山山水水和草木牛羊都充满了意趣。

呵!放眼远处,山脉绵延,重峦叠嶂,绵延纵横,山高谷深,风光迤逦,还有绚丽多彩的喀斯特景观,多么美丽多彩的贵州啊!

放牛的日子里,叶辛坐在山坡上任思绪漫过山野、荒草、峡谷,四处飞扬。他躺在草地上慢慢疏理思路,从静美的大自然和丰富的生活中汲取营养。

深入地思索,让叶辛想明白了许多平凡而又深奥的道理,那些发愁多时的难题找到了答案,更重要的是让他找到了写作的突破口,也更加坚定了他的文学梦想,支撑着他坚持不懈地拿起笔,写下他最初的一些小说……

若干年后,叶辛才意识到,那些坐在山坡上的观察和躺在山坡上的思考,对他是多么的重要!他的创作就是在这放牛的日子里,悄悄地发生了重大的变化。

在孤独蚕食的日子里

这是叶辛下乡的第五个年头了,随着招工政策的松动,一部分下乡知青已经返城工作。一同从上海来到修文县的知青伙伴们,有的在又穷又破的小县城的五小工厂混到了一个工作;有的干脆长期赖在上海的家里吃"老米饭"；有的因家庭困难转点去了浙江、江苏的农村当了上门女婿，参加包工队外出打小工，成了江浙一带彻头彻尾的农民；邻近生产队的一个女知青，在别无他路的情况之下，勇敢地嫁给了一位当地的老乡，满以为生活会更安定更幸福，谁知婚后日子比单身时更为艰难。

在砂锅寨上插队落户的知青，也开始陆陆续续地被招工了。与叶辛同宿舍的小冯去了当地五小企业的化肥厂当了工人；小张的父亲在上海的司法部门工作，他被招进了当地的司法部门；小邵去了当地农机厂；妹妹从上海探亲回来，也带来了好消息，说父母身边无子女的可有一个子女回到上海，叶辛和妹妹一样盼望着回到上海，只有一个名额，怎么能把妹妹丢在这山寨上？他毫不犹豫地把名额让给了妹妹，妹妹赶忙整理了行装，喜气洋洋地回了上海。

1973年，砂锅寨的6个知青就只剩下叶辛和小李两个人了。小李焦急地等待着招工和上大学的机会，他等得不耐烦了，就跑到上海去探亲。小李刚探亲回来，迎面来了一个大惊喜，他被大队推荐进了林校，成了工农兵大学生。

小李喜出望外，十分高兴，临走时他扔下一句话："你在这里做你的文学梦吧！我可不陪你了，我要走了。"说完，小李欢快地背着行李离开了知青屋。

望着小李远去的背影，叶辛心里一阵心酸。

砂锅寨的知青都走了，知青屋已经人去屋空，只剩下叶辛一个人，孑身守着那间泥墙剥落、屋漏门歪的茅草屋，孤寂苦闷地打发着清贫乏味的日子。

人，是群居动物，再没有比生命的孤独更可怕、更可悲、更痛苦的了。

以前，山寨上的生活虽然艰苦，但是六个知青有说有笑，还有女朋友的感情在陪伴，苦中也有乐，可如今大家陆续回归了城市，叶辛顿感自己如同一个被人丢弃的石子，无人想起他的存在，也无人问津他的未来，一种强烈的遗弃感和浓郁的孤独感在他心里蔓延开来,一颗好不容易撑起的心,又一下子坍塌下来。他觉得世界一片寂然和黑暗,前途迷茫,望不到尽头,一切都没了把握,只有绝望的孤独感紧紧缠绕着他,让他窒息。

那些日子,每天从小学校放学回来,叶辛就呆呆地坐在茅屋的门口,心里默数着远处的九十多座高山,看着天空鸟儿自由自在地飞翔,心里充满了悲哀。

愁苦和郁闷,使青春勃发、满腔激情的叶辛,变得更加郁郁寡欢、沉默不语了。

砂锅寨有两颗几百年的大树,一棵是海棠树,一棵是老槐树,在两棵树的树梢上,鸟儿每天早晨"叽叽喳喳"地飞出去,傍晚时分它们又纷纷从远处飞回到老树上,在老树的树枝上盘旋,当天黑下来的时候它们就回到自己的窝里去。叶辛望着这样的景象,就会在心里想:"我何时能像这些鸟儿一样飞出大山、飞出这个山寨去?"

砂锅寨天天都在批"资本主义",到处割"资本主义的尾巴",没有人敢搞副业,光靠土地没有多少收入,日子越来越困顿了。插队落户知青的生活同样十分艰苦,叶辛买不起肉,吃不上油,他多少次穷得没有钱打煤油,只能摸黑过夜。

在清苦的日子里,孤身一人的叶辛更加难熬了。他孤独至极,郁闷至极,本来就瘦弱的身体,体质更差了,不断地生起病来。连续一些日子,他日夜牙痛,无钱看病,结果牙齿一颗颗脱落下来。

在叶辛最困难的时候,砂锅寨的老乡向他伸出了温暖的手,无意间为他的创作增加了动力。

一个寒冷的冬天,雪花纷纷扬扬地落下来,冰雪封山,山乡里一片寂静。叶辛发起了高烧,他迷迷糊糊地躺在茅草屋里,浑身疼痛,起不来床,做不了饭。他望着空荡荡的茅草屋,一阵凄楚的难过油然而生,不知不觉眼泪顺着脸颊流到了枕头上。

这时，随着一阵轻轻的敲门声，一个 14 岁的学生提着竹壳热水瓶走进来，关切地说道："叶老师，我给你送热豆浆来了，你喝了快点好起来。"

在生病的四天里，叶辛靠这瓶热豆浆维持着身体的能量，一连几天还是不见好，这个学生又冒着凛冽的北风，踩着雪凌满地的泥泞，到另一个寨子上喊来了医生，给叶辛打针退烧，才渐渐痊愈。

炎热的夏天，叶辛脖子上长出一个疮，打针吃药都不见好，反而一天比一天严重，日夜疼痛难忍，寨子上一个爱唱山歌的老汉，特意从高山上为他采来草药，敷了多日，居然渐渐地消炎退肿了。

一个赶场的日子，寨子里十分清静，叶辛摊开稿纸正准备写点什么，突然门被轻轻地敲了一下，叶辛抬头看见寨子上的秀穿着补疤儿的衣服朝他走来，秀笑嘻嘻地递给他一个鸡蛋，又从左右两个兜里各自掏出一个鸡蛋放在叶辛面前的小桌子上。叶辛丈二和尚摸不着头脑，怔怔地看着她，秀笑眯眯地说道："我用三个鸡蛋，换你一斤全国粮票。"

砂锅寨上的老乡都知道知青们有粮票，一只鸡蛋赶场天卖一角钱，三只鸡蛋三角钱，而一斤全国粮票市价正好也是三角钱。听秀这样一说，叶辛笑了，他从皮夹里掏出一斤粮票，说道："粮票我给你，鸡蛋嘛你拿回去。"秀没有拿鸡蛋，一把将粮票夺过去，笑着撒腿跑了，两条乌黑的长及腰肢的大辫子在背后甩来甩去。

人，孤独的时候，就会冒出许许多多的怪想法，这些想法又往往成为一些解决问题的路径。

粮票换鸡蛋，这是好注意！何不从上海买点粮票到乡场上换点荤菜吃呢？

想到这里，叶辛兴奋起来，立即给上海的母亲亲戚和同学写信，让他们帮忙低价买点全国粮票来。上海的亲朋好友收到他的信，都偷偷帮忙购买全国粮票寄到砂锅寨来，叶辛收到粮票就拿到乡场上换蛋、换豆腐，生活稍稍有了改善。

贫穷的生活，已经完全不能对付写作的需要，店里几毛钱一摞的信纸，叶辛也买不起，只好将七拼八凑的本子纸梳理整齐用来写作，还把同学的来信反过来用。

在上海一起长大的同学，一边给叶辛寄稿纸，一边来信劝他："作家协会砸烂了，出版社的编辑都去了五七干校劳动改造，写了稿子也无处发表。你一个知青，要现实一些，灵活一些，找找门路，尽快落实工作吧，想当作家，那除非疯了！全是小时候的理想把你弄得与生活格格不入的。"

同学专门给他寄来一本英语书，还有音标，如何发声，口型是什么样，都一一作了标示。劝他学一点英语，有点特长，以后好找出路。

叶辛没有变疯，也没有和生活格格不入，生活的现实摆在眼前，他需要尽快地摆脱困境。

面对残酷多舛的命运，面对种种心灵的摧残，面对各种压力的挤压，叶辛躺在床上再一次重新审视自己，将自己的兴趣特长一一进行对照。小时候，他喜欢打篮球，可是篮球是一个高个儿的职业，长大一点他就放弃了；上中学的时候，他喜欢踢足球，可是山寨上连个足球影儿都看不到，怎么可以拿这个当职业呢？整天跟土坷垃打交道，搞农业科技是最为现实的，但是自己没有种地的经验，山寨上又没有农业科技的书可以自学，叶辛觉得这条路走不通。

自己能做什么呢？

黑暗中，叶辛躺在床上思考着，寻找着自己通向未来的路径，渐渐地他看清楚了自己的远方，自己身上唯一能够发光的东西就是文学。爱好是最好的老师，自己对文学如此热爱，难道就不能无师自通走出一条路来？虽然文学的路是一条极其艰难的路，但是也许只有这一条路是现实的，是靠自己的努力可以能力所及的，除此之外还有什么指望？

在毫无出路的情况下，叶辛还是想到了写作，他对自己说："不是自小就崇拜作家吗？不是一直想走文学这条路吗？既然命运已经把我逼到这里，那就拼死一试吧！自古华山一条路,只有写作才是自己唯一的出路啊！

叶辛想着想着,他多日来阴霾混沌的天空里闪出了一道缝,一丝希望的微光突然掠过。

犹如在茫茫的大海里抓到了一根救命稻草,叶辛使尽全身的力气,奋力地抓住文学紧紧不放。他知道文学创作是唯一能救他的东西,这回无论风起云涌的时代风浪多大,前景多么暗无天日,他都要紧握不放,他准备靠文学来爆发力量,挣脱身上捆绑的一切。

一度暗淡了的文学梦想的火焰,又重新燃烧起。叶辛坐起来,摸出纸和笔,又继续写起来……

贵州的冬天十分凄冷,无数个夜晚叶辛都觉得疲倦极了,拿笔的手也冻僵了,他真想到铺着稻草的床上暖暖身子,可是一躺到竹篱笆的床上,听到"吱吱嘎嘎"地发出声来,看到熏得黢黑的帐子,想到重峦叠嶂的大山,他就再爬起来继续写。他心里想,居里夫人在巴黎求学的时候,也是挨冻受饿的,我现在冷是很冷,也不至于冻成冰坨子吧？坚持下去吧！

"天将降大任于斯人也,必先苦其心志,劳其筋骨,饿其体肤,空乏其身,行拂乱其所为也,所以动心忍性,增益其所不能。"叶辛用孟子的话来勉励自己,给自己打气。

踏着荆棘,顶着疾风暴雨,独自蹚出一条路径,艰难的程度可想而知。

叶辛在无穷无尽的孤独日子里,日日夜夜发奋努力地拼命写着,他不敢有半点的气馁和松懈,靠一种坚韧不拔的毅力支撑着生活,支撑着他那颗伤痕累累的心,在艰难中蹒跚地前行……

大雨冲塌了茅草屋

1973年的夏天,"天无三日晴"的贵州山寨里,天像一个受了委屈的孩子,泪眼涟涟地啜泣着,时而大雨滂沱,时而淅淅沥沥,时而阴沉沉的。

雨一天接一天地下,下得昏天黑地的,下得到处是一股子霉味,仿佛人也快要发霉了。

绵绵的雨丝不住地从关不严的破门里飘进来,飘洒在叶辛的心上,屋檐上的雨滴像倒豆子一样"哗啦哗啦"地落下来。

此情此景,使叶辛的心里十分郁闷,孤独与凄凉紧紧地裹住了他。

叶辛呆坐在知青茅草屋里,望着窗外细密的雨帘,远山近野,树林池塘,一切都被朦胧的雨雾笼罩在混沌之中。连绵的雨,模糊了他的视线,也忧伤了他的心。

招工冻结,招生要走后门,明年会是个什么样子?叶辛无法看到自己的前途,觉得未来的一切都在一片混沌之中,希望十分渺茫。

雨中的山寨十分清静寂寞,连一个说话的人都没有,叶辛孤独得像旷野里的一根电线杆,孤零零地站在那里,无依无靠。

蜗居在山旮旯里的寨子上,叶辛除了天天去寨外山头古庙里教耕读小学的农村娃娃读书写字,他把所有的空闲时间都利用起来,想着什么,写着什么。

夜晚,狂风夹杂着暴雨和闪电向知青屋袭来,一阵紧似一阵地敲打着茅草屋屋顶,叶辛心里烦躁不安,他辗转反侧好容易才迷迷糊糊地睡着。

一觉醒来,叶辛隐隐约约听到床头有水声,拧亮电筒一看,突然发现地上明晃晃的都是水,大水已经灌进了知青茅草屋,马上就要漫到床上来。他吓得尖叫起来,随手抓起床头一条裤子,跳窗而逃,往山上跑去。刚跑出十几步,整幢泥屋仿佛是一个历尽岁月沧桑苍老弯腰的老奶奶,再也无法支撑岁月的重负,轰然倒下,茅草屋顶也疲惫地塌了下来,茅草在大水里漂浮着。

叶辛看着眼前的一幕惊呆了,他庆幸正好半夜醒来,没有被砸死在这茅草屋里。

天空雷声隆隆,闪电像火龙一样乱窜。叶辛站在大雨里,成了无家可归的弃儿。

稿子、书籍、粮食……一切都被大水冲走了,墙倒屋塌,整个家眨眼工夫就全没了,以后的日子可怎么过?

雨夜里,叶辛哭了起来,雨水和泪水混在一起,顺着脸颊往下淌。

第二天,天刚微微亮,勤快的会计就起了床,他查看了大雨之后的院子,又打开大门从院坝里走出来,突然发现叶辛浑身湿漉漉地坐在他家大门外的石头上。

看见大队会计走出大门,叶辛把头埋在臂弯里,一句话也说不出来。

知青茅草屋倒塌了,生产队里让他暂时到一家农民堆柴草的阁楼上住。可总是借住在农民家柴楼上,也不是一个事儿啊!队里只得让叶辛住进废弃的土地庙里。

废弃的土地庙,是寨子中心一座石头砌的房子,房间不大,但是很结实。"文革"之后,这里的土地爷神像就被毁掉了,剩下了一个三面墙的破屋子,既没有门也没有窗子,无论是风是雨都会随意地钻进来。

队长让人将土地庙里堆放的石灰清扫干净,又砌起一面墙,将敞开的一面封了起来,做上了一个简陋的竹篱笆门,门上糊满了牛粪,并做了一个小窗户,对着寨子里的大院坝。

破旧的土地庙,孤零零地坐落在寨子中央晒坝上,连个近邻都没有。叶辛将这间土地庙简单打扫了一下,就将铺盖和生活用具搬进了土地庙里。

一张小书桌、一盏小油灯、一张床和一座破旧的土地庙,组成了叶辛的新家,他又在这里生活了。

这座破旧的土地庙,在叶辛多舛的命运里,又重重地抹上了一笔凄惨和悲哀。

叶辛独自坐在阴冷的土地庙里,远处的山野上,雾霭茫茫,满眼苍凉,一片死寂,一种冷落凄凉的感觉油然而生。

下乡五年就这样过去了,不知何处是归宿,现如今都居无定所了,写作的路如此艰难,何时才能真正从这样的境况中走出来?又何时才能稳稳地立足于社会?自己脚下弯弯曲曲的山路究竟通向何处?他突然犹豫起来,觉得前途渺茫,一切未卜。

叶辛越想越难过,越想越落寞,一颗伤痕累累的心在隐隐作痛。他转念又想,通天的梯子又远又窄,但总有人上去,再难也不能动摇信念,我要写……

在破旧的土地庙里,叶辛又开始了他漫长孤独而艰难的生活和创作。他就着小油灯又拼命地写起来,累了、倦了、懒了,他不敢有半点的懈怠,每当他松劲的时候,就会想起鲁迅先生所说的坚韧、认真、韧长的精神,他把那段"不要自馁,总是干"的语录抄在竹篱笆墙上,每当觉得孤独的时候,他就会想起"自古雄才多磨难,从来纨绔少伟男。"每当情绪低落、郁郁寡欢的时候,他就时时鼓励着自己:要坚持,还要更加努力!

意志的坚韧,来自于内心深处的信念,有一颗伟岸的心灵,才能支撑起坚强的身躯,去应对磨难。

多灾多难的命运,赋予了叶辛常人难以企及的品质,那厚积薄发喷涌而出的自信,那屡遭磨难而百折不挠的韧性,那身处逆境而从不气馁的信念,支撑着他在崎岖的文学道路上继续前行。

第五章
《高高的苗岭》让他敲开了文学之门

上帝给了叶辛坎坷的人生,他便一直与自己的命运顽强地抗争着。一摞七拼八凑大小不一的纸写成的小说稿,被他封存在箱底两年多之后意外地出版了,他完全没有想到,这人生的头一本书,不但能让他走出人生的低谷,还让他的命运发生了根本性的转变。

土地庙里的创作

1972年夏天,北京大学、清华大学等全国名牌大学开始恢复招生。在热火朝天的湘黔铁路工地上,一纸大学录取通知书送到了叶辛的同学王正雄手上,他被招进了上海工业大学读书,鸿运当头,王正雄跳出了农门,从一名知青变成了一名大学生,全工地的人纷纷向他投来羡慕的目光,谁不渴望有这样的好运气快点离开山乡啊!

1973年夏天,全国各地的师范、卫校、水电、技校等普通高校和中等专业学校也恢复了招生,"进了大学门,就是国家人",而且又"包吃、包住、包分配",上大学成了许多青年梦寐以求的理想。高校招生有许多条条框框,要经过层层推荐,严格审查合格才能参加考试,还要家庭出身好、政治成分好、生产劳动表现好、积极学习政治,当然还要有文化水平。录取标准极其严格,真正能被录取的只是凤毛麟角。但是无论是上大学还是读中专,都是知青们返城工作的最好时机,而且还可以有一个"国家干部"的身份,这个诱惑力实在太大了,大家都争着报名。

就在1973年的夏天,叶辛万万没有想到自己也迎来了这样一个上学的机会。这是他人生第一个返城学习和工作的大好时机,但他犹豫再三还是放弃了。

自从退稿风波之后,叶辛就反复琢磨着出版社编辑退稿时的退稿意见,在创作中逐条对照,企图找到一些创作方法和创作路径,可是文无定法,没有现成的路可走,他只好像一个迷失的孩子一样,在荆棘遍地的荒芜旷野之中,不断地思考着,摸索着,艰难地行走。

正在叶辛专心致志地根据自己的下乡经历创作长篇小说《锤炼》的时候,贵州安顺师范的招生老师向埋头创作的叶辛伸出了橄榄枝。

这天,一个陌生人走进了叶辛居住的土地庙,见叶辛有些愕然,他自我介绍说是安顺师范的招生老师,叶辛忙把他让到椅子上坐下,来人见小书桌上堆起厚厚的一摞稿纸,便与叶辛聊起文学来,他环顾了一下破旧的土地庙和那扇洞开的小窗户,然后说道:"我们向大队了解了你的情况,你表现不错又会写作,大队推荐了你,不知道为什么你却没有同意。"

招生的老师看了一眼叶辛,见他静静地听着,没有任何反应,就劝说道:"师范在全省招生,招生名额有限,你还是快点报名吧!"

面对招生老师的诚恳劝说,叶辛摇了摇头,招生老师顿时愣了一下,用奇怪的目光怔怔地望着叶辛,多少人做梦都想上大学读书,当这个机会降临到叶辛身上时,他怎么就轻而易举地放弃了?更令他完全没有想到的是,亲自上门劝他报名,叶辛仍然婉拒得如此坚决,招生的老师既不解又很为他惋惜。

这么好的返城工作机会叶辛都要拒绝,他心里到底想的啥?

摆在自己面前的是一个离开农村的绝好机会,叶辛岂能不知?他也曾梦想着有一天能跨入高等学府的大门,从此远离这个偏远落后的穷山寨,听说大队推荐他去上学,他心里顾虑重重地纠结了很久。他反复地想:这是一个注重血统论的年代,学校的大门应该是为工农兵的子女开着的,是张开双臂欢迎他们去读大学的,上大学首先要政审,自己出身不好,会不会因出身问题而被刷下来?如若是那样,岂不是更给人以口舌?又将如何再在山寨上待下去?与其要承受这样的打击和伤害,还不如待在山寨上继续写作走自己的路呢。即使被录取,每天都要上课学习,哪还有空写作?那写了一半的长篇小说《锤炼》肯定就要半途而废了,毕业后也不知分配到哪里,那淑君怎么办?

或许是内心装满了过多的担心,也许还心存一丝希望,一些乱七八糟的想法,让叶辛毅然决定放弃这次安顺师范读书上学的机会,继续他的小说创作。

胸怀大志的人,一般不拘泥于小利益,为了更高更远的目标,叶辛只好让自己的其他欲念暂时地休克。

秋末,山寨上的人懒懒散散的,干完了一年的农事,又是农闲时节了,叶辛趴在小书桌前陷入了沉思:已经是秋末冬初的农闲时候了,农闲一过小学校就要放年假,一年就要过去了,这部长篇小说《锤炼》能不能完成?一年里总得干些什么,总得写出一篇像样的小说吧?总不能让这些大好的时光白白地耗去呀!

70年代的文艺作品强调三突出,要突出典型环境中的典型人物,突出典型人物中的主要人物,还一再要求写现实生活中的阶级斗争和两条路线斗争。叶辛心里想,是不是自己太年轻了,又一直处在社会最基层,下乡五年里,自己无数次地仔细观察这个山高皇帝远的偏僻山寨,这里既没发现典型人物,也不觉得是什么特殊的典型环境,更没有看到青面獠牙的阶级敌人,当地倒是有些地主,却都是一副老老实实的可怜相,他们猥猥琐琐,只知道向人民群众低头认罪。这些地主会不会当初在剥削贫下中农的时候是一副凶狠的模样？但是自己没有看到，也不能胡编乱造啊！创作总得来源于生活吧？没有与阶级敌人与走资派做斗争的实际生活，怎么能写出阶级斗争和两条路线斗争的好作品呢？

山寨上确有一些让叶辛印象深刻的东西，除了老乡们春天饿饭、冬天挨冻、生活贫穷外，山寨上还时有包办婚姻逼死女青年，但是这些印象深刻、惊骇严酷的生活现实是万万写不得的。大报小报天天刊登祖国形式一片好，对社会主义新农村更是一片赞扬，谁胆敢写贫穷落后的社会现实，不把你打成现行反革命才怪哩！

长篇小说《锤炼》写得小心翼翼，叶辛反复地雕琢，写得踌躇，写得顾虑重重，反倒失去了功到天成的顺畅。这样一篇作品可否能通过审稿？叶辛心里根本没有底。

叶辛深入思考着山寨上的生活，思考着怎样创作，一些剿匪反霸的故事不知不觉地浮现在他的脑子里。

山寨里经常摆龙门阵，古今的奇闻逸事、神仙鬼怪样样都说，叶辛听到了不少清匪的故事，下乡五年来还有了一些零零星星的感受和体验：

——有一次，一个苗族汉子告诉他，清匪反霸的时候，一个解放军飞行小组的战士负了伤，被土匪追赶，当地苗家让那解放军躲进山洞，苗族老乡给他送吃、送喝，煎草药医伤，才把他救了下来。

——一次在田头歇息时，听一个农民说，隔壁公社有一个供销社主任，在少年时代因替剿匪民兵送信，被土匪围在一所寺庙里，他是木匠家的孩子，幸亏会脱榫头，在天黑的时候脱落寺庙木结构的后壁，钻进了树林才脱了险。

——在苗岭腹地修建湘黔铁路的时候，他借住在一户苗族的老乡家里，寒冬腊月的夜晚，与苗族老乡围在火塘边摆龙门阵，老乡对他说，新中国成立前，有些反动统治者搞汉苗隔阂，造成了民族冤仇，发生了许多流血事件。现在汉族老大哥成千上万进到苗岭深山里来帮我们修铁路，汉苗之间亲如兄弟了。

——在他下乡的第二年,有三名罪犯逃进了山洞,县里面下令全县出动每个山洞都要搜,围捕逃犯,他也随着寨里的民兵钻进了山洞,发现洞内别有一番天地,原来贵州山区熔岩形成的喀斯特地形洞中套洞,十分奇特。

这些零零星星的剿匪反霸的细节和贵州山洞里的感受和体验,早已逐渐在叶辛心里形成了一个小故事。在长篇小说《锤炼》写得不顺畅的时候,倒是那个清匪反霸的故事一天比一天更加完善更加成熟,人物形象一天比一天清晰,故事线索一天比一天明朗,创作的欲望也一天天地强烈膨胀着,简直到了瓜熟蒂落欲罢不能的地步,他决定先把这个剿匪清霸的故事写出来再说。

叶辛七拼八凑地买了几本练习簿,又找了几张白纸裁开,再把同学写来的信也用上写在反面,总算凑齐了一百来张纸。他迫不及待地写起来,不到一个星期,就把想好了的小故事写了出来。

写完《高高的苗岭》,叶辛心里一阵轻松,看着这摞密密麻麻的文字,心里既欣慰又兴奋。他跑上山巅,眺望着熟悉的远山近岭,他平生第一次有了一种成就感,他对自己说:在这山也遥远,水也遥远,路途自然也十分遥远的偏僻山寨上,我没有在农闲的日子里打牌吹牛聊天白白浪费光阴,我终于做成了一件事!

可这是一个新中国成立初期清匪反霸的故事,是一个小孩救解放军伤员的故事,一个七八岁的孩子,他根本不懂什么是两条路线的斗争。这篇小说里没有"三突出",也没有尖锐复杂的两条路线斗争,与当时的形势毫不相干,人家出版社要不要呢?犹豫再三,他还是不敢送到出版社去。

叶辛找来一张水泥袋的牛皮纸,粘成一个纸袋,将这四五万字的一大摞大小不一的稿纸装了进去,打开箱子,将这个厚厚的牛皮纸袋放在了箱子的底下。他不知道这一摞稿子还有没有重见天日的机会,就是觉得它生不逢时,不合时宜,只好暂时将它封存起来。

1973年12月19日,叶辛写完了长篇小说《锤炼》的最后一个字,他拿着这摞厚厚的稿纸看了又看,生怕有什么闪失。12月22日,叶辛找来一张厚厚的水泥袋牛皮纸,将长篇小说《锤炼》严严实实地包起来,寄到了上海人民出版社。

贫穷的砂锅寨,位于贵州川黔铁路的制高点,座座山峦犹如屏风一般高耸在连绵的群山之上。冬天,滴水成冰,寒风凛冽,如同北国一样寒冷,一坐下来就想烤火,日子十分难熬。

1973年的腊月,耕读小学校眼看就要放假了,山寨上的老乡家家杀猪杀羊、宰鸡鸭、磨血豆腐准备着过年。叶辛孤零零的一个人,不晓得怎样过年,他想回上海老家,又觉得上海的家人、同学、朋友、邻居都在上班,自己待在家里无所事事,况且来回的车费也不菲,他心里犹豫着。

长篇小说《锤炼》寄出去了一天、一周、两周,没有任何消息,按照以往给出版社寄稿子的经验,总要等待三五个月才能有回音,叶辛只好惴惴不安地等待着。

1973年12月25日,正在叶辛焦急等待的时候,突然接到了贵州省水电学校招生的体检通知,没有参加任何考试,经过大队推荐,他已经通过了层层审查,就要被省水电学校录取了,心里不免一阵惊喜,他迅速赶到县医院参加了体检。

1974年1月14日,山寨的小学校刚放寒假,大队干部走过叶辛门前的寨路,叫了他一声。叶辛应声出门,大队干部掏出省水电学校的录取通知递给了他。

省水电学校的录取通知上写着:报到日期1974年3月2日。

终于等到了这一天!

可不知为什么,叶辛心里顿生忐忑,上了水电学校还能否继续写作?追求已久的文学梦会不会就此破灭?

就要离开这个贫穷的山寨了,叶辛好好煮了一顿晚饭,来纪念自己插队落户的日子。

  第二天,叶辛把所有的东西都送给了老乡,又将整理好的两箱子书寄存在老乡家里,他望了一眼周围的远山近岭和古庙山寨,然后上了路,准备去上海老家度过报到之前的日子。

  叶辛走了三个小时才走到久长,路过永久公社大院门口时,公社副书记温老三向他招手道:叶辛你来!你来!温老三笑眯眯地看着他,递过来一份已经拆开的上海人民出版社的改稿信。

  叶辛赶忙看了一下改稿信,信不长,字迹很工整,上面写道:你寄来的长篇小说有修改基础,准备"十一"出版,希望你在收到信后来上海一趟,商量修改的事宜。

  叶辛没有想到在土地庙里近一年创作的长篇小说《锤炼》寄到上海人民出版社,20多天就来了改稿通知,这就意味着这部长篇小说一旦改定就要出版了,他欣喜异常。

  嗬!天道酬勤,机会来了。

  公社副书记温老三盯着叶辛问道:"你去哪个?"

  见叶辛有些犹豫,温老三提醒道:"叫你去改稿子,也可能改着改着书不出了,而且你要是去改稿子,就要把上学的名额退出来。"

  叶辛点了点头,拿着上海人民出版社的改稿信出了门。

  在久长大街的饭店里,叶辛要了一碗面,他边吃边思考着:"去省水电学校读书,自然可以获得一份稳定的工作,可是一直在追求的文学梦想却已经很近了。鱼,我所欲也,熊掌,亦我所欲也,可是鱼和熊掌不能兼得啊!既然已经执着地走在了文学这条道上,而且还准备一条道走到黑,现在小说就要出版了,有了一线光明和希望,又怎么能够放弃呢?"

  吃完了面,叶辛又折回到温老三的办公室,把省水电学校的录取通知书退给了他。温老三瞪大了眼睛,劝道:"你不忙做决定,再想想啊!你可要想好!"

叶辛坚定地说：“我已经决定了！”

叶辛退出公社副书记温老三的办公室，温老三看着他的背影不断地摇头，目光里充满了惋惜。

叶辛兴冲冲地背着简单的行李，归心似箭地启程去上海改稿了。

上海改稿

小说就要出版了，叶辛心里十分兴奋。

回到上海的第二天，叶辛就急匆匆地赶往人民出版社文艺编辑室。接待他的是一位40多岁的老编辑，脸庞胖乎乎的，一副和蔼可亲的模样。老编辑笑眯眯地说："我姓谢，叫谢泉铭。"

叶辛不好意思地点了点。

老谢询问了叶辛的情况和创作经过，也没有同他谈稿子的修改，就说道："马上就要过年了，你回家好好休息，过一个节，两个星期之后再来吧！"

叶辛很纳闷："不是叫我来改稿子吗？怎么没有谈稿子呢？自己只请了一个月的假，光是休息就去了两个星期，哪还有多少时间改稿子呀？能改好吗？"他很想问问老谢何时开始改稿子，可是初来乍到，与老谢还不熟悉，出于对出版社和编辑的敬畏，他没敢问出口。

两个星期后，叶辛再次来到出版社，出版社编辑部里坐满了编辑。这回，老谢认真地与他谈起了稿子的修改，他谈得很细致，甚至连一些小细节、一些对话的语气、一些标点符号都谈到了。叶辛有些沮丧，他没有料到修改意见竟然会那么多，那么细。

"哎呀，这么多缺陷，还有两个星期，别说修改，就是抄一遍都来不及啊！"

老谢看出了叶辛的心思,他安慰似的说道:"不要怕时间不够,我们可以以出版社的名义,去函到你插队的公社替你请假,先请两个月!"

这下叶辛放心了,两个半月的时间,足以改好这篇小说了。

刚满 24 岁的叶辛,少不经事,他完全没有想到,一住下来,这篇小说竟然整整修改了两年半的时间。起先是在家里改,后来叶辛觉得家里太吵,就与老谢商量搬进了打浦桥科技出版社后院的作者宿舍里。

这是一幢门字形的老式楼房,二十世纪二三十年代,这里曾是法租界,这幢楼房有着典型的法式风格。不远处,金神父路(今瑞金二路)日晖里 4 号曾是现代著名剧作家田汉的住所;二十世纪二十年代,革命文艺团体南国社也设在这里;新新里 315 号,是中共党员袁鸿钧秘密电台的旧址。二十世纪二三十年代的这里,处处洋溢着革命文艺的气息。

作者宿舍里住着从各地来出版社修改作品的文学作者,叶辛与江西回来的知青小鲍住在同一间宿舍,住在他隔壁的是《矿山风云》的作者李学诗,《矿山风云》被改编成评书,由刘兰芳播出,曾轰动一时,他也因此成了大名鼎鼎的作家。黑龙江知青张抗抗也在出版社,修改她的长篇小说《分界线》。

作者宿舍大楼后面的花园边上,有一个作者食堂,开饭的时间,改稿的作者也拿着铁饭碗夹在编辑队伍里,在食堂排队买饭,提着暖壶打开水。

在作者宿舍里刚住下来,老谢就替几个改稿的插队知青作者办了一张借书卡,凭这张借书卡可以从出版社资料室借阅各种图书,很多都是社会上根本见不到踪影的书籍。老谢叮嘱叶辛与小鲍,一边修改稿子,一边借阅一些名著,要从名著中多汲取养料。

拿到借书卡,叶辛快快地对老谢说:"资料室好多书过去都读过。"

老谢一脸严肃地说:"今天再读,体会是不一样的,你试试!"

叶辛与小鲍谁都没有耐性在出版社长期改稿,小鲍即将分配到街道工厂去上班,在出版社改稿没人发给工资,而叶辛还是个插队知青,虽然出版社帮他到公社请了假,可是不在生产队劳动,贵州农村里是不可能分给他口粮的,回去吃啥？咋活命？他俩心里都很着急,心思也不在读书上,都从自己的实际生活情况考虑,急于让老谢针对这篇小说再提出具体修改意见,进行全面修改,好早日定稿出版。

老谢有他的工作方式,他不让他们马上动笔,让他们先静下心来,共同提出一个修改提纲。老谢几乎每天下午都从绍兴路的办公室步行到打浦桥的作者宿舍来,对他们的修改提纲提出种种问题,从总体构思、主题、立意、人物形象的塑造,到细节的改造和运用、每章的写法、章与章之间的衔接、入笔的角度、收笔的方法等等一一指点,原来写小说就像制作一件艺术品,还要这样精雕细琢！

如此缓慢地改稿,又让他俩犯起愁来:"到底要修改到什么时候？长期待在出版社,现实的困难是没有工资,一日三餐无钱吃饭,总要解决改稿期间的吃饭问题啊！"两人空下来就"叽叽咕咕"地交流这些想法。

叶辛焦急万分,老谢看在眼里,也明白他的心思,他先是在出版社给他们办理了误工补贴手续,又把自己家里省下来的粮票送给了叶辛,看过他们稿子的老编辑李济生和后来任少年儿童出版社社长的陈向明听说了叶辛的情况,也都把家里省下来的粮票送给了他。误工补贴是依照叶辛插队落户生产队的工值计算的,每个劳动日是四毛钱,一年到头按300天出工算,也只有120元钱,但是有了这些钱和编辑们送的粮票,叶辛慢慢安下心来,他不再急于回到山寨去,在用心改稿之余,还不忘记再写点什么。

老谢是一位很敬业的编辑,与改稿作者之间关系亲密,对他们写出的每一章稿子都进行细致的审读,要是觉得不行,就画上一道道红杠杠,指出他们的问题,让他们重新写,他常常从午后一两点钟就来到作者宿舍,一直忙到晚上九十点钟才步行走四十分钟回家。老谢的爱人在黑龙江,他的两个女儿都在读书,他却没有时间过问女儿的学习,把所有的精力都放到了培养这些年轻的尚不成熟的作者身上。他知道每个改稿作者的性格脾气,各自的优点、缺点和创作优势,要他们互相学习,取长补短。他对叶辛说:"要把眼光放得远一些,注重自己的生活积累,不要盯在书本上,将基本功练得扎实一些,基础打得牢固一些,力争将来写出大作品来!"

马路上的高音喇叭里,每天都播送着中央新闻和上海市革委会的运动风潮,还有人民群众大批判的消息和革命样板戏。公共汽车和电车的喇叭声、刹车声也都不时地越过高墙传到作者宿舍里。叶辛充耳不闻,他潜心在这里阅读名著,看人家如何开篇,如何结构,如何设置高潮,精读细嚼,重读了很多经典名著,果真像老谢说的,感觉大不一样,对他小说的结构能力和语言驾驭能力都有了很大的补益。

在老谢的指导下,叶辛不断地积累阅读经验,而且通过改稿实践,摸索创作规律,学习着把感受过的生活表达准确,落在稿面上,并逐渐掌握了一些对话、细节、景物、段落、部署的要领,一步一步找到了适合自己的表达方式,开始真正走上了文学之路。

叶辛对小鲍说:"在作者宿舍的两年,就是出版社和编辑老师悉心培养我们的两年,我们虽然没有进入大学,但是这两年比在大学文科读书收获还要大。"

当初,上海人民出版社有三个编辑室,分别是少儿编辑室、文艺编辑室和科技编辑室,拢在一起便于一统天下地领导。

少儿编辑室的编辑余鹤仙与《矿山风云》的作者李学诗是好朋友,每周必定要来作者宿舍看望隔壁住着的作家李学诗,见二十几岁的叶辛一脸稚气,余鹤仙和李学诗就常劝他写些儿童文学作品,说得他心热了,叶辛就把封存了两年的《高高的苗岭》草稿翻了出来,找来一百多页稿纸,偷偷摸摸在作者宿舍里工工整整地誊抄下来,送到了少儿编辑室。不料这本稿子很快让少儿社审读通过了,经姜英和周晓两位编辑的指点修改,很快定稿发排了。

秋高气爽的夜晚,叶辛披着夜色从同学家聊天回来已是 11 点钟了,突然发现桌上放着责任编辑送来的两本《高高的苗岭》的校样,他欣喜若狂,倦意顿消，赶忙在台灯下校改起来。

夜深了，马路上的喧嚣渐渐平息了，城市也沉静下来，当叶辛翻过最后一页时，低头瞄了一眼手腕，正是凌晨4点钟，楼下马路上的16路头班车正隆隆地开过去。一口气改完小说稿，他真的很累了，但是毫无睡意，着了迷一般翻阅着那些散发着油墨香味的校样，好些往事不断地涌来，在他心里翻腾不已。

天渐渐地亮了起来，叶辛望着窗外，聆听着苏州河上隐隐传来的汽笛和电喇叭声，他思绪万千："在艰苦的插队落户生涯中，多少个日日夜夜啊！艰辛的耕耘，终于有了收获，那些艰苦的劳动和不懈的追求，没有白费！"

不久，责任编辑周晓又把叶辛叫到少儿编辑室，原来《高高的苗岭》正要定稿，出版社正好轮到责任编辑姜英去干校劳动半年，她只好将校样交到编辑周晓的手上。周晓翻着这本书的样稿说："这个稿子姜英基本上已经编好了，我也看不出更多的问题，没什么可多改的，就我来看，这已经是小说了。我铅笔注出来的地方你就自己考虑一下吧，觉得要动就动动，觉得不要动也就算了。"周晓从另外一个编辑的角度，以商榷的口吻这样说。

叶辛将校样抱回了家，他仔细琢磨着周晓的意见，又仔细地润色了一下，第二周就将改好的校样交给了周编辑。

在姜英和周晓两位热心责任编辑的帮助下，《高高的苗岭》稍作修改就这样定稿了，从定稿到出版经过插图、编排、校样等一道道工作，还要将近一年的时间才能出版。

叶辛心里想："没想到这次改稿，还有了这样一个意外的大收获。"

当时社会上流传着很多小道消息，不时地发生一些奇怪的事件，从偏远山乡回到上海的叶辛觉得很新奇，也到处打听一些小道消息，并在改稿的作者之间互相传播。在花园里散步或是在晚饭后聊天时，叶辛常对着老谢满腹牢骚地发泄，说一些怪话，有时还不免对祖国命运表示出担忧，对当时的社会现实表示出愤懑，老谢只是听，既不说话，也不表态。

一天,老谢拿着一张《文汇报》来到作者宿舍,他把报纸往桌子上一拍,敲着桌子说道:"你们看看,'反击右倾翻案风',这分明就是在攻击无产阶级革命家!"

叶辛恍然大悟,原来老谢的心与我们是相通的!

遇到这样一位贴心贴肺、乐于施教的编辑老师,叶辛学到了很多书本上学不到的知识,更为庆幸的是,自己常在老谢面前口无遮拦地乱说,也从未惹来口舌是非。人心叵测,好事者不少,一句话打成反革命的事毕竟时有发生。

出版社宿舍里有一间乒乓球室,每天午饭或是晚饭后,叶辛、老谢与小鲍三个人就拿着球拍去打半小时的乒乓。叶辛与小鲍球艺差,总是以很悬殊的比分败在老谢手下。可是到了定稿的几个月里,叶辛和小鲍不但创作上有了很大的提高,球艺也有了长进,几乎可以与老谢打对垒,偶尔还能赢过他。

老谢每顿只吃二两饭,菜也吃不多,到了下午三四点钟,他就撑不住了,总要跑到街上买点心来,把小笼包、锅贴、煎饼等小吃带到作者宿舍里,和大家分着吃,老编辑陈向明也经常掏钱买点心,给改稿的作者们吃。

与编辑之间融洽、亲密,叶辛心里其乐融融,渐渐地也不再想回山寨的事了!

1974 年到 1975 年之间,"文化大革命"仍在深入继续,政治风向难以让人琢磨,小说的内容也一直要随着形势的不断变化而改变,形势不稳定,稿子也无法最后改定。叶辛与小鲍被搞得晕头转向,根本无从着手,稿子改得很慢。有一天,叶辛问老谢:"这书不是说 10 月要出版的吗?这样改,到时能出版吗?"

老谢反问道:"全中国人民都在'批林批孔',轰轰烈烈,如果在贵州山乡你要参加吧?"

"这么重大的运动,我在的话,当然要参加了。"

老谢直盯盯地看着叶辛,又说:"那你这本书里没有反映啊,这本书我们10月出版怎么能行呢?"

"那怎么办呢?"叶辛有些心慌,惴惴地问道。

老谢不容置疑地说:"要把这方面内容加进去啊!"

这下叶辛犯了难:"在上海改稿一年了,贵州上海两头不着地,弄不明白'批林批孔'是怎么一回事,没有生活怎么加呢?"老谢不知道,在叶辛插队的山乡里,大队干部只要求知青们在农田里劳动,根本不要他们参加什么"批林批孔"运动。

叶辛找来很多书刊,终于搞清楚了孔老二是怎么回事,'批林批孔'又是怎么回事,他把这个精神融进了自己的小说里。谁知1975年又开始评法批儒了,老谢又是这句话:"你如果在农村要不要参加这样的运动?"

叶辛不好说不参加,只得说:"我大概也会参加。"

"这么大的运动也要加进去的!"老谢坚持着。

一天,出版社把改稿子的作家集中起来,出版社领导说:"走资派还在走,还得要狠批!"叶辛心想这篇小说大概又得要加这个内容了。狠批走资派的内容还没来得及加,不料发生了一件让他意想不到的事,把叶辛打回了插队落户的贵州山寨。

1975年的夏秋之交,出版社里有人议论说:"这个叶辛,跑到上海来改稿子改了一年多了,长篇小说我们要三级审查,再让他待在上海干什么?还是让他回农村去补充生活吧!"有人偷偷地把这个意见告诉了叶辛,小说还没有定稿,如果被赶回山寨去,这本书谁知道拖到猴年马月才能定稿。

叶辛担心的事还是发生了,听到这个消息不久,出版社就通知他回砂锅寨,继续去当插队知青了。

临行前,叶辛去与姨妈和姨父道别,走到走廊里,姨父若有所思地看着叶辛,仿佛眼神里有些不便言说的话语,然后从衣兜里掏出了10元钱递给他,劝道:"要好好在乡下劳动,再争取机会回来。"

1975年深秋的一天,火车像一条长长的蜈蚣,穿过山川隧道,越过大江小溪,在荒野的地面上缓缓爬行。夕阳抹去了它最后一抹余晖,将远处的群山、流淌的河水,还有落叶萧萧的树木和一望无际的原野都披上了薄薄的轻纱,世界渐渐变得模糊起来。

　　在乱糟糟、吵吵嚷嚷的车厢里,瘦弱的叶辛安静地坐着,那忧郁的眼神空洞地望着迷雾缭绕的一切。

　　火车拐弯了,浓重的夜色渐渐吞没了苍穹,大地陷进了黑暗之中。叶辛仍然一动不动地坐着,任凭火车载着他不断地前行。

　　在这趟从上海到贵阳的火车上,叶辛就这样一直静静地呆坐着,其实他心乱如麻,思绪万千。那个年代,一本书就可以定乾坤,本来他的长篇小说《锤炼》一经改定就要出版了,这本书的出版很可能会给他带来命运的大转折甚至是大逆转,这就意味着他可以脱离山寨结束艰苦的知青生活,可是命运却跟他开了一个大大的玩笑,稿子还没有审核出版,他却被打发回插队落户的山寨里去了。

　　这本书到底还能不能通过审核顺利出版?一切都是未知数。叶辛宛如走在了纤细的钢丝绳上,心被悬在了半空中。

　　回到砂锅寨,叶辛每天边劳动边无奈地等待出版社把修改意见拿出来,可是左等右等就是没有消息。

　　"出版社说好是让回来补充生活的,怎么就没回音了呢?"

　　妈妈、哥姐和周围几个要好的同学都来信说:"你还真以为是让你补充生活吗?人家那是哄你回去,是不会再叫你来了,你还是安心在山乡里劳动吧。"

　　听了大家的劝告,叶辛努力燃起的希望之火一下子被浇灭了,梦想即将破灭,前程没了,生活的一切又都暗淡了。叶辛不知道接下去的路该怎样走,内心里茫然无措,心情像是灌了铅一样地沉重,他绝望而又崩溃。

　　改了两年的《锤炼》杳无音信,叶辛又想起了送到少儿编辑室定稿的《高高的苗岭》,煮熟的鸭子该不会也长了翅膀飞走吧?

世上的事情充满了无数的不确定因素,成败往往不在于事情的本身,而是许多外在的因素在起作用。别无指望,他不得不把全部的希望寄托在这篇儿童文学上面,希望它能快点出版。

在偏远的山乡,叶辛盼望着,担心着,等待着……

一波三折的《火娃》剧本改编

1975年深秋的砂锅寨上,在江南小阳春一样的天气里,正是老乡们抢收的农忙季节。瘦弱的叶辛与老乡们一起干农活。扳苞谷、收谷子、挞谷子,这些工分最高的艰苦农活,都是壮劳力才能胜任的,可是老乡们却说:"你是回来补充生活的,肯定很快就要出去工作了,我们就不给你记工分了。"

艰苦的农忙刚刚结束,山寨上又进入了多雾多雨的冬闲时节,绵绵的长脚雨,一天接一天地下不停,阴雨连连,下得山路泥泞溜滑。

叶辛抬头望着窗外连绵无尽的冬雨,雨帘编织成细密的网,笼罩着山寨,笼罩了整个大地,一种苦闷的情绪油然而生。

25岁了,25岁对一个知青来说意味着什么?意味着招收学徒工,人家不收了;抽调,已经被排斥在外了;上大学,人家嫌大了。25岁的年龄啊,几乎所有出去工作的大门都已经堵上,一切工作的机会似乎都没有了,看来是很难飞出这个贫穷落后的山寨了。

去出版社改稿之前,余下的粮食已经不多,叶辛不得不一天只吃早晚两顿饭,肚子常常饿得"咕咕"叫,如果秋天分不到粮食,来年吃什么?他为饥肠辘辘的肚子而发愁。

常言道:四川的太阳云南的风,贵州落雨当过冬。落雨的日子实在太冷了,土地庙洞开的窗子,像张开的大嘴巴,大口大口地喝着山寨上"飕飕"的冷风和溅进来的雨珠。冷风钻进屋里,啃咬撕割着他的肌肤,冷得他直打战。夜晚,叶辛用一只大斗笠把窗子严严实实地堵上,薄薄的被子根本无法抵御寒冷,他干脆把堆在床底下的稻草厚厚地压在被子上睡觉。到了白天,他不得不取下斗笠,让光亮射进屋里。窗子洞开,屋内依然寒气逼人。

一天,叶辛找来砖块,又去河边挑来沙土,将沙土与铁匠铺子里的铁砂和在一起,砌成了一只大火炉,点上了煤火,借来写作的小桌子紧挨着炉火,尽管炉火的热气会不停地涌出窗外,却还是给他带来了些许的温暖。

寒冷和饥饿一起袭来,巨大的生存压力和精神压力,又像一座大山,压得叶辛喘不过气来。

现在,已经没有任何希望和出路了,叶辛觉得自己的精神世界已经承受不住任何的打击和重量,快要彻底崩塌下来。面对暗淡的前途,面对寒冷、饥饿与苦闷,唯一能支撑他的便是写作。

这年的冬月,雨期出奇地长,绵延下了一个多月还没有要停的意思。这天,时近黄昏的时候,绵绵细雨还在拼命地下着,寨子里除了"唰唰"的雨声,听不到任何声音,十分寂静。他借着微弱的炉火热量,聚精会神地写着长篇小说《绿荫晨曦》的第14章,故事将进入一个高潮,可是他已经饥火如焚,饿得再也写不下去了,只好先停下来,往火炉旁边靠了靠,搓着双手取暖。

突然,"砰砰砰——"门外响起重重的敲门声,叶辛听到搭伙老农家最小的儿子小水发边用力拍打着房门,边大声喊道:"叶老师!叶老师!"

"小水发如此急切地敲门,发生了什么事?"叶辛心里很纳闷,他急忙打开门,雨帘中跑来的小水发手里举着一封信,兴高采烈地说道:"有你的信!"

接过信一看,叶辛愕然了,信既不是上海的家人、同学寄来的,也不是女朋友淑君的来信,而是北京电影学院导演系寄来的挂号信,信封上写着"谢飞缄"几个字。他急切地打开信纸,信上写道:"我领受了一个拍摄任务,学校给了80万块钱,我在上海读到了你的小说《高高的苗岭》打样稿,觉得这简直就是一部电影,为了商议把这个小说改成电影的事宜,我已经订了去贵阳的机票,要到贵州来找你,请你近日内不要离开山寨。"

"插队落户十年,艰苦的生活,孤独的心境,遇到的尽是些倒霉事儿。《高高的苗岭》能拍电影了,这不是天上掉下一个大馅饼吗?这样的大喜事真的会降临到我的头上?"叶辛好长时间没有回过神来,他不敢相信自己的眼睛,将这封信又看了一遍,千真万确,《高高的苗岭》被一个叫谢飞的导演看中,真的要拍电影了,这突如其来的惊喜让他激动万分,他一把抱起小水发,把他举起来原地转了三圈,又放在地上。顿时,那间寒气逼人的屋子里,充满了喜悦。

叶辛再也写不下去了,他对着小水发滔滔不绝,又说又笑。

小水发从未见过整日里沉默寡言的叶辛如此兴奋,他听说要拍电影,也高兴得又笑又跳,还扯着嗓子唱起了歌。一阵狂欢过后,小水发一溜烟地跑回家,朝着他妈大叫:"割腊肉!割腊肉!"

贵州山乡有一个习俗,冬天里家家户户都把杀的猪做成腊肉吊在梁上,来了尊贵的客人或是家里有了大喜事,就割下一片腊肉来炒菜吃。

"割腊肉!割腊肉!有喜事!"小水发回到家里不停地大叫着。

原来,1975年《高高的苗岭》定稿以后,责任编辑周晓请印刷厂多打了两份校样,把一份校样给了上海电影制片厂文学部的一个朋友。

当时,北京电影学院的两个年轻导演谢飞和孙洞天为了让学生有实践的机会,从学校拿到了一个拍摄计划,想让学生在拍摄影片的过程中具体学习,他们正在物色一个儿童题材的小说拍故事片。谢飞找遍了全中国所有的出版物,遍地都是写两条路线斗争的作品,连儿童文学《新来的小石柱》也要搞阶级斗争,搞两条路线斗争,一个小孩子岂能看出谁是走资派,又岂能懂得两条路线的斗争?他觉得既荒唐又俗套。

谢飞年轻气盛,有一股特立独行的劲儿,他想拍一部真正意义上的能走心的儿童片,可是到哪儿找一个称心如意的好题材呢?

正在谢飞寻找之际，上海电影制片厂文学部的一位同志把《高高的苗岭》校样推荐给了他。看完校样，谢飞一阵惊喜："真是踏破铁鞋无觅处，《高高的苗岭》正是我想要找的作品，就用《高高的苗岭》来改编拍摄！"

谢飞立马飞往贵阳，来找叶辛谈拍片的事。

小水发的父亲只有两三年级的文化，母亲目不识丁，一听叶辛要拍电影，觉得发生了一件了不起的大喜事，他们激动地割了一大块腊肉，请叶辛吃肉庆祝。

叶辛与小水发一家人欢天喜地地围在桌前吃肉，大家说说笑笑，开心极了。小水发的父亲乐呵呵地说道："你天天在那里写，这回真的写出名堂来了嘞！"叶辛按捺不住内心的激动，不断地笑着，只有他自己明白这条写作的路有多么艰辛，而《高高的苗岭》的拍摄对自己又将意味着什么，也许成功就在眼前，自己梦寐以求的文学梦就要实现了！让他没有想到的是，盼望已久的《高高的苗岭》书还未出版，倒是先拍电影了，他怎么能不激动万分？

"'衣带渐宽终不悔，为伊消得人憔悴'在如此艰辛的环境之下，我的追求、我的梦想、我的磨难，并非毫无价值，我的付出、我的劳动、我的写作也没有白费，我离成功越来越近了，也许还有一步之遥，再加把劲儿！"叶辛心里五味杂陈，暗暗为自己加油。

人生的机遇十分重要，谢飞的到来，让叶辛突然感觉到自己有了机会，命运到了转折的关口。叶辛思忖着："信上所说的启程日期早已过了好几天，至少他已经到了贵阳，很可能又从贵阳到了修文县，虽然他还没有出现，但离我已经是很近了，也许一两天内我们就可以见面。"叶辛恨不得马上就能见到谢飞。

久长公社是从贵阳去砂锅寨的必由之路，谢飞来砂锅寨找他必定先去久长，也肯定是公社的干部陪他来，谢飞会不会已经到了公社？叶辛心里盘算着，很想去久长打探一下谢飞的消息，但是又不好跑到公社里去乱问。

收到信的第二天，正好是久长赶场的日子，以往每星期天的赶场天叶辛可不舍得去,老乡们都去赶场了,山寨里十分安静,他静下心来在家里拼命地写作。

这天,雨过天晴,是个难得的好天气,叶辛早早就出了门,内心里怀着一丝希望,跟着老乡一起去赶场。

1975年的11月,大多数知青已经离开了乡村,赶场的知青已经很少,老乡们有的挎着一篮子鸡蛋,有的挑着一担子洋芋,有的背着一袋子黄豆,有的带着一箩筐豆腐,他们带着各式各样的土特产和各种蔬菜去卖,再顺便买点盐巴、针头线脑或是扯点布回去。

农闲的季节,乡场上的老乡非常拥挤。叶辛赶场并不想买什么,只站在久长的十字街头晃来晃去。

突然,赶场的人纷纷让出一条道,一辆吉普车"嘟嘟"地开进了这个偏远的乡场,引得大家都驻足观望。

吉普车转了一个弯,车后扬起了一阵尘土,转到公社办公室门口"吱"的一声停了下来,赶场的老乡都围拢过去看稀奇。叶辛也站在人堆里远远地盯着那辆吉普车,车上走下来几个人,一位是似曾见过的县里的领导,另一位30出头,披一件军大衣,陪着这个穿军大衣的还有安顺慰问团团长程佩芬,她是上海财政局专门派到安顺去慰问知青的。

下了车,程佩芬把这个穿军大衣的人介绍给了公社领导,这些公社的大领导和上面下来的官员客气地互相打着招呼。

看着这一幕,叶辛认定这个穿军大衣的人,便是来找他的导演谢飞。

叶辛在街上漫无目的地闲逛着,约莫过了三四个小时,场都要散了,公社的大喇叭里喊了起来:"砂锅寨的叶辛来了没有?砂锅寨的叶辛来了没有?你如果来了,赶紧到公社办公室来!砂锅寨的叶辛来了没有?"大喇叭里第一声叫喊,叶辛已经听得清清楚楚,但是公社的干部并不认识叶辛是何许人也,广播里依旧在不断地大声叫着。

听着大喇叭里不断地呼喊自己的名字,叶辛激动地站着动也不动,脚仿佛被钉在了地上。一起赶场的老乡捅了他一下："在喊你了！在喊你了！"叶辛冷静了一下，然后才慢腾腾地向公社办公室走去。

程佩芬认识叶辛，一见他进屋，惊喜地说道："你来赶场真是巧啊，要不还得把你从砂锅寨找来，20里路一去一回那可是麻烦了。"接着，程佩芬向他介绍道，"这是北京中央五七艺术大学的谢飞导演，他是专程来找你的。"

这个披军大衣的年轻人，高高的个儿，干练、精干，有一种雷厉风行的闯劲儿。他微笑着伸出手来，主动跟叶辛握了握手，问道："你有没有什么事？"

"我没有什么事啊。"叶辛喃喃地回答。

谢飞干脆利索地接着说："没什么事你就跟我走！"

叶辛心想，出来赶场，家虽然是个土地庙的破家，什么东西都没有，但是总要回去一趟，带点日用的东西啊。

叶辛支支吾吾地问道："连牙膏牙刷毛巾都没带，怎么走啊？"

程佩芬在旁边提醒说："他叫你去你就跟着去吧，毛巾嘛到了县城里我给你买一块。嗨！这个方便。"

谢飞也说："没关系，可以在县城的百货店买一条毛巾和一把牙刷的。"

叶辛坐上吉普车，糊里糊涂跟着谢飞到了县城。当天晚上，谢飞与叶辛住在修文县的招待所里，他们一见如故，说话很投机，不一会就进入了正题，开始谈论如何将《高高的苗岭》改编成电影剧本。

1975年，中国年产电影还不到十部，拍电影是多么大的一件事啊！《高高的苗岭》刚已定稿，书还没出来却要拍电影了，这好运、机遇和荣誉，真是做梦也没想到。一想到二十几岁的他，竟然第一本书就要拍电影，心里就按捺不住地"怦怦"直跳。

谁知幸福来得如此之快，没过多少日子，磨难、痛苦却又接踵而至。

树大招风，就在叶辛因狂喜而激动的时候，一些人一直在一旁关注着他，瞅准机会，伺机捣乱。一只黑手早已在毫无察觉的情况下伸向了他，想悄悄地掐死这株刚刚破土而出的小苗苗，置他于死地。

枪打露头鸟，已是某些人的思维定式，时下还很卑微的叶辛，当然在劫难逃。那些政治打手们，就是想一棍子把他打倒在地，让他再也直不起腰杆。

在县城的招待所里住着，叶辛隐隐觉得谢飞与知青慰问团之间好像有什么事在商量。果然，仅住了一夜，谢飞就对叶辛说：“你先回寨里去，整理一下东西，等我的信到了以后再去贵阳。”

叶辛忐忑不安地回到砂锅寨，洗好了被子，又整理了书籍，静静地等待着谢飞的来信。一天、两天、一个星期过去了，也不见谢飞的来信，叶辛心里七上八下的，难道出了什么问题？

寨子上的大队干部悄悄告诉叶辛，谢飞曾到公社来找了生产队、大队、公社三级干部，还找了一些村寨上的农民了解他在山乡插队的表现。叶辛心里很坦然，在山乡插队六七年来，除了劳动、教书，就是写东西，自己是经得住调查了解的。但是他又不安起来，因为他被上海出版社借去改稿时，据说慰问团中一些造反起家的人还专门写信到出版社，说：“柏油马路上栽不出万年松”，反对叶辛在出版社改稿，要求他立即到山乡继续接受再教育。要是谢飞听了这样的意见，他会怎样想呢？一想到这些，叶辛不寒而栗，又坐立不安起来。他忧心忡忡的，内心里充满了担心。

叶辛在山寨上如坐针毡，煎熬地等待了十天，终于接到了谢飞一封简短的来信，信上写道：“你先来贵阳再说。”

谢飞的来信验证了叶辛的预感，可究竟发生了什么事？他不得而知，心里既担心又纳闷。

叶辛急忙赶往贵阳，在金桥饭店里找到了谢飞。谢飞安排他住进了自己的客房，却对这十天里发生的一切挂口不提。他俩足不出户，又开始了无话不谈的聊天，交流世界文学名著和各自的经历与命运，天南地北，东拉西扯。他们讨论电影改编的设想，研究场景、人物、情节、对话，甚至如何设置一些精彩的细节。

聊了一个星期,叶辛有些急不可耐了,恨不得马上就动手改编出来,可是谢飞却不动声色,没有让他动笔改编的意思,叶辛忍不住问道:"我们为什么还不动手改编呢?"

谢飞瞅了叶辛一眼,踌躇了一下,然后斟酌地道出一句:"干脆跟你说了吧,有几个管你们知青的人,不同意让你写电影剧本。你想想,写一部电影是一件多么有影响的大事啊,他们说,上海知青有110万人,有才能的也多的是,为什么偏偏让叶辛这样一个出身于剥削阶级家庭的人来写呢?"

谢飞的一席话,如同一个晴天霹雳,一下子把叶辛镇住了,他跌坐在沙发里,呆呆地瞅着被风吹拂的淡蓝色的窗帘,心里一片茫然。

出身无法选择,血统无法选择,这是叶辛出生之前就已经决定了的,这种出身的不平等,他无法改变,谁都无法改变。他的父辈、祖父辈甚至更远的祖先,已经给予了他一个不好而又无法选择的出身,祸根的种子早已播下了,出生在这样已经打上标记的家庭里,多少次招工、招兵、招生都没有他的份,一切都只有靠自己的艰苦努力,可是他努力得来的东西,却又要这样被无情地毁灭掉。

叶辛胸中的苦闷越积越厚,不知道如何才能在苦闷中抬起头来。

"不能写剧本了,那电影还能不能拍呢?我的追求、我的梦想、我的希望就这样破灭了,那活着还有什么意义?"叶辛心里涛翻浪卷,如同刀割一般的痛苦。

插队落户六七年了,叶辛无欲无求,与世无争,不曾为上调孝敬讨好过什么人,也不曾为离开农村讨得个工作去托关系找门路开后门,甚至去城里办事,他都宁愿两条腿走着去,也不愿赔着笑脸递个香烟搭人家的车,难道连这样一无所求的生活都不让过下去吗?他没日没夜地写,就是认定了在稿纸上能写出一条属于他的文学之路,现在连这条路也被堵死了,哪还有什么活路啊?难道出身不好就要永无出头之日吗?

叶辛一下掉入了绝望的深渊,万念俱灰,心灰意冷,一蹶不振,痛苦的人生在这一刻走到了极致。他觉得激情之火在慢慢地熄灭，他甚至怀疑当初的选择是否正确。

那往日的激情、往日的理想、往日的劲头，一下变得十分脆弱而摇摇欲坠了。

叶辛双眼瞪着谢飞，僵在那里，突然一股怒火"嗖"地一下子冲到了他的头顶，愤怒的泪水夺眶而出，他陡地从沙发上跳起来，拿起桌上的一支笔"啪"的一声将它折断，又奋力将它摔在地上。继而，他愤怒的血液在全身流淌，他想骂人、想大哭、想摔杯子、想砸玻璃。多少个不眠的夜晚啊，自己辛辛苦苦闯出的路，好容易看到了一丝希望的光芒，却要被拦腰斩断，他被逼到了极点，绝望到了极点，伤心到了极点，愤怒到了极点！

叶辛开始收拾东西，决定马上离开这座贵阳最好的酒店，搭乘9点50分的火车立即回到砂锅寨去，既然不能写，那就回去把所有的笔都折断好了，把所有的稿纸都付之一炬，再也不写了！反正只有在偏僻遥远的山乡里过一辈子无欲无求与大自然为伴的日子了。

谢飞一个箭步冲向门口，像一座山一样死死地堵在门口，把叶辛堵在屋里。

谢飞严厉的目光锋利得像一把匕首，戳在叶辛身上。他瞅着叶辛，厉声地说道："你的自制力呢？太冲动了！要说退，难道我比你不是更有这个自由吗？但我有权力坐上飞机轻易就回北京吗？"

谢飞的一席话，如同重锤敲击在叶辛的心上，分量很重。

能在人生命运的转折时期遇上谢飞，支撑着他经住大苦大难、起落跌宕的人生，真是叶辛莫大的幸运。

这些日子以来，省里一些复出的红军时代的老干部每天都来看望谢飞，从他们的交谈中，叶辛知道了谢飞就是谢觉哉老人的儿子。是啊，作为导演，谢飞完全可以另外选择剧本，不必要与那些反对的人周旋力争，承担责任，他为的是什么呢？而自己又有什么理由先退却呢？

当叶辛从偏激冲动中平静下来,才觉得刚才自己是被这突如其来的打击和愤怒气糊涂了。他再次在沙发上坐下来,怒气也渐渐消了许多,谢飞又推心置腹地给他讲起了另一个细节,他说:"我这辈子也是第一次到贵州来,对这里的一切都感到人地生疏,当我初来乍到去省城出版社打听叶辛的时候,出版社里接待的人以十分肯定的语气说道,我们省里没有这样一个作者,你一定是搞错了,把云南的知青当成贵州的知青了,很多外省的人经常把云贵联系成一回事的,直到我拿出你插队的详细地址,那人才没话说了。照理我没有必要告诉你这件事,但现在我觉得应该讲给你听,就凭这,你也得争气!难道你不觉得是这样吗?"

谢飞的鼓励,让叶辛的心里又热起来了,烦恼也好,忧虑也好,不踏实的担心也罢,统统把它放在一边,得先把剧本写出来再说!鲁迅不是说"躲进小楼成一统,管他冬夏与春秋"嘛,痛恨没有用,烦恼没有用,一切都由不得自己,自己能够把握的就是尽快写出剧本。

叶辛沉下心来,把心思都用在写剧本上,他顺着与谢飞商量的结构和设想,仅用三天的时间就写出了剧本初稿。谢飞看完剧本,露出了满意的笑容,眉开眼笑地说:"有了这个本子,再加上我在公社开四个小时的座谈会上众人对你的称赞和好评的记录,我就有对付那些人的武器了。时间还多,我们还可以结伴到苗族山乡去,到紫云县去,到四大寨去。"

事情随时都会千变万化,谢飞没有想到,他手上的武器并没有灵光,电影没有及时如愿地拍摄,历经三年,《高高的苗岭》改编成电影《火娃》才被搬上银幕。

陪谢飞走四大寨

写完剧本,谢飞回京还有些时间,剧本里许多外景都是在贵州的山区,谢飞提议到四大寨采访,顺带去看一下外景。

四大寨是很出名的一个苗族寨子,可就是太偏远了,交通又不便利,那里到处是悬崖峭壁,高山峻岭,地势十分险恶。

叶辛陪谢飞翻山越岭到了四大寨公社,公社的领导极为热情,说:"中央五七艺术大学的老师来了,无论如何要杀头猪招待!"猪肉、猪头、猪肝、猪血煮了一大铁锅,二十几个干部里三层外三层地围着铁锅喝酒吃肉。

谢飞和叶辛是客人,坐在最里面。大家说说笑笑,到了九十点钟,二十几个干部又用水桶提了一桶酒来还要喝。

走了一天的山路,又喝了点酒,叶辛实在想睡觉,就不断地看着谢飞,谢飞看出了他的心思,就说:"还只是走到公社,接下来还要走好几个寨子,我们明天还有任务,还要去四大寨采访,今天就到这里吧。"干部们面面相觑,然后说道:"那你们赶紧去休息吧!"说完他们又继续喝酒、吃肉。

叶辛心里不太踏实,忍不住问道:"我们住在哪里?"

叶辛想看一眼晚上要睡的床,担心北京来的谢飞被跳蚤、虱子咬得一塌糊涂,睡不着。他们说:"你们放心,干净得很!"接着让一个没有喝多少酒的干部陪着走进了一个房间,他把电筒打开来一照,角落里堆了一摞被褥。

"你们就在这里面睡,蓝颜色的是被子,白颜色的是褥子,你们就抽两张褥子垫在地上,再抽两张蓝颜色的被子盖吧!"说完这位干部把电筒留给了叶辛,自己摸黑又回去喝酒了。

谢飞和叶辛拿手电筒在屋子里上下左右照了一圈,原来这是一个仓库,而且这个仓库还确实很干净。

苗家四大寨是个贫困寨,是贵州出了名的偏远贫困地区,年年国家要拨很多寒衣寒被,给没有被子盖的农民发被子。秋冬之交,那一摞正是刚拨下来还没发下去的寒衣寒被。他俩每人抽两张被子两张褥子,舒舒服服地一觉睡到大天亮。

"文革"后期,农村的干部是没有理由随便杀猪的,中央五七艺术大学来了人,在偏远的山乡就认为是中央来了人,这才很隆重地招待了谢飞。据说那天晚上,他们吃到半夜3点钟,才把这头猪全部吃完。

谢飞没在乡下生活过,他本想一天能走几个寨子,居然一天走一个寨子,已经累得要趴下。

四大寨的地势很特殊,是标准的贵州偏僻山乡的地势。这个寨子在这个山头上,那个寨子在另一山头,要是"唉,啰啰吆"一喊,两个山头互相听得清清楚楚,但要是从这个山头上的寨子走到那个山头上的寨子,必须要从陡峭的山路上走到山脚底下,然后再从山脚底下爬上去,天就黑了,按当地人的说法是:两面喊得应,走路要一天。

在四大寨,谢飞与叶辛爬山越岭,凭吊了小罗山地主庄园的废墟遗址,察看了险峻的高山,体验了寂静、废旧、荒无人烟的感觉。经过几天的采访,他们已经累得爬不动了,决定打道回府。

早上7点3刻,四大寨天才蒙蒙亮,寨子里的老乡还在睡梦之中,叶辛与谢飞就上了路。公社派了一个农民带路,负责9点以前把他俩送到山区的公路边,去搭乘招呼车,赶往紫云县城,再在傍晚赶到安顺。

向导不容置疑地说道:"走大路是36里路,那是绝对不可能在9点前赶到的,抄小路也要走24里的山路,我就带你们走小路吧!"说完,他大步流星地往前走去,向导是个复员军人,在崎岖山路上健步如飞,叶辛与谢飞紧赶慢赶跌跌撞撞地紧随其后。

离公路还有七八百米的时候,他们远远地看见过路的公共汽车在车站停下来,又缓缓开走了。

"停啊!停!"三个人拼命地扯着嗓子大喊,可是车上的人却无人听见,班车渐渐开远了,消失了。

高山是一个天然的消音器,遮挡了他们的声音,七八百米的距离是无法听见的。

三人都傻了,不知如何是好。一天只有这么一辆班车,如若赶不上班车,就要步行50里山路才能走到紫云县城,那是无法赶上紫云到安顺的班车的,到不了安顺,谢飞就赶不上回北京的飞机,那可怎么办啊?

公共汽车开走了,叶辛与谢飞十分沮丧。

向导无奈地说:"现在车走了,我也没有办法,我的任务是把你们带到公路边。"

叶辛问道:"那我们怎么办?"

向导指了指前面,安慰道:"只有这么一条公路,只要往前走,走50里路五个小时就到了,好在现在时间还早,只不过9点不到,今天总能走到的。"说完他转身回去了。

叶辛和谢飞一屁股坐在路边的石头上,你看看我,我看看你,束手无策,只得步行往前走去。

他们走了两个小时的山路,十分口渴,腿有些打战,肚子也饿了,但是没有任何办法,坐了半小时之后,只好再走,50里路总要走完啊!

刚站起身来,叶辛瞄了一眼手腕上的"上海牌"手表,已经9点过了,心里泛起愁来,山区都是盘山路,上上下下地十分难走,走六个小时也不一定走到安顺,说不定走到傍晚才能到吉米,心里不觉急躁起来。

将近中午11点的时候,公路上开始不断有一些马车走过,有驮着石头的,有驮着石灰的,还有驮着灰沙的,马吃力地拉着沉重的马车,从他们身边缓缓地擦身而过。

一辆驮着谷草的马车叮叮当当地走过去,叶辛心里一阵惊喜。叶辛插队落户的寨子上也有一辆马车，他知道驮着石头、煤炭、沙子的马车是不好坐的，一是车子本身很重，一般车主不忍心再给马增加负担，二是车上太脏，不能靠，坐着也不舒服。而驮谷草的马车虽然堆得老高，车子却很轻，而且还能躺在上面。

叶辛把搭车的想法一说，谢飞的眼睛顿时亮了："行啊，坐马车也比走路强多了，我们这样的速度，我看七个小时也到不了！"

又一辆驮着高高谷草的马车走过来了，赶马车的是一个黑脸的汉子，个子不高，很结实。叶辛上前用贵州话问能不能搭他的车，黑脸的汉子居然痛痛快快地说："你们坐上去吧！"

他俩迅速爬到马车那高高的谷草堆上，将谷草搭成一个椅子的样子，半躺在谷草上，长长地喘了口气。

休息了一会儿，谢飞一个接一个地讲起了电影故事，他讲得眉飞色舞，叶辛听得津津有味，两人十分开心。谢飞讲完，叶辛又讲起自己读过的小说，两人互相交流人生观、艺术观，心的距离一下子更近了。

在这辆马车上，在不知不觉之间，叶辛与谢飞建立起了深厚的友谊，结下了一辈子的生死之交。

下坡的时候，马蹄"嘚嘚嘚"跑得很快。毕竟讲故事不能当饭吃，两人早饭没吃，中饭也没吃，下午3点多钟的时候，肚子已经饿得"咕咕"叫了，只得叫马车夫停了车。

谢飞到附近买了两个雪白的馒头，两人狼吞虎咽地吃起来。吃完了馒头，顿觉有了力气，他们再爬上马车，朝后坐在松软的谷草上，又开始天南地北地讲故事。

马车在一个平整的地方突然又停了下来，叶辛与谢飞都很纳闷："还没进城啊！"

车夫铁青着脸说道："下车！前面很快就进城了，休息一下。"

谢飞与叶辛下了车，他们朝前望了望，远处的房屋整整齐齐地排列着，

127

有些繁华的景象,知道县城就要到了。他俩傻呵呵地坐在路边休息,车夫见他们没有反应,就从车上抽了一根棍子握在手里,然后走到两人面前,板着脸说:"开钱!"

谢飞这才转过神来,马上说道:"这段路我们是应该给你钱的,你要多少钱?"

"一块五毛!"

谢飞从钱夹子里抽出一张两块钱递给车夫,车夫这才笑容可掬地收了钱。

70年代,人的思想特别单纯,马车免费带一程是常有的事。看着眼前突然发生的一切,亲眼看见了马车车夫如此见钱眼开,身无分文的叶辛明白了,天下没有免费的午餐,世界上人与人之间不过是一些冷漠的个体,任何的得到都是自己付出的结果。

付了车钱,叶辛与谢飞重又爬上了马车,马车"咕噜咕噜"驶进了县城,收了钱的车夫高兴地一直把他俩送到了紫云长途汽车站门口。

谢飞掏出两角四分钱,买了两个包子,他们一边吃一边飞跑,进了汽车站售票处,让他们喜出望外的是,居然买到了两张长途车票,赶上了4点钟从紫云县城发车开往安顺的最后一班车,他们顺利地到达了安顺。

傍晚时候,天还没有黑尽,长途汽车就到了安顺。谢飞亮出中央五七艺术大学的证明,安顺地委地革委接待处马上安排他俩在安顺地委宾馆住下,开了一个大大的客房,算是对"中央"来人的优待。

放下行李,两人马不停蹄地奔去招待所食堂,食堂正要关门,他们赶快一人交了五毛钱,豆腐、肉、蔬菜,要了好几个菜,两人这才扒下一碗饭填饱了肚子。

哦,有惊无险的四大寨之行!一路上,崇山峻岭郁郁葱葱,飞峡瀑布高耸险峻,他们在领略了大自然绮丽风光的同时,还经历了劳累饥饿和人情冷暖。

在这次旅行中,叶辛与谢飞彼此更加了解了,友谊也更加深厚了。

突然中断了拍摄

天有不测风云,好运气往往稍纵即逝,磨难却会永远纠缠着你。就在叶辛志气高昂地潜心改剧本的时候,一场灾祸又悄悄地从天而至。

叶辛担心的事还是发生了。

真是屋漏更遭连夜雨,一波未平,一波又起,这一切的问题都出在叶辛的家庭出身上。

当时的贵州省委宣传部部长汪小川是一个老红军,他是谢觉哉老人的下级,又跟谢飞的妈妈王定国是红军剧院的同事,老上级、老同事的儿子在贵阳,汪部长每天下午三四点钟都要来看谢飞。

去四大寨的时候,饭店的客房里没有电话,谢飞怕学校里万一有什么事找他,就把贵州省委宣传部的电话给了电影学院,结果电影学院的长途电话真的打到了省委宣传部。

在金桥饭店一住下来,谢飞就神态诡异地说:"你休息休息,我到宣传部去一趟。"

谢飞回来的时候已经晚上八九点钟了,他脸色大变,盯着叶辛看,什么也不说,盯得叶辛心里有些发毛。

叶辛也不安地看着谢飞,生怕再出什么意外。

"是不是有情况?"叶辛终于忍不住惴惴不安地问。

"没什么事。"谢飞故作镇定。

谢飞不再言语了,只是一杯接一杯地倒茶喝水。

"喝什么茶呀?晚上喝了睡不着!"叶辛小心翼翼地劝阻道。

谢飞的反常和下意识动作,让叶辛心头袭来一种不祥的预感,他觉得肯定是出了大事,但又不敢问,因为等待他的或将会是一个难以接受的答案。

二十分钟过去了,谢飞的心理承受力似乎已经到了极限,他忍不住说道:"我还是实话告诉你吧,你们慰问团有人认为拍电影是件十分重大的事情,他们就抓住你的家庭出身问题,说你不能写电影,把信写到了学校党委。"

"刚才我到宣传部拿了一张电报,是学校党委拍来的,上面写着:'见电速归!'"谢飞又补充说。

知青慰问团的人果然把反对意见直接写到了电影学院党委,电影学院党委领导呆住了,他们只知道谢飞看中了叶辛写的小说,并不知道这个作者家庭出身有严重问题,电影还没有改本子反应就这么强烈,这个电影哪还能拍呢? 校党委已经向贵州省委宣传部部长汪小川表明了态度,从四大寨刚回来,汪部长就通报给了谢飞。

谢飞看到"见电速归"的电报,心里明白,校党委的意思是这个电影不拍了。

这个消息,如同五雷轰顶,让谢飞和叶辛既震惊又沮丧。

"电影竟然不能拍了! 那书也肯定不能出了? 那些卑鄙小人简直像一条毒蛇,我走到哪里,他们就跟到哪里。他们能写信到电影学院,肯定也要去出版社提意见,书怎么还能出呢? 难道就只有老老实实在乡下当个农民,当个小学教员吗?"

叶辛似乎看到了自己命运的尽头,他无路可走,希望的光点一下子又熄灭了,前程一片漆黑。沮丧、失望、悲愤交加,他再也待不下去了,决定坐4点10分的火车回久长去。

谢飞又站在了门口,死死地堵住了去路。

"现在我该告诉你了,在见你的三四个小时以前,还没吃中饭,我就到了你公社,召集砂锅寨的贫下中农、大队干部、公社管知青的干部开了一个座谈会,了解了你的政治表现,三四个小时里面人家都对你评功摆好,说了不少好话,没有人说你一句坏话。我在上海就了解了你的家庭情况,就是家庭出身不好也还要看政治表现嘛,你的政治表现是好的,再加上我们这段时间的接触,我觉得你完全是个很好的小青年。我回去会跟校党委力争的,你要相信这个事情肯定要办成的,你安心等我的信好了。"谢飞絮絮叨叨地安慰着叶辛,但无论谢飞说什么,叶辛的心里仍然充满了绝望,他靠在沙发上不断地叹着气,心里针扎一样地疼痛。

对逆境中的人来说,不是被风雨磨难所摧毁,而是被自己其时的心境所摧毁。叶辛这时的思想极端化了,行动也随之脱离了轨道,失去了偏颇。

灯熄了,叶辛瘫在床上,辗转反侧,不能入睡,想到在短短的几天之内,自己经历的大喜大悲和人生的起落悲苦,他心如刀绞,痛苦万分。

厄运又一次骤然降临,让叶辛那兴奋了没多久的心突遇寒冰。他的文学梦,又被突如其来的厄运碾得粉碎了。

人生充满了坎坷,好歹天无绝人之路,后来得知那些想置叶辛于死地的人,早已写信到上海出版社,出版社的领导看了信没有理睬,还不以为然地说:"我们出书,管你们慰问团什么事啊?"但是,这个 1975 年的冬天就定稿打出书样的小说,还是迫于压力不得不停了下来,直到 1977 年的春天,小说《高高的苗岭》历经曲折才得以出版,整整延迟了一年。

一部电影连接着两个人的命运,电影《火娃》的拍摄被迫中断,谢飞也不晓得这部电影还能不能拍摄完成。

第二天谢飞把叶辛送到长途客车站,两人忧郁地告别后,谢飞下午就乘飞机回了北京。

1976 年 1 月 8 日,周恩来去世,举国哀悼,全民沉痛。国家出了这么大的事,而砂锅寨的老乡依然日出而作日落而息地照常过着日子,山里的农民对政治不是很敏感,也没人来追究他们的过错,似乎与世隔绝了一般。

叶辛心里依然忧虑着、担心着:"《高高的苗岭》会不会不出了?校样是有了,但校样不是书啊!"

冬日,一个特别寒冷的日子,小学校放假了,叶辛匆匆乘上回归的列车,回了上海老家,他急着要到上海出版社打探一下书的出版情况。

叶辛刚到家就收到了谢飞的来信,信上很无奈地说:"校党委听了我的申诉,相信了我的话,但是鉴于现在这样的形势,这件事暂时不做了。"信上还写了北京市民悼念周总理的画面,说沿街的树上挂满了小白花,正好下了大雪,小白花、雪和树枝形成一个景观。

不出所料,拍电影的事到底还是停了,什么时候拍、能不能拍,一切都是未知数。

叶辛又开始了孤独而又绝望的日子,他不知道何时才是终点,也不再想未来是个什么样子。但是他很快又在绝望中站了起来,他没有放弃写作,依然想凭着一股坚韧的毅力,坚持做一件自己想做的事。

敲开了文学的大门

1976年的中国,天崩地裂,惊心动魄。

9月9日,毛泽东主席逝世,举国同悲,举世同哀,苍山顿首,江河呜咽,万民同哭。许多人泣不成声地自动戴上了黑纱,毛主席不在了,党和国家的命运到了生死攸关的时刻。

在这危急时刻,德高望重的叶剑英元帅挺身而出,时任政治局委员的汪东兴临危受命,辅佐当时主持中央工作的华国锋同志,一举粉碎了王张江姚"四人帮"反党集团,使党和国家转危为安。

"四人帮"粉碎了,中国发生了历史性的大转折,结束了十年的动乱和浩劫,几百万群众又一次涌向天安门广场,欢欣鼓舞地迎接"第二次解放"。

时代发生了翻天覆地的变化，许多中国人噩梦醒来看到了早晨的曙光，重见了光明。

10月，北京电影学院的导演谢飞匆匆来到上海，找到了正在上海人民出版社改稿的叶辛，他兴致勃勃地说："打倒了'四人帮'，电影《火娃》又能拍摄了，剧本必须尽快修改定稿，你最好立刻动身去北京修改《火娃》剧本。"

叶辛不敢相信自己的耳朵，他本以为这部电影就那样夭折了，谁知打倒了"四人帮"迎来了文艺的春天，这部电影竟然又可以拍了。

听到这个突如其来的消息，叶辛欣喜不已，几天以后，他改定了小说《岩鹰》，便背起简单的行囊，火速赶往北京中央五七艺术大学电影学院，开始了无着无落的北漂生活。

唐山大地震刚刚发生不久，桌上的笔和水杯，地上的暖瓶和挂在墙上的毛巾，还时不时地晃动几下，余震十分明显，中国历史上罕见的大地震震得人心惶惶的，谢飞冲着叶辛说："是我把你借来的，要是你出了事，我可就麻烦了，你就住在这琴房里吧。"

琴房的四壁都是用木板做成的，建成那样的四壁，是为了隔音效果好，谁也没想到在地震的时候，这里却成了一个最好的避震处所，一旦发生强地震，即使墙壁倒塌下来，墙板很轻，也不至于砸死人。

当时的中央五七艺术大学，是由中央戏剧学院、中国广播学院、北京电影学院等五所大学合并而成的，位于北京郊区的朱辛庄，那时的朱辛庄还是一片荒郊野外，人烟稀少，北京电影学院里也十分寂静，叶辛住在这里又开始了长期改稿的生活。

住在北京电影学院的琴房里改稿，没有补贴，也无人发给叶辛工资，他的实际身份还是贵州省修文县砂锅寨插队落户的知青。老问题又来了，不出工没有工分，没有工分就没有口粮，写小说毕竟不能当饭吃，不管他怎样热爱文学，肚子照常饿得咕咕叫。他心里明白，填饱肚子活下来，是他要解决的首要问题。

为了生存,叶辛一边改稿一边拼命地写作,四处投稿,不断有一些微薄的稿费寄到电影学院来,他成了没人发工资的专业作家,成了 70 年代中国极其少见的"北漂族"。

1977 年早春 2 月,一个极为普通的日子,上海少儿出版社《高高的苗岭》的责任编辑周晓捎信来说,《高高的苗岭》已经出版,他特意托了自己的亲戚,要把 20 册刚刚印出来的《高高的苗岭》随身带到北京来。

真是喜从天降!

《高高的苗岭》出版了,追求了多年的出书梦想终于实现了。听到这个消息,叶辛兴奋得手舞足蹈。

这天,叶辛一大早就从电影学院出来,走了 17 分钟的路,又乘上 20 分钟的公交车,再走了 17 公里的路程,才到达北京火车站。

站台上空旷无人,只有来来往往的火车。叶辛站在冷冷清清的站台上,焦急地等待着由上海驶来的火车。

北京的 2 月,依然春寒料峭,寒气袭人,但是叶辛的心里却燃烧着一团火,他翘首以待,盼望着上海到北京的 13 次特快列车赶快进站。

伴着一声长鸣,列车终于驶进了北京站,缓缓地停在了叶辛的面前。车窗口伸出了十分醒目的五个大字:《高高的苗岭》。

周晓的亲戚是一对 30 岁左右的年轻夫妇,与叶辛素不相识,他们只好一直高高地举着一个包裹,包裹上用毛笔写了《高高的苗岭》几个大字。

叶辛按捺不住紧张和激动的情绪,站在站台上翘首企盼地等待着,过了很久,才看见《高高的苗岭》五个大字不断地在面前晃动,叶辛有些颤抖地接过包裹,迫不及待地打开来,20 本崭新的书静静地躺在里面,手捧着这些书,他的心脏急速地狂跳起来,激动的泪水不知不觉淌满了脸颊。

1977 年春天,叶辛人生的第一本书《高高的苗岭》就这样出版了。有心栽花花不开,无心插柳柳成荫。被出版社叫去修改了两年半的长篇小说《锤炼》成了一个难产儿,直到 1978 年 3 月才被改成《岩鹰》出版,而连走资派这个词眼都没有的《高高的苗岭》却无意中很快定稿成了叶辛的处女作,多年的辛苦总算有了结果,叶辛出书的梦想终于变成了实现。

《高高的苗岭》第一版印刷发行了 20 万册;第二版,又印了 17 万册。书出版不久,上海召开了"文革"之后一千多人参加的第一次文代会,会上送了两本书作为纪念品,一本书是刚刚出版的《高高的苗岭》,还有一本是风行一时的打倒"四人帮"的漫画集。《高高的苗岭》虽然是写一个小孩子的故事,但它与"文革"期间千篇一律的极左作品相比实属另类,引起了文学界的关注。很快它被翻译成了盲文和朝鲜文,并被改编成了连环画。

1978 年秋天,由叶辛小说《高高的苗岭》改编的电影《火娃》也历尽曲折拍摄完成,终于得以在全国公映了。电影《火娃》在全国公映以后,叶辛的名字从此走出了山寨,他成为从山沟里飞出的金凤凰,令众人刮目相看。

1979 年冬天,叶辛与一批作家去参观上海少年宫,上海少年儿童出版社的施雁冰主任指着叶辛向小朋友们介绍:"这就是《高高的苗岭》的作者。"小朋友们一下扑上来,纷纷抱住叶辛,小朋友们的喜爱,弄得叶辛非常尴尬。

电影《火娃》从改编到拍摄,一波三折,跌宕起伏,这本身也像一出耐人寻味和深思的大戏,它似乎在证明着什么,又昭示着什么。

电影《火娃》剧组,来到贵州,为了答谢电影拍摄期间贵州各地对剧组的支持,他们免费为贵州放映了 10 场,剧组受到了贵州省委领导的接待,贵州省委苗书记十分客气地问剧组还有什么要求,不料北影厂的剧组负责人真的提了一个要求,他说:"这个电影的作者是你们贵州的知青,现在还在山寨里,能不能给他解决户口问题?"省委书记详细询问了叶辛的情况,满口答应了。

《高高的苗岭》的出版和电影《火娃》的拍摄,在悄悄地改变着叶辛的命运,从此他结束了艰辛的跋涉,走上了生活的坦途。

1979 年 3 月,命运之门和生活之门兀自向叶辛敲开了,一纸调令寄到山寨里正在埋头创作的叶辛手上,一夜之间他从一个山寨里插队落户的知青变成了贵州省的专业作家。他做梦也没有想到,在砂锅寨破庙里写的这本《高高的苗岭》会给自己带来如此的好运气,会让他的人生发生了根本性的转变。

30岁的叶辛,终于靠自己的力量走出了人生最黑暗、最艰难的时刻,走出了大山,走上了他梦寐以求的文学之路,实现了多年的人生梦想,但是无人知晓他一路走来是多么艰辛、多么泥泞,要靠多大的毅力才能支撑下去。

有人说:一本书、一首歌、一部电影都可以改变一个人的命运,从狭隘意义上说,这也许就是成功的价值。但是机遇是给有准备的人准备的,当机会到来的时候,无疑叶辛是那个准备最多的人。

第六章
初涉文坛，上下求索

初涉文坛，叶辛摸索着文学暗藏的规律，寻找着自己的表达方式，他在探索中不断突破自我，创作逐渐成熟起来。他的每一部作品，都刻下了时代的脚印，他那坚实而又矫健的步伐，正朝着文学的高峰走去……

《我们这一代年轻人》：文学新起点

文学创作最难的是突破自我，在近十年的创作中，叶辛曾一次次地试图突破自己，却一直苦于找不到突破的方法。直到1978年，叶辛笔下的人物才更加鲜活起来，故事情节也更加引人入胜。

这一年，叶辛的文学创作进入了一个新阶段，有了质的飞跃……

中国改革开放之初，文学的原野上如沐春风，渐渐地复苏起来，一个姹紫嫣红的文学春天也即将到来。

这一年，叶辛已经出版了中篇小说《高高的苗岭》《深夜马蹄声》和长篇小说《岩鹰》（与忻践合作）三本书，这些作品像几朵素净的小花，静静地开放在改革开放初期还很荒芜的文学土地上，给中国新时期的文学带来了一抹生机，许多人向他投来了赞赏的目光，29岁就有了这些成绩，他也心满意足。

一天，叶辛揣着新出版的小说去向蹇先艾文学前辈求教。蹇先艾是贵州省德高望重的老作家,对创作和作品颇有见地,很受大家的崇敬。叶辛望着蹇老的双眼,期待着他能给予自己一些夸奖和鼓励,但是没有想到的是,蹇老却直言不讳地说道:"你写的这些东西,拿起来也看得下去,似乎有故事、有情节、有意境,但是读完了却留不下深刻的印象,不会令人深长思之。"

听了蹇老这席话,叶辛心里像是被一根刺深深地触痛了一下,他开始深入思考:"我每本书都费尽心思地精心构思结构、铺展情节,煞费苦心地润色语言、捕捉细节,自己是那么熟悉插队落户的知青生活和苗寨的生活,熟悉知青一代人的追求、憧憬、理想和苦恼,我写的都是些可歌可泣的事啊,究竟是什么原因不能产生深刻的效果呢?"

很长一段时间里,叶辛茫然苦闷,烦躁不安,他不能下笔,为不知道怎样写出更好的作品而发愁。

犹太人曾有句格言:"人若一思考,上帝就发笑",叶辛不停地苦苦思索,有一天他突然开窍了:小说虽然讲究故事和情节,但是活生生的人物形象才能给人留下深刻的印象,要从人物的内心世界、心灵的搏斗和鲜活的人物形象来展现他们的命运才行啊!

有了这样的新认识,叶辛兴奋起来,生活在他眼里仿佛一下子都有了色彩,连吃饭也更有味道了。他找出《红楼梦》《水浒》《三国演义》和《安娜·卡列尼娜》《战争与和平》《牛虻》《贝姨》,仔细阅读那些古今中外的名著,研究它们是如何塑造人物形象、如何描写人物关系和矛盾冲突的。他又静心回忆下乡几年来的生活,慢慢梳理接触到的人和事,把最感动的人和事都记录下来,试着写一些人物分析。叶辛惊奇地发现,一个个不同性格的、不同成长经历的人物形象都写得呼之欲出、活灵活现了,他们在一些年里的变迁和成长也一目了然了。

没有老师指点,没有作家交流,完全靠个人的感悟来创作,叶辛摸着石头过河,终于摸索到了文学创作暗藏的一些规律,找到了自己的表现方法,这是一个多大的进步啊!

经过这一番学习和摸索,叶辛觉得又有新东西可写了,他回想起下乡第六个年头回上海探亲时发生的一些事……

那一次,叶辛刚回到上海,亲戚、朋友、同学、邻居几年不见了,谁碰见谁问:"你下乡几年了?抽调了没有啊?"

听到叶辛下乡六年还没有抽调,好心的人安慰他几句,还有一些人脸上立刻露出了轻蔑的神色,像是他做了什么见不得人的事遭人唾弃,一股心酸和气愤的情绪涌上心头,让他很不是滋味。

探亲无事可做,叶辛想去看看书,读读报纸,他走进了一家图书馆,图书馆的门口摆着一块牌子,上面写着:请出示工作证。

叶辛心里想:"我是知青,单位就是那个山寨,修理地球的,反正也没人发给工作证。"他径直地走进了阅览室,工作人员马上拦住了他,说没有工作证不让进。

"报纸上把插队落户说得那么光荣,而现实生活中呢?我们连公共图书馆都进不去。在许多人的心里,知青简直成了一群无所事事、打架斗殴、上公共汽车逃票、生活不安定的社会小混混。"叶辛与几个知青愤愤不满,牢骚满腹。

一个知青生气地说:"为什么我们天天在乡下劳动,到头来还要被人看不起呢?当初他们提着糨糊桶刷大标语支持和鼓励知识青年到农村去,敲锣打鼓、挥着小红旗欢送我们到农村去'干革命',难道这些他们都忘了吗?"

有一个知青伤心地说:"以后我是再也不回来探亲了。"

冬天,农闲季节,知青们都不愿意待在贫困的乡下,纷纷跑回城市里去探亲,公共汽车上拥挤了,大街上拥挤了,每个知青家里更是拥挤不堪,不得不睡地板、搭阁楼。很多人开始抱怨,好像知青成了城市里多余的人。

面对知青十分无奈的处境,叶辛没有像一些人一样唉声叹气,也没有像有的人那样沉沦堕落、一蹶不振。他深入地思考着,如何创作出一部反映知青一代人命运的好作品,要让人们了解知青们究竟在怎样生活,他们有怎样的追求、有怎样的痛苦,又有怎样的内心世界。

下乡几年了,叶辛是从偏僻山乡的小道上走过来的,他最清楚知青们过的是怎样一种生活。他们虽然在偏远的乡下,生活十分艰苦,但是生活也是丰富的,经历也是复杂的,也有一些人有向往、有追求、有理想、有梦想。

刚下乡的时候,叶辛就曾与几个知青搞科学育种,一心想让山区的土地变成粮仓,他们夜以继日地做各种各样的试验,但最终增产的良种还是没有培育出来。而贵州省就有一位知青,经年累月、废寝忘食地搞科学试验,他常被一些人嘲笑为疯子,历经很多坎坷,在艰苦的条件下育出了适合本地区的良种,他的两个良种还被评为全国的优良品种。叶辛懂得一个普通的知青想干一点事业需要付出多大的心血和代价,需要付出多么艰苦而又默默无闻的劳动,这样的知青难道不是优秀青年吗?

一天,一个偶然的机会,叶辛看到了一本修文县的知青花名册,四百多个知青中有一块来插队的同学,还有许多是在修湘黔铁路时认识的,他们中有充满理想的青年,也有堕落的"混客",还有削尖了脑袋往上爬的小野心家。

各种各样的知青形象浮现在他的眼前,叶辛拿起笔,写下了《年轻人》这个标题,接着他又写起小说提纲和人物分析来。

日子一天一天过去了,叶辛觉得《年轻人》里那些有名有姓的年轻人在他头脑里都活起来,而且一天比一天鲜明,一天比一天生动,他们聚在一起的时候说些什么话,他们相恋时是个啥样子,在不同的环境里,他们如何生活,怎么学习,怎样劳动,他都一清二楚,只要空闲下来,那些人物就会跳出来。

这天,他拿起笔,想理清思路,想把故事梗概写出来,想把架子搭起来,可是写了一半总觉得不对劲儿,找不到一个好的角度,也没有一个好的开头,他把笔一扔,生起闷气来。

几天里,叶辛烦躁不安,焦灼不宁,饭吃不香,觉睡不着。他翻着一本又一本的名著,还特意买了票去看电影,总巴望着这些东西能给自己一些启示,帮他找到合适的角度和一个好的开头,可是什么都没有帮上他,他只好在烦躁中等待着。

1978年的一天,叶辛从北京回到上海,晚上与妹妹聊天,妹妹说有一个在山区插队落户的知青,出身不好,在当地表现很好,可是突然收到上海的函件要把他押回到上海逮捕起来,当地的社员和村干部抵制了这件事。

这个青年的遭遇,让叶辛突然眼前一亮:这不正是我要找的一个故事内核吗?他顾不上旅途的劳累,赶忙拿起笔写下了小说的故事梗概。

半年之后的夏天,叶辛躲在猫跳河畔未婚妻工作的六级电站,聚精会神地写起来,只用了一个来月,长篇小说《我们这一代年轻人》就脱手了。

半年以来,叶辛如鲠在喉,总觉得一件事还没有放下,这下终于一吐为快了,况且在这篇小说的创作过程中,他摸索出了一些文学创作的技巧,找到了自己的表达方式,有了突破,有了飞跃,进步了许多,成熟了许多,他心里别提多舒服了。

走上了不归路

自1977年全国恢复高考制度以来,高考已经与前几年的工农兵大学招生完全不同,高等学府的大门向每一个报名高考的人敞开,不用推荐,也不再政审,大家公平竞争,谁有本事谁上,对特殊人才还要破格录取,社会青年踊跃报名,都在积极准备高考。复旦大学招生办的老师来到贵州招生,听说当地有一个插队落户的知青已经出了三本书,招生老师说:"这是多么难得的人才苗子啊?说什么也要把他招走。"

复旦大学招生的老师再一次踏进了叶辛的家门,他求才心切,悄悄地对叶辛说:"你只要报考,我们就把你招走。你已经出了三本书,写一篇作文我们肯定给你打高分,总共只要 190 分,另外五门功课一门课考 20 分还考不到吗?"

招生老师不好直言,但他的意思已经十分明确,叶辛只要报考,就有把握被复旦大学录取,机会又一次摆在了面前。复旦大学,中国数一数二的高等学府,能跨进复旦是多么神圣的事?多少人仰着头看它?

这一次,叶辛依然微笑着谢绝了招生老师的好意。

山寨里生活闭塞、艰苦,从小在城市里长大的知青,哪个不是千方百计地寻找机会,逃也似的离开插队落户的山寨?机会一次次摆在面前,叶辛无欲无求,无动于衷,让机会从自己的手里白白溜走,难道他就不为自己的前途着想,真要在这穷山寨上待一辈子吗?许多人既纳闷又替他惋惜。

叶辛的心里到底在想啥?

这时的叶辛,已经走上了一条不归路,虽然身在山乡,但是他心里想的是更高远的前方,职业已经不是他的归宿,建立一个衣食无忧的小家庭也不是他的生活目的,在他看来越是年轻越应该坚持自己的追求,才能实现自己的人生价值。他心里想:"在写作的道路上跋涉了近十年的路程,书出了三本,电影《火娃》也在拍摄之中,还有多少东西要写啊?自己好容易才走上了道,希望已经在前方了,为什么要半途而废呢?"他不要回头,更不愿意再改弦更张另辟蹊径,他要坚持下去,既然已经选定了这条路,他就想在这一条道上走到黑!

在艰苦的插队落户日子里,叶辛浸泡在劳苦、折磨、挫败、心酸和眼泪里,他的心境受到了洗礼,他的灵魂得到了淬炼。此时的叶辛,内心强大,绝不会轻易向命运低头,一旦下了决心,意志如铁,无法动摇。

十年辛苦不寻常,简直把叶辛修炼成了一个钢筋铁骨不服输的人,人生的起起落落,也已将他的精神层面逼近了苏轼。

欲望的境界,决定着飞翔的高度。此时,无论艰难的困厄,还是悲怆的遭际,都无法将叶辛击倒,他正在坚韧顽强地向着自己既定的目标冲刺。

叶辛再一次拒绝了上大学的机会,他没有给自己留后路。

在别人的惋惜和疑惑中,叶辛继续埋头写作,他总觉得自己是山中的一头老虎,总有一天要站上山头的。他铆足了劲地拼命写着,要用自己的行动来证明:我能行!

叶辛29岁了,未婚妻也已是27岁的大姑娘了,这个年龄,在贵州当地已经是娃娃满地跑了,一同下乡的知青们都陆续有了工作成了家,有了生活的归宿。叶辛与未婚妻也想成个家,可是未婚妻的父母并没有因为叶辛已经出版三本书和处女作《高高的苗岭》被著名电影导演谢飞看中正在拍摄成电影《火娃》而降低要求,他们依然认为叶辛还是一个插队落户的知青,是农村户口,必须要有一份稳定的工作以后,才准许女儿嫁给他,为此叶辛与未婚妻苦恼不已。

一天,未婚妻读着叶辛新写的长篇小说《我们这一代年轻人》,眼泪不知不觉地掉在了稿纸上。这是一篇反对反动"血统论"的小说,写的是一位出身资产阶级家庭的上山下乡知青程旭,他善良聪明,在插队落户的山寨上研究培育良种,希望提高土地的粮食产量,被一同下乡的陈家勤嫉妒陷害,陈家勤造谣诽谤,并写信给上海革委会,企图逮捕程旭。一同插队落户的女知青慕容支深爱着程旭,慕容支的母亲得知后,亲自来到女儿插队落户的农村劝女儿与反动出身的程旭分道扬镳,以免女儿误入歧途。慕容支的母亲与程旭相处之后,发现他是一个有理想有追求有学问的好青年,在千人大会上,程旭当众揭穿了陈家勤的陷害和阴谋,躲在人群里慕容支的母亲终于明白了真相,最后她默许了女儿的恋爱,回到了上海。

这篇故事跌宕起伏,人物活灵活现地呈现在面前,未婚妻被这个曲折感人的故事深深地感动了,她觉得叶辛的小说笔法已经成熟了很多,预感到在不远的将来叶辛一定会成为一名出色的作家。

这篇小说给在贵州猫跳河畔六级电站工作的未婚妻带来了希望,她相信才华出众的叶辛,会有很好的前途,更加坚定了自己的选择,她勇敢地冲破了家庭的樊篱,不顾父母的反对,义无反顾地与叶辛走到了一起。

通往上海的火车上,汽笛时而长鸣,时而歇息,时而咔嚓咔嚓地奔驰着。

妻子心事重重地依偎在瘦弱的叶辛身旁,回家结婚,她不知父母会是怎样的脸色,也不知又该如何与父母争辩。一路上,未婚妻内心十分矛盾,忧心忡忡,一副惴惴不安的样子。

叶辛望着车窗外布满星辰的夜空,却想着压在行李箱底这部二十多万字的长篇小说的命运。一份稳定的工作,对他来说似乎并不重要,他内心焦急的是这篇作品能否被一些重要的文学刊物认可,并且能尽快地刊发出来。

对一个夜行者来说,只要不停止脚步,黑暗终会退去,黎明也终会到来。他反复思忖着这篇新作还有什么闪失,越想越觉得信心满满。为了写好这篇小说,他研究、琢磨、还把作品里涉及的人物全都写了人物分析,故事也一直扣住事件引起的风波进行推进,他第一次如此刻意用心地运用一些文学技巧进行创作,作品确实是比以前成熟多了。

隐隐约约的高山、峡谷、河流、树林、平川从眼前闪过,他望着窗外,默默地在心里祈祷,希望这篇小说能够引起编辑们的重视,能够带给他一些好运气,或许还能凭借它得到一份像样的工作。

这年10月,叶辛借着与未婚妻回上海办理婚事的机会,四处打听,听说"文革"前就很有影响的大型文学刊物《收获》杂志要复刊了,他请人将长篇小说《我们这一代年轻人》,送进了《收获》杂志社。

《收获》杂志的副主编肖岱实话实说:"送稿子来我们欢迎,不过我得实事求是地说,我们就这几个人,投稿的人实在很多,我们是坚持按送稿子的时间先后排队的。"

叶辛心里没了底,这是暗示要等很久还是在婉言拒绝?

从杂志社出来,叶辛心里七上八下的,顿时忐忑不安起来。

1979年元月,叶辛与妻子淑君的婚事终于争得了家人的同意,他们在上海宴请了家人和亲友,喝完喜酒,两人就喜气洋洋地回到了贵州。

《收获》杂志次年 2 月才正式复刊出第一期,叶辛在遥远的猫跳河谷,边努力创作边等待着这篇倾尽心血的新作的消息。

《风凛冽》:又有了新进步

细雨绵绵,雾霾弥漫的猫跳河畔,山高水远,偏僻闭塞,每隔两天才从省城开来一班长途客车,送来的都是隔了好几天的过期报纸和脱了期的杂志,叶辛的半导体收音机坏了,一切都被崇山峻岭隔在了外面,他和外界失去了联系。除了每天隐隐约约地传来远处开山的炮声,猫跳河峡谷里一片寂静。在这与世隔绝的猫跳河畔,叶辛静静地坐在石头房子里,思考着他的下一部小说,他想起了那次探亲……

那是叶辛在上海探亲的日子,一位在吉林插队的初中好友在家里宴请朋友,家里挤满了在黑龙江、吉林、江西、安徽、贵州插队的知青,他用一只蒸馒头的特大号锅子,煮了满满一锅从吉林带回来的黑木耳。桌上只有这一道菜和几瓶五加皮啤酒,插兄插弟们边吃黑木耳边喝五加皮边海阔天空地瞎聊,有的绘声绘色地说当地的风情俚俗和异域他乡的奇闻逸事,有的津津有味地说追女朋友的恋爱经历,有的大言不惭地讲起火车上逃票的经历,说来说去大家最关心的还是回城的事儿,饭桌上知青们神秘地传播着一些小道消息:

"某某找医生走门路,正在设法办理病退哩。"

"某某某长得多漂亮啊?为了能回上海,她竟然甘心情愿地嫁给了一个双腿被砸断的工人!"

"这有什么稀奇?有个女知青为了户口能办回到离上海近一点的江浙

农村,还嫁给了一个有三个孩子的老农呢!"

……

知青们喝得酒瓶底朝天,茶水也没了味道,又扯着嗓子唱歌,唱完歌又唉声叹气,叹息自己生不逢时摊上了插队落户的命,叹息广播里又掀起什么运动新高潮。

"文化大革命"到底什么时候才能进行到底啊?

知青们都晓得,只要"文化大革命"还往下搞,什么运动还要继续,大家就没有希望抽调,就得无休止地在农村待下去。

叶辛恍然明白,知青的命运是和时代,和祖国的命运紧紧联系在一起的,只有祖国和人民的命运发生了变化,知青的命运才能改变。

叶辛想把这次探亲的感受,写进新的长篇小说《风凛冽》里。

猫跳河峡谷小水电站的石头房子里,新婚的妻子去厂房上班了,叶辛每天坐在一张油漆剥落的三抽桌前,写着这篇新的长篇小说。在这篇小说里,叶辛表现了知青命运与时代的关系,他把作品人物的矛盾冲突放在时代的大背景之下,把对知青命运和祖国时代的思考,融进了小说里。

不到三个月二十万字的长篇小说《风凛冽》就进入了尾声,写到结尾的时候,叶辛有些踌躇,这篇《风凛冽》该如何结尾才能更有新意不落俗套呢?他苦思冥想,没有想出更好的结尾,干脆把笔一放,他想:"生活是最好的老师,与其每一篇小说都是挖空心思地精心设计开头和结尾,还不如听听工人师傅的意见,工人农民虽然不懂文学,但他们有生活感受啊,也许与他们交流对自己的创作会有所帮助呢。"

拿着《风凛冽》的稿子,叶辛找了许多周围的老同志提意见,老同志们毕竟不懂文学,都觉得写得好,没有任何意见。

叶辛回到石头房子里,突然想起高尔基的长篇小说《母亲》,好像故事到了高潮,小说也就结束了。他心里豁然开朗了,这篇小说的尾部正是到了高潮部分,他提起笔,把故事再往上推,推到了最高潮,突然结束,戛然而止。

写完了长篇小说《风凛冽》，叶辛心里充满了愉悦。《风凛冽》写的是知青在都市里发生的故事，这在当时的知青文学中极为少见，题材上有了很大的突破；在创作技巧上，他又有了新的进步，对小说的写法越来越驾轻就熟了。

初秋，猫跳河畔群山绵延逶迤，树木依然青翠，远处一条瀑布像一条长长的缎带从高山上飘落下来，猫跳河峡谷万籁俱静。

叶辛坐在石头房子前，静静地眺望着远方的群山翠岭。他心里想："越过高山，返回城市，这曾是他多少年的梦想，可是一次次机会到来的时候，他又踌躇了，犹豫了，放弃了，为了文学，为了这个自小的梦想，他付出得太多太多了，文学又给了他什么呢？"

对，是憧憬，是希望！

十年来，正是靠了这心中的憧憬和希望，叶辛才艰难地支撑起自己随时都要坍塌的灵魂，他就是靠着这个坚持下来，坚持了十年。

叶辛插队已经十年了，快 30 岁了，还没有一个固定的工作，他从北京电影学院改电影剧本回来，插队落户的寨子上说："你的户口已经迁出去了。"

叶辛再跑到县属的化肥厂询问，工厂领导斜着眼看着他说："户口是在我们这儿，可你要来还是学徒工待遇。"

叶辛心里咯噔一下："30 岁，都是成年人了，还是学徒工，这不是笑话吗？"

大返城开始了，插队落户的知青都陆陆续续将户口从插队落户的农村迁回了城市，叶辛跑到上海街道的知青办，街道知青办领导说："你的户口不在农村，我们是不能把你作为知青调回的。"

几头不着地，叶辛成了一个地地道道的无业游民，上天无梯，入地无门，也不能在山寨上挣工分了，还要继续过第十一年没有工资的生活，他必须设法养活自己，只好一部接一部拼命地写作，靠微薄的稿费来维持生活。

《风凛冽》刚刚收笔，叶辛就立即着手创作一部新的长篇小说《你爱他什么?》,这本即将动笔的小说人物不断地浮现在他的脑子里,早就想写了,只是因为找不到一个满意的开头而迟迟没有动笔。

他独自坐在猫跳河峡谷畔的石头房子里,静静地沉思着,等待着这个好的开头的降临……

从《蹉跎岁月》到《孽债》

  中国当代文坛正在过程之中,我们无法在一个动态的坐标系中,找到一个作家准确的坐标。叶辛在中国文坛上处于怎样的地位,也许并不重要,但是毫无疑问,他的《蹉跎岁月》和《孽债》都已经成为中国文学里程碑式的作品。试想,假如中国文坛缺少了叶辛,中国文学又将缺失什么?

第七章
《蹉跎岁月》让他成了知青文学的代言人

"知青"时代已经走远,"知青"也早已变成了一个干瘪的历史名词,留在了人们的记忆之中。扎根于知青时代的知青文学,就像一棵老树,曾枝繁叶茂地生长着,结满了伤痕和无奈、爱与恨的鲜活故事,带着伤痕、带着凄楚描摹知青一代命运的《蹉跎岁月》,让叶辛成了知青文学的代言人。

难忘的长篇小说座谈会

1978年,三中全会以后,中国打开了紧闭的大门,百废待兴,生机盎然。文学也挣脱了思想的禁锢,一时间,文学作品如雨后春笋,姹紫嫣红,百花争艳。

早春2月,在一个乍暖还寒的日子里,叶辛收到了一封信,他打开一看,是邀请他到北京参加长篇小说座谈会。

这次长篇小说创作会,是中国自1949年新中国成立以来第一次召开,更是当时中国文坛上的一件大事,参加会议的人员都是当时全国文学界有名的作家,能与那么多文学前辈在一起学习交流,还是去北京,这可是天赐良机。看到这个通知,叶辛心里乐坏了。

50年代,短篇小说写作方法单一,在当时的小说里面除了好人就是坏人,好人是没有任何缺点的好人,他们处处做好事,热爱社会主义,积极参加社会主义建设,而坏人也是没有任何优点的坏人,他们活着就是想搞破坏。文艺作品中的好人和坏人,也影响到了下一代人,在五六十年代孩子的心目中,仿佛世界就是由好人和坏人组成的,非好即坏,非白即黑。电影里角色众多,一开演他们就开始分辨这个人是好人还是坏人;看到解放军的部队来了,有这么多好人一起来,大家就高兴地使劲鼓掌。文艺创作尤其文学刊物刊发的作品,几乎都是些好人和坏人的故事,读者有了审美疲劳,有了一种不满足感。在这样的背景之下,1960年中国作家协会在大连曾召开了一个短篇小说座谈会。

在这次短篇小说座谈会上,大家就创作中的好人和坏人展开了激烈的讨论和争论,最后形成了一个共识:在我们的生活当中,除了好人和坏人以外,还有很多是好人,但他身上是有缺点的,比如性格直爽,说话容易伤人等等;也有一些是坏人,但他是可以改造好的,而且身上有时还会展现出人性光辉。坏人也可以改造成好人,比如原来的伪满皇帝溥仪,他曾经当过日本人的傀儡,是一个坏透了的、最大的坏人,但是毛主席说过,他是能改造好的。既然最大的坏人都能改造好,关在反省院里面的战犯也是可以改造的,文学就应该大量描写这样的中间状态的人物,这就是当时有名的"中间人物论"。

没想到这个"中间人物论"一提出来,这次会议就变成了大连黑会。

"文革"期间,铺天盖地的大字报都在批判文艺界的几个著名黑观点,当时"中间人物论"被批判得一塌糊涂。很多人都说:"这些作家,人民养活了他们,而他们却不愿意去表现工农兵高大全的英雄人物,开了一个黑会,就要去写中间人物了。"

短篇小说座谈会开成了大连黑会,原定的中篇小说座谈会也因此开不成了,长篇小说座谈会更是遥遥无期。

1962年和1964年,毛主席对文艺界发表了两条著名的批评,一条是才子佳人统治着我们社会主义的舞台,另一条是要把这些才子佳人赶到农村去,让他们从生活当中感受社会主义。于是乎,"文革"十年期间,我国的文艺完全成为政治工具,为无产阶级政治服务的目标明确,一统天下,没有争论,无须讨论,就再也没有开过小说座谈会。

1977年,打倒了"四人帮",结束了十年的"文化大革命",全国思想大解放,文艺界呈现出生机盎然的春天气息。文学期刊纷纷举办短篇小说奖和中篇小说奖,促进了短篇小说和中篇小说的创作。中国作协觉得,促进文学多元化创作,要重点抓好代表着一个国家文学创作最高水平的长篇小说,他们破天荒地召开了这次长篇小说座谈会。

中国作协第一次召开文学界这么大规模的座谈会,各省市都派了代表参会。当时,叶辛已经出版了三本长篇小说,并且根据他的中篇小说《高高的苗岭》改编的电影《火娃》也正在全国上映,他作为贵州省唯一的代表,参加了这次长篇小说座谈会。

座谈会在北京西苑宾馆召开,叶辛住在西苑宾馆西工字楼,住宿费只有一块五毛钱,六菜一汤的伙食,都是美味佳肴,才一块钱一天,这在当时只有四五十块钱月工资的年代,已经是非常高的规格了。

叶辛第一次参加这样的会议,心里感叹:"这半个月的会开下来,一个月的工资就开完了!"

座谈会上全国的知名作家云集而来,因为人数众多,分成了长江以南和长江以北两个小说组进行讨论,叶辛作为贵州的代表被分到了小说南组,长江以南14个省份的小说南组有20来个作家,叶辛结识了四川的沙汀、艾芜、广西的陆地,还有《在田野上前进》的作者秦兆阳等许多仰慕已久的文学前辈。

"文革"十年,文艺界积压下来了很多问题,对一些问题,作家们的观点有分歧,会上大家讨论、争执,争得面红耳赤,会议气氛十分激烈。会开到中间的时候,讨论的话题聚焦在了社会主义现实主义的文学能不能写悲剧这个问题上,有的人说:"悲剧可以写,因为生活当中有悲剧,文学是来源于生活的,既然生活中有悲剧就能写。"

有的人说:"悲剧不能写,粉碎了"四人帮",我们现在要建十个大庆、十个大寨,全国人民欢欣鼓舞,搞社会主义四个现代化建设,我们社会主义的文学,就是要鼓励人民前进,鼓励人民的斗志,鼓励人民激发建设四个现代化的信心和决心,我们要集中写歌颂的作品。"

两拨人针锋相对,互不相让。叶辛听着那些文学前辈的发言,觉得公说公有理,婆说婆有理,听得目瞪口呆。

这个话题争了两天,也没有争出名堂来,座谈会每天出一期简报,大家的发言都刊登在简报上,叶辛把厚厚的一大摞简报带到房间里仔细甄别,也没有搞清楚谁对谁错。

正在争论不休的时候,一个湖南的作家站起来说:"大家都争得很累了,我讲一件事情,你们看一看,这是不是一个悲剧?"

这个中年作家当年是湖南省作家协会的中层干部,"文化大革命"期间他也曾被赶到农村去,但他不属于修正主义分子,也不是黑帮分子的"三高",是一个没有什么问题的中间人物。他到了湘西农村,都知道他是知识分子干不了农活,就让他帮助县知青办联系到农村去的知识青年,在他联系的那个大队里,曾经发生了这样一对男女知青的爱情故事。

有一天,大队书记来找这个中年作家,为难地说道:"县里要给我们派下来一个知青,这个知青和从长沙下来的知青不一样,第一他是从北京下来的,第二有人关照说这个北京知青的来头不善,他是'黑帮'的儿子,按现有的具体政策是要控制使用的。"中年作家听了有些吃惊。

大队书记与中年作家一起到县里去接受这个任务,知青办的领导说:"要来的这个知青是'黑帮'的儿子,你们心中有数,要对这个'黑帮'的儿子采取相应的措施。"大队书记有些茫然,不知"黑帮"到底是什么帮?更不知要采取什么措施才能制服这个"黑帮",他便问道:"这个'黑帮'是什么'黑帮'?"

县知青办的干部怔了一下,支支吾吾地说:"'黑帮'嘛,反正他一开口就放毒,到你生产队里来插队,你既要让他劳动改造,又不能让他给贫下中农放毒,不能让他那个毒来污染我们贫下中农就行。"

两个人越听越糊涂了,完全没有搞清楚这个"黑帮"会如何放毒,更不知道要采取怎样的防范措施,才能防止这个"黑帮"向贫下中农放毒。

知青办的干部看着他俩一脸茫然,说道:"唉?"意思是问听明白没有?

听了县知青办干部的解释,中年作家还是一头雾水,完全没有弄明白,而大队书记却频频点头说:"明白了,明白了!"

一个星期以后,"黑帮"的儿子来了,并非青面獠牙,也不凶狠怕人,他高高的个儿,白净净的脸庞,剃了一个小平头,穿了一身洗得干干净净的军装,是一个白白净净的小伙子。大队书记为了防止他给贫下中农放毒,便分配他每天放羊,大队书记半威胁半警告地对他说:"你呢,是'黑帮'的儿子,要好好劳动,好好接受贫下中农再教育,我们不会虐待你的。"

这个新来的"黑帮"知青,从此就远离了人群,每天带着生产队里的羊群在山坡上放羊,他日出而放日落才归,天天跟羊群打交道,大队书记也不再担心他放毒毒害百姓了。

放羊的活比挑粪、下田的农活要轻松许多,羊群被赶到山坡上,头也不抬地吃着鲜美的青草,吃饱了就跑去山沟里喝水,不吵不闹。放羊的"黑帮"知青,无所事事,天天半躺在山坡上打瞌睡,睡醒了就百无聊赖地看远山近景。

这天,黑帮知青又把草帽盖在脸上打瞌睡,一觉睡醒,睁眼看到帽檐之下的沅江平坦柔软,像一条长长的绸缎,河面上漂来一大群鸭子,在"呱呱"地戏耍,仿佛是美妙的梦境。再一看,鸭群后面漂着一只小船,小船上站着一个亭亭玉立的姑娘,姑娘手里拿着一根长长的竹竿。大草帽遮住了他的视线,虽然他看不到这个姑娘的脸庞,但这一刻他觉得真是美极了。

鸭子在河面上游累了,走到了岸上,赶鸭子的姑娘也将小船停泊在岸边走上岸来。小伙摘下草帽,歪在田埂上,愣愣地望着那姑娘。那姑娘向他走来,笑嘻嘻地说:"我知道你的,你是北京'黑帮'的儿子,我是从长沙下放来的知青,跟你一样,旧社会里我父亲在长沙的政府里面干过什么坏事,是历史反革命,生产队长说怕我给贫下中农放毒,就叫我每天放鸭子,有毒呢给鸭子放,所以我天天放鸭子。你放羊,我放鸭子,我们两个人一样,都是要放毒的。"

"既然我们与众不同,就以毒攻毒了。"小伙也笑嘻嘻地说。

历史反革命的女儿和"黑帮"的儿子,一出口就要放毒,贫下中农谁都不敢靠近他们,更不敢跟他们讲话,他俩就天天在一起,有说有笑的,以毒攻毒。

日久天长,他们了却了寂寞,感情也日生夜长。五六年之后,这两个放毒的人已经是一对难舍难分的恋人了。

1975年,男知青的父亲从五七干校回到了北京,工资恢复到原来的高工资,男知青也调到了公社广播站,脱离了农村。又过了半年,男知青调到了县广播局。

1975年8月1日建军节,中央军委隆重举行庆祝建军节的会议,《解放军报》上刊登了一些将领的名字,男知青父亲的名字赫然列在其中,男知青也就顺利地又调到了州广播局。

男知青虽然步步走高,但是他没有忘记女知青,依然坚定不移地坚守着在湘西土地上建立起来的患难与共的爱情,两人始终相爱如初,忠贞不渝。

1977年8月,在粉碎"四人帮"一年之后,男知青的父亲作为被"四人帮"诬陷的高级将领彻底平反了,男知青也因此调回了北京。

临行前,男知青特意从州里赶到乡下向女知青告别,从女知青忧郁的眼神中男知青看出了女知青的担忧,他向女知青保证:"回到北京我就把我俩相恋的情况跟家里说,如果可能就将你调到北京去,如果没有可能就先把你调到长沙。"

女知青带着迷离的目光,点了点头。

在海誓山盟、依依不舍的分别之后,女知青一天接一天望眼欲穿地等待。男知青回到了北京,一个星期、一个月、两个月,杳无音信,女知青焦虑地盼望着男知青的来信。

三个月之后的一天,男知青终于鸿雁飞来,姑娘用急迫而颤抖的双手展开信笺,她顿时惊呆了:

"我回到北京后,我们一家人也从五七干校回到北京,起先没有解决房子,住在招待所里,最近房子总算解决了,工作也落实了,我分配在科学院的某单位工作。我把我们的情况跟家里说了,但是家里坚决反对,家人说我们这样的革命家庭,怎么可能娶一个旧社会在长沙旧政府里做事的历史反革命的女儿来当儿媳妇?我也十分无奈……"

看了男知青的信,女知青失望极了,她想起了男知青临走时的安慰:"走资派也好,五类十八种也好,打成的叛徒特务也好,都可以平反的,因为'文革'时你打我、我打你,随便带上一顶帽子就被打倒了。"那么父亲是不是也能平反?她多么盼望父亲此时此刻也能洗清罪名得以平反啊!

女知青又一想:"父亲是历史反革命,在旧社会里做了坏事,这是真正的阶级敌人,哪还能平反?'历史反革命女儿'这顶黑锅是一辈子背定了,家庭出身已经断送了自己的爱情,今后哪还会有好日子?"在山高水远的湘西乡下,女知青思前想后,肝肠寸断,绝望至极,纵身跳河自杀了。

中年作家讲完了这个爱情故事,小说南组 20 多位作家鸦雀无声,谁都没有吭声,大家心里明白:这是一个悲剧!

隔了两三分钟,出版社的一位副总编辑问大家:"既然这是一个悲剧,那么这个悲剧能不能写呢?"

小说南组又开始争论起来,有的说:"既然生活当中有这样的事,为什么不能写?以悲剧的形式写出来才生动。"

"这个怎么能写呢？我们社会主义现实主义的文学，要反映的是生活的主流，这是生活的支流，我们的文学不应该关注这些，应该关注生活的主流。"有的人跳出来反对。

一直待在贵州乡下，孤陋寡闻，叶辛也从未想过文学原来还有这么多说道，也不晓得写小说还要如此地关注主流和支流，来到北京真是大开眼界。

争论激烈而又持续，叶辛默默地听着，渐渐地他听不下去了，听了那对知青的恋爱故事，他的心里像刀割一样地疼痛，他浮想联翩，感慨万千。多少年来，自己也顶着一个剥削阶级的出身，被压得抬不起头、喘不过气，一路走来是多么沉重而又艰难啊！他觉得这个故事似乎就发生在自己插队落户的山寨上，自己与故事的主角似曾相识，并有着同样插队落户的经历和类似的遭遇。他在心里感叹："反动的'血统论'曾害了多少人？我要好好写一写'血统论'给人们带来的伤害，好好写一写知青一代人的命运！"

叶辛不想再听那些没有结论的争论了，他起身回到了自己的房间里，拿出笔记本，在上面写下了两句话："今天讲的这个故事，我可以把它写成一个长篇小说，但是我要把这个故事的结局写好，不能是悲剧。"

座谈会期间，叶辛和福建的老作家姚鼎生住在一个房间，50来岁的姚鼎生文章写得好，呼噜也打得山响。姚鼎生从家里带来很多福建的麻饼当早点，每天晚上都叫叶辛吃麻饼，吃了麻饼叶辛就先睡觉，再响的呼噜也听不见了。

这天晚上，叶辛却思绪万千，夜不能寐，许多往事涌上了心头，历历在目。一部控诉'血统论'的长篇小说在他心里酝酿着、构思着，渐渐地形成了一个雏形。

这篇呼之欲出的长篇小说，却因为叶辛先创作了长篇小说《风凛冽》，到了第二年才落笔。

《蹉跎岁月》让他一举成名

　　十年的岁月年华,就像流水一样渐渐地流逝了,知青一代人也在蹉跎岁月中成长起来。十年中,知青走过了一条怎样的路?他们又是怎样一种命运?这样的思考一直在叶辛的心里盘旋着。

　　那一次,叶辛带着在深山峡谷中写成的长篇小说《我们这一代年轻人》坐火车回上海,车厢里,几个知青正要将户口由云南迁回上海去,他们心情喜悦而又充满了担忧,一路上闲聊着。

　　一个云南知青坐在叶辛身边,与他聊了起来,得知他也是知青,就叹了口气说道:"十年前我们扛着红旗,唱着红卫兵战歌,怀着改造世界的雄心壮志,上山下乡去闹革命,去反帝反修,去屯垦戍边。十年之后我们又扛着背包回上海,还不知道回去以后干什么,生活真会开我们的玩笑。"

　　"是生活开我们这一代人的玩笑吗?"

　　夜深了,车厢里熄了灯,漆黑一片,白天与叶辛聊天的几个云南知青早已东倒西歪地睡着了,他却大睁着双眼思考着知青这一代人的命运。

　　叶辛想起待了十年的那个偏远山寨,想起了山乡里那一条弯弯拐拐,崎岖不平的羊肠小道。插队落户十年,在这条小路上挑过多少粪、担过多少灰、踩过多少泥泞啊!

　　早春时节,与老乡一起跳下冰冷刺骨的秧田里去捧起一团又一团的稀泥巴敷田埂,敷一整天下来手脚冻得通红,嘴唇发紫,回到屋子里还不敢立刻坐到火塘边上暖一暖身子,害怕落下关节炎、生冻疮;农忙时节,天不亮就被牛角号吹醒下地干活,夜深人静的时候才歇息下来;酷暑炎热的夏天,要到土窑洞里搬运烫手的破瓦,窑洞里空气闷热,煤灰呛得人不敢张嘴;在漆黑的煤洞里挖煤，一不小心就能被镐头挖瞎双眼，在半人高的煤洞里，借着一盏小灯，踩着尺把长的脚窝杆子，肩头勒上绳索，拉着几百斤重的煤船死命地往上爬，累得眼冒金光，头晕目眩；知青们与老乡一样，青黄不接的春天饿得心慌，严冬腊月冻得难忍……

叶辛不断在心里回顾着、反思着。十年前大家是多么单纯、多么盲目、多么虔诚啊！个个精神高涨，怀揣着建设社会主义新农村的理想，扛着红旗，唱着战歌，高高兴兴地上山下乡干革命，要把农村建设成为祖国的大花园，要把世界变成为一个崭新的红彤彤的新世界。可是现在，知青们却变得现实起来，当初的理想，当初的热情，当初的劲头，当初的单纯，就这样在不知不觉中消失殆尽了，大家都盼着有一个稳定的工作，有一个人生的好归宿，想方设法、挤破头地往城市里钻，人人都想尽快离开贫穷落后的农村。但是贫穷的山乡就像所罗门的魔鬼瓶子，只能进不能出，进去就出不来了，大家失望了，彷徨了，颓丧了。

在羊肠小道上艰难地跋涉，严峻的生活现实是可怕的，叶辛还深深地感受到，对那些出身不好的知青来说，最可怕的是身子背后总有一双歧视的眼睛和不公平的待遇。

叶辛拿出笔记本，翻着那个长篇小说座谈会上记下的凄惨爱情故事，很多往事又浮现在眼前……

在插队落户的山寨上，当地有一个矿山来招工，农民们推荐了一个知青去矿山工作，终于跳出农门了，他别提多高兴了。

谁知通知发下来，这个知青的名字却不翼而飞了，他跑到公社，公社的干部说："跟县知青办一起听了贫下中农的意见，已经把你推荐出去了，矿山招工的人不知道为什么没有把通知发给你，他们就住在那个小饭店的楼上，你去找找他们吧。"

这个知青是叶辛的同学，他邀上叶辛一同去找矿山的招工人员。

在一个炎炎的夏日，下午3点钟，大大的太阳烤着大地，两人冒着酷暑来到那个小楼前,迎面碰上两个人正巧下楼,他们身穿矿工工作服,洗得蓝白蓝白的,不像是下苦力的矿工。叶辛与同学一眼就看出,这两人正是招工人员。

招工人员可都是大爷,知青、知青家长、地方上的干部对他们都是笑脸相迎、递烟送酒、请吃饭。今儿,突然跑来一个五大三粗的知青,没礼貌地开口就问:"怎么没有我的通知?!"

那家伙斜着眼,没好气地问:"你叫什么名字?"说着他从兜里掏出一个小本子随便地翻着。

知青报出了姓名,招工的人轻描淡写地说:"有你的通知自会发给你,没有你的通知,你就在农村好好劳动,回去吧!"

同学知道他的名额肯定是被调包了,一下子火冒三丈,与他们争吵起来。招工人员手握招工的大权,自以为了不起,就走过去以蔑视的目光看着他说:"老实告诉你,我情愿迁走一条狗,也不愿招走你这个狗崽子,你就一辈子给我待在农村吧!"

这句话刺痛了这位知青,他一个箭步跑到饭店的厨房里,操出一把砍肉的大刀,就要跟招工人员拼命。叶辛吓得脸色苍白,从后面抱住了这个知青,劝他不要冲动。饭店的厨师、商店的营业员都来相劝这才平息了这场争斗。

叶辛心里愤愤地想:"反动的'血统论'残害着多少无辜的青年?有朝一日我一定把这句话写进小说去!"

叶辛又想起了同在修文县插队的一个知青,他的表现有口皆碑,一天到黑就知道干活,从来不多说一句话,大队领导一连四次亲自去知青办推荐他出去工作,都因为他出身不好而被刷了下来。

叶辛还想起中学时代小业主出身的男同学,被红卫兵铜头皮带打得皮开肉绽,鲜血和着白糊糊的液体从头上流出来的惨烈一幕。

反动的"血统论",给地富反坏右五类十八种和资产阶级的子女背上了一个沉重的精神负担,出身不好的子女,也像自己的父辈一样,同样忍受着精神上的折磨和迫害,无论在哪里都要艰难地生活着。

叶辛怎么也弄不明白,为什么出身成了衡量一切的唯一标准?出身是无法选择的,出身不好的年轻人又何罪之有?"老子英雄儿好汉,老子反动儿混蛋!"这样的"血统论"是多么荒唐至极,多么可笑至极啊!为什么一定要遵循这样的反动逻辑?难道中国人都傻了吗?

1979年,绝大多数的知青都已经被招工、招兵、招生、返城了,出身在剥削阶级家庭的叶辛,孑身一人待在山高水远的猫跳河峡谷,他梳理着一些往事,回首望一望知青这一代人走过的路,发现从当初下乡时的虔诚、盲目和狂热,到两三年之后的沮丧、茫然和无奈,再到之后的清醒、苦闷和焦急,知青们十年走成了一条"之"字形的道路。

叶辛打算写一篇批判反动"血统论"对整整一代人残害的小说,以各不相同的知青形象,着力描摹知青一代人的命运和他们走过的"之"字形的道路。

几天以来,叶辛渐渐地在心里憋了一股气,憋得他难受,越憋越想立即提起笔写,可是他找不到一个恰当的角度,找不到一个准确满意的开头,为此他吃饭不香,夜里失眠,烦躁不安,焦灼不宁。

这天晚上,叶辛与妻子六级电站的医生在一起聊天,聊到情感的话题,那位医生无意中说道:"一个人同另一个人的关系,往往是从他们认识的第一天就开始了……"

这席话,像一把小锤头,猛地敲了一下叶辛的后脑勺,他突然惊醒了。

是啊,艺术是来源于生活的,医生的话多么正确啊!医生后来说了什么,叶辛都没有听见,他心里想着,这篇长篇小说就从男女主角的第一次相识写起。

1979年8月1日,叶辛写完长篇小说《风凛冽》的第四天,他将新写的小说锁进了抽屉里,又铺下稿纸,开始创作长篇小说《你爱他什么?》。

对叶辛来说,山寨的生活太沉重了,十年的岁月太沉重了。凄风苦雨十余载,他有太多的人生经历,有太多的人生体验和人生感悟。而且往事并不如烟,一切历历在目。他忘不了狂风暴雨之夜,雨水冲塌了茅草屋,走投无路,无家可归那刻骨铭心的痛苦心境;他忘不了出身不好的知青,招工名额被调包,招工人员肆意妄为的欺人之举;他忘不了一桩桩被反动"血统论"残害的残暴事件……十年来他所熟悉的知青生活和一个个熟悉的故事、一个个熟悉的细节,都变成了他的人生积淀,他信手拈来,把思考和愤懑全都写进了小说。

凄美的文字,不断地从叶辛的笔下流淌出来。白天,妻子上班了,叶辛埋头写;夜间,妻子入睡了,他拿一张报纸罩住灯光还在拼命地写。夜半三更,妻子翻身醒来,眯缝着眼睛对伏案苦思冥想的叶辛说道:"一本交出去了,还没回音,新写出一本锁进了抽屉,这会儿,第三本又开始了,你总得等人家看了怎么说啊!"

在叶辛的内心深处,何尝不在忐忑不安地期待着《我们这一代年轻人》的消息啊!

初秋,山间的霏霏细雨,浸润着山野、树林、农田,猫跳河谷凉爽下来。叶辛正在静心思考《你爱他什么?》的一个细节,突然收到了一封来信,信封不大,右下角印着《收获》两个手写体的红字,肯定是长篇小说《我们这一代年轻人》有消息了,他心里一阵惊喜。

叶辛急忙拆开信,便笺上同样印有《收获》两个字,几行陌生的字迹写道:

尊作《我们这一代年轻人》已阅,决定刊发于今年的第 5、第 6 期《收获》,望以后多联系。

看完了信,叶辛心里"怦怦怦"地乱跳,一颗狂喜的心几乎要从胸口跳了出来。半年以来,叶辛一直惦记着搁在《收获》杂志社的这篇小说,心里时不时地想:"编辑看了这篇小说会有啥感觉?会不会刊用?"现在,他悬在心里的一块石头终于落了地。

《收获》杂志是文学界很有影响的大型刊物,听说要复刊,作家们的稿件像雪片一样飞进《收获》杂志的编辑部,多少人排着队等着上稿子啊!可是被编辑选中的作品却只是凤毛麟角,他感谢那位慧眼识珠的好心编辑,使这篇小说没有被遗漏。

长篇小说《我们这一代年轻人》刊发以后,《收获》杂志把年轻作家叶辛的名字带进了文学界,叶辛成了文学界的一颗新星,被广大作家所关注。虽然他还是一个知青,但他已悄悄走进了作家队伍,成为一位名副其实的作家了。

《我们这一代年轻人》刊发之后,叶辛的创作劲头一下子高涨了十倍,他怀着无尽的兴奋和激情,又立即进入了《你爱他什么?》的创作之中。

9月23日,叶辛一口气完成了长篇小说《你爱他什么?》的创作,心里轻松了许多,他不知道这部小说能否刊发,但是他深刻地挖掘了知青一代人的精神痛苦和内心伤痕,写出了他们的人生轨迹,他觉得写得够劲儿,心里痛快了。

怀孕的妻子11月就要生产了,妻子所在的六级电站在山沟里,根本没有医院。生孩子可是一件大事,他们决定10月就动身回到上海生产,陪妻子回上海的时候,叶辛决定把这部长篇小说稿仍旧送给《收获》杂志。

就在这个时候,叶辛突然收到了贵州省作家协会的催调函,催促他马上办理户口和粮油关系转移手续,规定他10月31日前一定要去贵州省作家协会报到。

其实,调入省作家协会的调令3月份就已寄到了叶辛手上,几个月里,他满脑子里都是小说构思和作品中的人物与情节,他沉浸在他的小说世界里,根本无暇顾及。

自从结婚以后,叶辛就住到了妻子六级电站的石头房宿舍里,而此时此刻,他却想起了插队十年七个月的砂锅寨,想起了砂锅寨上他曾居住的土地庙,在那里曾留下他多少泪水、多少叹息、多少思索、多少奋斗和多少不眠之夜啊!

那座透风漏雨的破庙,就是叶辛文学的始发站,他从那里出发,挣脱了重重高山的封锁,带着他的梦想上路,在崎岖的山乡小路上迈开了脚步,越走越远,闯出了一片文学的天空。

当这个自小就追求的作家梦终于实现的时候,叶辛的内心深处五味杂陈,波涛翻滚。

一路走来,经历了多少磨难?忍受了多少心酸?这样一步一步靠着自己的双脚走出山寨,在别人看来简直像登天一样的难事,他居然做到了,他觉得自己多年的辛苦没有白费,多年的坚持值得!

1979年10月31日,叶辛跟在一辆马车后面,离开了他插队落户的山寨,马车上驮的是他的两箱子书籍。整个知青岁月,他就是靠了这些精神食粮才活下来有了今天的。叶辛回头望一望生活了十年七个月的土地,青山绿水,芳草茵茵,陈旧的农舍交错杂陈。远处的山坡上,他初下乡时写下的七个大字:不到长城非好汉!还独自留在山坡上,尽管有几个字嵌的石片已经剥落,但字迹仍然依稀可辨。

想当初,大家扎根农村建设社会主义新农村,有多么大的雄心壮志啊!标语可以做证,青山可以做证,可如今农村依然贫穷,自己最后一个也要离开了,是我们没有兑现承诺?还是时代骗了我们?叶辛心里有说不出的滋味。

哦,我们的青春岁月都留在这山寨上了,那是汗水和眼泪伴着我们渡过的!

叶辛办理完户口转移手续,赶紧到省作家协会报了到,就带着妻子立即启程回上海生产去了。

11月的一天,叶辛揣着这篇落笔不久的长篇小说《你爱他什么?》走进了《收获》杂志的编辑部,他心里有些担忧,中国刚刚走出樊篱,挣脱了思想的桎梏,并没有明确地批判"文革"中反动的"血统论",也没有堂而皇之地提出不再搞上山下乡了,这篇小说或许要承担一些风险。但是他转念一想:"大不了再摔个跟斗,自己本来就是个一无所有的知青,栽了也还是站在地上,摔倒了就再爬起来,反正这篇小说是非写不行,小说的命运只好听天由命了。"

这是一部描写知识青年生活和爱情的小说,故事发生在1970到1976年间,我国的政治风云多变莫测,每个人的命运都在疾风暴雨的政治形式中忽沉忽浮,出身于历史反革命家庭的知青柯碧舟不顾生活的磨难和重重政治压力,仍然坚定执着地在逆境中进击,为他插队落户的山区人民发掘资源,建立了小水电站。军干家庭出身的女知青杜见春,敬佩他的品格,同情他的处境,对他生出了怜悯和爱慕之情,但反动的"血统论"给杜见春布下了心灵的鸿沟,使她在对柯碧舟的纯洁爱情面前怯步了。不久,杜见春的父亲被打成"走资派",她也经受了与柯碧舟一样的遭遇,面对政治地位的急剧变化,杜见春的灵魂经受了一场严酷的洗礼,在她父亲被平反之后,她执着地爱上了柯碧舟。

这篇小说,透过故事的主线,展示了不同类型、不同出身青年的恋爱和生活态度,不同的理想与追求,鞭挞了反动的"血统论"对一代人的残害,生动而感人地记录了知青一代所度过的那段令人难以忘怀的"蹉跎岁月",真实地展示了知青一代人所走过的那条虽曲折坎坷,但奋进向前的道路。

苦难有时也是一种财富,叶辛独特的经历是他文学的资本,在这篇长篇小说里,体现了他苦难的价值。

叶辛心里沉积得太多了,胸腔被塞得满满登登的。这篇小说,像是一个火山喷发口,让叶辛的满腔郁闷、满腔委屈、满腔愤懑、满腔压抑和郁积多年的情绪,统统喷涌而出。那些文字带着沉甸甸的分量,铿锵地砸在读者的心上。

这个触目惊心的故事,深深地打动了当时的《收获》编辑,他们决定仍旧刊发在《收获》杂志上。

1979年底的一天,叶辛又走进《收获》杂志编辑部,编辑们转交给他一大摞的读者来信,长篇小说《我们这一代年轻人》在《收获》杂志第五第六期连载两期之后,能引起如此的反响,杂志社上上下下都很高兴。

肖岱先生乐呵呵地通知叶辛:"你送来的那篇长篇小说,将在1980年的第五第六期上刊发。"

叶辛听到这个消息,按捺不住激动的心情,他想不到这篇只写了两个多月的长篇小说这么快就能刊发。但是肖岱先生却又严肃地说:"这篇小说虽然是用一对知青爱情故事作为主线贯穿下来的,这个名字却太直白了,这个小说名字我不太满意,给你四个月时间,另外想个名字。"

起个什么名字好呢?

叶辛一直思考着,琢磨着。一个月过去了,两个月过去了,叶辛始终没有想出一个合适的小说名。正在他苦思冥想反复斟酌这篇小说名字的时候,却意外地迎来了一次专业学习的好机会。

改革开放以后,中国百废待兴,文学也像一棵枯木逢春的大树,在改革的春风里,生机勃勃、郁郁葱葱地生长起来。

1980年2月9日,中国作协恢复了"文革"前的文学讲习所,将全国初露头角的年轻作家召集到了北京文学讲习所,进行专业学习,而第一期的文学讲习所学员都是由全国性的文学出版社和文学杂志社推荐的,中国青年出版社出版了长篇小说《我们这一代年轻人》,人民文学出版社出版了长篇小说《峡谷烽烟》,两家都推荐了叶辛去北京文学讲习所学习。

叶辛接到去北京文学讲习所学习六个月的通知,心如潮涌,激动万分,比获得了什么奖项还要高兴。摸索了十年,没有受过正规教育,一直苦于没有人指点,他多么渴望着有深造的机会,渴望着有名家给自己指点迷津啊!机会从天而降,他一定把握这次机会,多学知识,使创作水平来个更大的飞跃。

这期文学讲习所的学员共30人，来自全国各地，有"文革"前就已初出茅庐的业余作者，也有一两年内因作品获奖而轰动一时的知青和工农作者，几乎每个人都有"名作"在手，除叶辛以外，还有蒋子龙、王安忆、张抗抗、陈国凯、陈世旭、刘兆林等，简直是高手云集、人才荟萃。很多文学"新星"的作品和名字早已熟知，如今竟成了同学，叶辛心里多少有些得意。

这期学员大多是北方的作家，贵州省只有叶辛一人，那时根据他的小说《高高的苗岭》改编的电影《火娃》正在全国热播，长篇小说《我们这一代年轻人》在《收获》杂志连载以后，他已名噪一时，在讲习所里他俨然是一位很成熟的作家了，大家都对他刮目相看，一些年轻学员还经常向他请教。

文学所授课的老师，都是外请的著名作家和学者，好多是叶辛少年时代可望而不可即的文学前辈，许多还是"文革"后刚刚复出不久的文学"泰斗"。从小就熟知他们的作品和名字，如今能当面聆听他们的教诲，叶辛觉得很是荣幸。

著名作家和学者们讲文学史、文艺理论、文艺思潮，也讲《史记》《唐宋传奇》《红楼梦》《三国演义》《水浒传》，还讲《小公务员之死》等外国文学作品，这些书叶辛小时候就读过，故事都很熟悉，听教授们一讲，却耳目一新。他很珍惜这次学习的机会，每天都认认真真地听课，仔仔细细地记录笔记，如饥似渴向教授学者们学习知识，恨不得狼吞虎咽地把老师讲的所有东西一口吞下。

讲习所经常组织学员们参加社会活动，当时北京文艺界凡有什么重要的活动，像是史沫特莱逝世三十周年纪念会、美籍华人作家于梨华与北京作家的见面会、外国留学生同中国作家对话会、人大会堂的儿童文学发奖大会等等，讲习所都要组织学员们参加。讲习所还为大家提供了许多艺术观摩的机会，不但看电影、看东方歌舞团的演出，还去参观北京天文馆、中南海、通县张辛庄大队的机械化和村办的衬衫厂，让大家开阔眼界，补充社会生活。

半年的时间里,文学所为这些崭露头角的作家们,打开了一扇通往文学殿堂的大门,叶辛畅游在文学的海洋里,眼界开阔了,见识广了,创作的羽翼更是渐渐丰满起来。

4月下旬的一天的早晨,叶辛还在懵懵懂懂的睡梦之中,同学蒋子龙走过来推了他一把说道:"哎,起来,我们到操场上散步。"

叶辛一骨碌爬起来,穿上衣服就与蒋子龙往操场上走,两人边聊边走,一会就走到了操场上。

从操场上望出去,北京的天空明亮而又灿烂,东边一片朝霞红彤彤的,十分绚丽。叶辛望着朝霞沉思起来,蒋子龙很纳闷:叶辛这小子在想啥呢?

已经是4月下旬了,为送到《收获》杂志的长篇小说《你爱他什么?》改名字,肖岱先生给的期限是4月底,眼看就要到了,叶辛几乎天天想,日有所思夜成梦,还是没有起到一个满意的名字,他心里焦急万分。

就在与蒋子龙散步的时候,不知为什么叶辛脑子里跳出了两首诗,一首是唐代李颀的《送魏万之京》:"莫是长安行乐处,空令岁月易蹉跎。"这首诗并不是非常有名,李颀晚年隐居颍阳,魏万要西赴长安,前来辞别,李颀就为他写下了这首情真意切的送别诗,当年的长安城是唐代的京都,许多得志的官宦和知识分子整天在那里歌舞升平,喝酒行乐,吃吃喝喝,白白地虚度光阴岁月,所以他叮嘱友人:"请不要沉溺于长安的享乐,以免浪费了你宝贵的光阴。"还有一首是初中课本里学过的明朝钱鹤滩的《明日歌》:"明日复明日,明日何其多!我生待明日,万事成蹉跎!"

这两首诗一直像过电影一样在叶辛的脑子里反复出现,他突然之间想到这样一个名字:"蹉跎岁月"。知识青年上山下乡十年,山依然是那座山,荒凉、贫穷、落后的山乡又到底有多大的改变?整整一代人空把青春岁月留给了山乡。

"对!我这个长篇小说就叫《蹉跎岁月》。"

叶辛心里一下兴奋起来,他对蒋子龙说:"我不跟你散步了。"说完,他撒腿就往回走。

蒋子龙莫名其妙地问他:"怎么了,你又想干什么?"

"我要回去了,《收获》杂志在等我,再让我好好想想这个题目准确不准确。"

蒋子龙看着这位有点神经质的小兄弟,摇头笑了。

吃了早点,叶辛急急忙忙地跑到了文学讲习所的办公室。整个讲习所只有一门电话可以摇长途,叶辛找到办公室一个管电话的女干部说:"《收获》杂志有一个长篇小说要我改个名字,我想出来了,想打电话告诉他们。"

那女干部忙说:"你打吧,你打。"

肖岱先生刚刚上班,就接到了叶辛打来的电话,一听《蹉跎岁月》这个名字:"好!好!好!"他连说了三个"好"。就这样,长篇小说《你爱他什么?》改成了《蹉跎岁月》,在1980年的《收获》第五第六期顺利刊登了。

这年第五期的《收获》上面只发了长篇小说《蹉跎岁月》的上半部和浙江一对当初还在内蒙古的作家夫妇写的中篇小说《酷夏》,其他没有任何东西,却不料当时印发了50万份还供不应求,《收获》第六期因为连载了《蹉跎岁月》,印了110万册。

《收获》一个老编辑郭卓同志按捺不住激动的心情,把这个消息打长途电话告诉了已经回到贵州山乡的叶辛,他说:"这次我们放开印,看市场需要多少,结果印了110万,印多了反倒坏事了,看了下半部的要找上半部,上半部只印了50万份。"通话间,叶辛感觉到电话的那头心花怒放,他也高兴地笑了。

1982年中国青年出版社第一版一次印刷了长篇小说《蹉跎岁月》,蓝颜色的小开本,初版就印了12.7万册,出版社编辑告诉叶辛,这本书引起了广大读者尤其是年轻人思想和情感的共鸣,北京大学、清华大学等高校的大学生们疯抢《蹉跎岁月》,半年之内就印到了37万册。从那以后,这本长篇小说经常被出版社翻印,至今已经印了二十多个版本,总发行量一百多万册。

几十年来,《蹉跎岁月》已经从当年的畅销书,变成了年年重印的常销书。

当"文革"这出角色众多、高潮迭起的大戏,终于落下帷幕的时候,知青文学突然形成了一股强大的风潮,迅速席卷了全国的文坛,含泪的、含恨的、含冤的、含悔的各种情愫如同封不住的油井,一时间汹涌喷发。

或许是因为叶辛的生命里有着悲怆和悲愤的因子,深沉厚重的《蹉跎岁月》,沉郁、压抑,郁积着巨大的痛,那些字字带泪的文字,那些无声的呐喊,那些对时代和历史的沉思与追问,揭开了一个时代的伤疤,触碰到了具有相同命运一代人的痛处,震醒了一些人麻木的神经,让许多人的心房剧烈地震颤和疼痛。

长篇小说《蹉跎岁月》获得了巨大的社会反响,年轻的叶辛迅速成长起来,他像一个撑竿跳的运动员一样,纵身一跃,跃到了中国文学的最高峰。而"蹉跎岁月"四个字,也从此成为那个特定年代和知青命运的代名词,永远留在了一代又一代人的记忆里。

电视剧《蹉跎岁月》轰动了全国

1981 年,中央电视台导演蔡晓晴拍了电视剧《有一个朋友》,获得了很好的口碑,接着他又拍了描写朝鲜战争的《大地的深情》上下集在全国引起了强烈反响。正在事业上升时期的蔡晓晴,到处找好题材,想再拍一部能引起轰动和反响的电视剧,她选来选去都不满意,无意中看到了《收获》杂志刊登的长篇小说《蹉跎岁月》,这部长篇小说活灵活现的人物和带着伤痕的故事一下子吸引了她,感动了她,她心里一阵惊喜。她觉得小说中写的正是我们切身体会到的事情,历史就是这样走过的,这篇小说一定可以拍一部很好的电视剧。

蔡晓晴买了五套刊有长篇小说《蹉跎岁月》的《收获》杂志,送给了中央电视台的领导、电视台文学组、文艺部和国家广播事业管理局审看,不但得到了他们的首肯,而且都觉得如能改编拍摄一部电视剧,一定能引起人们思想感情的共鸣。

长篇小说《蹉跎岁月》在叶辛毫不知情的情况之下已经送审了,五级领导审批之后,深得中央电视台领导信任的蔡晓晴立刻动身来到了贵阳,约请叶辛商谈长篇小说《蹉跎岁月》改为电视剧本的设想。

这年"五一",叶辛一家乘上山乡通往贵阳的客车,摇晃了一天,到达贵阳时已是傍晚。叶辛的儿子叶田才一岁多,刚刚会说话,指着贵阳市五彩斑斓的霓虹灯说:"红的,绿的。"逗得叶辛两口子哈哈大笑。

云贵高原的山区,地无三里平,到处是高低不平的山路,到了蔡晓晴导演下榻的金桥饭店,小叶田好奇地到处乱跑,他从未见到过金桥饭店大堂如此平整的地板,用小脚板狠劲地砸着地板,心里想:"怎么这么平?"

中央电视台的大导演来找叶辛拍电视剧,这个消息不胫而走,猫跳河畔的六级电站一下子炸开了锅,到处议论纷纷。

可是蔡晓晴导演回到北京,却没有了消息,叶辛心里十分着急,等得不耐烦了,他打电话追问情况和进展,蔡导演推说:"电视台忙,还没看完呢。"

原来,中央曾有一个7号文件,当时胡乔木提出:文艺思想的解放不是一下子完成的,伤痕文学的作品要少出。电视台的领导又产生了顾虑,有人担心地说:"这个小说社会上有些争议,写'文革'不应该这样描写'血统论'吧?"

听了这些意见,中央电视台的领导犹豫起来。

一天,中央电视台台长阮若林听说长篇小说《蹉跎岁月》正在广播,他一下子释怀了:"这部小说北京人民广播电台正在播出,要是有问题早叫停播了。"

中央电视台终于下了决心,批准拍摄电视剧《蹉跎岁月》,并立刻划拨了拍摄费用。

蔡晓晴导演乘兴而来，恨不得叶辛马上就能拿出剧本来。

叶辛丈二和尚摸不着头脑，完全不知道电视剧本如何改写，他不好意思地对蔡导演说："我没有改过电视剧本。"

蔡晓晴是个典型的北方女人，性格直爽，说话干脆，她直言道："你不是与谢飞改过《高高的苗岭》电影吗？谢飞与我是同学，你就照着写电影的方法写吧。"

听到蔡导演这样一说，叶辛心里有了一些底气。

改革开放之初，中国的电视剧一般是上下两集，叶辛觉得这么厚一本书，只改两集，恐怕难以概括内容，他将长篇小说《蹉跎岁月》改成了三集电视连续剧，交给了蔡晓晴。

蔡晓晴接过剧本立马看了起来，叶辛战战兢兢地等待着蔡导演的评判，不料蔡导演看完，脸上却露出了满意的笑容，她说道："改得可以啊，只不过这第三集的内容太多了，你再改成四集吧。"

叶辛喜出望外，立刻把三集内容改成了四集，四集电视连续剧《蹉跎岁月》很快就开拍了。

电视剧《蹉跎岁月》是在云南拍摄的，中央电视台的拍摄剧组一到云南，就受到了当地特别的欢迎和支持。云南省三辆面包车派给剧组，无偿地提供给他们使用，摄制组在乡下的军队招待所里居住，当地政府一路绿灯，剧组拍摄非常顺利。

拍摄过程中曾发生了两件事，让叶辛终生难忘。

一件事是为写电视剧《蹉跎岁月》的主题歌，叶辛惹怒了中央电视台的音乐编辑。

这位音乐编辑组将《蹉跎岁月》的主题歌词，交给蔡晓晴，蔡导演拿给叶辛征求意见，叶辛摇摇头，直言道："我看写得不行！"

音乐编辑已经为这歌词组了第三稿，见叶辛直通通的一句话把歌词否了,摇了摇头,表示不能再组了,并生气地说:"你觉得不行,你来写!"

蔡导演以征求的口吻问道:"要不你试试?"

叶辛没想到自己口不择言,一句话把人家惹得生了气,不服气地说:"写就写!"

两天过去了,叶辛依然无从下手,着实有些犯难。歌曲讲究韵脚,要朗朗上口,还要打动人心,他很少写歌,又如何能为电视剧写主题歌呢?

下午,在从大理回昆明的路上,闹了一路的演员和剧组人员都鸦雀无声地睡着了,面包车上只有叶辛与司机大睁着两眼。

叶辛睡不着,他脑子里一直在想,这个主题歌如何写呢?本来改好本子,已经买好火车票,晚上可以轻轻松松地离开了,突然又接到这样一个棘手的活,他甚至有点后悔气跑了音乐编辑,使这件难事落到了自己头上。

一阵困意袭来,叶辛有些昏昏欲睡,正在这时,坐在副驾驶位上的他,突然看到汽车的反光镜里闪过明晃晃一片,他朝车窗外望去,峡谷深处一条河流缓缓而淌,叶辛心里突然产生了一个感觉:自己青春的岁月,多么像这河流一样缓缓流逝啊!

这个念头,让叶辛内心一阵惊喜,他马上让司机停车,问同车人要了一张香烟包装纸,掏出随身带着的钢笔,立即写下了这样的歌词:

青春的岁月像条河

岁月的河啊

汇成歌汇成歌汇成歌

一支歌一支深情的歌

一支拨动着人们心弦的歌

一支歌一支深情的歌

幸福和欢乐是那么多

啊~啊~啊~

青春的岁月像条河
　　岁月的河啊
　　汇成歌汇成歌汇成歌
　　一支歌一支难以忘怀的歌
　　一支歌一支难以忘怀的歌。
　　……

　　车开到了目的地,叶辛喜滋滋地对蔡晓晴说:"晚饭后我就走了。"
　　蔡导演知道主题歌还没有写出,摆摆手说:"主题歌写不完,回去写吧!"
　　叶辛掏出那张香烟包装纸,递给了蔡晓晴。蔡导演读完之后,脸上露出了惊喜的笑容,当即拍板:"就是它了!"
　　《一支难忘的歌》经黄准作曲,表现了对青春的惋惜和咏叹,诉说了一代人的心声,加上当时著名女中音歌唱家关牧村深沉的演唱,一下子引起了社会的共鸣。
　　在电视连续剧《蹉跎岁月》播出之后,这首主题歌《一支难忘的歌》,也像一阵春风,迅速地吹过大江南北,成了无人不知的流行歌曲,到处传唱。
　　《一支难忘的歌》随着电视剧的播出,留在了人们的记忆之中。叶辛做梦也没想到,偶尔为之的一次歌词创作,竟成了歌坛的经典,获得了十次奖项。
　　第二件事发生在电视剧《蹉跎岁月》播出之前,因为《蹉跎岁月》的片名,这部电视剧差点成为播不出的死胎。
　　1982年9月,叶辛被叫到北京去看样片,看完样片蔡晓晴兴奋地告诉他:"中央电视台很多职能部门,凡是看过样片的各级领导反映都很好。中央电视台决定,在9月21日对电视剧《蹉跎岁月》专门召开记者招待会,要把北京所有的媒体记者都叫来,让他们在这个电视剧播出之前做一些报道。"

叶辛没有开过记者招待会,他不太懂得中央电视台为什么要召开这样一个记者招待会,心里想:"不是外国首脑或者我国领导人到国外去才开记者招待会的吗?怎么拍电视剧还要搞得这么隆重?"

9月21日,20多个记者被请到了中央电视台,看新拍好的电视剧《蹉跎岁月》。放映室里静悄悄的,一直看到全剧终仍然没有人说话,沉默了片刻,大家开始使劲地鼓掌,掌声持续了很长时间,记者们都说这是中央电视台拍得最好的电视剧。

记者们反映这么好,叶辛既高兴又兴奋,看完样片他就急急忙忙赶回了贵阳,电视剧《蹉跎岁月》即将在中央电视台播出,他马上买了一台14英寸的彩色电视机,准备在家里看这部自己改编的电视剧。

1982年,电视机还是一个奢侈品,一般家庭是买不起的,就连高级宾馆的客房里都没有电视机,晚上大家都挤在食堂或者一些公共场所看电视。

亲朋好友听说叶辛的作品被中央电视台拍摄成了电视连续剧,都替他高兴,纷纷说到时一定收看。

叶辛离开北京之前,中央电视台已经决定电视剧《蹉跎岁月》在10月1日—2日两天晚上播出。可是电视剧播出之前,蔡晓晴十万火急地打电话给叶辛:"坏事了,你还得飞到北京来。"

叶辛心里咯噔一下:"可别是出了什么差错播不出来了?"

叶辛疑惑地问蔡导演:"到底是怎么回事儿?"

不出他所料,果然出了问题。

蔡晓晴说:"人家对这个题目有意见。有个领导说,庆祝中华人民共和国成立40周年,晚上看《蹉跎岁月》?赶紧叫叶辛来改名字。"

叶辛赶忙飞到北京,蔡晓晴见到叶辛就为难地说:"你这个是《蹉跎岁月》,我们十一国庆节播不好,一定要改名字。"

叶辛在乡下做农民自由惯了,也不懂什么礼节,张嘴就说:"不要在国庆节播就是了嘛。"

　　插队落户十年,与山乡的农民在一起,虽然劳动很苦,但是农民不约束你的思想,大家说话直来直去,不用绕弯子,所以叶辛毫无顾忌地脱口而出。蔡导演急得喊了起来:"哎呀,你还不要播!十月一日晚上放假了,大家都空下来看电视,收视率高!"

　　叶辛才刚刚走进电视这一行,哪里懂什么收视率高不高。马上要播出了,剧名还没有确定下来,蔡晓晴心急火燎地把叶辛安排在北京的宾馆里想剧名,她说:"想出来,才放你回贵州!"

　　"我不用去住宾馆,你不就是要一个振奋人心的名字吗?你要改名字很简单,我现在就能写一个:《奋进曲》,这个健康吧?文艺吧?"

　　蔡晓晴一听就叫道:"好!这个名字好!"

　　起好了名字,叶辛没几天就又飞回了贵阳,他特别去翻阅了《中国电视报》《中国电视》杂志的电视剧预告,都刊出10月1、2、3日晚中央电视台播出电视连续剧《奋进曲》,他终于放下心来,焦急地等待着电视剧《奋进曲》的播出。

　　叶辛的家刚刚搬到贵阳,房子很宽敞,电视机摆在客厅里很显眼。10月1日晚上,叶辛与妻子早早就坐在电视机前等待着,可是一个晚上搜来搜去就是没有,没有电视剧《蹉跎岁月》也没有电视剧《奋进曲》。

　　"莫非是又出了问题?这部电视剧凝聚着自己和中央电视台剧组多少心血啊!会不会不播了?"叶辛焦急万分。

　　好容易等到"十一"放完三天假,叶辛急不可耐地跑到贵州作协,拨通了蔡晓晴的长途电话,蔡晓晴气恼地说:"又出问题了,人家还是有意见!"

　　叶辛奇怪地问:"还有什么意见?"

　　蔡晓晴说:"反正已经无法播出了,有的说国庆播出还是改《奋进曲》好,有的说这就是个《蹉跎岁月》改什么《奋进曲》?两波争执不下。"

　　叶辛脑子里轰地一下:这下可完了!争执来争执去,争不出结果就被搁置了,哪还能播出?叶辛想不到这部由中央电视台拍摄的电视剧的命运,也会像几年前的电影《火娃》一样,历经如此的风云磨难。他心里忐忑不安,为此而吃不下饭,睡不好觉。

正在叶辛渐渐地在心里放下,准备淡忘此事投入其他创作的时候,好消息传来了。

原来,中央电视台为了这个电视剧两波争论,都觉得自己对,谁也不服谁,后来电视台的领导决定请国家文化部部长亲自来定夺。

这天,文化部部长吴冷西被接到中央电视台,演播室里静静的,吴部长与大家一起观看这部新拍的电视剧。

吴冷西是文化部部长,也是一位德高望重的艺术家,是一位很有鉴赏能力的领导。吴部长是个大忙人,难得能从头到尾看一部文艺片,播到剧终,吴部长撑着拐杖站了起来,这里望望,那里望望,看没人吱声,便问大家:"你们说说看,有些什么意见啊?"

大家都不敢轻易表态,跟来的领导也不敢乱说。见大家都不吭声,电视台的领导就说:"我们听您的意见,您看……"

吴部长环视了一下,见大家都不表态,就发表了自己的意见:"我看这还是一个《蹉跎岁月》,不是《奋进曲》嘛!"

吴部长一锤子定音,中央电视台不再争论了。吴部长的一句话,电视剧《奋进曲》又改回来成了《蹉跎岁月》。

一波三折的电视剧《蹉跎岁月》,终于定在1982年10月23日和24日晚上播出,中央电视台从收视率考虑,还是安排在了星期六和星期天两天播出,叶辛接到通知的时候,正在重庆开一个文学界的会。

这天晚上,淅沥沥的小雨下个不停,饭厅的一个角落里有一台大大的彩色电视机,高高地架在电视橱上,与会的作家吃完饭都坐在饭厅里看电视,省财政局在南泉宾馆开会的人和出来办事的领导们也都在饭厅里看电视,叶辛兴冲冲地站起来跟作家们说:"请大家今天晚上看我的电视剧《蹉跎岁月》。"一些惊异的目光齐刷刷地投向了他。

晚上8点黄金时段,电视机里随着关牧村如泣如诉的歌声,屏幕上推出《蹉跎岁月》几个大字,叶辛屏住呼吸,按捺住内心的激动,与大家一起看这部自己创作并改编的电视剧。

两集播出之后,饭厅里鸦雀无声,没有人吭气,过了几分钟,大家才回过神来,都说:"好看!好看!"

一个四川的作家站起来说:"你们知道吧?写这个电视剧的作家就坐在这里!"他指了指叶辛,食堂里响起了雷鸣般的掌声。从这些掌声中,叶辛觉得这个电视剧还是很成功的。

开完会回到贵阳,贵州省作家协会里堆满了给叶辛的来信,电视剧在全国各地尤其是知识青年中引起了强烈的轰动和社会反响,他们纷纷写信来表达对电视剧的观感和心情,在播出后短短的两三个星期内,叶辛收到1700多封观众来信。他从来没有想到,十年的追求和十年的艰辛,如今会以这样热烈而迅猛的方式来回报他,使他那颗屡屡受伤的心有了一种莫大的安慰。

电视剧播出两个星期以后,蔡晓晴打电话给叶辛:"你在贵阳吧?不行了,我们中央电视台收到了好多来信,我那个小小的办公室里面,已经塞了整整两麻袋还塞不完。台里的领导说,既然电视剧《蹉跎岁月》反响这么强烈、反应这么大,要给你来拍一个专题片,我们立刻就动身飞贵阳。"

第二天,蔡晓晴就与制片主任飞到了贵阳,他们借了贵州电视台一个摄影师,与叶辛一起到他插队落户的砂锅寨去,不久"叶辛与《蹉跎岁月》"的专题片就在中央电视台播放了。

1982年,《蹉跎岁月》是当时最长的电视剧,真正开启了中国电视剧时代,成为中国优秀电视剧的代表,先后荣获了"大众电视"金鹰奖和全国优秀电视剧"飞天奖"。电视剧播出之前,北京人民广播电台小说连播节目播出了长篇小说《蹉跎岁月》。广播连播和电视剧的播出,把叶辛的名字从文学界带到了全国的读者和观众面前,使他一举成名,从此,叶辛的名字走进了中国的千家万户,成为当时中国最著名的作家。

电视剧《蹉跎岁月》在全国热播之后,当时的拍摄地之一的云南阿拉彝族乡,还打出了"蹉跎村"的牌子,吸引城里的游客去玩耍。他们搭起了简易的棚子,游客们把塑料布铺在桥头河边,放上茶水、饮料、瓜子、花生等,他们在河边散步,到村寨上逛街,在小树林里嬉戏,十分开心。

1994年,一个下海经商的老知青投资建起了一排二层楼的乡间别墅,别墅区打出了"蹉跎岁月度假村"的牌子,别墅区旁边,还建起了一座"知青纪念馆",陈列了搪瓷缸、军用水壶、自制小油灯和锄头、镰刀、扁担、水桶、箩筐等农具,缅怀知青们逝去的青春岁月。

叶辛横空出世,引来一片叹然。

这一年,他身上郁积多年的能量,就像一座活火山,终于一朝喷发出来。他在文学上的爆发和崛起,惊到了很多人。

十余年的坚持,十余年的艰辛,叶辛踩着泥泞,背负着种种的人生痛苦,一步一步从人生的谷底,走向了文学创作的第一个高峰。

第八章
当选全国人大代表之后

成功和荣誉是一对孪生兄弟,创作成功之后的叶辛,荣誉也纷至沓来。荣誉面前,他没有迷失自我,在当选了全国人大代表之后,总想着自己能为社会、为大家做点啥。

踏上荣誉的阶梯

1980年9月22日,叶辛从北京绕道来到上海探望母亲。清早,妹妹像往常一样将自行车扛到楼下去准备上班。忽然,她又像疯了一样跑到楼上,举着邮局刚送来的《文汇报》,报纸上用大字标着叶辛的名字,妹妹激动地喊:"哥哥、哥哥,你的名字!弄堂里所有的人拿着报纸站在门口……"

那天,《解放日报》《文汇报》等几乎所有的报纸上都转载了新华社的一篇文章:《刻苦自学成才的作家叶辛》,报道的就是叶辛自学成才成长为知名作家的故事。

叶辛接过报纸,坐在沙发上,默默地读着,他没有想到在首都东直门外那次坐在垂柳依依幽静院子里的采访,竟会这么快变为全国50多家报纸上新华社通稿的文字。此后的一年间,全国的报刊不断转载,还陆续发表了60余张叶辛的照片。

叶辛看到家乡媒体的报道,内心里既兴奋又感动。故乡没有忘记她的儿子,那些报道的字里行间,无不透出故乡对他的深情厚意。

8点钟,叶辛像往常一样打开收音机,上海人民广播电台正在播出新闻,30分钟的新闻之中,大约5分钟播送了他自学成才的故事。

叶辛成了中国一时最热门的新闻人物,成了当代中国青年的一个标杆,只有他心里清楚,这一切来得多么艰辛,多么不易。

从1977年叶辛发表处女作《高高的苗岭》开始到1980年,叶辛已经在《收获》《红岩》等重要的文学刊物上发表了《我们这一代年轻人》《风凛冽》《蹉跎岁月》等众多引人注目的好作品。同时,《我们这一代年轻人》由中国青年出版社出版了单行本,也几乎是同时,长篇儿童文学作品《峡谷烽烟》由人民文学出版社出版,同年中央人民广播电台连播了这篇小说。《我们这一代年轻人》也分别在黑龙江、上海等地广播电台播出。

1980年12月,《蹉跎岁月》刊发之后,贵州省作家协会专门为叶辛召开了作品研讨会,会上老作家们都为贵州省走出了一位优秀作家而感到骄傲和自豪。

荣誉使叶辛的生活悄悄地发生着改变。

自从1979年10月叶辛的户口迁进省城成为一名专业作家以来,他依然住在妻子工作的六级电站上,与妻子过着恬静的生活。

云贵高原的猫跳河畔,偏僻、荒凉而又幽静,除了一座六级电站发动机的声响,没有任何的嘈杂、喧闹和鸡鸣狗吠的声息。

妻子所工作的六级电站,是电厂最小的单位,孤零零地坐落在山沟沟里,只有93个职工,电站周围全是连绵的山脉。站在半山腰里放眼望去,一座一座连绵的山头挺立着,一一数来远远近近可以数得清楚的就有135座,山头比人头还多,这里是云贵高原真正的大山深处,山高云远,闭塞偏僻。但是不用走很多路,走到猫跳河边,再看那深峡当中的一条猫跳河,像一条柔软的缎带,弯弯拐拐地绕来绕去,十分漂亮。河谷两边是陡壁的山崖,幽静无比。

叶辛埋在深山里,心无旁骛地潜心创作。中央电视台、新闻电影制片厂等中央新闻单位经常跋山涉水跑到山沟里去采访叶辛。

1982年4月,中央新闻纪录电影制片厂《祖国新貌》22期专门拍摄了纪录片"自学成才的作家",记录了叶辛自学成才走上作家道路的艰辛历程、感人故事和创作成就,激励着青年人自强不息,自学成才。同年这个纪录片除随着故事片在全国放映之外,还多次在中央电视台节目中播出,使叶辛名扬全国的大江南北。

全国各地采访叶辛的媒体记者络绎不绝,从省城贵阳到猫跳河畔六级电站的客车两天才一班,记者们要住在贵阳等车,省委宣传部也要派人陪同,非常浪费大家的时间,贵州省委宣传部经过慎重考虑,决定把叶辛调到省城贵阳来,仍旧在省作家协会当专业作家。

1982年,在省委宣传部的关心下,叶辛妻子的户口从六级电站调进了贵阳市供电局,叶辛一家告别了猫跳河畔的六级电站,调进了人们梦寐以求的省城贵阳,不久就搬进了贵阳市石板坡一套两室半的大房子,开始了八年的省城生活。

石板坡的位置得天独厚,站在阳台上一眼望去,面对就是黔南第一峰,那里有贵阳最高的黔灵公园,高高的黔灵山,云来雾去,满眼翠绿,风光优美。

叶辛写累了,就站到阳台上看云,渐渐地他能分辨出雾这样飘是晴天,那样飘是阴天,而雨天又是另一种雾。哦,住在风光秀丽的石板坡上,犹如住在仙境里一般,觉得顿时远离了尘世间的一切,心宁静了许多。

叶辛心满意足,从山寨上那座透风漏雨的破庙,到繁华的省城贵阳,一路走来,泥泞而又艰辛,留下了多少歪歪扭扭的脚印啊!能住在省城如此风景秀丽的地方,真是神仙过的日子,夫复何求?

事业没有终点可言,自从叶辛踏上文学这条路,就永远没有停步。他十分珍惜当专业作家的日子,发奋创作,笔耕不辍,佳作不断,荣誉和鲜花也纷至沓来。

1982年12月,中央电视台为叶辛拍摄了20分钟专题片《叶辛和蹉跎岁月》,在中央电视台播出。

1983年,电视连续剧《蹉跎岁月》先后荣获了大众电视"金鹰奖"和全国优秀电视剧"飞天奖"。

之后,全国自学成才标兵、全国五一劳动奖章、全国优秀文艺工作者、贵州省五一劳动奖章、贵州省十大优秀青年新闻人物、全国人大代表等各种荣誉源源不断,接踵而至;第六届全国青联常委、贵州省文学月刊《山花》主编、贵州省青联副主席、贵州省作家协会副主席等职位也越来越高;他还以中国青年文艺代表团团长的身份,率团出访了斯里兰卡、泰国等国家,归途中顺道去了尚未回归祖国的香港,再之后他又参加中国作家代表团访问了朝鲜。

夜晚,叶辛想着这些,辗转反侧,难以入眠,这些荣誉曾带给他多少激动和激励啊?鲜花与荣誉不期而至,扑面而来,他觉得被从未有过的辉煌四射的光环笼罩着,他又激动,又感觉到有一种无形的压力。

30岁的叶辛,在经历了十年的插队落户生涯之后,与常人相比多了一份清醒,他没有飘飘然,也没有把写作当成往上爬的跳板而放弃文学创作。他想着那些在山寨上流逝的岁月,想着上山下乡知青一代人的命运,他第一次感觉到身上有一种责任。祖国和人民给予了这么高的荣誉,而自己又能拿什么报答祖国和人民?

叶辛更加努力地创作了,他将精力全部投入自己热爱的文学事业之中。无论各种荣誉有多么光鲜亮丽,他觉得自己始终是一个作家,应该写出最好的作品奉献给大家。

叶辛暗下决心,以后要更加勤奋地工作和创作,写出更多的好作品。

突如其来的惊喜

1983年4月,一个普通的日子,叶辛抱病在家里写长篇小说《三年五载》的中卷《拔河》,9点多钟突然闯进来了两位新华社的记者,他们举起闪光灯"咔嚓咔嚓"朝着叶辛一阵拍摄。

原来叶辛在有681名代表参加的省人代会上,以666票的高票被选为了全国人大代表,新华社记者消息灵通,刚宣布结果便跑到叶辛家里来采访。

这突如其来的惊喜,从天而降,让默默写作的叶辛丈二和尚摸不着头脑。

偏远的贵州,文人稀少,全国闻名的作家更是少而又少,许多年里让贵州人最引以为豪的就是明朝的大文人王阳明。

王阳明的确值得贵州人骄傲。

1481年,王阳明才11岁,他的父亲王华参加殿试,没想到竟然高中了状元,留在京城为官,担任翰林院修撰。第二年,他让家人去京城同住,王阳明便跟着祖父王伦一同前往京城。祖孙二人途经镇江金山寺的时候,一帮文人听说状元之父来了,就设宴款待,想见识一下王伦的才学。王伦冥思苦想,吭哧半天,没有琢磨出一首好诗来。尴尬之际,11岁的王阳明站了起来,作诗一首:

> 金山一点大如拳,
> 打破维扬水底天。
> 醉倚妙高台上月,
> 玉箫吹彻洞龙眠。

此诗一出,震撼了全场,文人们震惊之余,窃窃私语:"一定是王伦早已作好的诗,然后故意作不上来,让孙子出来震慑我们。"

文人们见窗外月色皎洁,就让王阳明以"蔽月山房"为题再赋一首,王阳明略微沉思了一下,昂首吟诵道:

山近月远觉月小,
便道此山大于月。
若人有眼大如天,
还见山小月更阔。

这首即兴之作,境界与气魄之高远,让在场的人无不齐声叹服。

21岁那年,王阳明读完仅次于孔子的第二大圣人朱熹的著作后,对程颐朱熹通过万事万物追求"至理"的"格物致知"的方法产生了质疑,觉得事理无穷无尽,格之则未免太烦累。而且朱熹把世界分成两块,一块叫"理",一块叫"欲",他认为"理"存在于万物之中,但"理"有一个大敌,那就是"欲",所以"存天理",就必须"去人欲"。王阳明觉得人之欲望,永远屹立于天地之间,无论如何都是不可能泯灭的,朱圣人的学说是不符合人性的。能质疑朱圣人的人,可不是一般的人。

1499年,28岁的王阳明考中了进士,当上了刑部云南清吏司主事,是一个正六品的官,从此步入了仕途。

1505年,正德皇帝继位,他荒淫无道,而太监刘瑾狐假虎威,大坏朝政。1506年,戴铣、薄彦徽等人上书皇帝,要求严惩刘瑾一伙,结果反被打入了死牢。任兵部主事的王阳明义愤填膺,冒死上书,请求释放戴铣等人,结果被刘瑾重打了四十大板后,贬去贵州龙场驿当了一名没品级的驿丞。

贵州龙场驿,人烟稀少、荆棘丛生,王阳明只好栖居在山洞里,自己以种粮种菜为生。经过这样一番折腾,他对功名利禄已经不再挂怀。唯有生死一念,无法舍弃,横亘于心。他凿了一副石椁,日夜默默端坐在上面,自己发誓:"吾惟俟命而已!"

一天深夜,忽然一声大笑划破了长空,打破了夜间山谷的宁静。王阳明从山洞里狂奔出来,大声呼道:"圣人之道,吾性自足,向之求理于事物者误也。"这就是著名的"龙场悟道"。

王阳明顿悟的"道",是吾心之道,也就是我们每一个人都具有的"本心",这一本心实际上也就是我们生命的本原。我们感知外物,分辨善恶,判断是非,还有各种各样的生命活动,都在于我们具有"本心"。原来,圣人之道原本就存在于每个人心中,不必要向心外去求什么,"吾心即道",求理于吾心,这就是"圣人之道"。

王阳明"心即是理"的思想,开启了"心学"这样一个哲学命题。而在知与行的关系上,王阳明强调的是要知,更要行,知必然要表现为行,不行则不能算是真知,知中有行,行中有知,二者互为表里,不可分离,这就是王阳明著名的"知行合一"学说。

王阳明不光是一个哲学天才,军事天才,更是一个文学天才,《古文观止》中收录了王阳明的名篇《瘗旅文》和《教条示龙场诸生》,他的诗文意境深远,又融会了哲理,堪称独门一绝。

王阳明立德、立言于一身,他的学术思想不但在中国发扬光大,还传至日本、朝鲜半岛以及东南亚一些国家,受到了很多人的推崇。

明末清初文学家、史学家张岱说:"阳明先生创良知之说,为暗室一炬。"

明末清初著名的散文大家魏禧评价他:"阳明先生以道德之事功,为三百年一人。"

中国近代思想家、政治家、教育家梁启超则说:"阳明是一位豪杰之士,他的学术像打药针一般令人兴奋,所以能做五百年道学结束,吐很大光芒。"

这样一个奇人,在贵州大地上顿悟,成为古今名家,学问之大,才气之高,前无古人,怎么能不叫贵州人引以为豪?

20世纪80年代初,叶辛的创作激情仿佛像刚开闸门的流水,一发而不可收,作品一部接着一部出版,名震全国,在贵州大地上又生长出了一个全国闻名的大作家,让贵州人喜不自禁,他们骄傲地说:"我们古有王阳明,今有叶辛,都是全国有名的大人物!"

在选举全国人大代表的省人代会上,贵州人民用最直接的方式表达了他们对叶辛的肯定、赞赏和支持。

1983年6月的一天,叶辛揣着一颗热乎乎的心,与贵州参加全国人大会议的代表一起乘上北去的飞机。这一次来北京,他与前些年来北京改稿时的心情大相径庭,心里充满了无比的欢快和自豪。他那一颗饱经风霜的心,从来没有像现在这样一片晴朗。

这次参加两会,叶辛从宏观上了解了改革开放以来祖国的发展变化,了解了国家当前的形势和发展走向,他在心里感叹:"这是一个多么难得的学习机会啊!"

叶辛开始在心里琢磨着,怎样来表现这个时代,表现社会的发展变革,表现人们思想观念的变化。

在北京开会期间,叶辛与王省长等一些省部级的大干部在一个小组里讨论,认识了不少高层领导,结交了各界的朋友,他的眼界宽了,创作思路也开阔了不少。

由于长篇小说《蹉跎岁月》的出版和中央电视台同名电视剧的热播,叶辛成了两会期间最引人注目的著名作家,自然也成了媒体采访的焦点人物,各种媒体都争相来采访他,新华社记者详细采访了他的成才和创作过程,全国的各大媒体都做了转载,随之有成千上万的年轻人给他写信,讨教成才经验,也想立志成才。

两会期间,众多媒体的采访报道,让叶辛忽然觉得:在成功面前,多年的奋斗与拼搏都已是过去,如今苦尽甘来,机会和荣誉如此眷顾,过往的一切辛苦又算什么？

两会期间，带给了叶辛很多激动、感动和幸福之感，这些人生中最珍贵的感觉，是任何东西都无可比拟的。

当选为全国人大代表以后，叶辛也受到了贵州媒体的强烈关注，省电视台和报社多次做他的专题采访，在贵州尤其是偏远地方的老百姓心目中，叶辛成了一个了不起的大人物，许多人遇到解决不了的困难就给他写信求助。

叶辛在心里想，除了写作，自己还能为社会、为大家做些什么？

柴房里的呼救

1986年4月的一天，叶辛作为全国人大代表刚刚开过两会回到贵州，他像往常一样走进《山花》编辑部，桌子上已经堆起了厚厚的一摞来信，他一封封拆开来，慢慢看着。

这是一封来自贵州山乡一个女孩的来信，字迹稚嫩，好像不太有文化的样子，叶辛不经意地读着，越读越觉得不对劲。信上说，父母正在逼迫着她端午节出嫁，这是一桩包办婚姻，要她嫁的人她很不喜欢，也不愿意这么早就结婚，她还想上学。信的最后写道：

叶老师，我已经求了很多亲戚朋友，都说服不了我的父母，我的父母已经不让我上学了，把我整天锁在柴房里，不给我自由，我只能每天抬头从柴房的空隙中望着天空，你快点救救我！我这封信发出如果十天接不到回音，我就去跳崖！

黔西县雨朵区雨明乡老君关村　罗玉秀

贵州山峰绵延,到处是悬崖峭壁,一些寻短见的人如同城里跳楼的人一样,常常纵身一跳,就解决了自己的性命。

叶辛赶忙看了一下写信的日期:糟糕!已经是第九天了。一向稳重的叶辛心急起来,他知道通过正常的渠道去解决问题已经来不及了。

30岁刚过的叶辛,已经名扬全国,在贵州大地上更是家喻户晓。这位素不相识的姑娘使尽了浑身解数,别无他法,这才写信给叶辛。叶辛明白,这位姑娘求到他,仿佛是抓住最后一根救命稻草,如自己帮不了她,肯定会出人命的!

叶辛急得在办公室走来走去,之后他赶紧把编辑部一位50多岁的老编辑何彩孝找来,把信塞给他看,何彩孝看完信,拖着长长的四川口音叫了起来:"这事有点急了,人家向你喊救命来!"

救人要紧!

叶辛吩咐何彩孝:"你拿着信,赶紧去邮电局给姑娘所在的黔西县委县政府打电话,把信的内容告诉他们。之后再到省信访办,请信访办赶紧报省里的有关部门和省委办公厅,请他们也打电话给黔西县委县政府,省委办公厅的话他们总该听吧?"

何彩孝拿着信一溜烟地出了门,叶辛默默地想:"这样双管齐下,应该万无一失了。"

黔西县委县政府接到了《山花》杂志社打来的电话,也接到了省委办公厅的电话。县委办公室马上牵头组织了县妇联、县共青团、县委宣传部等五六个部门组成了调查处理小组,迅速赶到公安局户籍所查户口,查来查去,这个寨子上并无此人。

"该不是恶作剧吧?"但是调查处理小组的人员都不放心,又急忙跑到寨子上一家一户地打听,他们决定要搞清楚事情的真相,一定不能闹出人命来!

原来这位姑娘叫罗维秀,写这封信时姑娘顾虑重重,生怕这封信落在其他人的手里，会使事情更糟，便化名为罗玉秀。调查处理小组找到了罗维秀，罗维秀的父母见政府的干部出面来干涉，态度立刻软了下来，不再强硬了，同意不再包办这桩婚姻。罗维秀的父母面面相觑，唉声叹气地道出心中块垒，无奈地说道："女儿不愿意这门亲事就到此为止，可700多元的彩礼，家里实在无力偿还。"

黔西县委、县政府立即责成雨朵区法庭和雨朵乡政府来调解处理此事，可是无论怎么调解，对方坚决要回700元的彩礼。

叶辛听到这个消息，也很为罗维秀一家为难。他在山乡插队落户十年，知道山寨农民的生活困窘，自己是18级干部，每月也不过只有92元，在80年代的山乡，700元可是个天文数字啊！

叶辛想来思去，给省委办公厅打了电话："请调查处理小组先垫付一下，700元钱我来出，救人要紧！"

叶辛的行为感动了调查处理小组的人员，几个单位凑齐了700元钱，替罗家退还了财礼，为罗维秀解除了婚约，终于把这个姑娘从柴房里解救出来。

这件事很快见诸贵州《社会问题导报》，在贵州山乡引起了轩然大波，为山乡一些包办婚姻的父母们敲响了警钟，山乡的包办婚姻从此越来越少了。

罗维秀是一个颇有主见的姑娘，包办婚姻解除以后，她以山乡姑娘少有的勇气，又在《山花》杂志上刊登了一则征婚启事。意想不到的是，向她求爱的信件接连不断，仅仅一个多月就收到了500多封来信。罗维秀在一大堆的求爱人群中，选择了河北省鸡泽县吴关营乡刘庄村的男青年孟章亭，两人频繁地书信往来，情投意合，互生情愫。

1986年12月底，两个陌生人来到雨明乡找杨主任，杨主任莫名其妙，一问情况才知是河北鸡泽县的民政干部陪着本县吴关营乡刘庄村的孟章亭前来相亲，杨主任把他们带到罗维秀家里，果然两人一见倾心。

1987年元月，罗维秀与孟章亭幸福地结合在了一起。

罗维秀获得了自由,像一只幸福的小鸟,飞向了她理想的爱情天空。然而罗维秀的父母却为女儿的远嫁而担心,害怕女儿上当受骗,甚至被人拐卖。不久女儿女婿的信飞到了山寨,女婿信中说:

我与秀于2月10日到北京,游览了故宫、天安门、颐和园、香山、动物园等,我们现在生活得很好,很幸福。请父母放心。

捧着女儿女婿的来信,罗维秀的父母很是内疚。

罗维秀得救了,过上了幸福生活,叶辛第一次感觉到文学的力量,他让这位素昧平生的姑娘逃脱了包办婚姻,获得了自由和幸福,心里无比的高兴。

走进生活

法国著名作家加缪曾说:"我们的笔触不应该关注制造历史的人,而应去关注承受历史的人。"加缪所谓"承受历史的人",指的就是最广大的人民群众。作家只有深入生活之中,扎根于人民中间,才能听到老百姓真切的声音,才能看到芸芸众生的生活形态,才能写出饱含情感和具有独到思考的故事。

叶辛当选全国人大代表以后,他意识到用作家的眼光看待生活,生活会有两种:一种是经验之内的生活,还有一种是经验之外的生活。自从当了专业作家,他觉得与生活的距离远了,那些已经拥有的生活,要去深入地开掘、好好利用才行;对那些不熟悉和不掌握的生活,也应该有意识地积极介入、深入体会和用心思考才是。他开始利用一切机会,下到基层中去,下到生活现场中去,他不断地从眼花缭乱的当下生活中截取一些"有意味"的生活片段,捕捉一些生动的生活细节,探索生活中丰富复杂的社会问题根源,再将这些活生生的生活点滴和思考转化为他的小说。

叶辛当选贵州青联副主席以后,他有了一些带队到基层去的机会。有一次,他带领歌舞团到鲁布革水电站慰问演出,他们沿着盘山公路绕来绕去地行驶,蜿蜒穿行于群山之中。他向下俯视,看见两座高山之间夹着一条宽阔的黄泥河,悬崖峭壁之下的黄泥河,河水时而温柔地缓缓流淌,时而像一头愤怒的雄狮狂奔乱舞。他想起了李白那首名垂千古的七绝:

朝辞白帝彩云间,
千里江陵一日还。
两岸猿声啼不住,
轻舟已过万重山。

这是李白流放途中,遇赦返回,自白帝城至江陵路过三峡时写下的,青山秀水,也像这鲁布革一样壮丽多姿,长江三峡也像这黄泥河一样水流急速,李白顺水行舟,舟行若飞,他遇赦后心情是多么愉快,东归的心情是多么急切啊!

"鲁布革"是布依族语的汉语读音,"鲁"是民族的意思,"布"是山清水秀的意思,"革"是村寨的意思,"鲁布革"的意思就是山清水秀的布依族村寨。这里有亚热带的钙化瀑布群,险峻的块择河,深邃的黄泥河峡谷,峰丛林立,孤峰壁立,湖泊幽静清澈,云雾变幻无穷,风光真是壮美无比!

在鲁布革水电站慰问演出期间,叶辛了解到,鲁布革水电站曾给改革开放之初的中国带来一股强劲的"冲击波"。它是1984年我国首次利用世界银行贷款、首次按照国际惯例对引水系统工程实行国际招标建成的水电站。在工程建设中,鲁布革部分项目实行了国际招标,全面引入了竞争机制,在中国、日本、挪威、意大利、美国、德国、南斯拉夫、法国等八国承包商的竞争中,日本大成公司以比标的低43%的优势中标,日方按照合同制管理,对工人按效率付给工资,他们派到中国来的仅有一支30多人的管理队伍,从水电十四局雇了424名中国工人,开挖了两三个月,单月平均进尺222.5米,相当于我国当时同类工程的2至2.5倍。

用的是同样的工人,两者差距为何那么大?中国施工企业的领导意识到,奇迹的产生源于好的机制,高效益来自科学的管理。这件事,一下子激发起中国人强烈的斗志,鲁布革工程指挥部开始推行新的管理体制,提出了"项目法施工",还实行了国际通行的工程监理制,投资省、工期短、质量好,效果显著,不仅把耽误的3个月时间抢了回来,还提前4个半月结束了开挖工程,安装车间混凝土工程提前了半年完成。

1986年,时任国务院副总理的李鹏视察鲁布革水电站工地时深为感叹:"看来同大成的差距,原因不在工人,而在于管理,中国工人可以出高效率。"

1987年8月6日《人民日报》头版头条发表题为《鲁布革冲击》的长篇通讯,引起了社会的强烈反响。鲁布革经验对我国传统的投资体制、施工管理模式和国企组织结构等都提出了挑战,对中国建筑业产生了巨大冲击。一时间,"鲁布革"这个名不见经传的名字成为震源,在全国掀起了一阵阵的冲击波。

叶辛听了鲁布革水电站的情况,他一下子感觉到:我们的国家正处于历史的转型时期,改革开放正在加快步伐,广阔的华夏大地上,生活如此地丰富多彩,有许多像鲁布革水电站这样的事,感人至深,触动灵魂,引发创作灵感,作家深入生活,不只是出来看看风光美景,更需要真正走到伟大时代和火热的生活之中,走进去沉下来,在生活中走心入情,去发现和发掘真正属于这个时代的生活本质才行。叶辛想到了作家柳青的话:"作家的倾向,是在生活中决定的;作家的风格,是在生活中形成的。"

法国雕塑大师罗丹说:"所谓大师就是这样的人,他们用自己的眼睛去看别人见过的东西,在别人司空见惯的东西上能够发现美。"叶辛把握住每一次下基层的机会,深切地感知生活,体验生活,在生活中增长创作的深度与广度。

中越自卫反击战时期,昆明军区医院的解放军 414 医院设在贵州郊区,贵州省委书记亲自点名让叶辛带苗苗艺术团到这家部队医院慰问演出。叶辛看到那些解放军指战员,有的在战争中被打断了胳膊,有的被炸断了腿,还有的头部受了重伤,但是他们都有一张充满阳光的脸,看到孩子们的演出,他们十分开心。叶辛被深深地感动了,这些受伤的解放军指战员,他们无怨无悔地为祖国流血甚至牺牲自己的生命,许多人从一个健康的小伙儿变成了一个残疾人,他们没有怨言,没有抱怨,还这样开心地笑,同样也是血肉之躯,他们为什么能有着如此强大的内心?他们的精神支点到底是什么?

在回来的路上,叶辛思考着,这些解放军伤员不就是"承受历史的人"吗?他们无怨无悔地肩负着时代和历史的重担,作家的作品正是要捕捉一些这样的人群,抒写具有时代意义的东西才是。

当选全国人大代表以后,下基层走生活的机会多了,视野拓宽了,叶辛深刻地感悟到:鸟笼里养不出能展翅冲天的雄鹰,温室里是也长不出傲立参天的大树,脱离了营养丰富的现实生活土壤,创作的根整天浸泡在纯净水里,作品就会凋零枯萎。如果脱离了生活,没有深刻的体验,就失去了获得创作生命力的源泉,而一旦走进人民群众之中,深入生活,产生了身临其境之感,了解了时代最敏感的东西,找到了时代和社会的兴奋点与痛点,作品就有了深度和分量,还避免文艺作品与现实生活的隔膜。他珍惜每次下基层走生活的机会,将攫取的现实生活中鲜活的精华营养,融进自己创作的血液里,以期创作出具有生命价值和意义的、惊天动地的好作品来。

1979 年叶辛离开猫跳河畔三县交界的深山沟时,苞谷三角钱一斤,而一年多之后叶辛再来到这里,乡村实行了责任制包产到户,叶辛发现苞谷只卖到一角二三分一斤了,粮食降价了,农民们就买得起粮吃得上饭了。八亿农民是中国的基石,政策改变了,八亿人的生活和命运也发生了巨大变化。

农村出现了新气象,农民渐渐地富裕起来了,叶辛打算创作一篇长篇小说《基石》,来表现这个伟大变革的潮流和国家推行新政策之后的巨大变化。他原本是抓住乡间一个"穷"字写起,再落笔于国家政策改变后农村的变化,忽然看到《中国妇女》杂志上刊登的一则消息说,有的贫困山区被拐卖的妇女,居然身上还揣有外出相亲的证明,这些妇女是想脱离贫穷的山乡,到沿海的省份过吃饱穿好的好日子。他决定从山区寨邻乡亲们渴望改变贫穷命运的心理写起,舍弃了已经写下的四万多字的原稿,重新开头,深化了主题,从集体经济时期饿饭、逃难的年代,写到农民渴望政策变革,渴望生活变化,再深入探讨家庭联产承包责任制和中国农业往何处走的问题。

长篇小说《基石》出版以后,在贵州引起了很大的反响,获得了贵州省优秀作品奖,在文学界也好评不断,《人民日报》和《文艺报》上还发表了这篇小说的评论,高度评价这篇小说具有深远的现实意义。以后,这部书一版再版,直到33年之后的2017年,还在推出全新的版本。

叶辛的创作,植根于时代,植根于现实生活的泥土之中,深埋在气象万千的现代生活内部,尽管他许多作品都带着时代深深的印记,然而正像定海文联主席白马所说,几十年过去了,重读长篇小说《蹉跎岁月》,依然感觉到不过时。原因在于叶辛常到生活的第一现场寻找素材,他通过生活找到一些创作的切入点,再依靠自己的眼睛和心灵,进行独到的思考和崭新的创造。

那段时间,叶辛有写不完的故事,旺盛的创作热情如同燃烧的火焰,熊熊不熄。探索人性中依附关系的《在醒来的土地上》,表现我国改革开放初期中国摸着石头过河、在两种政策之间拔来拔去的《拔河》和直接表现农村改革闯出了新路使农村掀起新波澜的《新澜》等优秀作品相继问世。

生活有了广度,思考有了深度,叶辛的艺术构思和想象力也越发自由了,创造的艺术形象也更能体现人性,作品也更加深刻、细致、丰富和蕴含着发人深思的沉重社会问题。

叶辛觉得,一个好的作家要对社会有所担当,只有写出有分量的好作品,去影响社会,感化社会,才能对得起全国读者对自己的信任,才能对得起贵州人民对自己的养育之恩。

第九章
牛刀小试，《山花》赚得钵满盆满

年轻时代是一个梦工厂，每一个人都怀揣着五彩斑斓的梦想上路，但又有几人能够坚守一生？涉足社会，官场、商场都会改变生命的轨迹。叶辛过早地成名了，官运、财运各种机会都扑面而来，在强大的诱惑面前，是把握机会平步青云做人上人，还是坚守最初的梦想做苦行僧，年轻的叶辛如何抉择？

中国最年轻的主编

改革开放后的中国文坛，百花齐放，姹紫嫣红，绚丽多姿。

早在1950年贵州省文联成立之初，就创办了《山花》杂志，最早叫《新黔文艺》，几年之后改成了《山花》，变成了一个专业性的文学刊物，成为贵州省文学作品的重要载体，培养了许多省内的优秀作家。1966年，"文化大革命"的风暴席卷全国，遥远的贵州也是一片混乱，《山花》杂志被迫停办。

"文革"期间的文坛上，充斥着对走资派、当权派和地富反坏右的声讨与谩骂之声，文学成了政治的传声筒，全国的文艺单一枯燥，已经没有了真正意义上的现代文学。

1974年，毛泽东对当时的文艺现状有些不满，他老人家说："没有戏、没有文艺,要查一查",全国的文学界开始闻风而动,各省文联纷纷办起了文学刊物,贵州省文联也恢复了《山花》杂志,并应时改名为《贵州文艺》。

1976 年,中国打倒了"四人帮",结束了长达十年的"文化大革命",政治的变化,解除了作家内心的紧箍咒,大家敞开心扉,自由地抒写着自己的内心世界。霎时间,文学迎来了一个从未有过的生机盎然的春天,《贵州文艺》又恢复了原来《山花》的名字。《山花》杂志几经风雨,终于坚实地落地于贵州,成为文学百花园里一个万紫千红的文学小花园。

似乎是命运的安排,让热爱文学的叶辛与《山花》杂志有着千丝万缕的渊源。1977 年,叶辛出版了单行本《高高的苗岭》,这部长篇小说一改当时文学的"文革"面孔,在全国的文学界独树一帜,引起了北京电影学院导演谢飞的注意,正准备拍成电影《火娃》之时,叶辛将这部得意之作投给了当时的《贵州文艺》,杂志编辑慧眼识珠很快就刊登出来。让叶辛没有想到的是,几年之后自己就调进了《山花》杂志,并当了这个刊物的主编。

改革开放之初,一批平反的老干部恢复了工作,几乎各部门的干部都出现了老龄化。1984 年 7 月,全国开始要求干部年轻化,各种班子都在调整,当时贵州省文联决定在中层干部中补充一些年轻干部。文联物色了一个《山花》杂志主编、两个副主编,往省委宣传部报了两次,都被打回来没有批准,原因是平均年龄超过了 50 岁。文联的领导着急地说:"文联怎么没有年轻干部?省委宣传部领导说过,我们省不是有个著名作家吗?"

省委宣传部领导指的是叶辛,这时的叶辛只有 35 岁,的确非常年轻。他已经在《收获》等全国有影响的文学刊物上发表了很多小说,根据他小说并由他改编的电影《火娃》和电视剧《蹉跎岁月》公映和热播之后,叶辛已经成为全国文学界一颗最耀眼的明星,是《山花》杂志当之无愧的主编苗子。可是叶辛自从实现了文学梦想成为一名不用坐班的专业作家之后,他笔耕不辍,创作旺盛,作品丰收,成名后的他并无半点仕途功利之心和杂念,一心想写出更优秀的作品奉献给滋养他生活的贵州人民。

听省委宣传部领导这么一说，贵州省文联第三次将叶辛作为《山花》主编上报省委宣传部，很快就得到了批准。

叶辛是省里的专业作家，天天宅在家里创作，一个礼拜才去省作协取一趟信件和省里的有关材料，叶辛要当《山花》主编的事，传得沸沸扬扬，而他自己却完全不知情。美协一位工作人员消息灵通，耳闻叶辛要升职，见到他便笑嘻嘻地说："叶辛，你要当官了。"

叶辛一脸地茫然："我一介文人，怎么能当官呢？"

叶辛过惯了自由自在的专业作家生活，对仕途毫无追求。不料1984年7月，在省文联召开的中层干部大会上，宣布和任命了《山花》杂志主编叶辛。听到自己的名字，叶辛惊呆了，心里产生了莫名其妙的沮丧："这下可完了，叶田才5岁，以后无法带孩子了。本来早上送孩子，白天搞创作，还可以给妻子烧饭照顾家，关键是自由自在地在家里创作，还分文不少地拿着工资，真是天堂一般的生活，谁知好好的生活形态就一下被打破了，每月厚厚的一本杂志要编，哪还能写成小说？"

连副科级都没有当过的叶辛，就这样糊里糊涂当上了正处级干部，他诧异的脸上露出满脸的不情愿。《光明日报》探听到叶辛当《山花》主编的消息，很快刊发了新闻报道，还配发了叶辛坐在椅子上读稿的照片，说他是全国最年轻的省级文学刊物主编。

叶辛没做过官，当时也不知道正处级是个什么级别，他疑惑地拿着文件问文联的办公室主任："主编就主编了，怎么括号里还有个正处级？"

那老头看着叶辛茫然的样子，眯眯笑着说道："这个娃娃真不懂事，当主编还不懂正处级，你这个相当于正处长！人家钻头觅缝就是要这个正处级，一辈子都做不上这个处长，你还不愿意？"

叶辛终于明白了，自己是天降兵，直接当上了正处长。但是他一心想创作，心里根本不愿意当这个官，在担任《山花》杂志主编之后，非但没有快乐，还一肚子的惆怅和心事。

《山花》杂志社的人员构成与各单位一样老年化严重,副主编文志强大叶辛24岁,连当时的小说组长李启超都比他大12岁,都是老编辑、老资格,这支队伍十分难带。

贵州好容易出了一个名作家,省委宣传部决定让叶辛上午上班,下午在家创作,支持他写出更多更好的作品。但是杂志社的工作摊子大、人员多,除了每期杂志内容的编辑工作之外,还有行政、财务、后勤等等繁杂事务,每天按下葫芦瓢起来,事情一个接着一个,使他根本不能安心创作。他决定提拔很有编辑业务能力的小说组长李启超,来分担工作。

李启超是武汉大学毕业的高才生,文笔潇洒,对稿件的修改处理也很有见地,他父亲曾是武汉大学一个老学者,早已经过世了。

叶辛找来李启超谈及此事,李启超却一副心事重重、忧心忡忡的样子,原来李启超的父亲曾被打成历史反革命,李启超担心上面为此不批。

叶辛听了很不以为然:"都啥年代了,我是剥削阶级出身不也照样当主编?"他仍旧向文联打了提拔李启超为副主编的报告,文联组织部门很快就到李启超父亲的原工作单位武汉大学政审,武汉大学的领导说:"他父亲的问题已经解决了,我们早已经不追究了。"

文联领导把李启超政审的情况告诉了叶辛,他说:"人家都不追究了,我们还这么认真干吗?李启超能力强,人品也不错,应该提拔。"

看到叶辛态度如此坚决,文联党组不再犹豫了,很快就将李启超提拔为《山花》杂志副主编,同时将一位很有业务能力的贵大毕业的年轻人提拔为小说组长。叶辛负责杂志的定位、策划和杂志社的经济,副主编李启超负责编辑,另一位副主编文志强负责行政,正好三人都属牛,还都有一股子牛精神,这三头牛搭起了领导班子,拉着《山花》这辆大车往前走。

叶辛长舒了一口气,他又可以创作了。在《山花》当主编的日子里,他创作了长篇小说《基石》《绿荫晨曦》《在醒来的土地上》《拔河》《虎的年》《发生在霍家的事》《家教》《新澜》《三年五载》等多部优秀作品。

这天晚上,叶辛正在伏案写作,忽听门外有敲门声,开门一看,是省委组织部的一个处长来家做客,叶辛赶忙让座倒茶。这个处长是省委组织部长的秘书,起先叶辛以为他是来讨书看的,交谈中发现他并无此意,反倒是问:"都当主编了,为什么也不向组织靠拢?"

叶辛不好意思地说:"觉得条件不够,还达不到党组织的要求。"

这位处长启发道:"你提不提出入党申请,是你的态度,批不批是组织的事。当然,这也不是我个人要劝你,也是冀峰同志的意思。"李冀峰是省委组织部长。

叶辛这才恍然明白,这位处长无事上门,是受了省领导之托,专门来做他思想工作的。

叶辛向党组织递交了入党申请书,不久文联党组就讨论了他的入党问题,大家都觉得叶辛虽然出生在剥削阶级家庭,但是他本人一直积极工作,努力创作,写出了那么多好作品,还写出了轰动全国的《蹉跎岁月》,为贵州争了光,况且"文革"期间他也没有参加造反,应该加入党组织。

叶辛的入党申请很快就被批准了,一缕强烈的阳光照进了他的心扉,顿时他的整个内心都敞亮了。从小到大,他一直想摆脱剥削阶级出身的阴影,现在加入了党组织,是人民群众的先进分子,不再是别人另眼相看的"五类十八种"坏分子的子女了。

叶辛当选全国人大代表以后,开人大会议都与王省长在一个小组讨论。贵州这样一个偏远贫困的省份,竟然出了叶辛这样一个全国著名的作家,王省长对叶辛喜爱有加,在北京开会期间经常亲切地叫他"小叶辛"。

在人大会议讨论的时候,一些人借机找王省长申请经费,叶辛心里想:"很多年以来,《山花》杂志社人员只进不出,人多负担重,经费有限,花起来捉襟见肘,也得为《山花》杂志要点钱,才能把杂志办得更好。"这样想着,叶辛不觉怀念起当专业作家的日子,虽然工资不多,但无忧无虑,只管潜心创作就行,哪里还用操心这档子事?但是现在身在其位,就要谋其政,他不得不为《山花》杂志的发展着想。

这天，叶辛鼓起勇气向王省长提出了要求。王省长朗朗地一笑说："我这个省长权力是 20 万，超过 20 万要省长办公会批准，就批 20 万吧！"

王省长在《山花》杂志的申请报告上大笔一挥签了字，叶辛没有想到找王省长的办法是如此行之有效，更没想到王省长如此痛快地签批 20 万元的经费，解决了《山花》发展的大问题。叶辛按捺不住心中的喜悦和激动，对王省长的支持和帮助充满了深深的感激之情。

一天，王省长把叶辛叫到办公室，笑呵呵地要求道："我批这个钱，你可不要去搞花花，不要去请外省的作家来，不要搞那些花里胡哨的东西，除了办好《山花》，你还要多培养贵州的青年作家，特别是贵州少数民族的作家。"

叶辛点头答应，心里想：一定要把《山花》杂志办得更好，办出特色，并且多培养出贵州的民族作家，来报答老省长对自己的厚爱。

20 万元的办刊经费批下来之后，杂志社上上下下都很高兴，称叶辛能找省长要经费，了不起！

叶辛心里却多了一份无形的压力，他思考着如何写出更好的作品，如何培养出优秀的民族作家，不让老省长失望。

培养民族作家

贵州是一个多民族聚居的省份，全省有 56 个民族，世居的少数民族有土家族、苗族、布依族、侗族、彝族、仡佬族、水族、回族、白族、瑶族、壮族、毛南族、蒙古族、仫佬族、羌族、满族、畲族等 18 个民族，少数民族人口占了全省总人口的三分之一还多。每个民族都有源远流长的历史和丰富多彩的文化，许多在汉民族文学中早已消失的古老文学形式，比如神话、英雄史诗、古代歌谣等，至今仍在各少数民族文学中得到完好地保存和传承，有些甚至填补了中国文学史的某些空白，具有很高的科学研究价值，然而一些民族的文学还只是停留在民间口头文学上，的确需要一些少数民族作家用文学样式记录和传承本民族的独特文化，才能使中国文学的大花园里更加丰富多彩。

贵州的青山绿水、多彩大地和深厚文化养育了多民族的贵州人民，少数民族民间文学更是奇异珍贵的宝库，需要作家们去挖掘、传承。叶辛心里想："王省长是让我利用《山花》杂志这块阵地，培养出更多的民族作家，丰富贵州省的民族文学，可是编辑们都忙于编稿，资金也很有限，用什么方式去培养民族作家？"叶辛想到了与省民委合作办改稿培训活动。

叶辛培养民族作家的想法，省民委主任满心里赞成，当场就表示给予大力支持。两家商定，在花溪招待所里每年搞一次作者改稿活动。

花溪招待所坐落在花溪公园里，这里山水环绕，花草繁盛，河水潺潺，瀑布高悬，是个度假极好的去处。

花溪原名"花仡佬"，明末清初，这里混居着汉、苗、布依、仡佬等民族，其中以仡佬族最多，仡佬妇女爱穿花哨美丽的服饰，被人称为"仡佬"，花溪也就被称为"花仡佬"。南明河自广顺流入贵阳，其龙山峡至济番桥一段，称花溪河。沿溪两岸，山水交融各具特色。

公元1638年（明崇祯十一年），徐霞客由贵阳前往长顺，在《黔游日记》中，对花溪流经的地方有五次记载。据传到了清代嘉庆、道光年间，当地柏杨寨塾师周奎家，六十五年中接连有五人科举高中。周家喜欢灵秀的地方，于是先后在麟山建楼，龟山筑阁，蛇山种柏，缀以双亭，并在河中叠石为坝，潴水为潭，疏浅渚为洲，修隙地为屿。周奎长子周石藩还修了一座庭院，名为"借花草堂"。从此，花溪山水初露光彩。

1937年开始，这里正式辟建为公园，在麟山上建倚天亭、飞云阁，龟山上建清晖楼，蛇山上建归咏亭；在园中增建了憩园（东舍）和尚武俱乐部（西舍），取坝桥风月之意建了坝上桥，借唐人旗亭画壁和宋人旗亭卖酒之典故建了旗亭。1938年至1939年,贵阳县长刘剑魂将放鹤洲一段辟为风景区,并将"花仡佬"之名改为"花溪",寓意"花开四季,碧水长流",并亲笔书写了"花溪"二字,让人刻成石碑,立于济番桥头,济番桥也改作了花溪桥。1940年,贵州省政府又在此基础上建"中正公园",即是花溪公园。

《山花》杂志社每年的改稿活动就是在这里举办,他们从投稿中精心挑选出写作质量高的,并且有成长性和可塑性的作者,当成作家苗子悉心培养。改稿活动人多的时候,花溪招待所一层楼都被杂志社包下来。

改稿作者住在花溪招待所里,编辑们每周都会去几趟亲自指导自己推选的作者改稿,作者们白天改稿,累了就走到花溪公园看风景。

花溪公园是花溪水流最平缓处的一段,位于花溪镇中心,让人身居闹市而取静。溪水水面铺开,如一面巨大的镜子,把两岸垂柳、竹林和花树都倒映在水中。春天,百花盛开,待到落英缤纷时,花瓣飘零,浮在水面,水中就带着阵阵清香。从放鸽桥到放鹤洲,清流被河床上杂陈的石礁牵引,时分时合,悠然回环。一道天然岩嶂从东南向西北隆起,将河水折成了两叠。瀑流之上,有一百余个石磴蜿蜒像龙脊,累了可以坐在上面休息。放鹤洲上,是一泓平静的深潭,接着就到了坝上桥。坝上桥连接龟、蛇二山,桥的一面瀑流奔腾,飞珠溅玉;另一面积水成深渊,深深如静。动与静、有声与无声,融为一体。

置身于仙境一般的花溪公园里,很能启迪作者们的写作灵感,许多作者在编辑的悉心指导下,改出了高质量的文学作品,刊发在《山花》杂志上,也丰富了《山花》民族文学的内容,增强了可读性。

改稿作者中有一位很有才气的农民作者叫石定,来改稿之前,是一个啥活都干打烂仗的农民工,他写了一篇小说《公路从门前过》在花溪招待所里改稿润色之后,这篇小说刊登在了《山花》杂志上。有一次,杂志社请王蒙来贵州为作家讲课,王蒙看了这篇小说,觉得写得蛮有味道,回去就推荐给《小说选刊》刊发了,石定从此备受贵州省领导的关注,先是被省民委破格招进,后又从一个普通作者成长为遵义市的副市长;安顺市文联主席姚晓英,当年也是文学青年,参加过《山花》杂志的改稿会,她的作品在《山花》刊发之后,其才华受到了领导的关注,从此她一步一步走上了领导岗位。

《山花》的改稿活动搞得风生水起,培养了不少民族作家。

改稿活动持续了很多年,培养出了一批又一批的文学新人,为繁荣贵州省的民族文学做出了不小的贡献,许多作者从《山花》迈开了脚步,有的成了省内有名的作家,有的从此走向了领导岗位。

《山花报》赚大了

80年代中期,众多的报刊和文学刊物逐渐恢复与创刊,阅读报刊成了人们尤其是新一代青年人汲取知识和精神营养的重要途径,热爱文学的人也逐渐多起来,文学迎来了前所未有的黄金时期。

叶辛身为《山花》这样一个老牌文学刊物的主编,知道一个作家走出来是多么不易,他在审稿过程中看到质量上乘的稿子有时写编者按重点介绍,有时还写评论寄发到《人民日报》等有影响力的报刊上推介和扶持文学新人,为贵州文学的百花园浇水施肥,让其繁荣发展。

《山花》逐渐在贵州乃至全国有了更大的影响,发行量急剧增长,最多的时候发行十四五万份,这是《山花》杂志历史上从未有过的印数,对一个省级刊物来说,已经是一个不小的业绩了,《山花》杂志社的员工心里都美滋滋的,充满了骄傲感。

80年代中期,中国的改革开放进入了实质性阶段,出现了许多成果。农村早已实行了家庭联产承包责任制,农民解决了基本的温饱问题,而且在邓小平让一部分先富起来的政策之下,中国大地上最早的万元户逐渐多了起来。工厂体制改革,打破了计划经济时代的大锅饭,实行了计件制、按劳取酬等灵活多样的薪酬制度。

文联的消息灵通人士和《山花》杂志的员工都沸沸扬扬地说:"纯文学的刊物将要自负盈亏了。"

叶辛心里想:"要自己养活几十人和一份老牌杂志,人员工资、印刷费、稿费、办公费等等所有的开支加起来,可是一个不小的数目。"

对主编叶辛来说,自负盈亏将是一个极大的挑战。他是一介文人,从未做过生意,满脑子里除了杂志的内容,就是他创作的小说和小说人物,一旦自负盈亏,他到哪里去找钱?又怎么能养活杂志社和20余位员工呢?

未雨绸缪,叶辛心里盘算着如何开拓经营渠道,一旦开始实行自负盈亏,好让《山花》杂志好端端地活下去。

一天,叶辛走在大街上,看见贵阳城里排起了少有的长队,原来上海的《故事会》和《采风报》一到贵州,贵阳的市民就排起长队购买这两本刊物。叶辛心里奇怪,这样的通俗读物很难与《山花》杂志的纯文学刊物相比,怎么会如此热卖大卖呢?

叶辛也挤在人群中买了一张《采风报》,原来《采风报》虽是一份大人看的报纸,但是内容很健康,这样的通俗故事大人能看,也适合孩子们阅读,一份刊物全家都可以看。

《故事会》与《采风报》给了叶辛很大启发,他从未想到通俗文学也会有这么多的读者,《山花》杂志每天都收到大批稿件,有些稿件虽然不适合《山花》杂志刊出,但是故事蛮好看,杂志社多年来人员越积越多,何不用这些富余人员办一张《山花报》?这些好故事可以解决稿源问题,说不定还能为杂志社创收呢!

叶辛将这个想法在编辑会上一提,大家齐声赞成,都说我们也办这样一张报纸!

《山花报》迅速办了起来,输还是赢,叶辛心中并无多大胜算,但他年轻气盛有勇气,邓小平说:"摸着石头过河",他这回就摸着石头过过河看看,不行就赶紧下马。

在《山花》编辑部全体人员的努力下,《山花报》办得有声有色,发行量急剧增长,一年之内上升到了70万份,《山花》杂志社一夜暴富,赚得钵满盆满,《山花》的员工在忙忙碌碌中扬眉吐气,充满了牛气。

《山花报》赚了大钱,《山花》杂志社进入了最灿烂的时代,杂志社的日子红红火火,大家都喜气洋洋的。每逢过年,杂志社就买一些瓜子、花生开茶话会,大家说说笑笑,其乐融融,一派祥和的氛围。省作协一个副秘书长几次都想调到《山花》杂志去,一个老干部也感叹道:"就是要把叶辛这样的年轻干部调进来!"

钱是个很好的东西,它使人快乐,使人有成就感,但是《山花》赚的钱不能私自分,这些钱如何办呢?叶辛发起愁来。

一天,叶辛听说纸要涨价,他想不管是《山花》杂志还是《山花报》,期期印刷都要用大量的纸张,他找来两个副主编、小说组长、理论组长一商量,大家都说买纸是个好主意!

《山花》杂志社购买了几十吨纸,印刷纸张囤了一仓库。

不出所料,报刊的发行量大大刺激了消费,不久印刷纸张就价格上涨而且供不应求。分管行政的副主编文志强来向叶辛汇报说:"《贵州日报》要借我们的纸。"

叶辛忙问道:"我们够用吗?"

文志强说:"够用,这一仓库的纸一时半会可用不完!"

叶辛叮嘱说:"一定要把合同签好,借纸还钱,要按现在的市场价!"

没想到《山花》杂志卖纸又赚了不小一笔。

这是叶辛第一次与市场靠近,他不擅长也从不愿意经商,但是当了主编的他却不得已而为之。对于别人而言,这次经营决策满载而归大获全胜,也许会就此涉足商海或者励志仕途由此搁笔,但是叶辛却永远热爱着文学,始终没有放下他心爱的文学创作,他一生都不再蹚过商海,永远远离了市场。自从他20岁选定了文学的路,就注定要在这条道上走到生命的尽头。他说:"人一辈子要做好一件事。如果是一个鞋匠,三十年只做鞋匠,精益求精,也肯定是个顶级的鞋匠。"

叶辛一直而且永远是一个作家,他像蚕茧一样,一生都在抽着文学的丝线,编织着他的华彩人生。

第九章 牛刀小试,《山花》赚得钵满盆满

第十章
《蛊》事件，让他再次尝到了挫折的滋味

人生无常，磨难无处不在，就在叶辛事业顺风顺水的时候，突然祸从天降，多年的努力将毁于一旦，通往远方的路途也将就此断裂。在无人仔细聆听他内心的时候，他依然挺直腰杆支撑住自己的灵魂，他知道生命便是在坎坷的道路上成长的。

风雨骤起的《蛊》事件

在贵州和湖南的少数民族地区，自古而今流传着一个"蛊"的传说，这个传说在少数民族当中盛传，后来传播到汉族人当中，从贵州一直蔓延到江西和云南等地，从旧社会传到新社会，越传越真，越传越邪乎，变成了一则可怕的寓言。

很久以前，在山高路远、峰峦叠嶂的贵州山区，很少有外面的人走进山寨，他们日出而作，日落而息，过着贫穷而又平静的日子。后来，这里陆陆续续来了挑担的商人，他们挑着针头线脑和一些生活用品走进山里来，货郎们走南闯北，见多识广，很能讨得山寨上女孩子的喜欢。山寨上的姑娘，都盼望着这些货郎商人能够和她们相亲相爱，永结同心，有的还指望着把她们带出大山。一些山寨上的姑娘与货郎好起来，有的姑娘还甘心情愿地为货郎

生下孩子。货郎们把满挑子的货品卖出去以后,再买回深山老林里名贵的药材和土特产,他们就会挑着担子满载而归地离开山寨。临行前,看到姑娘恋恋不舍、难舍难分的样子,货郎便安慰姑娘道:"明年开春我再来看你。"可是这次生意做完,货郎们往往一去不返,杳无音信,再也不会回到寨子上来。姑娘今年盼到明年,明年盼到后年,独守空房,满心悲切地等了又等,再也不会等到结果,这段露水姻缘,就此情断缘绝。

自古而来,山寨上这样的事情经常发生,由此"蛊"的传说也就流传起来。

相传,"蛊"就是五毒,即是蜈蚣、芭蕉、毒蛇、毒蜘蛛和蝎子。有的人将这五毒抓来放在一个坛子里密封起来,让这五个狠毒的东西互相打架,它们在坛子里你咬我、我咬你。这五毒之中的每一毒咬人一口都会致人于死命,他们打到最后,结果自然是全部死光。做"蛊"的人就将坛子里死掉的蜈蚣、芭蕉、毒蛇、毒蜘蛛和蝎子全部倒出来晒干之后碾成粉末,这些粉末就是传说中的"蛊毒"。

传说当货郎要离开山寨的时候,有了恋情的姑娘总要请他吃一顿饭为他送行。为了让货郎乖乖地回来,姑娘就偷偷地在饭碗里或是菜汤里放一小点"蛊毒",等不知情的货郎狼吞虎咽地吃下去的时候,姑娘便会如实相告:"我在你的饭碗里放了'蛊',你如果在说定的时间不回来,那么'蛊毒'就会在你的体内发作,你就会因五脏六腑全都腐烂而死去。"

有的货郎听到自己吃下了'蛊毒',会大惊失色,为了解毒,第二年就乖乖地来到山寨上,和这位姑娘长期住了下来,安分守己地过起了日子;有的货郎摇头不信,明年不再到山寨上来,等到第二年,大地回春、江河奔流、土地滋润、春暖草绿、百花盛开的季节,"蛊毒"会突然在他的体内发作,慢慢地侵蚀他的五脏六腑,名医郎中谁都查不出到底生的是什么病,人就莫名其妙地死了。

这些故事,在贵州境内的部分地区流传甚广,沈从文也曾把"蛊"的故事写进了湘西的散文之中。

《山花》杂志收到了一篇以"蛊"为题材创作的中篇小说,编辑们都说写得好,就发在了《山花》杂志的头条。

这篇小说,是一个苗族青年作家韦文扬写的,他曾在北京当了八年的铁道兵,虽然整天挖地铁、修地铁,但是大都市现代化的理念,冲撞着他的心灵,让他这个苗族娃感到新奇和震动,引起他的思考和联想。

1987年,韦文扬从北京退伍回到了苗寨,他把都市里许多文明的东西也带回到了苗族山乡,文明与愚昧、现代与落后发生了碰撞,从而触发了韦文扬的写作灵感。韦文扬写了两篇短篇小说,都相继发表在《山花》杂志上,更加激发了他的创作欲望。《山花》杂志的编辑们爱惜韦文扬的才气,都鼓励他继续创作,不久他就写了中篇小说《蛊》。

这是一个发生在50年代的故事,小说的主人公叫草香,她曾是一个无人要的弃儿,在一个疾风骤雨的夜里,被一个光棍汉抱回了家。这光棍汉子是山寨上的放蛊世家,传说他们全家都会放蛊,光棍汉是蛊的第八代传人,故而在山寨上人人避而远之,躲之不及,没有姑娘敢嫁给这个会放蛊的汉子。他收养了草香,把她养成了一个漂亮的大姑娘。24岁的草香亭亭玉立,可就是没有人来提亲,在50岁的光棍养父面前晃来晃去。终于有一天,光棍汉喝得酩酊大醉,他饥渴难耐,奸污了草香。养父酒醒之后,受不了良心的谴责,喝毒药自尽。养父自杀之后,草香一个人在山寨上生活,出落得越来越漂亮了,因为在蛊世家成长起来,没有人来向她求爱,更没有小伙敢娶她。石坎是寨子里唯一进城读书的人,肚子里装了许多新鲜事儿,大家都对他视若珍宝。石坎一毕业回到寨上,就当了乡里的卫生员,走东家串西家,草香家他也敢去,来了嘴馋,就站到后园不是吃梨果,就是吃橘子,要么吃柿子。他不相信草香这样一个漂亮、淳朴的山寨姑娘会放蛊,在日常的接触中,反倒觉得草香是一个好姑娘,来来往往,天长地久,两人就相爱了。石坎与草香的爱情让乡亲们惊讶不已,石坎的父母更是极力反对并横加阻挠,逼迫石坎另外娶亲。草香伤心极了,喝得大醉逃进了深山。以往草香在山里打柴的时候,曾经救过一只受伤的幼虎,此时幼虎已长成一只又大又壮的大老虎,见到在树林里受伤的草香,老虎呵护备至,采来山里的野果给她吃,还给她找来盐巴菜,又让出自己的山洞给草香住。一天,草香走出大山回家去,老虎寸步不离地跟随在后面保护她,山寨里的人看到赤身裸体的草香后面跟着一只大老虎,都吓得纷纷落荒而逃。而有一个财迷心窍的山民,出主意要乡亲们逮住老虎卖钱,老虎被铁锚夹住了脚,草香又用砍柴刀撬开了夹子,为老虎包扎了伤口,让老虎重归了山林。

千百年来寨子上一直流传着一个美女跟老虎的故事,传说那个美丽的姑娘被乡亲遗弃以后与老虎为伴,后来成了一个能指挥老虎的虎精。聪明的韦文扬利用了这个民间传说的故事壳子,写成了这样一个凄美浪漫的故事,鞭挞的是山寨上意识深处旧习俗对人性的伤害。

小说发表以后,在文学界引起了很大反响,大家都说:"想不到韦文扬能创作出这样的小说来。"

在贵州能冒出一个青年作家实在不易,贵州出了新苗子,大家都建议叶辛在外面的报刊上宣传宣传他。

叶辛很为贵州的民族文学后继有人而高兴,听了大家的劝说,也觉得自己有责任推荐文学新人,宣传贵州的民族文学,他马上写了一篇短文,高度评价了中篇小说《蛊》。不久,叶辛到北京开会,就将这篇短文顺便带到了北京,《人民日报》海外版很快就刊登了出来。叶辛尽心为贵州推介文学新人,受到了很多人的称赞。

正在这时,《人民文学》杂志突然发生了一个震惊中国的马建事件,因《人民文学》杂志刊登了青年作家马建的小说《伸出你的舌苔空空荡荡》,引发了中央民族学院师生的强烈抗议,在全国文学界引起了轩然大波,一阵骚动。

贵州省的几个少数民族知识分子也揪住《蛊》这篇小说开始闹事,他们说《山花》杂志号称贵州省的小《人民文学》，省级刊物，居然也登了这样一篇类似的小说，要求处理作者，并要叶辛出来承认错误，写出检查。

叶辛没有料到，自己的热心会惹出这么一个《蛊》的事件，更出乎他意料的是，这个事件在贵州文坛反映越来越强烈，有人还写了大字报，贴在文联的院子里：

苗族是朵花，
人人见了夸。
谁要污蔑她，
我就绞死他！

起初，文联党组的领导觉得"文化大革命"已经结束，还写什么大字报啊，有意见可以提嘛，有人故意挑起事端，没事找事，太过火了！

谁知事件逐渐蔓延开来，大有难以收场之势。

风波一起，《山花》编辑部也纷纷扬扬地议论开来，有的人还把贴在墙上的大字报都撕下来，复印了寄给叶辛。

一篇一篇的大字报，都是言辞激烈的檄文，而叶辛完全没有想到《蛊》这篇小说会有如此重大的问题，惹怒了这些人。他们不但给省委、省政府、省人大、省政协、省委宣传部反映，还给中央民委、宗教局、中央统战部、中央宣传部、国务院等部门都寄了信，誓要撤销叶辛的主编职务，把他拉下马！

民族问题无小事，《山花》杂志捅出了如此大的娄子，那可怎么办才好？

叶辛召集编辑部讨论，大家觉得他们的做法太过火，都说这些人"文革"中就喜欢惹事，不要理他们就是了。可是事态越闹越大，省民委的一些干部也认为这篇小说有严重问题，专门召开会议，一起讨论这篇小说的问题和症结。

会上，大家七嘴八舌，越说越过激，有的说："旧社会这个小孩被遗弃还有人把她捡起来养大;新社会她长大了,好像就没人爱她、没人同情她了。"

有的说:"这么一个漂亮纯朴的姑娘,竟然在我们社会主义新农村不能生活下去,只能逃进深山老林与老虎做伴。"

还有的说:"新社会尽管有了赤脚医生,却救不了这位姑娘,反倒是老虎处处保护她,帮助她。"

……

对于中篇小说《蛊》,会上归纳了三条罪名:一是今不如昔,二是人不如虎,三是新社会不如旧社会。结论是:这是一个反党、反社会主义、反对党的民族政策,污蔑社会主义新农村的小说。

一顶顶大帽子从天而降,叶辛预感到一场大风波即将掀起。面对这样一个现实,他压力很大,不知道如何面对这些问题。

叶辛一边工作一边静静地等待着有关部门的领导能心明眼亮,给这个事件一个好的结果。

省委领导出面平息事端

《蛊》事件风波,在贵州省的文化艺术界迅速扩散开来,一时间成了贵州文人茶余饭后的谈资,很多不明真相的人也跟着瞎议论。

《山花》杂志两位副主编,都是老编辑出身,对编辑部的工作了如指掌,又非常熟悉编辑流程,他们承担了杂志社的很多工作,贵州省文联这样配备的目的是让叶辛不要牵涉过多的编辑精力,腾出时间搞创作,写出更好的小说,为贵州争光。而叶辛年轻勤奋,埋头致力于创作,他每天上午把杂志社的事处理掉,吃完午饭就开始写作,直到晚上7点钟才收笔,他的创作进入了旺盛时期,很多优秀小说频频出版。

《蛊》这篇小说是由一个副主编签发的,但是《山花》杂志出了问题,叶辛作为《山花》杂志的主编,自然脱不了干系,而且还要承担主要责任。

事态扩大了,叶辛主动向文联党组写了一封检讨信,他在检讨中写道:

"欢迎大家对《山花》杂志上发表的小说提出批评,这个中篇小说之所以发表,第一考虑到作家本身是苗族,对苗族的事情更加了解,而且我们的目的是想培养少数民族作家;第二这篇小说用了一种新的视角,把一个古老传说当中的蛊、苗女和老虎的民间故事,写出了一定深度;第三这个小说存在一些缺点错误,主要是有些男欢女爱的描写欠适当,譬如写养父奸污养女的一些段落,写得有些过头。"

叶辛认认真真地写完了检讨书,交给了省文联党组,令叶辛没想到的是,检讨并没有通过,因为提意见的干部不服气,还要继续上告。

转眼,春节很快就要到了,第二年春天一来省里就要开两会了,有两个特别尖锐的民族干部,想在省人大、省政协两会召开之际大闹一场,他们不但写大字报,还要像北京中央民族学院的学生一样上街游行。

问题越来越严重了,叶辛只好给时任贵州省委书记的胡锦涛同志打电话,将事情的原委向他做了汇报,锦涛书记没有明确表态,让叶辛将五本刊有《蛊》的《山花》送给他,叶辛默默期待着省委领导能尽快平息事端。

叶辛与锦涛书记在20世纪80年代初就已经认识,那时锦涛书记是共青团中央书记、全国青联主席,叶辛是贵州的青联副主席、全国青联常委。

1983年夏天,叶辛第一次到北京去参加全国青联和全国学联的代表大会。那天,气候炎热,拥挤的列车上也无法休息,到了北京国家民委招待所,叶辛匆匆吃过晚饭就想沐浴睡觉。这时候,时任共青团中央书记处书记的锦涛同志和团中央纪委书记礼贤下士,到各个房间看望各省来的同志。他们来到叶辛的房间,与叶辛亲切握手攀谈,那时的锦涛书记,身材清瘦,年轻英俊,显得既精明强干,又平易近人,给叶辛留下了深刻的印象。来自新疆的尼相同志告诉叶辛,锦涛书记还没顾上吃饭就赶来看望大家了,令叶辛非常感动。

这天,锦涛书记虽与叶辛初次相见,却相谈甚欢,锦涛书记非常欣赏叶辛这位自学成才的好青年,鼓励他多写好作品。

叶辛与锦涛书记就这样认识了。

会议期间,锦涛书记讲话简明扼要,有话则长,无话则短,讲完就散会,会后个别有具体问题的同志留下来与他继续交谈,非常务实,有一种朴实干练的工作作风。就在这次大会上,锦涛书记继胡启立同志之后,出任了中华全国青年联合会主席。

1984年,一个秋天的黄昏,贵州团省委一位同志急急忙忙跑到叶辛家里,说锦涛书记来贵州视察,下午刚到就提出去叶辛家里看一看,所以他们先来通报一声让他有个准备。

听到这个消息,叶辛受宠若惊,内心既高兴又激动。他急忙吃了晚饭,先匆匆跑到了锦涛书记所住的云岩宾馆。不巧,宾馆的服务员说,锦涛书记散步去了,让他稍等。

等待期间,宾馆服务员与叶辛聊了起来,她告诉叶辛:"开始给锦涛书记安排了一个大房间,他没住,他提着包主动和秘书小叶住在了两人一间的普通标间。"

叶辛在心里赞叹:"锦涛书记职高位重,却和蔼可亲,没有一点架子,这样的领导真是少见。"

说话间,锦涛书记与小叶回来了,一见面锦涛书记便喜笑颜开地说:"不是讲好我去看你嘛,怎么你来了?"

叶辛不好意思地笑了笑,没有说话。

叶辛本想自己先来看望锦涛书记,就别让领导再往家里跑了,谁知锦涛书记执意要去叶辛家里看一看。这时候,省委朱厚泽书记赶来看望锦涛书记,他们是中央党校的老同学,聊了片刻,朱书记便用自己的车送锦涛书记去了叶辛家里。

那年,叶辛的儿子叶田还不到 5 岁,非常顽皮,看见沙发上突然坐了两位陌生客人,很是好奇,先是在小叶身上乱爬,一会又爬到了锦涛书记的身上。

叶辛坐在对面,一脸的难为情,连忙向锦涛书记道歉,不料锦涛书记把孩子抱在腿上说:"你这一爬,爬得我不好意思了。伯伯应该想到,还有这么一个小主人,给你带点礼物来才是。"

锦涛书记话音未落,一屋子的人都笑了,叶辛的拘谨和窘态也随之消失殆尽,与锦涛书记聊起了家常。

这是锦涛书记第一次到贵州,在一个多星期里,他从苗乡跑到侗寨,再跑到地州,和基层团干部们座谈了解各地情况。国庆节那天,团省委举办联欢晚会,锦涛书记从黔东南风尘仆仆地赶回贵阳来参加了晚会。

叶辛请锦涛书记谈谈对贵州的印象,他说道:"山水很美,各族人民勤劳朴实、热情好客,当然贵州也很贫穷……"叶辛觉得,锦涛书记一个星期的视察,看得很准。

1984 年冬天,叶辛赶往北京参加一年一度的全国青联常委会。由于飞机延误,叶辛迟到了一天,半夜里才赶到会议住址。

叶辛刚到,全国青联秘书长便告诉他:"你可来了,锦涛书记今天抱病发言,问你来了没有?都问两次了。"全国青联常委人数众多,叶辛没有料到自己一个从偏远省份来的常委的暂时缺席,居然会被锦涛书记这么看在眼里。锦涛书记没有架子,没有领导的口吻,完全像一位老朋友一样对待他和大家,叶辛心里非常感动。

1985 年早春,由叶辛带队出访斯里兰卡,到北京集中的时候,叶辛发现团里人数多,有好几位年长的同志已经有八次出国经历了,而自己第一次出国,没有经验,万一做错了什么,难以交代,觉得自己当团长带团出访不合适,他便想找锦涛书记辞去团长职务。

锦涛书记听说叶辛要去找他,马上说道:"我来你们房间,我来,我来。"

刚吃完早饭,锦涛书记便来到叶辛的房间,叶辛说出了自己的想法,锦涛书记一摆手不以为然地说："正因为年轻,才需要锻炼嘛。你怕啥？大方一点,事事想着你代表的是中国当代青年,身后有祖国撑腰,没什么可担心的！"锦涛书记还向他介绍了自己刚出访日本的一些感受。

锦涛书记像老朋友一样推心置腹地交谈,给叶辛增强了信心,消除了顾虑。锦涛书记一走,几位北京歌舞团的小青年便急切地向叶辛表示："你们青联收不收新成员,我们也要参加。"

1985年7月,锦涛书记刚到贵州上任省委书记,就给叶辛打电话,说他住下了,让他有空过去坐一坐,聊一聊。没想到锦涛书记这么快就到贵州上任了,叶辛激动不已,赶忙跑到锦涛书记的住处去看望他。

几天后,省青联举办夏令营开营仪式,好些同志排着队,想看看新来的省委书记是什么样儿,看到锦涛书记,大家都窃窃私语,啧啧赞叹："锦涛书记年轻英俊！"

锦涛书记一眼望见叶辛,"唷"了一声,叶辛赶忙迎上前去握住锦涛书记的手,锦涛书记却说道："我们是老朋友。"接着又改口说,"不,这回是名副其实的领导了。"逗得大家都笑了。

锦涛书记在贵州工作期间,叶辛曾多次向他反映工作情况,有的是老百姓让他反映的,有的是一些干部叫他反映的,也有代表贵州青年联合会去向他反映工作,叶辛知道,一般在讲到一些很具体事情的时候,锦涛书记都不会轻易表态,往往会说："这件事我知道了。"

叶辛又找到王朝文省长,讲了事情的经过。

王省长是苗族人,他是苗族诞生以来最大的官,大家都开玩笑叫他苗王。1983年,叶辛作为全国人大代表参加贵州代表团去北京开两会,与王省长在一个小组讨论,叶辛年龄小,王省长总拿他当孩子一样待。

王省长"嗨嗨嗨"地笑着用贵州话说道："你这个小叶辛,又惹祸了吧？"然后他抬起手,摸了摸叶辛的后脑勺。

"不要紧,这是小事情,不过这个'蛊'的事情嘛,我小时候在苗寨上也听

219

说过,有的嘛,有的事怎么不好写？你还是第一个跟我报告的。"王省长拍着叶辛的肩膀又说道:"你不要担心,我晓得了,我会和他们说这件事的,我会给你和稀泥。"王省长做了一个和稀泥的手势。

叶辛谢了王省长,告辞出来,心里松了一口气,心想:省委书记报告了,省长也报告了,难道那些人连省委书记和省长的话也不听吗？再说,两位领导对他并无怪罪之意,也许这件事还有救。

这样想着,叶辛心里踏实了不少。

以前,贵州省也曾发生过几次类似的事件。

一次发生在贵州省的一位著名画家身上,这个著名画家本身也是少数民族,但是他并不了解苗族的族群分类各不相同,在画一个苗族姑娘的时候,把另一个苗族的头饰画在这个苗族姑娘的头上了。

外界很少有人知道,苗族分成白苗、黑苗、红苗、花苗、花腰苗等五大种,而细分起来,还有各种各样的苗,俗称 99 种 99 支,只是形容多而已。有时山这边的苗族是这样打扮,山那边的苗族又是那样打扮。

这个画家画了一幅《涛云木刻》的画,画上是一个活灵活现、极其漂亮的苗族姑娘,但是在画的下面注错了,有人看到后十分不悦,说他们不是这种打扮,这种打扮是另外一种苗,从而认为画家是存心污蔑他们,十分愤怒。

还有一次,是搜集民间故事的人出了差错,民间故事大同小异,他们这里听说一个,那里又听说一个,整理的时候就把这两个故事合起来,这样难免会将流传在这一代的故事,标到了那一带,他们的主观意识是把民族的东西记录下来,流传下去,谁知一些人产生了过火的情绪,到处告状。

这次"蛊"事件,又成了导火索,有些人跑到《山花》编辑部公开嚷嚷:"这种事情已经发生多起了,这次我们一定要省委省政府表个态！"

"蛊"事件比以往的几件事都大,又发生在省里两会之前,省城里对此沸沸扬扬。

锦涛书记做了工作,两会上谁也没提"蛊"的事。

叶辛成名之后,平步青云,路途顺利,突然冒出了一个"蛊"事件,给了他当头一棒,这一棒把他彻底敲醒了,人生的路上有时险象环生,切不可掉以轻心,使小错铸成人生的大遗憾。从此,叶辛工作更加细致小心了。

风波再起

本以为两会之后,这股民族情绪会彻底熄灭,"蛊"的事件也会平息,谁知两会之后,仍然有人不依不饶,他们不动声色地写信给中共中央宣传部、国务院、国家民委、统战部和国家其他各个机构,将状告到了中央。

《山花》杂志在艰难中发展,但是叶辛始终将王省长让他培养民族作家的话记在心里,也正是从培养少数民族作家的愿望出发,《山花》才刊登并重点推介了这篇小说《蛊》。

得知有人告到了中央,叶辛心里像是压了一块大石头,十分沉重。他心想:自己是多么希望当一个专业作家自由自在地写小说啊!自从当上了这个《山花》杂志的主编,两头忙不说,如今又出了这等事件,既然这个主编如此难当,还不如潜心创作多出一些好作品呢!在沉重的压力之下,叶辛有了辞职的念头,他向省委宣传部提出了辞职的请求。

省委宣传部一个副部长听说叶辛要辞职,气不打一处来,气冲冲地说道:"我们对这个事件还是很讲原则的嘛,只是有一部分人在那里提意见,我们又没有撤他的职,叶辛提出辞职,是向党撒娇!"

真是屋漏更遭连夜雨,喝凉水都塞牙,辞职竟又辞出了一顶大帽子。30多岁的叶辛,并没有泰山压顶不弯腰的定力,他觉得左也不是右也不是,内心极其压抑和伤心。

就在叶辛如履薄冰的艰难之际,黔东南很多苗族的文化干部和县里、州里工作的苗族干部,还有另外一波苗族群众向叶辛伸出了同情之手。他们听说"蛊"事件之后,都纷纷赶到贵阳来看望叶辛,使叶辛一颗焦灼的心得到了许多慰藉,他们还纷纷邀请叶辛到黔南的都匀、黔东南的凯里去,并真诚地对他说:"如果他们要整你,你就逃到我们寨子里,我们山高林密,今天把你藏到这个寨子里,明天把你藏到那个寨子里,他们整不到你。"听了这些话,叶辛心里热乎乎地,十分感动。

一天晚上,叶辛在花园里散步,碰到一个省委领导的秘书,他告诉叶辛:"这件事中央有了明确的态度,中央宣传部汇总了中央统战部、中央民委等部委的意见,下了一个文件,定了基调,有了定论,是没有大问题的,这下你可以放心了。"

原来从贵州寄出的告状信,最终都汇总到了中央宣传部。中央宣传部迅速调了20本《山花》杂志,请了方方面面的民族专家、民俗问题专家、党的政策专家,民族政策专家分头审看这篇小说,大家的看法与叶辛的检查基本一致,都认为小说《蛊》虽有缺点错误,譬如养父奸污女儿,还有一些方面的描绘也不甚准确,但是不能揪住这个缺点和错误就认定这是反党反社会主义、污蔑社会主义新农村的毒草作品,这样的认定依据不足。中宣部下了文件,为这件事做了结论。

闹腾了八个月的"蛊"事件,终于画上了句号,彻底得以平息。

八九个月来,叶辛承受着巨大的压力,身心疲惫,本来瘦弱的身体更加消瘦了。如今,"蛊"事件终于有了定论,不用再提心吊胆了,他决定到下面去散散心,采采风,为下一本书的创作做充分的准备。

叶辛去了黔东南,他之所以去黔东南:一是在他最困难的时候,黔东南的文化干部力邀他去黔东南避风头,他心存感恩,要去看看他们;二是"蛊"事件波及全省,韦文扬是在黔东南一个乡村小学里做代课教师的退伍军人,叶辛猜想他的处境肯定不好,他要去见见黔东南的领导。

黔东南州的吴州长也是全国人大代表，在北京开两会时与叶辛在一个小组讨论，两人非常熟悉。吴州长听说叶辛到了黔东南，当天晚上就来到宾馆看望叶辛，十分高兴和热情。叶辛把省里发生的"蛊"事件告诉了吴州长，他一摆手说："我听说了，哎哟，这点事不要大惊小怪的。"

叶辛又与吴州长谈到了韦文扬，叶辛说："从这个小说看，他是有才气的，但是他还是一个乡村代课教师，还恳请吴州长将他的编制问题给解决了。"

韦文扬完全不知情，也并没对叶辛有任何托付，叶辛暗中替韦文扬如此帮忙，完全出于惜才的内心。叶辛也当过乡村教师，他知道乡村教师有两种：一种是直接拿工分的民办教师，一种是县教育局注册备案以后发工资的公办教师。而代课老师拿的是代课费，不是正式教师，这次见到了吴州长，叶辛抓住机会赶紧为韦文扬帮忙求情，吴州长爽朗一笑说："好！他有才气就好！我们缺的就是这样的少数民族干部，他能够写小说真是太好了，把他提起来，就当那个乡村小学的校长。"

韦文扬因祸得福，两个月之后，他从代课教师直接任命为小学校长，以后不断进步，当上了黔东南的作家协会主席、文学杂志《杉乡文学》主编。只要讲起叶辛，韦文扬就说："恩人哪！他是我的恩人！"

能帮助一位有才华的年轻作家成长，叶辛心里也很高兴。

叶辛走遍了黔东南的州县，他喜欢与乡旮旯里的普通苗族老乡聊天，处处受到欢迎，地方基层领导和老百姓并不在乎"蛊"事件的发生，在他们的心目中，叶辛是从他们这儿走出去的、了不起的人物，大家对他既尊敬又亲近。

在黔东南的日子里，叶辛忘记了在省城里由"蛊"事件引发的尖锐复杂的矛盾和"蛊"事件以来带给他的烦恼，渐渐地他恢复了元气，不再气馁，精力旺盛起来。回到省城以后，他又全身心地投入工作和创作中去。

人往往是在失败与磨难中成长的。"蛊"的事件，无意间让叶辛的心灵经历了一场激烈的锻打和淬火。从此,叶辛抗打击的能力愈加增强了,心智也渐渐成熟起来。

"蛊"事件平息之后,在坎坷的人生道路上,叶辛又开始握紧手中的笔,笔耕不辍,佳作连连……

第十一章
呼唤主体意识觉醒的《家教》

家庭是社会的细胞,在社会剧烈变革的冲击之下,恋爱、婚姻、家庭难免会重新裂变与聚合,叶辛以作家敏锐的眼光,捕捉时代与观念的微妙变化,呼唤着人的主体意识的觉醒。

转向婚恋题材

峰峦叠翠的黔灵山,是贵阳市区里最美丽的地方。参天的古木,郁郁葱葱的树林,古洞清涧,深谷幽潭,山幽林密,湖水清澈,有一股贵州高原的灵气和秀美。沿"九曲径"蜿蜒盘旋,经过二十四拐,可以抵达弘福寺,据说清朝康熙十一年(1672 年),赤松和尚云游来到黔灵山,在山中建起了茅庵,继而募化四方,建成了殿堂典雅、规模宏大、廊庑广阔、亭台遍布、清幽古雅的黔灵山弘福寺,"弘福"二字取"弘佛大愿,救人救世,福我众生,善始善终"之意。赤松是本寺的开山始祖,佛法为临济一系的正宗,是禅门五宗之一。清朝乾隆四年(1739 年)清廷颁赠弘福寺《大藏经》一部,清朝雍正特许开期传戒。黔灵山的弘福寺,又给黔灵山增添了幽静和神圣之感。

多么秀丽奇诡的黔灵山啊!

叶辛的家就在这幽胜灵异的黔灵山下,秀丽的风景并没有给他的内心带来多少宁静,相反在清静的时候,他常常想起插队落户的寨子,许多往事不断地在他心里酝酿、发酵和膨胀着,许多故事也在他心里盘根错节地生长起来。

离开插队的山寨已经四五年了,叶辛本以为那些往事会随着时间的流逝而渐渐变淡,不承想在他记忆仓库的一角,山乡里一桩桩因包办婚姻造成的触目惊心的事件还都历历在目,那一个又一个妇女不幸的命运,也经常让他牵肠挂肚。他不断地在心里翻捡着这些往事,常常将思想的触角伸进这些故事的背后和故事里人的灵魂深处。他思绪纷飞,追忆着那些往事……

秋末冬初的一天,一向静寂的山寨上忽然喧嚷起来,知青们也跟着老乡纷纷跑了出去,青岗石阶的寨路上挤满了人,在人堆中簇拥着一个披头散发的年轻妇女,衣裳被撕破了,满脸满身都是泥,她一边走一边撕声裂肺地大哭,围着她的人群有的在恶言咒骂她,有的还恶狠狠地喊道:"打!"

污言秽语朝着这位妇女劈头盖脸地咒过去。

叶辛惊住了,这不是昨天刚娶到寨子上的新娘子吗?这究竟是怎么回事?

看见这一幕,叶辛不知不觉生出怜悯和同情之感。

寨邻乡亲们纷纷议论说:"天刚蒙蒙亮,新娘子就逃跑了,寨上好些人追了几十里地才硬把她拽回来,原来她早已有了心上人,嫁到寨子上完全是父母包办的。"

在叶辛插队的山寨上,包办婚姻是司空见惯的事。这类事儿,十里八寨上,寨寨都有,年年都有。包办婚姻,酿出了不少的悲剧惨案。

有一个光棍,修湘黔铁路挣了一笔钱,回到寨子上就请媒人说了一门亲,娶来了一个秀雅文弱的姑娘,却不料这个姑娘半夜里用铁丝缠住光棍汉的脖子要扼死他。这个年轻美貌的姑娘叫李可芬,早早死了爹娘,跟着大哥长大,大哥是个独眼,里里外外的活都是小李干,大哥收了光棍700元定亲款,就把妹妹许配给了这个又老又丑比妹妹大很多的光棍,而妹妹早有了意中人,娶亲前她逃跑到自己意中人的家里,李家聚集了一大帮人,把小李抓了回去,关在猪圈旁边的柴房里,成亲当天就发生了这一幕悲剧。

看到这一类的事儿,知青们就摇头叹息:"山寨上偏僻闭塞,寨民们又没有文化,这地方太落后、太愚昧了,我们什么时候才能调出去啊,唉!"

这年夏天,叶辛主持了一个贵州省的文学会议,会议期间,省报上恰好刊登了一篇女儿反抗父母包办婚姻遭受毒打的报道,叶辛与大家讨论起来,为什么在已经逐渐富裕起来的今天,农村还有这类事儿发生呢?

大家激烈地议论起来,有的说:"在偏远闭塞的乡村,封建的幽灵还在横行。"

也有的说:"陈旧落后的观念仍在牢牢地束缚着人们的思想……"

一出又一出包办婚姻的悲剧,刺痛着叶辛,他不断地往深层次思考:难道包办婚姻只是一桩婚姻悲剧吗?不,在它的背后,还隐藏着许多东西,比如隐藏着人性的恶、人性的弱点,或许还有人性的美,如果把包办婚姻和这背后的东西如实地展示给大家,会不会能唤起一些人的觉醒?

叶辛把创作的笔触转向了婚恋题材,他创作了中篇小说《秘而不宣的往事》,描写的是一个年轻小伙真真切切地看见一位女子因包办婚姻而跳崖自杀,却在公安人员调查中闭口不说,秘而不宣,把一个冷漠的、自私的、阴暗的人物形象活灵活现展现在人们面前,他想用一个血淋淋的悲剧,去探视人的灵魂深处,掀开人性的一角,给人们以警示。

这篇包办婚姻题材的小说刚写完,叶辛觉得意犹未尽。他从婚恋的另一个角度思索,好像还有一些有意味的东西可以挖掘出来,他又创作了中篇小说《两个感情冒险者的命运》,讲述了一位男知青与一位少妇情投意合,两人在偷情时被人发现,男知青逃走,少妇却遭毒打,两人受尽磨难终于走在了一起,在镇上开了一家饭店,生意红火,生活幸福。叶辛告诉人们,人人有追求幸福的权利,真爱是不能错过的。

这个时期,叶辛以恋爱婚姻情感为题材,还创作了中篇小说《闲静河谷的桃色新闻》和中篇小说《儿女婚姻》等作品,他思考和表达的内容,都将他这一时期的小说,染上了一种"悲剧"的形态和强烈的人道主义色彩。他笔下那些梦魇的故事,似乎也都在呼唤着人世间一些沉睡的灵魂和某种意识的觉醒与变化。

窥视家庭伦理关系的变化

80年代中期,是一个充满激情、令人振奋的年代。

中国社会在急剧地变革,开始了真正的创新与发展,思想的桎梏逐渐放松和消除了,人们在大环境中获得了突破性的个人自由,社会的自由发展和个人能力的自由释放,使很多人放开了手脚,一批人先富裕起来,大多数人的生活都得到了改善,人的思想观念、文化意识、婚恋观、人生观、价值观无一不在发生着微妙的变化。

叶辛从报刊上经常看到一些新鲜事儿,让他心中荡起一次又一次的波澜。

第十四次全国统战工作会议之后,经过中共中央批准,在国家资金还十分困难的情况下,不但发还了原工商业者被查抄、冻结的存款,恢复了他们原来的工资,还补发了利息。截至1984年,"文化大革命"中被查抄的原工商业者(包括其他方面人士)约300万两黄金、700万两白银,15万件金银制品和800万枚银圆已基本按上交银行时的牌价作价退还,被查抄尚存的约350万件文物、字画、珠宝、玉器、工艺品和264万册私人图书也退还了本人,"文化大革命"中被侵占、没收的私房,腾退归还原主或者用其他协商的办法,解决了约55%左右。

这一消息,让叶辛不由得振奋起来,"文革"中那些被抄的同学家里,可以物归原主了。

叶辛想起了那个停课闹革命年头的一些往事……

不用上课了,也没有了作业,同学们别提多开心了,今天串这家,明天串那家,常常聚在一块儿海阔天空地聊天,谈到夜深人静,干脆在同学的阁楼上、地板上搭起铺,五六个、七八个同学躺在一间屋里继续聊。

有一次,大家兴冲冲地来到一个同学家里,发现他家气氛不对头,就赶紧转到另一个同学家里。

"到底怎么回事儿?"大家很纳闷。

"哎哟,是他父亲受冲击了,新中国成立以前,他父亲有一段经历……"消息灵通的同学一五一十地讲给大家听。

同学们你一言我一语地讲起了自己的家庭情况,祖父、外祖父是干什么的,父亲过去怎么样,叔叔是干什么的,娘舅又在做什么,谁的父亲是教授,谁的父亲是烧锅炉的……有的同学,祖父是开银行的,几栋豪宅,成箱的金条和收藏的珠宝字画全都被抄家了;还有的同学,父亲是一个老板,模样就像个笑弥陀佛……同学伙伴们出自不同的家庭,一个个家庭里都有长长短短的很多故事。

有一天晚上,叶辛的一个好伙伴跑到他家里,神神秘秘地告诉他:"我那当和尚的舅舅来上海了。"

"为什么?"

"红卫兵砸了五台山的庙,舅舅从山上跳下来,折断了腿,就跑到我家来了。"

"你舅舅为什么当和尚?"

"舅舅在大学里失恋了,看破红尘跑进了庙里。"

叶辛突然领悟了,原来这就是社会,这就是社会上一个一个家庭的内幕。当初因记日记被批斗、挨批判、招非惹祸的事儿不少,他还亲眼见到有的人因日记上写了什么而被毒打的场面,但是他还是瞒着所有的人偷偷地记下了很多听来的故事。

眨个眼的工夫,大家就从一个懵懂的少年长成了风华正茂的年轻人,时间真快啊!

有多少同学过去家境富裕而"文革"期间所有的财富被一抄而空啊!而今民族资本家政策落实了,叶辛真为这些同学而高兴。

有一次,叶辛回上海,老同学相逢,都已人到中年,大家又聚在一起喝酒聊天,叶辛问起过去的那些事儿,伙伴们先是一怔:"怎么你记得那么清楚?"

叶辛笑而不答。

旧话重提,同学们就滔滔不绝地讲了起来。一个同学讲起他父亲当年经商的经历,为什么又被打成了资本家,后来怎么落实了政策,当年被抄去的财产又如何归还的,归还以后家里又出了一些什么事儿;那个当和尚的舅舅虽然终身未娶,但现在已是佛学家,收了好多研究生……

叶辛自从写了反映知青生活的长篇小说《我们这一代年轻人》《风凛冽》《蹉跎岁月》《在醒来的土地上》之后,自从写了反映农村生活的《三年五载》三部曲《基石》《拔河》《新澜》之后,自从写了一些反映少数民族题材的小说之后,他总有一些不满足,总觉得还欠着一笔什么账没有还,总感到心里还有许多话要说,还有一些鲜明生动的人物形象和画面没有描绘出来,那该是啥呢?

在这一刻,叶辛明白了,一直纠缠于他内心的正是故乡上海的许多记忆。叶辛打算尝试着先写一些中篇,写那些他最熟悉的人和事,每一个中篇只写一家人,有职工家庭的、有高级知识分子家庭的、有普通知识分子家庭的、有小市民家庭的、有民族资本家家庭的,这些人代表着上海的各个阶层。

叶辛开始将目光转向他青少年时期熟悉的大都市上海,民族资本家落实政策之后,退还了他们的财产,似乎有一只无形的手,就为一些都市家庭拉开了一幕幕不同寻常的大戏,展现出了时代的急剧变革和发展。他以退还民族资本家抄家钱财这个社会热点为题材,写了中篇小说《发生在霍家的事》,这是一个反映社会变革给家庭带来巨大冲击的故事,民族资本家落实政策后,老霍在"文革"期间被抄的金银珠宝、现金存折如数归还了,儿女们却展开了一场争夺大战,家里闹得不可开交。这篇小说慢慢地撕开了家庭伦理的面纱,在金钱面前,霍家儿女无不暴露出了自私的人性。

中篇小说《发生在霍家的事》很快就在《十月》杂志刊登了,而且在文学界好评如潮,给叶辛注入了一剂兴奋剂,他没有想到自己题材转型会如此顺利,竟然在不知不觉间又打开了一扇创作之门。

离开故乡已经多年了,这座城市越来越变成了叶辛的记忆,没有想到她却依然像母亲一样,给予他生命的精华,让他重新爆发出创作的巨大能量。

叶辛对故乡充满了感激之情,也对故乡越来越眷恋了。

呼唤城市主体意识的觉醒

80年代中期,叶辛生活安定,又重新在贵阳做了城市人,事业顺风顺水,按理说应该安居乐业,无牵无挂,谁知这个时候,他却想念上海老家了。

自从叶辛走上创作道路以来,他的笔下一直是群山叠翠的贵州山水和一些操着西南口音的贵州人,他如醉如痴地沉浸在创作的世界里,与他笔下的山乡人一起流泪、一起焦灼、一起痛苦、一起高兴,笔下却很少出现生他养他的故乡,他很想改变一下题材,写一写上海的都市生活。

改革开放的浪潮一浪高过一浪,不断地撞击着中国人的价值观、人生观、伦理观念、婚恋观,中国在变化,走在中国改革前沿的上海更是每天都在变化。自从叶辛成名之后,他回上海的机会渐渐多起来,去出版社改稿、去开文学创作会和作品研讨会,或是探亲看望母亲,每次回来都在心里感叹:上海的面貌在变化、上海的各种关系也在变,上海变化太快了!

在贵州生活了近二十年,叶辛以为他与自小生长的上海大都市早已有了距离感,甚至早已淡忘了,可是随着年龄的增大,这些都市生活的体验和一些抹不去的记忆会不时地冒出来,它们叠加一起,扰乱他的思路,搅乱他的心绪。《发生在霍家的事》受到了好评,他愈加珍视以往的上海生活和体验了。

叶辛常常望着窗外发呆,他的心不时地飞回上海……

在小学毕业的时候,叶辛与一些小伙伴刚学会骑自行车,做完了功课,他们就骑着自行车到马路上去兜风,穿过康平路、武康路、高安路一带的高级住宅区,也穿过闸北区、南市区、普陀区一些破街陋巷,还骑到南翔、浦东高桥、松江,他们比较着那些法式的、英式的、日式的、荷兰式洋房的不同阳台和窗框,他们比较着公寓和楼房的不同、花园洋房和棚户区的巨大差异。

"文化大革命"开始以后,叶辛与一些要好的同学不约而同当起了"逍遥派",日子过得很自在,要么去南京路看大字报,要么躲在家里看书听唱片,腻味了就互相串门,互相都尊称对方的父母叫"爸爸妈妈",不但对每个同学家的父母、兄弟姐妹的情况了如指掌,对他们亲戚家的情况也了解很多。

叶辛打开了记忆的仓库,发现同时代那些伙伴们的不同经历和命运,他们父母甚至他们祖父母的故事,无意中积攒了好多,那么多素材早已堆积在心里,叶辛又有了创作的冲动。

叶辛觉得有一本大书可以写,不仅是写这些人和这些事,还要写上海这座城市的历史脉络和沧桑变迁,写出这个变革时代的动荡、挫折和进步,这本书会写得很长、很厚,可是他几次动笔又几次歇笔。

叶辛不敢贸然进入创作,他想酝酿得更成熟一点儿,考虑得再周全一些,写得更凝重深沉和厚重一些。

叶辛对自己说:"不要着急,慎重些慢慢来,尽可能准备得充分一点儿。"

随着题材的转换,用词遣句也要随之转换,而纯粹的上海话是很难入书的。中篇小说《发生在霍家的事》小试成功之后,叶辛开始着手写这本大书。

叶辛要写的这本小说是《家教》。

处在改革开放初期的中国社会,陈规陋习和陈旧的封建观念幽灵还在徘徊和作祟,人们头脑中新旧思想和观念受到了激烈碰撞,在家庭伦理关系中或者父母子女之间、夫妻之间,不时地上演着一幕又一幕起起落落波澜不惊的戏剧。

叶辛有一个同学,父亲是大学教授,知识渊博,又有地位和名望,本来父子之间子敬父爱,关系亲热,可是同学找的对象是一位饭店服务员,惹得父亲大怒,儿子却觉得找到了真爱,父子互结怨尤,谁都不理谁。

叶辛还认识一位干部,他和多年的老战友相逢,彼此的子女都未找对象,就热心地为子女撮合婚姻,两家父母知根知底,郎才女貌,极为般配,可是两人没有感情基础,婚后吵吵闹闹,一层阴影一直笼罩在小家庭里。

叶辛收到一些读者来信,信里说,他屈服了家长的意志结了婚,多少年来一直在吞食苦果,内心矛盾重重,有苦难言。

……

促成叶辛要写这本《家教》的,正是这样一些故事。他觉得就像农村里发生的包办婚姻一样,在自己的身旁,在北京、上海这样的大城市里,在一些干部家庭和高级知识分子家庭里,都有一些服从家长意志而造成遗憾的婚姻发生。

自由地追求幸福,是人类一个革命性的进步。叶辛循着时代与恋爱婚姻家庭关系的思路往深处想,写下了《家教》这篇小说。

1984年除夕,叶辛在爆竹声中完成了中篇小说《家教》。小说写了倪院长一家,倪院长是一个高级知识分子,在学术界很有名望,对子女家教的严格,在邻里、医院和学术界都是出了名的,他老伴是一个家庭妇女。一个当院长,一个做家务,两人似乎相差甚远,却一起生活了一辈子。大女儿梦颖的婚姻是凑合型,却像父母一样,婚姻一直在延续;二女儿梦湖在时代的冲击之下,婚姻很快走到了尽头,最终不得不通过法律程序解除了婚姻关系;儿子梦岩上山下乡已有一个无奈的婚姻,他又去追求自己的幸福,只好苦恼地徘徊在妻子与情人之间;三女儿梦琳勇敢地冲破了家庭的束缚,成家后却回到了小家庭中,整天围着家务事转,一切浪漫又都变为了现实。

这是一个普通的家庭,叶辛却在这样一个家庭里,呈现出了老夫妻和四个儿女的五种婚姻形态和性格迥异、感情经历不同的一家人。在这个家庭内部,父母与子女之间,丈夫与妻子之间,不可避免地出现了诸多问题和矛盾。他想告诉人们,无论是恋爱还是婚姻家庭,都会打上时代的烙印,都会在时代大潮的冲击下,发生这样那样的变化,它呼唤着人的意识觉醒,唤醒人们去勇敢地追求自己的情感和幸福。

中篇小说《家教》很快就在《十月》杂志刊出,叶辛心里轻松了不少,觉得终于可以放下一些什么了。

1988年,叶辛创作了《家教》的下部中篇小说《家庭奏鸣曲》,他觉得两个中篇构成了他心中早已想写的那部大书,心里踏实了。

创作让叶辛与上海这座城市有着永远无法割舍的联系,他的创作题材在向故乡靠近,他的心也常常飞回到上海,对故乡产生了深深的思念。

《家教》又获"飞天奖"

《家教》的创作,促成了叶辛与蔡晓晴导演的又一次合作……

20世纪80年代中期,中国尚处在改革开放之初,老百姓还没有完全脱贫致富,大多数家庭买不起电视机,大家的娱乐和信息来源渠道便是听广播。广播里节目丰富多彩,收听率最高的节目便是广播小说、广播剧和评书。

自从1980年叶辛的长篇儿童文学作品《峡谷烽烟》在中央人民广播电台连播之后,他的长篇小说《我们这一代年轻人》又先后在黑龙江广播电台和上海广播电台连播,他的长篇小说《蹉跎岁月》也在北京人民广播电台连播。叶辛还应中央人民广播电台的邀约,以省城楼房里复杂的人际关系为题材,创作了单本广播剧《我们的楼房像一本书》。这些作品,受到广大听众的热忱称赞和喜爱,给广播电台带来了人气,广播电台格外关注叶辛作品的发表。

1988年元月,叶辛再一次当选为第七届全国人大代表,赴京参加全国人大会议,会期一个月,他想借机与人大代表多一些交流,开阔一下眼界,谁知却好事连连发生。

先是中央人民广播电台的一位老编辑闻讯跑到叶辛开会的住地来,他热情地说:"你的广播剧《我们的楼房像一本书》听众反响很好,《十月》杂志上发表了你的新作《家教》,我这趟来就是专门请你将《家教》改成广播剧的。"

饭余会后,叶辛忙忙碌碌地改编广播剧《家教》,他梳理了人物关系,改变了小说结构,将倪院长一家复杂的家庭矛盾逐渐铺展开来,并准备将这个中篇小说分成九集广播剧。

《家教》广播剧刚起笔改编,中央电视台的蔡晓晴导演又找上门来,诚恳地邀约叶辛将中篇小说《家教》改编成电视剧,准备在中央电视台播出。

听到这一消息,叶辛按捺不住内心的喜悦,他感激蔡导演又一次为他伸出热情的双手,将他的作品再一次搬上荧屏,并让他亲自改编。叶辛很快完成了《家教》广播剧的改编,迅速投入《家教》电视剧的改编中。

根据电视剧的特殊要求,叶辛再一次改变小说的结构,将倪院长一家的人物和矛盾梳理成了五条线索,采用花开几朵各表一枝层层推进的办法,整个剧本繁而不乱,不露痕迹,井井有条,丰富多彩。他把精彩的和很有咀嚼味的戏放在高潮,揪住观众的心,整个剧有隐伏,有悬念,有情感,有纠结,有矛盾。

蔡晓晴导演看了剧本,连连点头,觉得这部戏"有看头",她说:"一定拍好这部大戏。"

蔡导演很快成立了剧组,在北京搭起了拍摄的家庭内景,内景拍完之后,剧组又赶往上海拍摄外景。

电视剧播出以前,中央电视台在北京、上海分别召开了研讨会。会上大家对这部作品给予了各种好评,叶辛听着这些赞扬之声,没有沾沾自喜,只希望这部作品能够顺利播出。

1989年,九集电视连续剧《家教》拍摄完成后如期播出,它没有像电视剧《蹉跎岁月》一样命途多舛,坎坷多难,叶辛心里十分喜悦和庆幸。

哦,上海,那座给了他生命也给了他思念,给了他梦想也给了他挫折的城市,叶辛永远忘不了那里所给予他的一切,他将这部电视剧《家教》作为一部怀乡曲,献给了生他养他哺育过他的城市,献给了他深深眷恋着的故乡。

小说《家教》的发表、广播剧《家教》和电视剧《家教》的播出,都像一块块石子,向社会的湖面上投掷而去,泛起了一圈又一圈的涟漪,让读者、听众和观众无不感觉到,一个急剧变革的社会所引起的情感上的巨大波澜。

一些读者、听众和观众的来信,不断地从电视台、出版社和中央人民广播电台转到叶辛手上,他们从不同的角度谈自己对这部作品的看法,有的人询问《家教》中人物后来怎么样了?有的人还将他们观看电视剧《家教》后的交谈和发生的争论告诉叶辛,还有一位干脆把自己对这些人物未来的设想续成广播剧下半部分,寄给了中央人民广播电台。人到中年的叶辛,还是第一次遇到这样有趣的事儿。

这年春节刚过,一位71岁的农学院教授看了中央电视台正在热播的电视剧《家教》后,特意来到叶辛家里,与他逐个讨论《家教》中的人物,话题集中在几对子女的恋爱婚姻上,谈性正浓,一位中医院院长和他的女儿也上门来,讲起了自己的故事。

院长的女儿是贵州大学品学兼优的好学生,容貌俊俏,一走进大学门,男生就纷纷前来追求,姑娘情窦初开,很想与心动的男生谈恋爱,可是院长家教甚严,对女儿反复叮嘱:"刚进大学不准谈恋爱。"女儿不敢违拗父亲,便婉辞了对方,等到女儿即将毕业时,院长关照女儿:"大局已定,你若恋爱我不再持反对意见。"

女儿却蹦出一句:"你倒是批准我找对象了,可是好小伙都让人挑走了,你让我找谁去? 瞧,《家教》中倪院长说的那些话,你都对我说过。"

院长坦然承认:"类似的话我是说过,可作为父亲,我完全是对你好啊!"

院长问叶辛:"你写倪院长这个人究竟是什么意图? 他老两口的婚姻在中国社会上最有代表性,你到底是肯定还是抨击?"

在中央党校叶辛所在的学员支部和在人大代表团里,不少学员和代表在春节热播《家教》时正在忙年,只零星看了几集,他们趁着学习和开会找来录像带又从头到尾看了一遍,大家议论纷纷:

"孟慈这个人不愿插足人家的家庭,很自觉,很正派!"

"这个人有什么好? 他是一个窝囊废,人家充满感情和希望,他却装憨。"

"梦岩这个人值得同情,他心理负担很重。"

"梦岩脚踏两只船,他一下害了两个女人,还值得同情?"

"感情有时是很神秘的,不能用单一的道德尺度去衡量。"

……

大家七嘴八舌,讨论恋爱婚姻家庭的诸多问题,争得面红耳赤。

这一切都是出乎叶辛意料之外的。

《家教》不仅仅是一个家庭故事,它更是一个社会的缩影,在《家教》的后面是政治的、经济的、传统文化的和精神心理层面的许多东西,有深厚的社会背景和人际关系,它呼唤着文化意识的改变,呼唤着精神和心理的变化,呼唤着人的主体意识的觉醒。作为一个作家,应该把社会存在的现象和社会问题有血有肉地表达出来,给予人们以思考和警示,叶辛觉得在《家教》中他做到了,心里特别高兴。

1989年,电视连续剧《家教》荣获了全国优秀电视剧"飞天奖",文艺出版社新文学大系中篇小说卷也收入了中篇小说《家教》。30年后,这部书又一次再版,体现了它的价值。

叶辛再一次为人们奉献出了引起社会反响的优秀作品,《家教》的热播,体现了一个作家崇高的生命价值。

第十二章
21年,生命的曲线画了一个圈

命运往往喜欢跟人开玩笑。在贵州的日子里,叶辛风雨兼程,从不敢停止脚步,他没有想到,他的远方竟然就是那个原点,走回来,却用了21年。

33次的请调

1985年的春天,母亲的一封来信,将叶辛一颗平静的心完全搅乱了。

自从叶辛到贵州插队落户以来,与母亲天各一方,就只能以频繁的书信来互寄关切与思念。母亲每次来信,总是叮嘱一些生活上的琐事,虽然她十分盼望儿子回归故乡,一家人团聚,可是她知道儿子通过自己的艰苦努力,已经是贵州省作协副主席、贵州青联副主席、贵州省十大新闻人物、全国青联常委、全国人大代表、《山花》杂志的主编,省里早就把他列为厅级干部后备人选,随着一本接一本的小说出版,稿费也像雪片一样飞来,生活殷实,要名有名,要利有利,事业顺风顺水。作为母亲,她知道这一切来得多么不易,她也不希望儿子放弃在贵州的一切,再调回故乡上海,母亲来信几乎从不提及让他调动的事。

可是这次却不一样。母亲得了白内障,一只眼睛几近失明,另一只眼睛也越来越看不清楚,孤独的母亲急切地盼望叶辛能回去照顾她。曾是小学老师的母亲,在信上写道:"你离家已经 16 年了,很多插队落户的上海知青都已经回归了上海,你也该回家了,好家庭团聚在一起。"母亲说得很含蓄,但是字里行间,盼儿回归的心情却跃然纸上。

看着母亲的来信,叶辛心里翻江倒海,掀起了波澜,心潮久久难以平复。自从妹妹出嫁后,75 岁的母亲就一个人生活,他作为儿子,更是放心不下母亲。可是自从长篇小说《蹉跎岁月》出版和同名电视剧在中央电视台热播以后,叶辛一夜成名,一时间成为全国最耀眼的作家,各种绚丽夺目的光环云集而来,全都罩在他的头上,他也因此备受贵州省委省政府领导的青睐和关注,在这种情况之下,申请调动,贵州省领导肯让他走吗?

回归故乡,谈何容易啊!

叶辛想起几年前的一件事……

那次,叶辛去北京开两会,走出人民大会堂时,正巧碰到团中央书记处的一位领导,他说:"团中央要创办一个《中华英才》杂志,想找一个懂行的主编,想了几个人选,觉得你是最合适的,我看开完会你就不要走了,开始上起班来吧。"

叶辛愣了一下,说道:"我总要跟省里的领导讲一下嘛,说走就这么走了,不太好。"

团中央领导见叶辛是这个态度,就说:"好吧,但是你要跟省里商量,省里当然不同意了。"

回到贵州,叶辛把这件事向省里的领导一汇报,领导果然不同意,他们说:"贵州省也没有什么名作家,多少年才出了这么一个名作家,不舍得啊!"

叶辛觉得贵州领导对自己如此器重,不辞而别太对不住他们,也太没有组织观念了,谁知就这样错失了调动的良机。

叶辛静静地凝视着信笺,依稀看到了满头白发的母亲那期盼渴望的目光和那瘦弱老态的身影,心突然像被什么东西抓了一下,一阵揪心地疼痛。年迈的母亲孤身一人生活,他又怎么能置母亲于不顾呢?

贵州省各行各业的名人不多,在广电系统、文化系统、新闻系统、文学系统比较有名和崭露头角的人看来看去就是几张脸,开这个会,开那个会都是这些人聚在一起。贵州最大的媒体是《贵州日报》《贵阳晚报》《山花》杂志、《花溪》杂志、《遵义晚报》《苗岭》杂志,把一些地方媒体算上全省才九个媒体,渐渐地叶辛也有了一种舞台格局小一点的感觉,就很想到大的舞台上去施展才华。

母亲的来信,勾起了叶辛对上海故土的感情和对故乡的思念,他何尝不想回到故乡?

离开故乡近20年了,上海沧桑变迁,与叶辛离开时的上海已经大相径庭,对上海的生活也有了些许的生疏和隔膜,他以为回归的愿望会在时间的长河里渐渐被洗刷变淡,谁知随着年龄的逐渐增长,他却有了一种强烈的落叶归根的情思。他开始怀念故乡,不但日日思念老母亲,也怀念已经从全国各地纷纷回到上海的老同学,怀念上海土地上熟悉的街道和宽阔的黄浦江。

叶辛拿起笔,写了请调报告。从此,开始了漫长而又艰难的回归上海故乡的调动之路。

叶辛带着请调报告,去找主管《山花》杂志的贵州省文联党组书记和文联主席,他恳求说:"我妈妈的眼睛看不见了,身体也不好,我要求调到上海去照顾母亲。"

文联的两位领导面面相觑,谁都不肯答应。

领导不表态,调动的事儿就没门,叶辛着急地说:"我是一个写小说的,也不一定非要待在贵州写,我大多数的小说都是在北京、上海出版的,贵州人不是一样读吗?我以后回到上海照样可以写跟贵州有关的小说。"

文联党组书记说:"你是名作家,我们没有权力放你,你的问题是省委宣传部说了算,我们说了不算啊!"

文联领导推到了省委宣传部那里,叶辛只得硬着头皮去找省委宣传部,从文艺处副处长、处长,再找到宣传部副部长,宣传部副部长被叶辛缠得没办法,就又推到宣传部部长那里。

这天早上一上班,叶辛就走进了省委宣传部部长的办公室,部长见叶辛进来,很客气地说:"你坐,你坐!"

部长断定叶辛是为调动的事而来,没想到一早就找来了。部长给叶辛倒了一杯茶,问道:"你最近怎么样?在写什么东西?"

叶辛说:"上海市委宣传部发来了商调函,已经寄了一个多星期,他们让我来问一下收到没有。"

部长说:"我最近工作忙啊,我下去了,下到毕节去了,我还没有问呢!上海市委宣传部有这个函件吗?如果有的话,我们认真研究一下再答复你。"

部长这样说,叶辛只得回去等消息。可是等了很久却没有任何消息,叶辛急不可待,再去找部长,他又推到省委副书记那里。

叶辛再去找省委分管文艺的副书记和分管组织的副书记。省委高层的领导,事情一大堆,今天去找,领导下了基层,明天再找又开省委常委会,经常吃闭门羹。

"我不就是想回归故乡吗?怎么变成了一件天大的难事?"叶辛心里犯起愁来,但是他一旦下决心要做的事,就会锲而不舍,不会轻易放弃。

省委分管文艺的书记,被叶辛实在找得没办法,便点头同意了。他悄悄地对叶辛说:"你还得要找分管组织的副书记。"叶辛只得再去跑。

已经找了33次,叶辛确实找倦了,但是越是找就越想走,似乎箭在弦上,再使把劲儿就能发出去。

叶辛调走的事,传到了省政府,王省长说:"叶辛就不要走了嘛,我来跟他说!"

在一次会议上,叶辛碰到了王省长,王省长拍拍叶辛的肩膀说:"小叶辛啊,你为什么要调回上海?有什么困难吗?你现在是全国人大代表,你干部也做得不错,我们都会考虑的嘛!不要走了,啊?还是留下,留下!"王省长说话很直爽,人也特别好,他爱惜人才,对叶辛更是喜爱有加。王省长已经讲到这个份上了,弄得叶辛不知说什么才好。

叶辛要调走的事在省里传得沸沸扬扬,报告打到了省委省政府,省委四大班子的领导一片挽留之声,最后事情传到省委锦涛书记那里,锦涛书记对叶辛调走的事专门做了批示,定了调子,还专门派了省委人事局长张中原和省委组织部的领导,到上海叶辛的老家,去探望他的母亲。

张局长介绍了叶辛在贵州的情况,他对老人说:"锦涛书记对这件事很重视,专门做了批示,我们是奉命来看望您的。"

老人十分感动,没想到儿子在贵州受到这样的重视,老人的心开始松动了,她喃喃地说:"既然你们政府需要他,你们就留着吧。"

两位领导安慰老人:"您放心,贵州有上海办事处,你有什么事就说一声,整个办事处的人都来照顾您老人家。"

贵州领导如此一说,老人同意了叶辛留在贵州。

锦涛书记派人专程去探望母亲,叶辛很受感动。省委省政府的领导对自己如此关爱,自己这样找来找去地想调走,给领导添了这么多麻烦,叶辛心里很有些歉疚。既然母亲已经同意了,叶辛也就留下来安心工作和写作,这一留便留了五年。

不同寻常的五年

叶辛不再想回归上海故乡的事了,他决定深入贵州各个阶层的生活里,去捕捉一些鲜活的创作素材。

1987年,叶辛又当选为第七届全国人大代表,他接触到更多的省级领导和少数民族的上层领导,一来二去,交往接触多了,渐渐地了解了一些少数民族的文化与历史，他还完整地收集到贵州省"文革"前出版的文史资料和民间文史资料。这些泛黄的书籍资料，他如获至宝，反复翻阅，慢慢地他搞清楚了整个贵州的历史，了解了汉民族和各个少数民族的交往，了解了贵州是个多民族的地区，每一个民族又有怎样的民间文艺和文化历史。深入到贵州的各民族中去，为叶辛日后的创作积累了素材。

叶辛迁到贵阳做了新城市人之后，他仔细体验着与贵州乡间完全不同的省城里的生活，细心感觉省城里知识分子的心态，他们的向往和追求，他们生活的氛围。省城里的官场上，领导们的性格脾性和工作作风，官场里的潜规则和错综复杂的人际关系。这些珍贵的体验，让叶辛的创作之根深深地扎在生活的泥土里，作品里散发出浓郁的生活气息。

全国人大代表和全国著名作家的双重身份，使叶辛成了媒体的座上宾，中央电视台、各省电视台、贵州电视台和贵阳电视台对他的专访不断，各种社会活动也接二连三地邀请他，人大代表经常要下到一些单位和学校去，叶辛觉得与整个社会的接触面在逐渐扩大，几年的工夫，他已经像了解山乡一样了解省城的生活了。

脱颖而出的叶辛，像上帝的宠儿，领导器重，周围的同事仰慕，贵州人民青睐，过上了众星捧月的名作家生活。很多贵州人不解地说："他在贵州生活得那么好，为什么还要走呢？"

在别人看来，叶辛活得滋润富贵，活得风光体面，活得功名利禄，是别人难以企及的。

叶辛也开始反思，当初是哪根筋搭错了，非想调回上海不行？

再怎么想家，锦涛书记的话总要听啊！

1986年的一天，中央组织部的领导来到贵州省考察干部，正好有两位是文学爱好者，他们考察完干部，回北京的飞机要到晚上才飞，省里陪同的干部说："带你们到附近去玩玩吧。"

中央组织部的干部行事谨慎，作风正派，他们说："不要玩，我们去看看知识分子吧!"

在贵州,一说到知识分子,大家就想到了叶辛,两位陪同的干部问道:"要么到叶辛家里去看看?"

中央组织部的干部欣然答应,不一会儿,几个干部就一起来到黔灵山下叶辛的家里。叶辛带他们每个房间看了一下,见他家厨房间里有一个大池子,他们不解地问道:"这是什么?"

叶辛告诉他们:"这是一个蓄水池。"

叶辛打开水龙头给他们看,水龙头里空无一滴水流出,大家有些奇怪,叶辛解释道:"我们家白天是没有水的,必须半夜里起来接水,自己就砌了这个蓄水池。每天半夜起来接了水,倒进这个水池里,接下一大缸水,才能保证白天有水用。"

听叶辛这样一说,中央组织部的领导回头望了一眼省里的干部,没说什么,就与叶辛聊起了文学。

中央组织部的领导刚走,省政府的领导就急急忙忙找到叶辛说:"了解到你现在住房的实际情况,为了给你解决困难,组织决定分给你省政府的房子。"叶辛喜出望外,他没想到中央组织部的领导如此体察民情,工作务实,无意中给自己解决了缺水的大问题。

搬进了宽敞亮堂四室一厅的新家,叶辛心里既兴奋又不安,省委省政府领导对自己如此厚爱和无微不至的关怀,要怎样努力工作和努力创作才能报答领导们的这份爱啊!

调走的心思像一阵风一样,无影无踪了,叶辛静下心来,踏踏实实地工作,他每天都在琢磨和构思着新的小说。

改革开放以后,时代在日新月异地变化,社会在突飞猛进地发展,叶辛看到农民的观念也在变,以前农民是以穷为荣,越穷越革命,越穷越先进,现在他们对先富裕起来的人充满了羡慕,大家也开始去追求和创造富裕生活,叶辛创作了长篇小说《私生子》,铺展开笔墨,描写了山乡农民的这种转变。

他还创作了长篇小说《家庭的阴影》,从一个家庭中几个子女对社会的态度,去折射和反映社会和时代的变迁。

叶辛仍然时常想念故乡,有时情绪还会处在亢奋和激动之中。他曾想青少年时期的诸多经历和印象,会随着岁月的流逝而被遗忘、被埋葬,就像秋风里的树叶一样,一片一片沉入泥土,最终完全消失。谁知,近20年过去了,一桩桩往事却在故乡记忆的画布上历历在目,永远都无法抹去。一旦打开记忆的闸门,那些人和那些事、那些场面景物会一起涌向脑际,一个手势、一个眼神、一个细节、一个场景,都那么清晰地浮现在眼前,不曾忘记。

叶辛深深地感觉到,记忆是不容易忘记的,尤其是年轻时代的记忆,年代越久远,经过记忆河流的冲洗却越发鲜明起来。他开始搜索和梳理一些纷乱的印象,很快就完成长篇小说《恐怖的飓风》的创作。在这篇小说里,他写了上海的民族资本家、血统工人、革命干部和其他家族的几代人,在"文革"以及20世纪中国社会中的命运和遭际,他与书里的人物一起思考那些深奥的问题:

人活着究竟是为了什么?

人生的意义到底在哪里?

爱情真是永恒的吗?

人在社会和历史中是伟大的还是渺小的呢?

……

叶辛自从走上了专业创作的道路,就像一匹脱了缰绳的野马,在文学的道路上不停地狂奔。心思安定下来之后,他排除了调动的纷扰,就又立马上路,开始在文学的天地里开疆拓土,营造新的文学世界了。

中央党校充电

1989年3月,叶辛收到了一封家书,他平静的心湖上突然投进了一块大石头,泛起了层层涟漪,心情顿时沉重起来。

信是亲戚写来的,信上说母亲已经双目失明,不能执笔写信了,母亲很烦恼,天天喊着请人写信要他调回上海。

叶辛赶忙写信托自小一起长大的同学,设法让母亲进一所市级医院动手术。

叶辛惦念着生病的母亲,很想立刻回到上海照顾生病的老人,可是他正在中央党校学习,所在的是副厅级以上的干部进修班,管理严格,不能擅自离校,如若有急事也有严格的离校请假制度,他便打消了回家的念头,但是调回故乡的心思又强烈地冒了出来,开始蠢蠢欲动。

他想起了王安忆的话,上次回上海探亲去看同学王安忆,谈起调动,叶辛倒出了一肚子苦水。王安忆说:"你不要给我找理由,你还是态度不坚决,别忘了脚生在你身上!"

叶辛琢磨着,自己调动的事应该是王省长说了算,他下了决心,一定找机会设法说服王省长!

党校学习要半年才能结束,调动的事儿只好先放在一边,他清空了一切杂念,如饥似渴地学习起来。

有一次,中国作家协会的党组书记唐达成碰到叶辛,听说他在中央党校学习,高兴地说:"哎呀,你在北京学习很好,你难得从贵州到北京住半年时间,我们中国作协有重要的文学活动,我就通知你。"

唐达成此番话是从党组书记的工作出发,叶辛是著名作家,又正在北京,一些重要的文学活动通知他参加就会更方便。他叫叶辛把联系电话留给他,叶辛却说:"我呢,这一辈子没有系统完整地学习过,这些课我听听很有好处,这半年我就安心学习吧。"

唐达成说:"理解,理解,这样也蛮好的,那我们也不通知你了。"

叶辛在党校里学习得格外认真,才几个月就觉得进步了不少。党校的课程丰富,让叶辛具有了一些宏观视角。有些日子因故停课,有了充足的时间和自由,他便躲在房间里,开始写早已构思好的长篇小说《省城里的风流韵事》。

这篇小说源自《家教》,《家教》中倪家唯一的儿子梦岩有了心上人倩影,回到上海却由于一些说不清道不明的原因娶了另外一个女人做妻子。在拍摄电视剧《家教》时,演梦岩的演员找到叶辛迫不及待地问:"你干吗在画外音中加那么一句谴责的话呀?梦岩有什么错?要是他错了,我就无法演好这个角色了,交两个女朋友怎么啦?"

这位演员的话让叶辛陷入了沉思:"在男女两性关系中,除了恋爱、婚姻、家庭、伦理受其生活时代的政治、经济、文化、观念影响之外,是否还涉及一对具体男女性道德、性心理、性体验的东西?是否存在一种颓丧、失望、漠然的情绪或者是下意识和令人陶醉难以忘怀的至善至美的境界?对犯有这样过失的男女,存有群而攻之的社会心态和文化氛围,是在维护我们民族的传统美德,还是夹杂着封建礼教对人性和人与人关系的抑制?"

叶辛想到了一个真实的故事,这是一对各有家室的中年男女,在单位里都是令人称道的人物,两人偷偷摸摸多年的私情突然被人察觉并大白于众,在一种令人窒息的社会舆论之下,两人赶赴一个旅游地服毒自尽了。

时代的变化带来了生活的变化,生活的变化又引起一些人情感上的波动和变化。在省城生活里,婚外情已经屡见不鲜,这一社会现象,促使叶辛对人性进行深入的探索,他便创作了《省城里的风流韵事》。那个年代,探索人性的影视作品极其少见,《省城里的风流韵事》改编成同名电影在全国放映之后,引起了不少人的唏嘘。

在党校学习期间,全国两会碰巧也要召开,叶辛是全国人大代会,他只得向党校请了一个月的假,赶赴人大会场参加会议。

叶辛心想:"机会来了,王省长来北京开两会,可以经常见面,一定要好好利用这次机会,设法说服王省长,放自己回归上海。"

贵州的与会代表都住在北京京西宾馆,虽然叶辛与王省长经常见面,却几次欲言又止,顾虑重重,因为王省长是上级领导,下级要服从上级,王省长肯定又是劝留,他心里不断地思考着:"省长听谁的话呢?他肯定得听他领导的话,那么省长的领导又是谁呢?省长的上级总是国务院总理或是副总理吧?可是国务院总理、副总理哪能找得到?"

人生中的一些巧合,往往会造成一些机遇,改变着一生的命运。

京西宾馆离时任水电部副部长的黄友若家只有一站路,这天吃了晚饭,两个老同志约着叶辛去看黄部长。叶辛带了两本新书,就与他俩一起去看黄部长。

黄友若是一个老八路,在 1983 和 1984 年的两个冬天,黄部长两次回冀鲁豫去,叶辛与一帮冀鲁豫的老同志去采访黄部长,跟着黄部长一路走,写了一部抗日战争时期的电视连续剧《悬案》。

黄部长是一个很值得尊重的老领导,一些地方上的领导是黄部长下级的子女或是下级的下级,会给他送些土特产,黄部长会马上关照秘书和夫人一定要付钱,他说:"老乡送了土特产,那是他们的心意,但是不付钱白要可不行!"

随行的贵州画报社的摄影师给黄部长拍了不少照片,黄部长说:"你不要给我印,拍完了把底片寄给我,我自己印。如果你给我印了,印的费用要告诉我,我要寄给你钱的。"

这两个细节和黄部长老八路的作风,给叶辛留下了深刻的印象,心里非常尊敬这位老领导。

见大家来看他,黄部长特别高兴,他春风满面,神采飞扬,笑声朗朗地说:"你们今天晚上来巧了,昨天晚上发了毛病,心肌梗塞,送到医院抢救,打了一针药,你们看,就好了。"

想不到精神矍铄的黄部长,刚从死亡边缘上走回来。

"世上还有这种神药?"大家很纳闷。

黄部长解释道:"这是一种用蛇毒制成的新药,利用蛇毒扩张血管的功能,用了微量的蛇毒来扩张堵塞的血管,一针下去,平时的症状就都消失了。"

黄部长关切地问叶辛:"好几年不见了,小叶辛,你来看我,我很高兴,你近况怎么样啊?你来找我总是有事的了?"

叶辛忙说:"我现在碰到难题了!"

叶辛将调回上海遇到的困难和母亲眼疾的情况一五一十告诉了黄部长,黄部长说:"哎呀,你找我是找对了,王朝文同志原来是我的下级。"

原来黄部长曾在贵州省工作过,而且还是王省长的老上级。叶辛喜出望外,真是踏破铁鞋无觅处,得来全不费功夫,终于找到王省长的上级领导了!

黄部长哈哈一笑,说:"好!我就成全你,你是作家,在贵州出书读者能读到,你的书在北京上海出,贵州的读者也照样能读到嘛,不在乎你生活在哪里。"

黄部长提笔给王省长写了一封短信,叫叶辛带回去,交给王省长。

叶辛心里琢磨着:"我交给王省长,表明是我求黄部长写的信,这样不太好。"他灵机一动,就把信交给了京西宾馆的门房间。

叶辛交代说:"这是人家交给贵州省长的信,我不好给他,一会你打电话到贵州代表团,请王省长的秘书来拿就行。"

门房间的警卫是一个小兵,很认真地说:"好,没问题!"

第二天叶辛来到餐厅,一眼看见王省长坐在靠门的桌子上吃饭,见叶辛走进来,王省长喊道:"小叶辛,过来,过来,坐在这里!"

叶辛心里一阵窃喜,在王省长旁边坐下,王省长说:"小叶辛啊,你要调回上海的事情啊,黄部长都晓得了,黄部长是我的老上级啊,他都给你写信来替你说话了,不然我说留到贵州很好的嘛,你要当飞鸽派,不当扎根地,要飞走了。你一定要走,黄部长又给你说了话,我也没办法,你要走就走吧。"说完,王省长眼神里流露出许多不舍。

听到王省长同意他回归上海,叶辛高兴得心都快跳了出来,赶忙道谢:"谢谢王省长!谢谢王省长!"

王省长的脸上掠过一丝伤感,他看着叶辛,无奈地叹了一口气说:"唉!我跟你说,你这个事情,我一同意,那你就走成了哩!"

王省长的情绪并没有影响叶辛的快乐,山重水复疑无路,柳暗花明又一村,没想到这次开会能遇到黄部长,让他闯过了省长这一关。想到不久就能回到上海照顾年迈的母亲了,想到终于可以回到日思夜想的故乡了,叶辛心里特别高兴。

党校学习结束后,叶辛回到了贵州,听说贵州省委省政府的领导已把叶辛列入厅级干部的后备人选,让他耐心等着,看来时间不长就会有职位升迁的消息。殊不知,叶辛已经归心似箭,一心想调回上海,照顾生病的母亲了。

艰难的回归

1989年12月,叶辛赴京开会,绕道上海看望母亲,母亲手术后效果不好,眼睛老流泪水,配了深度眼镜也只能勉强辨识人影,母亲说:"你19岁离家,现在已41岁了,当年说把青春献给祖国,你已经献了,为什么那些家庭没困难的都能回来,你就不能回来照顾老人,你还要我等多久?"

这一次,亲戚朋友都站在母亲一边,劝说叶辛回归。叶辛于心不忍,当着母亲的面,他又写下了第二次请调报告。

叶辛去找了上海市作协,说了他的困难,请求他们帮助。上海作协的领导立即请示研究,很快就正式通知叶辛同意他调回。

回到贵州,叶辛将请调报告交到主管单位省文联,又开始逐级上找领导。

有一天,省委宣传部文艺处的景处长悄悄告诉叶辛:"你不要找了,两位省委副书记基本上已经同意了,他们惜才,但是你一定要走,他们考虑到你的方方面面也就同意了,你不要再找了,就安心等通知吧!"

叶辛听到这样的消息,放下心来。他一边安心等通知,一边开笔写已经构思成熟的长篇小说《孽债》,但是才写了十几天,又有消息透给他,说调动的事儿不行了,一把手表了态,不让走。

到底是怎么回事呢?为什么突然之间又出现了新情况?叶辛十分着急和纳闷。

原来省委开常委会,管组织的副书记和管意识形态的副书记正在商量叶辛调动的事,准备在常委会上过一过,就同意叶辛调走。省委刘书记走过来问道:"你们两个嘀嘀咕咕在说什么事情?"

他们忙说:"哎呀,就是叶辛要调走的事嘛。"

刘书记问道:"怎么,叶辛要走啊?留在贵州工作不是挺好嘛,为什么要走?"

两委副书记就向刘书记做了汇报,刘书记将茶杯一盖说:"就不要讨论了,贵州不是缺人才吗?我们还是做好工作留住他吧!"

听到这样的消息,叶辛想,回上海的脚步又得停下来了,十分沮丧,想来想去没有任何办法,就直接就走到17号楼省委刘书记的办公楼。

叶辛敲开门,警卫班长说:"叶老师,你来了。"

叶辛说:"我找刘书记。"

刘书记走下楼来,看见叶辛很客气地与他握了握手,请他坐下,叫他用茶。叶辛端起茶杯喝了一口茶,茶很好喝,他却无心仔细品尝。

叶辛把母亲生眼疾的情况说了一遍,然后说道:"您是省委书记,我是共产党员,我们共产党员也应该讲一点孝道吧?我母亲快80岁了,眼睛看不到,身边本来有我妹妹,妹妹成家以后就她一个人。"

刘书记捧着茶杯说道:"那天常委会上,他们在讨论你调动的事,我就明确表了态,我作为省委领导是从爱护人才、留住人才的角度,从贵州文化发展的角度,说要留住你,我不了解实际情况,现在听你这么说,也是有道理的,你让我再考虑考虑。"

叶辛从刘书记的眼神里看出,刘书记对他有了同情之心,他似乎被说服了,便又恳切地说道:"刘书记,希望您考虑考虑给我一个答复,我等着。"

不到一个星期,叶辛接到了正式答复,刘书记已经同意他调回上海,叶辛心里的一块石头终于落了地。

上海市委宣传部和市委组织部派了两个干部来到贵州,了解了他的情况,回去汇报,正式发调令还有一个过程,难得有这么一个空当,在等待正式调令的日子里,叶辛抓紧时间继续写长篇小说《孽债》。

1990年4月1日,一纸调令寄到了叶辛手中,面对这个命运的巨大转折,一股莫名其妙的惆怅和依依难别的伤感,汹涌地袭上了他的心头。

离情别绪让叶辛一下子茫然和不知所措了。

啊,21年,日日夜夜盼望回归上海,现在真要走了心里却是那么恋恋不舍,就如同一下子失去了什么最珍贵的东西一样难受。

"从一个19岁的毛头小伙,成长为一个作家,是贵州的山水哺育了我,是贵州勤劳朴实的农民养育了我,是贵州的领导培养了我啊!"

这天夜里,叶辛辗转反侧,夜不能寐,思绪万千。

不知不觉中,叶辛已在贵州这块土地上深深地扎下了根,现在要连根拔起,心里充满了难以割舍的疼痛。

调令在手,叶辛反倒没有那么着急了,这一走就是永远地离开,他想多在贵州待些日子,也想借两头不着地的空当,将长篇小说《孽债》写完。

6月23日,正在叶辛创作渐入佳境的时候,收到了上海市委宣传部的信,信上有些嗔怪地写道:"你怎么这样沉得住气?我们调令一发,别人第二天就飞来,有的连外地的家都不要了,你一点信息也没有,到底在干什么?7月初学校就要放假,你的孩子在放假期间转学是最好的,我们都替你急了。"

叶辛这才意识到孩子上学的事,幸亏上海市委宣传部领导想得周到,要赶紧办手续才是。

6月24日,叶辛暂时搁笔,开始整理东西,办理调动手续。

1990年8月31日,叶辛和妻子淑君乘上了开往上海的列车,他呆呆地望着窗外,山川、树林、田野、桥梁……贵州的山山水水从眼前掠过,看着这一切,他心情十分沉重,一股强烈的离别愁绪在脑子里翻腾着,他真切地感觉到离别是如此难过。

列车像一条游龙,嘶鸣着往前开去,渐渐地离开了贵州的土地。一路上,叶辛在心里翻来覆去地念叨着:"别了,生活了21年的贵州!"

叶辛如愿以偿地调进了上海作家协会,在清静雅致的爱神花园别墅里,每一幢楼都是乳白色的欧式洋房。花园里,裸体的爱神雕像沐浴在水池里,绿地青草,奇花异树,处处洋溢着玲珑精致的海派风味。初回上海的叶辛,走进上海作协机关的花园别墅,又重拾回了老上海的记忆和感觉。

阔别21年的故乡,终于回来了。

叶辛回来才三天,时任市委副书记兼宣传部长的陈至立和时任上海市委副书记的吴邦国就分别找他谈话,欢迎他回到故乡上海,并对他寄予信任和厚望。分管组织的邦国副书记还热情地对他说:"你是作家,到了上海当然主要是写东西,但是也要参与一点作家协会的领导工作。上海现在的生活多么丰富多彩,改革开放有多少新的故事?但是这方面的作品不多,希望你回到上海多写表现上海的东西,也写写今天的上海。"

听了两位市委副书记的话,叶辛心里顿时涌上一股感动和激励的热潮。刚回到上海,市委领导就对自己给予如此的关爱和厚望,叶辛心里暗下决心:"一定好好工作,创作出更优秀的作品,为家乡增光添彩!"

叶辛刚回归上海,上海作协就重新调整了领导班子,形成了罗洛、叶辛、赵长天三个人组成的新党组。

21 年,叶辛从上海到了遥远的贵州,又从贵州回到了生命的圆点,人生的轨迹画了一个圈。经过 21 年的人生历练,再回到上海原点的叶辛,已经不是那个离开时的懵懂少年,而是站在中国文学制高点上的著名作家,成为上海的骄子,领导对他寄予了厚爱和希望,上海人民对他的作品也倍加瞩目和关注。

回归上海后的叶辛,拥有了城市和乡村的两副目光,一副是对影响他命运的知青岁月血泪相融的生命体验,一副是对生养他的城市穿透历史的思考,乡村和城市恰似两个张力十足的半圆,合起来才是他完整的人生。

第十三章
《孽债》——还不清的感情债

一个优秀作家的名字,是写在读者心上的,是写在人民心坎上的。一个特殊的题材,叶辛几经深邃缜密地思考,演绎出一些跌宕起伏而又内涵深刻的故事,长篇小说和同名电视剧《孽债》轰动了全国,叶辛又一次经受住了人民的检验,登上了第二个创作的高峰,他用《孽债》再一次把自己的名字写在了人民的心上。

一个时代的孽债

事情要从1979年的10月31日说起……

那是一个美好而又充满希望的上午。

天无三日晴的贵州大地上,太阳难得地露出了微笑。叶辛跟在一辆叮叮当当的马车后面,马车上驮的是他的两大箱书,他与拉马车的老乡沿着山乡的土路,往久长火车站方向走去。

这天,是叶辛离开插队落户十年七个月的农村,到贵州省作家协会去报到的日子,是他正式去工作的日子。他们的马车穿过久长公社所在地时,正逢久长赶场天,大街上挤满了熙熙攘攘赶场的人,叶辛与马车夫一路打着招呼:"请让一让!让一让!"

背着背篼、提着篮子的老乡们让出一条道来,马车在拥挤的人流中缓慢地从久长大街穿过。

突然,有一个熟悉的声音叫了叶辛一声,听到有人叫他,叶辛转头叫马车在十字路口停下来。

叶辛回过头去,见叫住他的是小丁,她是和叶辛在同一个大队插队落户的女知青。到贵州省修文县插队落户的上海知青共有462人,到久长公社插队的60人,这时已经有58人离开了插队落户的山乡,大家各奔前程,现在只剩下两个人,一个是在永兴三队砂锅寨插队落户的叶辛,一个是在永兴四队鹿子冲插队落户的小丁。叶辛一心想当作家,不是忙着写小说,就是在外面改小说。小丁却是嫁了当地的农民,已经与农民结婚生子。

赶场的小丁,黝黑黝黑的脸庞,衣服穿得也不太齐整,手里牵了一个五六岁鼻涕邋遢的农村娃娃,后面背着一个大背篼,前面腆着一个大肚子。她笑嘻嘻地走到叶辛面前,叶辛告诉她:"小丁,我调进贵州省作家协会去工作了。"

小丁笑了笑说:"祝贺你!你做梦都想当作家,这回真当上作家了,祝贺你!"

小丁肚子已经腆得蛮高,看来又有了五六个月的身孕,手里牵着那个娃娃见了叶辛胆怯地直往小丁身后躲。

叶辛也笑了笑,问道:"你怎么办呢?"

小丁很惆怅地望着叶辛,眼神里飘出了一阵忧郁,然后喃喃地说道:"我嘛,我也要走的。"

叶辛知道小丁说这些,是在自我安慰。当初政策规定,已婚知青是不能返城的,况且她又是嫁了一个农民,已经完全融进农民的家庭生活,她怎么走?

听小丁这样说,叶辛也不愿意浇灭她心中的希望,他依然点了点头,然后就跟小丁告别了。

一路上,叶辛阳光般的好心情一扫而光,一阵阴霾笼罩在他的心上,心里十分沉重,因为小丁,也因为小丁的孩子。他心想:小丁没几个月又要生一个娃,这些孩子一天一天都要长大,长大以后知道自己是上海知青的后代,知道妈妈有这样一段知青历史的时候,这些孩子很可能要问她:"妈妈,人家都走了,你怎么会留在这样一个寨子里?"如此一来,这些长大的孩子肯定会和他们的父母之间有一些事情发生。

这件事,深深地印在了叶辛的脑子里,并不知不觉埋下了一颗小说的种子,不断地生长发育,成为他日后创作长篇小说《孽债》的一个最早起因。

1984年9月,叶辛接到中国作家协会的通知,要他到朝鲜去访问。从贵阳到北京的飞机一个星期只有两班,如果错过了星期二就要等到星期五才能飞北京,叶辛忙着要走,就只能坐火车了。

叶辛先绕道回到上海,顺路探望一下年迈的母亲,稍作逗留,再从上海乘火车到北京。

叶辛一到上海,就给《解放日报》的同学打电话:"我到上海了,这次是去北朝鲜路过上海,只待一两天,你什么时候有空见个面?"

同学听说叶辛回来,高兴地说:"我现在刚刚考进《解放日报》,要值夜班,今天晚上七点钟就可以到你家,我们可以聊到八点半左右,我再去上班。"

这天,天气十分闷热,热出了一身汗,叶辛吃了晚饭,就吹着电风扇在家里等同学来。

这是自小一起长大的小伙伴,叶辛家住在北京路西藏路口,他家就住在新闸路上,两家离得很近,走过来不到5分钟,可是约定的七点钟他没来,天渐渐黑下来了,叶辛心里纳闷:"他到底出了啥事?"

快到八点钟的时候,同学匆匆忙忙地赶来,不停地道歉:"对不起,对不起,我知道我们话说不长了,但我今天这个迟到对你有好处。"

原来,同学走出弄堂的时候,碰到了一件怪事。

六点多钟,夕阳落下,弄堂里正是市民们乘凉的时候,有的把小台子摆在弄堂里吃晚饭,有的拿着扇子在弄堂里纳凉,有的搬一只小板凳吃毛豆,三个一团,五个一伙,大人们下象棋、打扑克,小孩子们玩四角大战。

正在这个时候,弄堂口走进来一个陌生人,他手里牵了两个小孩,一看就知道是乡下人。弄堂里所有的目光都不由自主地望着他,这么多城里人看着他,那人怯生生地觉得矮人一等似的。有人问:"侬寻啥人?"

那人从口袋里掏出一个信封来:"呶,我找弄堂里32号。"

"哎呀,侬寻的是新嫂嫂嘛!侬寻她做啥?"

"找她做啥?她是我老婆呀,这是我们的孩子。"

"侬别瞎三话四,人家新嫂嫂去年刚刚结婚,今年生了一个小人,侬怎么是伊老公啊?"

那人一听急了:"我是她老公啊,你不相信?你看这两个小孩,长得像不像她?"

大家都围上去,叶辛的同学也好奇地凑上前去看热闹,完全忘记了时间。

大家簇拥着那个男子来到了女知青的亭子间。接着,一个女人,两个丈夫,三个小孩,"哇啦哇啦"吵起来,吵成了一锅粥。

弄堂里挤满了人,都在看西洋镜。

女知青是当年自寻插队到宁波去的,两三年就嫁给了当地这个农民,与他生下了两个孩子。80年代初,国家为了解决1700万名知青的就业问题,广开门路,出台了许多政策,其中一条政策是可以顶替父母回城工作。

在宁波的女知青收到妈妈的来信,信上说妈妈将要退休,要她回城顶替。苦日子终于熬到了头,可以脱离农村回到上海了,女知青异常高兴。

但是她一打听,政策明文规定,未婚知青才能顶替,已婚知青是不能回城的。女知青刚刚燃起的希望之光即刻就被浇灭了,她在忧郁和绝望之后,想到了离婚。她做梦都想回上海,机会终于到来,又岂能轻易放弃?可是要想回城,就必须离婚,农村的丈夫又岂能同意?

这天,女知青与丈夫商量:"我现在先跟你离婚,顶替母亲回上海,把我的户口先回城,再把你和小孩也弄过去。"

上海是一个繁华的大都市,虽然有着极大的诱惑力,但是农村丈夫有许多担心,就是不肯离婚。女知青软磨硬缠,丈夫被说服了,两人办理了离婚手续,女知青顺利回到上海,顶替了母亲的工作,在街道工厂里做滚筒工。

回城后的女知青沉默寡言,心事重重。街道工厂的老阿姨们都以为她年近30,为自己找不到合适的对象而发愁,就到处张罗,为她介绍男友。

女知青经人介绍,认识了一个斯斯文文、戴眼镜的男子,他相貌潇洒,收入丰厚,在机关工作,而且还有十几平方米的亭子间婚房,结婚居有其屋,这已是相当好的条件,女知青心动了。

离婚后的女知青恢复了单身,尽管原来言之凿凿,但是在上海的环境里又产生了新的想法。她隐瞒了离婚的真相,与新认识的男子一见倾心,情投意合,不久两人就步入了结婚的殿堂,生下了孩子。

女知青回城后杳无音信,宁波的农民丈夫左等不来,右等也不来,他带着两个孩子找到32号弄堂的亭子间里,就上演了前面的一场闹剧。

同学说:"这个事,我如是当新闻写出来,《解放日报》也不会登,这是给你写小说用的。"

听了这个故事,叶辛心潮起伏,难以平静,这个故事或许会发生在女知青小丁身上,她是否也像这位女知青一样离婚回城?她的丈夫也一样会牵着两个孩子找上门去吧?

叶辛将这个故事记在日记本上,准备有一天把它写进小说。可是过了半年,《广州文艺》登载了一篇短篇小说,写的正是发生在黄埔区弄堂里的这件事。叶辛津津有味地看下去,他想看到这个故事的结局,但是小说没有结局,只是交代:"弄堂里的人围住亭子间都在听……"

这家人究竟怎么样了?这两个小孩又怎么办呢?这些更需要了解和关

心的东西,小说没有任何交代,叶辛觉得有一些遗憾。可是这个短篇小说已经发表,再用这个素材写小说是断然不行了,他心里怅然若失。

谁知这个题材越是不想写,生活却不断地给叶辛提供这类创作的原型,弄得他几次都想拿起笔来进入创作,而且欲罢不能。

80年代中后期,文学进入了黄金时代,各文联作协和杂志社,笔会如潮,活动不断,叶辛是著名作家,邀请函络绎不绝。

这天,叶辛参加完成都笔会和峨眉山笔会之后,赶赴重庆《红岩》杂志参加小泉笔会。到重庆前,叶辛写信告诉《红岩》杂志的责任编辑,他坐晚上9点40的火车去重庆,第二天早上5点40到达重庆,实在太早,嘱咐他千万不要来接。

第二天早上下车前,叶辛抬头望了望车窗外,天色朦朦胧胧,"唰唰"的雨丝织成了一张雨网,笼罩了整个大地。

叶辛没带雨具,慢腾腾地随着人流走出车站,天渐渐亮起来。他想先找个地方吃早饭,然后坐电车去《红岩》杂志社,可是雨丝如麻,下个不停。正在发愁,他突然看见50多岁的老编辑撑了一把油布伞,已经在出口旁边等他,叶辛喜上眉梢,赶紧跟着老编辑上了车。

老编辑热情地说道:"你信上说要到街上找个小铺子吃早点,那个东西吃不得,脏得很,你就到我家去吃早饭。"车子七弯八拐地到了老编辑的家。

老编辑家老老少少十几口人站在屋里,老编辑一一给叶辛介绍,家人都笑眯眯地看着叶辛。介绍到一个年龄比叶辛小一两岁女子的时候,他说:"这是我的幺女儿。"

叶辛望了一眼,她表情似乎有点儿异样。

油条、豆浆、生煎等老编辑买了一大桌早饭,老老少少一家人热乎乎地吃起来。早饭期间,叶辛发现老编辑的小女儿当面笑眯眯地蛮客气,只要一背过身去,脸上就是一副惆怅的模样,叶辛在心里暗暗揣摩着她的心思。

叶辛来到《红岩》杂志看望了编辑们,说话间已经到吃中午饭时分,《红岩》杂志的领导说："小泉笔会在南郊的小泉宾馆,蛮远的,你就在这里吃午饭,吃完饭我们的车送你到小泉笔会去。"

热情的老编辑跟领导说："还是到我家吃吧,我老伴退休了,她买了很多菜,上海人喜欢吃鱼,还买了鱼呢。"

老编辑热情邀请,盛情难却,叶辛就又到他家吃午饭,老人、年轻人、小孙孙,一桌人都吃得很开心,只有这个小女儿脸上总阴云密布,一副心事重重的样子。

吃过午饭,文联派车来接叶辛到小泉宾馆去,车子七弯八拐地刚开出弄堂,老编辑就拍拍叶辛的手背说："对不起,你也看出来了,我那个小女儿,她有心事,才会对你是这个样子的态度。"老编辑怕叶辛怪罪小女儿,路上一再解释,并讲起了小女儿的故事……

老编辑的小女儿曾是到川西北插队的知青,在插队落户的日子里,她嫁了当地的农民,跟农民生了一对双胞胎,女知青落实政策回到重庆,跟农村丈夫离了婚,两个小孩一人一个,再无瓜葛。但是前夫经常带着另外一个小孩到重庆来,他明明是找女知青,却偏说是来看孩子的,如若不让他看显得不讲道理,可是他一来就搞得女知青心神不定,饭也吃不下,觉也睡不着,整天唉声叹气。

老编辑无奈地说："这几天他又来了,麻烦得很! 恼火得很!"

叶辛不知道如何安慰老编辑,老编辑叹气他也只好跟着叹气,然后感叹道："上山下乡这件事,带来了很多故事!"

叶辛心里思忖着："摊上这么一件麻烦事,怪女知青? 怪那个农民? 还是怪两个孩子? 好像谁都没有错,谁都不能怪,那么这个悲剧到底怪谁呢?"

这是知青回城留下的后遗症,叶辛不知道老编辑的女儿以后到底会怎样,但是他仿佛预感到,这个后遗症在这样一个家庭里,肯定会有其他的并发症发生。

没多久叶辛又到昆明参加当代文学研究会的年会,全国著名的作家、评论家、右派改正的文人和文艺界的领导都来参会,几代文人聚在一起,场面十分热闹。叶辛很想见见党校的老同学,可是吃饭开会,开完会又吃饭,忙不停,两天后他才顾得上给同学老史打电话。

老史听到叶辛的声音,高兴地说:"哎呀,我在报上看到你名字了,哪天到我家来玩?你一定要到我家来吃顿饭!"

"特色饭、乡间饭,天天都在吃饭,我想吃米粉。"

"好,你要吃米粉最好了,我爱人烫米粉最是拿手,我让她买两斤米粉烫给你吃。"

老史是云南大学的党委副书记,他爱人是昆明市文化局局长,她领导京剧团、歌舞团、少儿艺术团等42个剧团,是个很有身份的文化领导。

"了不得了,文化局长烫米粉给我吃。"叶辛笑呵呵地说。

老史说:"你该开会就开会,该讨论就讨论,五点一刻你听到车喇叭响就下楼来,我来接你。"

五点一刻,叶辛如约下楼,被老史派来的吉普车拉到他家里,老史高兴地说:"你是我搬新家以后来的第一个客人。"刚坐下,老史就急不可待地拽着叶辛参观他的新房,四室一厅的大房子,十分宽敞亮堂。

不一会儿,米粉上了桌,局长的手艺果然不错,大家吃得津津有味。

老史是研究民间文学的,吃完米粉,他就异常兴奋地与叶辛聊民间文学,又兴致勃勃地把他发表在杂志上研究民歌韵律的文章拿给叶辛看。两人正聊得起劲,走进一个人来,老史介绍说他是云南大学研究民间文学的同事。

这人一坐下就问叶辛:"你最近在写什么?"

叶辛说:"正在写长篇小说《家教》。"

"这个《家教》写什么东西?"

"写的是上海一个高级知识分子的家庭。"

他马上说道:"你不要写这个东西!"

叶辛有些奇怪，认识还不到十分钟，他就让我写什么，不要写什么。

叶辛不解地望着来人，那人说："你应该继续写知青，知青的故事写不完啊，我给你讲一件事情……"

几天前，他带着一帮学生到西双版纳布朗族、仡佬族等少数民族的山上去采风，他们带着纸、笔和录音机，把少数民族唱的旋律记下来，学生娃晚饭后到街上闲逛，看到每天有一个中年妇女，肤色白净，衣着讲究，一副城市中年知识分子的模样，一看就知道她不是版纳人，也非云南人。看着这位女士老站在街头，目光呆滞地在人群中搜寻着什么，学生娃们忍不住去问："你有什么事？为什么每天晚上站在这里？"

原来这是一位北京女知青，在西双版纳插队期间，她嫁给了一个傣族汉子，并和傣族汉子生下一个儿子。1978年，还没有大规模的知青返城，许多知青仍待在农村里没有出路，这一年全国恢复了高考，女知青抓住这个机会，考上大学返回了北京，就提出跟乡下的丈夫离婚。

傣族是个在婚恋上自由开放的民族，傣族的男女结婚非常简单，在婚礼上举行一个拴线礼，拿一根白线拴着男女两人的手腕，中间拴着两根蜡条，两人高举双手，寨老就宣布他们结为夫妻，蜡条就是结婚证一样的信物，两人一人一根。傣族汉子如是看不上自己的妻子，就大吼三声："我丢拽你！丢拽你！丢拽你！"两人便从此离婚。若是女子想离婚，只要将结婚时的蜡条交给丈夫，两人就分道扬镳，再无来往。

女知青将蜡条交给傣族丈夫，便去了北京，傣族汉子带着孩子留在西双版纳的坝子上继续生活。女知青研究生毕业后，分进了研究院，在北京重建了家庭，分了两室一厅的房子，事业顺心，生活美好，可唯一的缺憾是不能再生孩子。丈夫有心领养一个孩子，她觉得与其领养人家的孩子，还不如把留在版纳的儿子带到北京来。她说服了丈夫，就从北京飞到昆明，再从昆明飞到版纳，乘了飞机坐客车，坐了客车坐马车，风尘仆仆急匆匆地赶到她插队的寨子上，可是寨子上已经空无一人。女知青记得西双版纳的山，记得西双版纳的水,记得西双版纳的路,但是她唯独忘记了西双版纳有喜欢搬家的特殊民风。在西双版纳古老的民歌里唱道:"来到人世间,要住一千个屋脊,喝一万个水井的水。"他们喜欢哪里就搬到哪里,三五年就搬一次家,傣族前夫与孩子早已消失得无影无踪,无从找起。

前夫和儿子究竟在哪里?女知青焦急地寻找,找遍了西双版纳 10 个大坝子的每条街和每个巷子,不见踪迹,无奈之下她只好祥林嫂一般见人就打听,希望能获得一丝线索,找到失散多年的儿子。

时间一天一天过去,女知青的故事传遍了一个又一个的坝子,女知青仍然一无所获,希望渺茫。她绝望地站在街头,茫然无措。

这个故事深深地触疼了叶辛,小丁惆怅的眼神、上海弄堂里沸沸扬扬的吵闹、重庆老编辑女儿的忧郁与叹息、北京女知青呆滞的绝望目光,很多往事一股脑儿涌上他的心头。这不仅是女知青的悲剧,更是一个时代的悲剧,虽然知青时代已渐渐远去,但是知青一代人的特殊命运却一直在延续,知青时代欠下的债却在继续偿还。叶辛越想越有了一种按捺不住的创作欲望,他对老史说:"今天到你家来吃米粉吃对了,收获很大!"

老史问:"你又想出什么花样经了?"

"我要写一篇小说。"

老史怔怔地望着叶辛,不解地问:"写什么小说?"

"这篇小说叫《孽债》。"叶辛脱口而出。

吉普车将叶辛送到了圆通饭店,他心潮难平,无法入睡,干脆趴在床上写起人物分析来。

叶辛随着纷飞的思绪,又走进了知青的家庭和他们的人生……

多线索的《孽债》创作

北京女知青在西双版纳寻找儿子的故事,再一次点燃了叶辛创作知青题材的热情,让他找到了后知青时代知青文学创作的突破口。

80年代初中期,知青文学成了伤痕文学系,千篇一律地抒写知青自身心灵的创伤,几乎无人关注到知青后代身上的印记和伤痛,遇到这样得天独厚的素材,叶辛像一个淘金者突然挖到了一座金矿一般,充满了兴奋和激动。

知青时代还没有走远,带着伤痛的知青一代人,还在社会的各个阶层艰难地生活着,知青时代不但给了知青们一个特殊的命运,也给他们的后代带来了深重的影响。

叶辛构思了沈若成的一家,妻子梅云清,儿子叫焰焰,沈若成在西双版纳插队时曾与傣族女生下女儿沈美霞,沈美霞从西双版纳找到了上海沈若成的家里,这个女儿的到来,就像一颗手榴弹扔在沈若成的家里,但是它只冒烟一直不爆炸,这个家庭充满了恐惧、焦虑、烦恼等各种情绪,从此没有了太平。叶辛要他们哭,让他们笑,还要沈美霞到上海后生病住院……半夜两点钟了,叶辛还沉浸在长篇小说《孽债》的构思之中,思绪活跃,毫无困意。

第二天,叶辛想了又想,觉得光是沈家一家人,似乎结构有些单薄,装不下自己的很多想法。

叶辛的创作,已经不满足于描述一个动人的故事,他还想通过这个故事反映知青一代人回归城市以后的生活现状和命运,而且把这个故事铺展在上海的大背景之上,更想表现改革开放以后今天上海大都市的生活。

叶辛已经出版了二十一本长篇小说,有着成熟的创作经验,为了尽量避免走弯路,他构思缜密再无缺失,才会下笔创作。这篇小说,他准备摆脱一般意义上伤痕文学直抒胸臆的写法,更有深度地去反思时代,反思中国一代人走过的路。他要描摹出知青时代与新时代纠结的画面,展现出现代都市生活的多层次与多方面。

叶辛就如同挖一口深井,更深入地挖掘题材,思索着如何表现上海社会生活的一些角落,琢磨着如何创作出一篇容量很大又直指人心的好作品。

社会生活是多种多样的,职业不同生活形态也大不一样,尽管沈美霞的父亲沈若成是杂志社的编辑,与社会有着诸多联系,但是用单线条的创作去反映广阔的社会生活,难免受到限制。叶辛想来思去,用了一个简单的办法,把一个小孩找到上海来,变成三个小孩找到上海来。这样就有了知识分子沈若成、处级干部吴观潮和犯错误关进监狱里的卢正琪三家人,小说也就有了三个层次,社会生活的面广了很多。又过了两个月,叶辛觉得三个层次还不够,干脆要错就错到底,写五个小孩找到上海来!五个小孩从遥远的西双版纳一起找到上海来,这些家庭无不出现了问题,这下可就热闹了,况且又增加了个体户马超俊和在电影院工作的梁曼诚两个家庭,为了扩大社会层次,他还增加了吴观潮的前妻杨绍荃一组人物关系,她在科研所工作、丈夫出国东渡归来,家境富裕,贵气十足。

这些社会层次,基本上涵盖了社会的多个层面,这个构思,让叶辛觉得心满意得。

确定了小说构思,叶辛又赶紧写出小说提纲和人物分析。可是那些日子里,他劳神费力地东找西找,一心想调往上海工作,搅得他根本无法安下心来创作,只得将这篇小说暂时搁置起来。

1990年4月1日,叶辛悄悄探听到省里已经批准他的调动申请,那颗悬着的心彻底放了下来。终于不用再想调动的事儿了,他安下心来,趁两头不着地、两头都没人管的空当,抓紧时间提笔写这篇早已构思完成的长篇小说《孽债》。进入创作不久,调令就寄到了他的手上,他无心理会,一头埋在了创作之中。

《孽债》的创作铺展开来，五个家庭都因五个小孩的到来出现了这样和那样的问题，五家人矛盾激烈、纠结、痛苦、哭哭啼啼、吵吵闹闹。可正在这时，上海市委宣传部干部处的一封催促函，将他的创作计划彻底打乱了，他只好将写到一半的《孽债》暂时搁笔，迅速办理了调动手续。

　　1990年8月31日，叶辛离开他生活了21年的贵州，举家迁到上海，刚到上海作协报道，就进入作协党组，参与了作协的领导工作。

　　到了新的工作岗位，叶辛朝九晚五地上班，唯恐出什么事儿，完全顾不得接着创作未完成的长篇小说《孽债》，他心里十分焦急。

　　一天，上海文艺出版社《小说界》的老编辑老谢来到上海作协看望叶辛，他是叶辛第一本书《岩鹰》的责任编辑，叶辛一直把他当作老师对待，对他恭恭敬敬。

　　老谢说："小叶啊，你现在当领导了，我还是叫你小叶。你不要光是坐在办公室里当领导啊，你是作家，回到上海以后，人家主要看你在上海写了些什么，你要亮亮相！你坐在办公室管人事，整天看这个……"

　　老谢看见叶辛桌上摆满了文件和报刊，说了半截话，叶辛却心里明白，老谢是在提醒他："这是工作的一方面，你更主要的是要创作！"

　　"你最近写了什么东西？"老谢又问。

　　叶辛不好意思地答道："天天坐在这里，回到家报纸、电视都不想看，真要命！"

　　老谢说："你还是要写点东西，那么原来写了什么？"

　　老谢的一句话提醒了叶辛："我写了一个长篇小说，但是只写到一半。"

　　"写到一半也不要紧，你拿给我看看，如果好的话，我们先作为中篇小说发。"

　　叶辛打开抽屉，把一大摞稿纸递给了老谢。

　　三天以后，老谢打来电话："看着很有劲，蛮好的，你再装一个尾巴，我们作为中篇小说先发。"

听老谢这么一说,叶辛晚上赶紧开夜车,为未写完的《孽债》装上了尾巴,送给老谢。

《孽债》在《小说界》刚发表,老谢又打来电话:"小叶啊,这篇小说要继续写下去,我们把杂志内容发到印刷厂去,印刷厂的排字工人排得特别慢,他们不排字,都在传看这篇稿子。《小说界》杂志出版以后,到处都来要,你得写下去!"

老谢的话几天后得到了验证,《孽债》在《小说界》杂志发表没多久,就有七八家来找叶辛改电视剧和电影剧本,他心想:"几方面的反映都蛮好,一定要把它写完整。"

1992年早春,叶辛赴京参加七届四次全国人代会,会议期间,《人民文学》的老编辑王扶来看他,并向他约稿。

叶辛为难地说:"近期没有写中短篇小说。"

"那你在写什么长篇小说?"

叶辛坦然相告:"我在写一部长篇小说《孽债》,刚完成上半部分,正考虑下半部分的创作。"

王扶很好奇,叶辛就三言两语讲了《孽债》的故事梗概,不料她郑重其事地向叶辛约这部书稿,并说是受江苏文艺出版社的委托,代他们约稿,希望叶辛不要推诿。

叶辛与王扶是老朋友,她如此为他人做嫁衣,叶辛很受感动。回到上海,叶辛先把在《小说界》杂志发表的《孽债》上半部分寄给了王扶。一个月后,王扶兴冲冲地打来电话:"已把杂志寄给了江苏文艺出版社,这本书他们一定要出,希望你把续写的《孽债》下半部分尽快复印出来。"

几方的催促,让叶辛急不可耐了,他请了一个半月假,一鼓作气把小说中五个家庭的矛盾冲突和一团乱麻一样的生活为读者理清楚,写完整。

不久,一位陌生的中年人走进了叶辛的办公室,原来他是江苏文艺出版社的编辑周鸿铸,是专门来上海取《孽债》下半部分书稿的。

长篇小说《孽债》由江苏文艺出版社出版后,首印两万册,两个月就一销而光,又印一万册,不久就卖出七千余册。

长篇小说《孽债》受到读者空前的喜爱,阔别家乡21年的叶辛,把《孽债》的故事放在上海的大背景之上,着力描摹了知青回归都市以后的生活与命运,反映了上海当下的社会生活,他没有辜负领导和上海读者对他的希望,他用倾心创作的长篇小说《孽债》,为阔别多年的家乡奉送了一份厚礼。

电视剧《孽债》又一次轰动了全国

优秀作家的作品,总是能很快吸引各家电视台和影视机构的目光。

在叶辛创作长篇小说《孽债》上半部分的时候,云南电视台派了编导杨凯专程到贵阳找到叶辛,询问他的创作情况,向他组稿,想拍摄一部电视剧。

那天杨凯正好拉肚子,叶辛夫妻俩备了一桌菜招待他,他却吃不下,只吃了一碗葱花面。杨凯生着病还坐夜车专程到贵阳来向他组稿,深深地打动了叶辛,他表示一旦小说发表出来,一定首先给云南电视台选择。

杨凯回到昆明,不久就写信来,说把叶辛正在写的长篇小说《孽债》向孙恒恬副台长做了汇报,孙副台长眼睛一亮,觉得这是一个很好的题材,表示这个小说发表出来,他们就请叶辛改成电视剧剧本拍摄。

没过几天,孙恒恬副台长又热情打电话邀约,表示一旦小说《孽债》发表,请他立即改编电视剧剧本,由他们来拍摄。

孙副台长只是听了杨凯转述的故事描述,连小说还没读就请他改编电视剧,这种莫大的信任感动了叶辛。得到孙副台长的确切答复后,长篇小说《孽债》刚发表出来,叶辛就一头扎进了剧本的改编之中。

电视剧《孽债》中有很多西双版纳的外景戏,改编前叶辛专门去了一趟西双版纳,在澜沧江畔的傣族寨子里逗留了半个月,亲眼看见了西双版纳的风土人情,亲身感受到西南边陲的异域风貌。为了更加准确地捕捉到当年知青们的生活足迹,他专门找留在当地的北京、上海、成都、昆明知青们聊天,令叶辛没有想到的是,这些老知青在大返城时都曾回到出生的城市,后来牵挂留在西双版纳的妻子儿女,重又回到了那里。小说《孽债》中的五个孩子,虽然是叶辛杜撰出来的,但就像是这些知青的后代一样,活生生地存在着。

在西双版纳的实地体验,使叶辛寻找到了当年知青在西双版纳插队落户时的生活画面,寻找到了五个孩子成长中的缺失,理清了他们的思想脉络。小说中一个个人物的生活画面更加清晰了,铺展在西双版纳傣族寨子上的故事,也愈加有了浓郁的少数民族风情。

叶辛从西双版纳回到上海,却又陷入了困惑。

《孽债》反映的是知青在祖国边陲的山乡里插队和回归都市的两段生活,要有浓郁的异域风情,也要反映出都市现代生活的新气象。上海虽然很大,可是文学和影视作品多如牛毛,这座城市的方方面面,都天天被展现和挖掘,稍有点新鲜东西很快就被人写了出来,似乎很难再找到新意,又该如何准确地表现当代上海的蓬勃生机和实实在在的当下生活呢?

对上海的生活,叶辛确有一些感性认识,高耸的楼群,拥挤的公共汽车,车流如潮的马路,扑朔迷离的霓虹灯,市民逼仄的住房……但是这些生活的现实,在很多影视作品中都有,司空见惯,是无法打动人的。

叶辛仔细揣摩着,长篇小说和电视剧是两种截然不同的艺术形式,小说是语言的艺术,它给人许多想象的空间,而电视剧是用画面和声音让观众直接感受的,两者的交集在哪里?

叶辛的思索很快有了答案,那就是真情,无论是小说还是电视剧,两者共同的东西就是感情要真挚,可是又如何表现真情打动观众呢?

在动笔改编之前,叶辛又细细地咀嚼和回味这篇小说,他设身处地去感受那些人物的感受，与他们换位思考：如果我处于故事中人物的境地，如果我遇到了这样的事，我本能的反应会怎样？我理智的反映又会是怎样？我的好友、周围的同事、邻居会怎样看待和议论这件事儿？在小说中，他用了一种曲径通幽的方式，挖掘的是当代人真实的心灵世界，在良知、亲情人类共有的感情关系中去展示，当五个外来的孩子，走进一个个陌生又有着血缘关系的家庭时，情与理、情与法、情与爱、情与恨、情与忌等一系列揪心的场面就在父与女、母与子，过去的夫妇和今日的夫妻之间展开了惊心动魄的一幕幕大戏。

在知青时代，上山下乡的生活极其严酷，知青们天天盼望着回归，仿佛城市就是目标，当回归机会来临的时候，他们不得不舍弃自己的亲生骨肉义无反顾地回归城市。而今，乡下的小孩找到城市里来，揭开了他们内心的秘密，触碰了他们隐隐的伤痛，他们已经有了新的家庭和儿女，一种惶恐、不安、焦虑和不舍的矛盾心态，一种灵魂的挣扎与煎熬就不可避免。

工不枉人，经过缜密地思考，叶辛突然心里明亮起来：人物心灵的纠结、挣扎与煎熬，这才是最打动人心的地方！

在不知不觉中，叶辛找到了一把触发观众情感的钥匙，找到了这部电视剧的魂。

叶辛正要迅速投入电视剧的改编之中时，上海作协组织了一次作家笔会活动，要到奉贤南桥去住一个半月。

嗬，真是雪中送炭！最缺的就是时间，这下可以安心改编剧本了。

叶辛关在南桥一个招待所里，按照先前找准了的角度，往深处挖掘人物的心灵和精神世界，通过人物的生活去展现他们生活的时代和社会的方方面面。同时，叶辛剪掉了一些横生出的枝蔓，把画面与场景集中到五个上海人熟悉的家庭场景中，让导演、演员们二度创作时有了施展的余地。

循着考虑成熟的一条主线，叶辛很快就改编完成了23集电视剧《孽债》的剧本。

叶辛把剧本寄给了云南电视台，云南电视台却由于这样那样的原因并没有接拍，他只得把剧本交给了上海电视台拍摄。

上海电视台拿到这样一个难得的好本子，很快就筹集到300多万开始投入拍摄。一个剧组五六十人，去西双版纳拍摄，吃、住、行花销开支很大，黄蜀芹导演怕资金出现困难，便将这部电视剧压缩成了20集，1994年7月开拍，11月就完成了剪辑。

黄蜀芹导演决定在剧中插播两首主题歌，一首在片头，一首在片尾，找谁来写呢？一时，黄导演犯了难，让叶辛来推荐歌手写歌。

当年《蹉跎岁月》的主题歌《一支难忘的歌》，虽然获得过多次奖，但是旋律比较难唱，很难广泛流传开来，叶辛心里想："这次《孽债》的主题歌，要让幼儿园的小朋友也会唱，要能广泛流传开来。"当时，李春波的一首《小芳》正在流行，他写的歌通俗、直白、有叙事性，而且好唱，叶辛便提议找李春波来写这部电视剧的主题歌。

黄蜀芹找到李春波，他欣然答应，歌词很快就写了出来，李春波的歌词很好地表达了叶辛的想法，但是他仔细咀嚼着"上海那么大，竟没有我的家！"这一句愤愤不平的歌词，觉得上海这座城市是有包容性的，上海人还不至于那么心胸狭隘，便把原来那句感叹句的歌词改成了疑问句："上海那么大，有没有我的家？"

黄导演高兴地说："你尽管只改了一个字，但是改活了，改得好！"

电视剧播出以后，主题歌果然成了流行歌曲，它唱出了一代人的人生记忆，唱出了无数人的人生感慨，走进了千家万户。叶辛几次参加人大代表的活动到幼儿园去，经常听到幼儿园的孩子们在唱这首歌，实现了他当初的想法，觉得非常开心。

电视剧拍摄完成之后，上海电视台觉得《孽债》的片名容易引发负面影响，让叶辛改片名，改什么名字？有人提议改成《云海情缘》，云是云南，海是上海，很多人都觉得《云海情缘》很切题，叶辛却断然否定："没有我的《孽债》好,你们再想想看吧!"

他们又想出了"我的爹妈在上海"等四十二个片名让叶辛选,叶辛一一听来,不断地摇摇头:"你自己听听看,没有一个比我这个《孽债》准确的。"

在叶辛的坚持之下,最终这部电视剧还是叫了《孽债》这个片名。

电视剧《孽债》播出之前,上海电视台在一个简陋的博士娃小饭店里召开了记者招待会,试播此片。北京、香港等全国各地的影视部门经常到上海来发行和播出电影与电视剧,上海大大小小跑影视的媒体记者,几乎天天都在看新的电影和电视剧,早已习以为常,几十集的电视剧记者们谁都没有那么大耐心看完整,听导演、编导讲一下剧情,翻一翻故事梗概,最多看一两集,写个豆腐干一样的报道,就完成了任务。谁知在电视剧《孽债》的观片会上,第一集播完记者们静静地坐着一个也没走,大家兴致勃勃地说:"把片头片尾压一下,我们接着看。"

一口气看了四集,记者们仍然饶有兴趣,他们说:"20集的片子为什么看三天? 看两天吧,我们把它看完。"

导演一听非常高兴,就让工作人员把片头片尾减掉,记者们果然两天看完了整剧。

第二天的下午,黄蜀芹导演拨通了叶辛的电话:"他们片子看完了,肯定要发表意见,你快来一下。"

叶辛赶到观片会现场,见记者们看完了样片正激动地议论纷纷,都说这是一个难得的好剧! 有一个女记者说:"这个剧,让人哭得稀里哗啦的,我都哭湿两块手绢了。"

记者们情绪高涨,讨论热烈,一片肯定和好评之声。听了大家的意见,叶辛与黄蜀芹导演都感觉到这个剧会是一个热播的电视剧,会有很好的收视率。

黄蜀芹导演拷贝了两套片子送给叶辛,悄悄地告诉他:"一套你放在家里存起来。你是作协的头,时常能见到分管我们这个口子的市委副书记陈至立,另外一套你转给陈书记看看,听听他的意见。"

那天晚上,妻子吃完晚饭就坐在电视机前,不声不响地看叶辛带回来的样片。

夜深了,叶辛很兴奋,久久难以入睡,他从记者们的反应中似乎看到了这部作品的命运,但愿这部作品能有当年电视剧《蹉跎岁月》一样的社会效果。

一觉醒来,叶辛发现床上不见妻子,客厅里隐隐传来电视的声音,他瞟了一眼墙上的时钟,已经是半夜3点多了。

叶辛走到客厅里,妻子正聚精会神地看样片,他关切地问道:"你怎么搞的,凌晨3点多还在看?明天不要上班了?"

妻子脸上露出了甜蜜的笑容,叫了叶辛一声小名:"明天星期天我休息,可以睡懒觉。这个电视剧很好看,很吸引我的,这个东西会像《蹉跎岁月》一样轰动的。"妻子从小有准时睡觉的习惯,一到睡觉时间,哪怕家里来了重要客人,她也照常到点睡觉,妻子的反常反应,也更加证实了叶辛的感觉。

星期一中午,叶辛派驾驶员将另一张样片送给市委分管文艺的陈至立副书记,叶辛马上接到了通知:星期三下午两点到市委开座谈会,而且会议是陈书记召集召开的。

"剧中有很多反映知青当下生活的戏,而且大背景是上海这座大都市的社会生活,陈书记会怎么看?"叶辛很想知道领导看片后的感受。

周三下午,叶辛的车会前二十分钟就开进了市委大院,叶辛刚关上车门从停车场走出来,陈书记也正好从她的办公楼走向会议室那栋楼,叶辛站在车旁等陈书记,陈书记走到他跟前,叶辛招呼了一声:"陈书记!"

陈书记看到叶辛,停下脚步说:"一起走,一起走!"说完陈书记就望着叶辛说,"你很厉害!"

叶辛不解地看着陈书记,陈书记补充说:"你把我的眼泪都催下来好几次了。"

叶辛不好意思地笑了笑，与陈书记走进了会议室。这是陈书记召集召开的一个小型座谈会，来参会的都是文学艺术界的大佬，有著名导演谢晋、黄蜀芹，著名电影演员奚美娟，还有几个著名画家，会上陈书记对电视剧《孽债》给予了高度评价。

电视剧《孽债》如期播出，不久上海电视台又推出了沪语版《孽债》，引起了全国的强烈轰动和反响，收视率高达42.6%，创下了上海电视台最高收视率纪录，成了收视奇迹。《新民晚报》以"《孽债》受宠殃及《三国》，收视率创近年来上海最高纪录"为题，报道说：20集电视剧《孽债》在申城引起强烈反响，使同期播出的《三国演义》在其冲击之下，收视率由15%降为8.6%。

播出期间的一个星期天晚上，上海电视台播出"群星爱心演唱会"，电视剧《孽债》不得不停播一天，尽管事先电视台多次打出停播字幕，看上"瘾"的观众却抑制不住想连续观看《孽债》的欲望，不少观众打电话询问电视台，强烈要求晚一点补播《孽债》，还有一些老同志打电话到市委宣传部，表示当晚想看《孽债》，观众的热情，打动了电视台领导，他们调整了播放的集数，由原来每晚一集调整为每晚两集，让"饥渴"的观众过足瘾。

电视剧《孽债》播出的时候，中国作协主席巴金正重病住院，巴老每天晚上都躺在病榻上收看电视剧《孽债》，并对这部电视剧给予了肯定和好评。

电视剧《孽债》播出仅三个多月，全国关于《孽债》的各种媒体报道就有250多篇，许多媒体都是整版报道，大家从各种各样的角度对此剧给予了高度赞扬与热评。电视剧《孽债》受到市民的热烈欢迎，街头巷尾时常有人热议讨论。一时间，"孽债"一词也成了社会上的流行用语，好友之间不少人开玩笑地问："你有'孽债'吗？如实招来！"

上海市文联、作协、视协和市团委、广播电视学会等一些部门和团体，纷纷举办《孽债》研讨会，对电视剧《孽债》引发的轰动效应展开热烈讨论，大家认为《孽债》轰动的原因是这部电视剧没有一般的言情剧、商战片的浮华和虚假，真实地展现了上海人实实在在的生活，更重要的是这部电视剧呼唤真情,呼唤人间的爱,关注了知青一代人在后知青时代的悲苦命运。

在上海曾引起轰动的纪录片《不了情》和《情未了》两片的男主人翁夏兴德也是西双版纳知青,他向《劳动报》记者说:"我不敢看《孽债》,往事一件件,太触目惊心了。"

有一次,《解放日报》跑文艺的记者姜小铃见到叶辛说:"叶老师,你写知青题材常写常新,你这部电视剧《孽债》,每天晚上市民都等着盼着想看,看完又骂那些不负责任的知青父母。"

1995年1月18日,《新民晚报》生活热点半月聚焦中,以"申城女性为《孽债》泪湿衣襟"为题报道说:当初上山下乡、如今人到中年的一批女性,这些天为《孽债》流了不少眼泪。时代造成的悲剧不仅使当年知青一代人又一次带来感情上的冲击,而且又延续到下一代人身上。一些女性说,生活在上海的孩子对父母的过去了解太少,只看到父母做了经理,当了厂长,提要求无止境,《孽债》中五个孩子的遭遇正好可以教育他们。

有一次,叶辛去北京怀柔参加中国作协的主席团会议,会后有半天的间隙,他就和几位作家去了长城,陪同他们前去的一个十七八岁的姑娘跑到叶辛跟前要求说:"叶老师,我能和你握个手吗?"

姑娘解释说:"看《孽债》那年我还在读初中,每天晚上看了《孽债》就哭一阵。哎呀,今天真没白来,能见到你,太好了!"

电视剧《孽债》播出多年以后,仍成为人们特别是当年知青们茶余饭后的谈资,引发一个又一个的故事。

作家是为人民而写,一个作家的作品,能得到读者和观众如此的回应,叶辛觉得世上任何的奖赏和荣华富贵,都比不过这种幸福。

由《孽债》引发的故事和《孽债2》

电视剧《孽债》在全国热播以后,观众产生了强烈的心理效应,引发了许多与《孽债》有关的故事,有些故事匪夷所思,弄得叶辛哭笑不得。

1995年5月23日《中国环球时报》上登载了一条消息,标题是《蝴蝶王国的悲歌》,副标题是:《孽债》引发版纳旅游热,标本生意兴隆。据消息报道,自从电视剧《孽债》播出之后,京沪等地兴起了西双版纳旅游热,游客骤增,版纳堪称"蝴蝶王国",游客们都喜欢购买一些价廉物美的蝴蝶标本当作纪念品,在西双版纳澜沧江畔一个叫橄榄坝的小镇上,游客一到,一大群服饰艳丽的傣族妇女和姑娘们就手持大沓大沓五彩斑斓的蝴蝶标本像游人兜售,一番讨价还价以后,每一枚蝴蝶标本竟只有1元,蝴蝶标本的日销量不下1万枚。

生意兴隆刺激了村民大肆捕杀蝴蝶,制成标本出售,专家们担心如此滥捕,会使这些"会飞的花朵"终有捕尽杀绝的一日。

旅游热反而使西双版纳的野生动物遭了殃,珍惜罕见、繁殖能力低的大象也成了橄榄坝的集市上的热销物品,象牙、象骨制成的饰品和象皮腰带随处可见,在京洪的一些饭店门口,竟赫然张贴着"本店有象肉"的告示,让人不寒而栗。

读到这样的报道,叶辛心里十分沉重。事情怎么会是这样?这可不是我写《孽债》的初衷啊!《孽债》歪打正着吸引了西双版纳的旅游热,却也不能破坏那里的生态环境啊!发生了这样的事,叶辛却无力制止,心里很过意不去,但是西双版纳的旅游局长却高兴地告诉他,1994年西双版纳全年的游客是24万人次,《孽债》播出以后的1995年跃升至124万人次,之后逐年递增,到了1998年已经超过了200万人次,西双版纳州还高兴地专门为叶辛颁发了荣誉公民证书。

1995年1月19日,《新民晚报》登了一则消息:安徽来沪打工的男青年刘定海看了电视剧《孽债》,来到杨浦区控江新村派出所,请求民警帮助寻找自己的生父张某。原来张某1962年在安徽白茅岭劳教,转场时同当地刘姓农家女恋爱,生下了刘定海,1980年张某平反回到了上海,结婚生子,从此杳无音信。刘定海的母亲临终前告诉了儿子生父的姓名,并说在上海杨浦区控江路上。在派出所民警的帮助下,刘定海找到了自己的生父,《孽债》让失散多年的父子终于团聚,让他们重新找到了骨肉亲情,叶辛心里很是宽慰。

1998年,我国发生了全流域性特大洪灾,上海作协组织多名著名作家在上海书城议价签售,售书款全部捐献给灾区,当初《孽债》一书定价为7.8元,竟拍了1530元。在签售现场,一位老人神神秘秘地把叶辛拉到一边问道:"你写的那几个孩子,他们家里都不要,我想收养一个。"在一旁的上海作协副主席、著名作家陈村听到老人的问话,不禁笑出声来。

电视剧的热播带动了长篇小说《孽债》的销量,江苏文艺出版社库存的三千册一个晚上就被抢购一空,出版社赶紧加印,共印了53万册。江苏文艺出版社还请了叶辛去南京、徐州签售,在徐州签售当天,人山人海,热情的读者挤坏了新华书店的玻璃,只好动用了武警来维持治安,三个小时就签售了3000多册。长篇小说《孽债》,使江苏文艺出版社大赚了300多万,出版社顿时扭亏为盈,出版社上上下下都对叶辛十分感谢。

澳大利亚红公鸡出版社的休·安德森先生来到上海,看到叶辛的长篇小说《孽债》,不解地问:"这是什么意思?"翻译家任溶溶先生思忖片刻解释道:"难以还清的债。"

叶辛补充说:"感情债。"

安德森先生沉吟着点了点头,似乎是明白了,又似乎还没全懂。

后来丹麦研究中国的盖·玛雅女士来访,也问了同样的问题,叶辛仍用"难以还清的感情债"做解释。

玛雅女士能用流利的汉语与叶辛交谈,很快就理解了这句"难以还清的感情债"的准确含义,她不住地点头,又若有所思。

2008年夏天,叶辛在上海徐汇图书馆讲座,问答环节里,一个听众问道:"人生像一幕戏,总觉得还没完,那个《孽债》后来怎么样了?那些孩子又回去了?"

还有的说:"你用《孽债》这个书名,孽用得很好,应该说是天在作孽,这些人都是不幸的,那五个孩子更是值得同情的,你能不能先讲一讲这些人怎么样了呢?"

以后的好多年里,不知有多少人问起这五个孩子的结局,有人说:"已经隔了二十年,总不能跟他们父母一直生离死别吧?"

叶辛突然觉得,《孽债》应该有一个续篇来续写五个孩子的命运。有过如此遭遇和不幸的孩子们,将来一定会很努力,而且有这么多人同情他们、关注他们,这些孩子都应该有很好的命运,也应该有一个好的结局。

2008年元月叶辛出版了长篇小说《孽债2》,五个孩子的命运各不相同,有的在经商,有的在搞IT产业,有的在编辑部工作,也有的卷入一个杀人案,跑到缅甸的深山老林里去了。《孽债2》出版不久,上影集团改编成32集电视连续剧播出,这个多年没有了却的债,才终于向读者和观众有了交代。

有些苍凉带着伤痛和无奈、闪着人性善良光辉的长篇小说《孽债》,出版了11个版本,荣获全国优秀长篇小说奖;同名电视剧更是轰动了整个90年代,荣获"飞天奖""五个一"工程奖等多项全国优秀电视剧奖。

《孽债》在中国文学史上树起了一块丰碑,将知青文学推到了极致,也将叶辛的文学创作推上了又一个高峰。叶辛以这部优秀的长篇小说,将他的名字再一次写在了人民的心坎上。

啊,叶辛心心念念、魂牵梦绕的文学,又一次给了他成功、掌声和赞誉!

往日的艰辛磨难也好,今日的喜悦幸福也罢,这一切都是文学的回报与给予,叶辛觉得似乎这一辈子就是为了文学才来到这个世界上的……

跨　越

　　告别遥远的贵州来到了故乡上海，从中年跨进了老年的门槛，叶辛的生活环境在跨越，年龄在跨越，创作也在跨越。

　　回归上海以后，作为上海人的叶辛，他多了点平视和悲悯。作为名人的叶辛，他又多了点麻烦和旷达。对于叶辛，我们该如何评价呢？他近40年创作出版了120多本书，还几乎每一部新作都备受关注、引起一些轰动，瞭望40年的中国文坛，像叶辛这样在读者和观众心里如此之重的作家能有几人？

第十四章
两副目光看世界

贵州与上海、农村与城市构成了叶辛生命的两极,特殊的生活经历给予了他特殊的创作表达,他用两副目光看世界,笔下少了几分傲慢与偏见,多了几分同情与怜悯。

两种生命的环

故乡,是一种宿命,任凭你鹏程万里千回百转,却依然魂牵梦绕,总会用一种方式回归故里。

1990年,在贵州生活了21年的叶辛,真切地踏上了上海的土地,回归了阔别21年的故乡。

重回故乡的怀抱,上海已是不一样的上海,叶辛也已是不一样的叶辛。

在叶辛的心里,故乡从来没有离开过。在那些路途遥远、信息不通的年月里,远在山乡的叶辛,只有靠与上海五个同学密切的书信往来,来窥察上海的一切。从上海同学的信里,他了解到哪个知青开了病假回到了上海、哪里修了条新马路、上海开始流行什么服装、哪个弄堂里流氓阿飞打群架等等,毕竟距离产生了陌生感,这些司空见惯的事儿,却变成了大城市的新鲜事儿,强烈地撞击着他的内心。

十年的书信往来和青少年时代的生活体验,让叶辛与这座城市的各阶层,有着血脉相通的联系。

时隔21年,这座自小在这里长大的城市,与小时候的模样已经大相径庭,一切都发生了变化,叶辛既感到熟悉又感到陌生。他已经习惯于贵州的生活节奏和生活方式,对于繁华的上海生活和上海特有的海派文化,他需要在心理上去重新适应。

20世纪二三十年代,上海已经是一座繁华的东方第一国际大都市。各国列强入侵中国,做着他们世代盘踞中国的白日梦,把他们先进的商品船运到上海码头,渐渐使上海享有了亚洲金融和贸易中心的盛誉,催生了上海表面上的繁荣和富裕,上海很快就成了富人和冒险家的天堂。英、法、日等各国列强霸占上海几十年,将他们的文化与生活方式也带进了上海,一座座气势恢宏、风格迥异的洋楼,昏暗灯光下优美旋律里的舞姿,透着小资情调而浪漫雅致的生活气息,都给这座城市涂抹上了一股雍容华贵的贵族气。而今,上海依旧留有许多老上海生活的印记,处处透着一种国际大都市的范儿和新潮时尚的现代化气质。快节奏的工作与生活、忙忙碌碌的人群、拥挤的公共汽车、城市的喧嚣与嘈杂、高度的文明与现代性,与遥远的贵州有着巨大的反差。

叶辛初回上海觉得眼花缭乱,上海的一切都在匆忙之中,匆匆忙忙地赶路、匆匆忙忙地吃饭、匆匆忙忙地坐车、坐在车上匆匆忙忙地打瞌睡、文人们匆匆忙忙地写,读者们匆匆忙忙地阅读。出国热、住房装修热、投资热、房地产热、股票热……一股又一股的热潮在都市里兴起,生活不断变化着,充满着挑战和诱惑力。叶辛已经过惯了慢条斯理的生活,对都市里的一切很不适应,他时常觉得被卷进了快节奏的旋涡之中,他不断调整着,让自己节奏快速地转动起来。

闲暇的时候,叶辛常常抱着一本书,却没心思阅读,他遥望着眼前被高楼切割成段片的晴空,情不自禁地怀念起乡居岁月,想到山寨上农民的生活,追忆那些在乡下的日子,想起山乡里的风、山乡里的雨、山乡里的山峦、山乡里的雾霭、山乡里的树林……不错,那也是他的生活,毕竟在山乡里生活了那么多年,山乡里的一切也已经融入了他的生命之中。

贵州的大山褶皱里,有一些平坦的小坝子,山乡里的村村寨寨世代栖息在这些坝子上,隐藏在大山里生活。他们近乎原始地农作,即使在农忙季节也都是安静地收种,农闲季节更是闲静安适。他们懒懒散散地生活着,每天主妇在男人和娃崽都在酣睡时起来做饭,十点来钟男人们上坡劳作,插秧、薅草、施肥、浇地、割猪草、垫猪圈;妇女煮猪潲、喂鸡鸭、洒扫庭除、操持家务。娃崽们背上背笼,骑上马背,尖声幺喊着小伙伴上坡去放牛。

山寨上与外界交往很少,对大山以外的世界会觉得十分稀奇。他们与外界的交往方式只有三种:一是赶场,城市里的工厂把卡车开到乡场上,将一匹匹花布、一摞摞锅碗盆和农具等工业品运到乡场上供农民购买,再买回米、面粉、鸡蛋等农产品供给城里人;二是寨子里个别小伙到城里打工,抬石头、修房子、挖土方、装卸物资……他们靠一些重体力的活儿赚回劳力钱,顺便带回一些外面的信息;三是参军或是考上大学,他们偶尔回山乡探亲度假,将城里见过的大世面和新鲜事儿说给家乡人听,四邻八乡的人睁大好奇的眼睛,听得入神,惹得小伙姑娘们羡慕不已,恨不得变成一只鸟儿,赶紧飞出去。

可是山寨上的农民却很少真正离开生于斯长于斯的山寨,他们依然日复一日、年复一年地按山寨上的生活方式,打发着自家的日子。

命运跌宕,使得叶辛在这样两种截然不同的生活之中浸染着色,给他的生命打上了两种印记,他会不自觉地将这两种生活形态和两种风土人情、两种文化背景拿来作对比,他怀念山乡的绿树山峦、溪水瀑布、云去雾来、大自然的生态与风光,他也钟爱大都市的繁华、现代与文明。有时他就想:城市里迅速发展的滚滚洪流何时能激荡到我曾生活过的那个偏远的山乡呢?而那些大自然的绿树浓荫,五颜六色的艳丽花儿,又何时回归到我正在生活着的喧嚣嘈杂的大都市来呢？他渴望着乡村能够摆脱贫穷与落后，像城市一样生活富裕，具有高度的文明和秩序；他也渴望着城市能如乡村一样怀抱大自然，环境生态，人与人之间真诚而又简单。这两种生命形态相距甚远，反差极大，叶辛有时会感觉到有一些分裂感，但是正是他经历了这样两种生活形态和复杂的经历，才使他看世界具有了独特的视角和方式，拥有了两副目光。

两副目光，这是叶辛独特的文学眼光，是他独有的观察世界和生活的方式，中国还没有第二个作家如此明确地向世人告知自己的思考和创作角度。

叶辛在这两种生命环之中摆动，跌宕起伏的人生经历和人生历练，使得他对最先进的城市和偏远落后的乡村都有着切身体验，怀有深厚的感情，也让他练就了这样的两副目光。

叶辛用这两副目光看社会，不同社会阶层的人，都是客观而真实的存在，他笔下的形象也更加鲜明和生动起来。

两副目光

1996年冬的一天，在日本东京召开的国际笔会亚洲、太平洋会议的会场上，挤满了43个国家赫赫有名的作家。会上，中国作家代表团的著名作家叶辛作了"两副目光观照中国"的主题发言。这个"都市与乡村"的话题，引起了世界各国作家的强烈关注。他的发言一结束，在场的外国作家们就饶有兴趣地频频向他发问，一些作家还当场与他热切交流，都说这是一个世界性的命题，每个国家都有城市和乡村，一些人久居城市，厌倦了城市的忙碌和喧嚣，就会向往乡村的田园生活；而乡村的人又会厌倦孤独、寂寞的乡村生活，萌生去信息化、现代化、交流方便的城市生活的愿望。一个黑人作家站起来说:"你说的是全人类都有的话题,无论在发达国家和落后国家都存在着乡村与城市,存在着两种文明的碰撞,我们国家也是一样的。"叶辛的发言,使会场上的气氛热烈起来,会议一下形成了一个高潮。

叶辛说的两副目光,是指站在城市和乡村两个截然相反的坐标点上看世界,他眼中的世界和笔下的世界,就是在两副目光观照之下真实而精彩的呈现。

漫长的知青岁月,已将叶辛与故乡上海之间悄无声息地拉开了距离,并将他的身心渐渐地浸染成了农村的颜色,在经过了农村艰苦岁月的淬炼之后,不知不觉之间已被乡村所同化,拥有了一副农村人特有的眼光,常常会以贵州山乡人的眼光看待上海这座大都市。在这样的眼光之下,他体察到了上海与其他城市在社会生活形态和民俗文化上的诸多不同。

拍摄电视剧《家教》的时候,叶辛将中央电视台《家教》拍摄组的导演蔡晓晴带进了九江路上一户普通人家,他们低头弯腰地费了好大劲儿才爬上三层的阁楼。蔡晓晴大惊失色,她没有想到在繁华的南京路旁边的弄堂里,竟然有人43年天天晚上睡在连腰都直不起来的阁楼里。叶辛告诉她:"如此搭建阁楼,这是上海的文化。大城市在光鲜亮丽的外表下面,也有一些底层的老百姓,过着一份平常的日子,他们一家人蜗居在狭小的房间里,但是精明算计的上海人,会在自己有限的空间里搭起阁楼,空间扩大了,居住条件就改善了,所以上海很多平民家庭里都喜欢搭这样的阁楼。"听了叶辛的解释,蔡晓晴似乎明白了什么,她默默地点了一下头。

回归上海以后,叶辛对上海的普通民众阶层多了一份理解,多了一份情感。1993年2月,叶辛当选为上海市人大常委会常委、市人大教科文卫委员会委员,在此后20年上海市人大常委的生涯中,他喜欢眼睛朝下看,无数次地走入上海的角角落落,去细心体察上海20个区县(现为17个)基层生活中的一些细微变化,体察平民的心态,询问他们的追求。

叶辛发现在闵行区有一处街道行人过马路不方便,他提案修建一座天桥以方便老百姓过街,但是提案当年没有通过,他第二年继续提案,引起了政府的关注,通过了提案,一座天桥宛如彩虹跨越马路两边,老百姓高兴了,他心里也舒服了。

一个作家,只有关注基层人群的心灵深处和精神世界,才能使创作更加贴近社会生活,更加有真实性,也更加接地气。2007年,叶辛创作了长篇小说《上海日记》,小说的主人公全小良是从贵州山乡来到上海读大学的,他向往上海大都市的现代生活,想方设法在上海这座城市里站住脚跟,这部日记体的小说,一点一滴记录下了一个外来群体融入城市生活艰难的心路历程和他们的人生足迹,没有对社会底层和外来群体的悉心洞察与关注,是无法如此细腻地描摹出他们心灵深处的悲苦和内心世界的追求的。

刚回归上海的时候,叶辛曾多次回到他插队落户的砂锅寨上。望着远处重峦叠嶂连绵不绝的高山和轻柔似纱的雾岚,望着近处的山寨农舍和曾经居住过的土地庙,他心潮起伏,感慨万千。

离开30多年了,当年叶辛居住的破庙也空寂了30多年,它更加萧索破败了,但是叶辛和这个山寨里乃至中国的一段历史、一些故事和一种百折不挠的精神却永远留在了这所破庙里。这所破庙,如同一个发人深思的哲人,深思着一个村寨、一个时代和一群人的命运。

叶辛身居繁华的上海大都市,却经常以城市人的眼光瞭望农村、瞭望贵州山乡,去敏锐地捕捉农村的点滴变化。

近几年,叶辛惊喜地发现山乡里的农民开始寻求致富道路,有的小伙子走出了山乡,放下自己的一亩三分地,到城市打工赚钱;还有的种茶办厂,自强不息,快速致富,过上了幸福生活。他还发现山乡里妇女的恋爱观也有了很大变化,甚至性意识也开始觉醒了。

叶辛的笔触又伸进了山乡留守妇女的内心,伸进了她们的精神世界和情感世界,在《缠溪之恋》之中,他以青年农民安阳的情感经历与感情纠葛为主线,描写了当代农村的人性觉醒和脱贫致富过程中当代农民的世相。

上海和贵州两块土地共同养育了叶辛、培养了叶辛,他踏着贵州的泥泞小道,一步一步走上了文学之路,走进了文学的圣殿。他的笔触又走出了贵州,伸向大都市的各个角落,在他笔下的文学世界里,自觉不自觉地总会出现与农村有关联的人物形象。在他的成长过程中,他汲取了两块土地上的养分和文化精华,找到了属于他独有的表达方式,形成了独特的创作风格。

　　上海和贵州是叶辛生命的两极,在这两极之间,他走出了曲曲折折的人生轨迹。他眼里的上海,是一个浸淫过山乡目光的上海,有了一个乡村的对比度;而他所熟悉的云贵高原山乡,贵州偏僻、闭塞甚至带点荒蛮的寨子,和走在中国时尚和开放前沿的上海形成强烈的巨大反差和对比,他恰巧在这两种生活形态里有过深切的体验,才会情不自禁地用乡村的目光看待都市,用城市的眼光看乡村,这是他独有的观察世界的方式。

　　叶辛用两副目光看世界,他笔下的世界是一个真切感受到时代脉搏跳动的世界,是一个真切感知到社会角角落落万千世相百态的世界。他在两副目光的交织与观照下感知世界,笔下的世界更加丰富和具有全视角,笔下的人物也更加立体、真实和有了质感。

春晖行动

　　一座山寨,装满了叶辛的青春岁月和辛酸往事,让他与山乡农村有了割舍不断的情缘。

　　初回山乡的时候,叶辛有些触目惊心,城市里日新月异地发展,许多年过去了,而山寨上却没有太大的变化,大多数老乡虽然已经能填饱肚子,但是生活依然是贫困的,观念依然是相对落后的。知青们回城之后,砂锅寨在知青的自留地上建起了三间平房,将那所叶辛教过书的耕读小学从山上的尼姑庵搬到了平房里,可是多年失修,房间已经破败萧然。知识可以改变命运,如若以后让农村的娃崽们过上好日子,首先要解决教育问题,可是农村里艰苦而又落后的教育条件,怎么能吸引优秀教师来这里教书？又如何培养出优秀的学生改变他们的命运？

叶辛心里无端地生出了一个心结,他不断地思索着能为第二故乡做点啥？

2004年,叶辛来到贵州签售新出版的长篇小说《华都》,新华书店里排起了长长的队伍。一位年轻小伙子签完书没有离去,似乎一直在等什么,叶辛签完所有的书,正觉得奇怪,小伙走上前来,自报是贵州团省委青农部的,他问道：“叶老师,我们的团省委副书记想见见您,您能否挤出时间见一见他？”

晚上,青农部的小伙将时任贵州团省委副书记的陈昌旭引到叶辛下榻的酒店来,陈昌旭先生谈起贵州团省委正在启动一项"春晖行动",想动员一些怀有善心的有识之士,支援贫困山乡的教育事业。

听了陈书记的设想,叶辛十分赞同,他写下了《可贵的春晖行动》一文,发在《贵州日报》上表示支持。

叶辛也念兹在兹地想着,怎么样改善砂锅寨耕读小学的教育条件,让自己的第二故乡尽快走上脱贫致富的道路。不久,他就联络了上海的八位企业家去修文县砂锅寨考察。

那天,霏霏的细雨下个不停,听说叶辛来了,四邻八乡的老乡闻讯赶来,有的撑着伞,有的披着塑料布,浩浩荡荡的队伍排了两三里地,叶辛和他的企业家朋友们踏着泥泞,在掌声与欢笑声中到寨子里和耕读小学参观考察。老乡们的真挚感情,让叶辛心里热乎乎的,也深深地打动了来参观的企业家们。回到上海,叶辛和这八位企业家朋友很快就筹措了35万元资金。

叶辛给时任团省委副书记的陈昌旭打电话,表达了他想在砂锅寨建设一所"春晖小学"的意愿,陈昌旭先生喜于言表,热情接受,并深为叶辛亲言亲行支持春晖行动、回报"第二故乡"的举动所感动。

2005年3月，叶辛和八位企业家集体捐赠的35万元善款汇入修文县教育局的账户，半年以后一座三层楼的"叶辛春晖小学"就落成了。县政府还配套投资60万元，修筑了一条从国道公路通向新校址的水泥路。在落成典礼上，叶辛高兴地写下"修文立志"四个大字，激励学生们努力学习，将来为修文县建功立业。砂锅寨的老乡们给他送来锦旗，上面写道：款款深情，永生难忘。当年的老队长，已是83岁的老农，面对中央电视台的记者深情地说："我们砂锅寨的老乡，会世世代代记住叶辛！"

一石激起千层浪，叶辛倡导并在修文县建起第一所"春晖小学"的举动，带动了贵州省的"春晖行动"，92岁的老红军郭才高发动全家集资20万元，为家乡修筑了一所"春晖学校"；贵阳白云腾发房地产开发公司董事长谭承国出资200万元，在母校设立了奖学金；荔波县茂兰镇甲介煤炭公司老板韦兴实拿出15万元，为家乡建起了"兴实春晖小学"；贵州强臣房地产开发有限公司董事长文学强捐资35万元，援建了财神镇"强臣春晖小学"；上海市人大副主任胡炜前去视察"叶辛春晖小学"，他代表上海市人大捐赠了10万元。

贵州团省委的"春晖行动"遍地开花，迅速开展起来，叶辛心里十分高兴，他无意中做了"春晖行动"的领头羊，带动了贵州省的企业家们纷纷捐款出资兴建学校，改善教育环境。为使山乡彻底改变贫穷落后的面貌，走上富裕的道路，他尽了一份心，出了一份力，他觉得终于可以对得起哺育他十年的山乡了。

偏远的贵州山乡，幽静的山水丛林，这是叶辛深情而特殊的牵挂，他用文学的方式寻根溯源，寄托自己的乡愁。

第十五章
一片哗然的《华都》

一座城市就是一部历史,一幢大楼也是一部历史。叶辛将一座城市的百年沧桑装进了一幢大楼里,走进这幢大楼,也便翻开了一部城市的史诗。

一座城市的百年沧桑

叶辛一直思考着写一部描摹上海现当代生活的长篇小说,这个想法从1990年调回上海以后就产生了,却苦于找不到一个准确的角度而无法下笔,他犹豫了很久,也苦恼了很久。

偌大的上海,社会生活丰富多彩,可是上海的作家都在写,文学作品多如牛毛,上海的每一条街道,每一个广场,每一种工业,每一个角落,都已经很难表现出新意。要避免题材上的撞车,必须另辟蹊径才行,从哪里着手呢?

上海的确是一座有故事的城市。春秋战国时期,上海是楚国春申君黄歇的封邑,所以上海的别称是"申"。晋朝时期,因渔民创造捕鱼工具叫作"扈",江流入海处称作"渎",故而松江下游一带被称为"扈渎",以后又改为了"沪",上海从此开始沿用了这个简称。唐天宝年间开始在这里建县制,宋代开始有了"上海"这个正式的名字,元朝的时候这里设上海县开始建城。

1843年后,上海成为对外开放的商埠,外国的船只从外洋直溯而上,1845年(道光二十五年),上海县洋泾浜以北一带划为了洋人居留地,后来形成了英租界。1848年(道光二十八年),虹口一带划为美租界。1849年(道光二十九年),上海县城以北、英租界以南一带为法租界。1863年(同治二年),英、美租界合并为英美公共租界,1899年(光绪二十五年)又改称为上海国际公共租界。此后,租界多次扩大,各国列强争夺、瓜分和切割,一方面华人失去自己的家园,备受欺辱;另一方面各国列强也将外国的先进东西和生活方式带进了上海这座城市,使她在风霜雪雨之中,迅速发展成为远东的第一大城市。

上海还是一座历史文化名城,有豫园、南京路、古猗园、大观园……还有南翔古镇、七宝古镇等众多的历史文化古迹,传承了多少人类的智慧,又积淀了多少先进的文化啊!她海纳百川,曾敞开胸襟,接纳大量的贫苦农民涌入,也张开双手拥抱那些前来大有作为的实业家、冒险家和各阶层有抱负的有识之士。江南吴越文化与西方传入的工业文化相融合,形成上海特有的海派文化。

上海的昨天、今天和明天,一些藏有故事的花园洋楼、老城区的石库门、长长短短的弄堂,各行各业、各色人等,哪怕是一丁点儿的新气象、新事物、新景观,作家们都从不同的角度在写,学者们也不同角度地在研究,到底从哪个角度才能表现出社会和时代的演变呢?

听说上海要建一座黄浦江大桥,动迁涉及城市居民和一些数百年来在那片土地上耕耘的农民的利益,还涉及设计人员、审批人员、建造施工人员。领导决策者的果断、工人们的风采和外来打工者的艰苦生活,一座大桥,不但象征了上海的发展速度,还展现了社会的多层面,或许很少有作家从这角度去描摹上海吧?

叶辛很快构思了一部长篇小说,场面宏大,人物众多,热热闹闹,他觉得终于抓住了一个好题材,迫不及待地下笔写起来,很快写下了十二章,他却突然踌躇起来,从桥梁设计人员、钢铁工人、建造民工入手表现上海似乎有些太实了,如何表现出上海这座城市的历史、文化和风貌呢?又如何描摹世纪之交人的灵魂、思想、追求、生活方式的变化和人的价值观、伦理观、婚恋观、行为方式、情感方式、各种人际关系的改变?

叶辛停下手中的笔,陷入了思考之中。

上海这座城市是伴着时代的脚步而前进的,她沧桑的历史是由各阶层的人去书写的,要表现上海这座城市,就要从上海人的心灵史着手,从当代上海人的生活形态、婚恋情态、情感伦理、精神追求写起,去立体地展现各阶层人物在社会大背景之下的世相百态,读者才会感知到上海是一座怎样的城市,感知到上海的时代和历史列车是如何碾压而过的。

叶辛想起了小时候生活的黄浦区弄堂里的老大楼,这些旧社会留下来的老大楼里包藏了多少故事啊!

有一个同学住在一幢外观非常漂亮的大楼里,但是同学家里却很贫穷,因为住房紧张,他只好住在搭成木板房的阳台上。大楼里有一家新疆人,一到晚上就吃羊肉,一条走廊都是羊骚味。旧社会,这幢大楼里住着包打听、小生意人、地下党、旧社会的特务,社会上有什么人大楼里就有什么人。

叶辛恍然所悟,一幢大楼折射出了一个社会和几个时代,折射出了一座城市的百年沧桑,这正是他要写的直接体验和间接体验。

一幢华都大楼渐渐地浮现在叶辛的眼前,30年代的连茵云、庄欣娜、严泳臣;50年代的罗卉、舒宇虹;60年代的骆秀音、姚征冬、厉言菁……一个个活灵活现的鲜活人物也在这幢大楼里栩栩如生地生活着了。

叶辛走进了华都大楼,徐徐翻开了一部城市的史诗……

当代人的心灵史

长篇小说《华都》，就像一幅城市人心灵历史的长卷图，淋漓尽致地将人性的复杂性和几代女性的婚恋情态、情感伦理、精神追求展现出来，他们生活在不同的社会背景之下，生活形态迥异，但都有着自己的心灵诉求和幸福追求，都从不同的角度诠释了人类共有的情感。

爱情是什么？不同的人有不同的理解和诠释。

有的人把爱情看作生命，认为有爱的激情，生命才会绽放，无论结局如何，爱和被爱过的人生才是完整的。

有的人把爱情看成是一种需要和依赖，觉得男女彼此互为依存，男人离开女人活不下去，女人也离不开男人，人要生存的幸福就得有爱情，爱情是力量和激励。

有的人觉得爱情是一种商品，只要有钱有地位，什么样的爱情都是囊中之物，任自己享用。

有的人认为爱情说到底就是性爱，就是女人对男人的服务，获得爱情的同时女人也会丧失尊严。

叶辛在这部长篇小说《华都》里，写了多位女性对爱的追求，一代又一代的女子为爱情而着魔，她们不懈地追求着。30年代的交际花、女记者庄欣娜，生活所迫成了连音芸丈夫严泳臣的外室，虽然生活安定无忧，却没有真正的爱情，无意之中，她爱上了一个名角儿，两人如胶似漆，但结局却是被"包饺子"扔进了黄浦江。50年代的罗卉、舒宇虹在插队落户期间，对野蛮的婚姻奋力抗争，她们等待一生也没有得到一份真正的爱情。60年代的著名演员骆秀音，花容月貌，一辈子有无数男人追求她、爱慕她，直到临终她才发现竟然没有被一个男人真正爱过,她绝望之极,更不堪忍受造反派的凌辱,上吊自尽。90年代的名主持林月,光环、鲜花、掌声、名誉、地位样样不缺,追星族都号称她是"大众情人",她却为负心汉而伤心透顶,自尽身亡,毁灭了自己辉煌的前程。而现代女性厉言菁,一心追求爱的真谛,与姚征冬坠入情网,为了这段婚外情,她甚至放弃与丈夫、儿子移民美国的机会,在追求真爱的过程中,她看到了姚征冬的卑鄙与贪欲,至纯至真至美的爱毁灭了,倾心的追求成了泡沫,她绝望地与姚征冬分了手,移民国外。

时代变了,社会环境也变了,价值观、伦理观、婚恋观、人生观都在发生着很大的变化,只有人们追求幸福的心愿没有变。

但是人性是复杂的,爱也是复杂的。厉言菁爱上了仰慕已久的姚征冬,坠入爱河,她自以为姚征冬也是爱她的,殊不知姚征冬性格是矛盾的,他的人性也具有两面性,他是著名的社会学家,身上罩着光鲜亮丽的光环,人生辉煌,是一位社会名流,风云一时;他又虚荣虚伪,私生活肮脏,他与厉言菁在305室亲热之时,厉言菁丈夫的敲门声使他鬼使神差地进入到了306室,他兽性大发,又与患精神病的舒宇虹发生了性关系,显现出他非人性的贪欲和不可告人的甚至是卑鄙与肮脏的一面,姚征冬的复杂人性从另一个侧面折射出了复杂的社会生活。

《华都》中的人物众多,但各自都有属于自己独特的命运,从一代又一代人经历的精神史、情爱史、性观念、欲望追求和男女关系的演变中,城市百年来的沧桑变幻、城市的过去和现在、城市历史的进程一幕又一幕地呈现出来。

1995年,叶辛出版了长篇小说《眩目的云彩》之后,搁笔近九年,许多人纳闷:一贯高产的叶辛,怎么不出新书了?他在忙啥呢?

从90年代初,叶辛就开始写长篇小说《华都》的创作笔记,这是他人生的第24部长篇小说,他不停地构思和思考着,准备用文学的样式描摹出这座城市的史诗,一些故事早已在他心里酝酿了很久,发酵了很久,膨胀了很久,直到 2000 年他才起笔创作,2003 年底落笔而成,完成了这部 40 万字的书稿。

叶辛希望人们能读懂他的创作意图,期待着社会能给这部作品一些正确的反响和回应,谁知长篇小说《华都》一出版,竟惹来了一片哗然和嘈杂的聒噪之声……

《华都》的纷纷扰扰

长篇小说《华都》在人民出版社三审时说好印刷 25 万册,后来出版社经过慎重考虑,第一次印刷了 10 万册,不久就一销而光,出版社第二次印刷 5 万册,又很快售出。当时,书市已经进入了萧条和不景气的时代,这样的发行量已经是一个骄人的数字。

树大招风,谁知发行量大了,一些声音和麻烦也随之而来,一时间纷纷扰扰,搅得文坛上一片喧嚣。

有的不解:"叶辛是全国著名作家,还需要如此写性来博得人们的眼球吗?"

有的叹息:"名人更应该收敛,顾及自己的名声才是,叶辛如此无所顾忌地肆意写性,真让人咋舌!"

也有的大为感叹:"文学已经没落,连著名作家叶辛都把小说写成了有颜色的书籍。"

……

长篇小说《华都》刚一出版,上海电视台的《读书》节目就来采访了叶辛,节目已经制作完成,确定周六晚上播出,播出前却突然打电话给叶辛:"这个节目不能播出了。"

电视台原定的这期节目突然取消了,叶辛心里十分纳闷,他想搞清楚具体原因,便追问道:"为什么?"

对方既无奈又含蓄地回答:"你知道的,有原因。"

他们的言外之意是,这本书里有很多性描写,怕在节目里介绍了这本书,会惹来麻烦。

在我们国家,"性"一直是一个极为敏感的话题,尤其是青少年时期,更是被视为禁区,讳之不及。可是在叶辛看来,幸福本身也包括了性,对于爱情与幸福生活的追求,其实本身也包括了对性的快感和满足的追求,这也是幸福的一部分。随着改革开放和社会的发展,人们的思想观念有了巨大的转变,现在报刊上有时会讨论和涉及有关"性"的内容,有的报刊上还做过"没有'性'福的夫妻谈不上幸福"的标题,人们的"性"观念也不像以往一样被禁闭,小说中当然也要反映这种变化,不可避免地要描绘到性的感受对人物情绪和心理的影响。

在长篇小说《华都》中,叶辛着力描写了姚征冬与厉言菁之间以及姚征冬与精神病患者舒宇虹的性关系和性体验,是觉得从"性"这一角度,更能透析出姚征冬这个人物作为社会名流,他的辉煌业绩和肮脏的私人隐私之间的有着巨大反差,反映姚征冬人性上的复杂性。过去他对人物之间的性描写比较含蓄,而在《华都》中写得比较放开,他觉得这是作品的需要,没什么大惊小怪的。

可是人们只关注到《华都》里的性描写,却没有关注到书中的丰富内涵和他写这些女性的真正用意,不免让叶辛有些失望。

有一次,叶辛在北京碰到著名文学评论家雷达,雷达悄悄对他说:"王蒙一见我就问我要《华都》,可是你送我的那本《华都》蒋巍拿去就不还我了。"

叶辛问道:"王蒙说了些什么?"

雷达说:"他说,贾平凹写的框框一点感觉也没有,最有感觉的就是叶辛的《华都》。"

叶辛听了很高兴,说明《华都》这本长篇小说他们都看了。

一个作家,还有比自己的作品受到关注更值得高兴的事吗?

在一片纷纷扰扰和说长道短的声音中,长篇小说《华都》共印刷15万册,接着又有影视公司来购买《华都》的电视剧版权。

有的人愤愤不平:"老百姓一年的工资收入才有多少?叶辛一部书竟然赚了老百姓一辈子的收入!"

也有人摇头说:"文学是高雅的艺术,怎么可以拿它来赚钱?"

好像文学一与钱沾边,就亵渎了文学的圣洁似的。

有一次,叶辛到北京碰上了中国作协外联部的向前,她原来是《人民文学》杂志的老编辑,年龄比叶辛大很多,就一直把他当小孩一样关心,她悄悄地提醒叶辛:"听说你的《华都》赚了不少钱,你是中国作协副主席,你可要当心啊!"

向前的好意叶辛十分领会,可是他并没觉得自己有什么过错,也不知道该当心什么。说完,向前又悄悄告诉他:"你那个《寂寞爱情》在《小说选刊》刊登后,这栋大楼里每个办公室都排着队看这个小说,写是写得很好看,你给我老实交代,你是不是在搞婚外情?"

叶辛笑着摇头道:"那是写小说!"

叶辛只想写出一部好看的作品,写一部他构思了多年极为想写的作品,至于这部书带出的一切,也只不过是这部书的副产品而已,并不是他刻意追求的。

哗然的舆论和嘈杂的街谈巷议,过了很久才算平息下来,给叶辛带来了不少烦恼。但是他转念一想:"一个作家的作品引起议论也好,批评也好,甚至谩骂也好,这说明是读者对这部作品的回应和关注,是人民对自己的关爱。如果一个作家花了很多心血,写出的作品石沉大海,无人问津,不是更糟糕吗?从这个意义上说,应该感谢每一位读者对这部书的关注才是。"

面对丰富多彩、绚丽多姿的生活,叶辛驱赶掉内心的烦恼,沉下心来,又投入另一部作品的创作之中。

第十六章
《客过亭》为知青文学画了一个圆

纯真的信仰与爱，过失的往事与错误，流逝的希冀与欲望，一个至诚至愚而又至真至悲的年代和一段刻骨铭心的人生经历，构成了一代人色彩斑斓的人生和跌宕起伏的命运。叶辛以《蹉跎岁月》《孽债》《客过亭》知青三部曲，完整地勾勒出知青一代的人生轨迹和命运轨迹，为知青文学画了一个圆。

一本知青名册引发的故事

这本书的故事，是由妹妹的一次特殊旅行引发的。

2007年的盛夏时节，叶辛接到妹妹打来的电话，说她和当年在同一个县插队落户的二十来个老知青已经约好，要回山乡去走一走，看一看。妹妹这一帮自费旅游的知青团队，日程中安排了几天自由活动，是给大家留有时间，各自可以回到三十几年前插队的村寨去转一转，让大家找寻一些青春的记忆，重新感受一下年轻时经历过的生活。有一些山寨路途遥远，山路崎岖，但是老知青们个个兴致高涨，非要去看一下。妹妹与叶辛同在一个寨子里插队落户，这一次妹妹也想到他们一同插队的砂锅寨上故地重游，请求哥哥在她到了省城以后，帮她联系一个车，直接到山寨上去。

半个月后,妹妹回到了上海,当天晚上就给叶辛打电话,激动地讲起这次"第二故乡之旅"的见闻和感受,在十来天里,老知青们聊了当年聊现在,有说不完的话。有的功成名就已在准备安度晚年,有的事业蒸蒸日上、如日中天,有的整天围着小孙子转,有的还在为落实上海户口而努力,有的退休后正在想如何改善不太好的生活,有的生活不如意、心灰意冷……妹妹说的那些人,叶辛个个认识,他们当年的音容笑貌还清晰地留在他的记忆里,没想到几十年里他们又有了那么多的经历和故事。

妹妹还带回了一本"修文县上海上山下乡知识青年名册",是目前仍留在县政府工作的一位上海知青送给她的,觉得或许会对叶辛的创作有用,让儿子特意把名册送到了叶辛的家中。

叶辛如获至宝,立即翻看这本名册,信笺上印着"修文县革委会"的字样,每一张信笺的抬头上都印着"敬祝毛主席万寿无疆"一行大字,从这些迹象上看,这是1969年他们初下乡时修文县知青办的工作人员编制的。名册将上海远赴修文山乡插队落户的462名知青的简况,均标注得清清楚楚,每个人的姓名、性别、家庭成分、政治面貌、毕业学校、文化程度、在上海的家庭地址,住在哪个区和当年在哪个公社、哪个大队、哪个生产队插队落户,都标注得一目了然。他还发现在几乎不被人注意的"家庭出身"一个半寸宽的小框里,有工人、职员、小业主、资产阶级、干部、反革命、富农、地主、摊贩、工商地主、坏分子、旧军人、历史反革命、自由职业者、个体劳动者、兵痞、伪警察、店员、伪职,还有至今都是模糊不清无法释义的私方、劳动者、四类分子等等,活脱脱就是一幅上海社会的百景图。

在名册最后标有"备注"的小框里,不知是知青办的哪一位有心人,还把所有462名上海知青离开农村以后的去向都标了出来,有的进了县化肥厂,有的在师范学校,有的在贵阳工学院,有的到了县镇农推站,有的在中小学教书,有的在税务所,有的去了水泥厂,有的转往外省农场,有的转点去了安徽,有的进了302厂,有的进了铁路局,有的去了四川、南通、福建,有的医学院毕业在上海某医院当医生、有的在百货公司,有的在化工学校,有被判刑后刑满释放的,还有游泳淹死的、汽车轧死的……

看着五花八门的备注,叶辛感叹起来:原来,462个人的命运,竟有天壤之别,社会上有多少职业,知青们就有多少种去向,人生中有多少种可能,知青们就有多少经历。有一位女知青的备注里写着:卫校开除退回生产队转往上海。一行字,三种字体,显然是三个工作人员随着女知青情况的变化而跟踪填写的,短短的十几个字,透出了女知青的人生变化和跌宕命运。

名册中叶辛还看到了一些当年因为各种原因而名声大噪的知青,有先进知青,在当年是呼风唤雨的人物;有因强奸了农家女子而臭名远播的;有未婚先孕,生下孩子无奈送人的;有惯偷,偷了抓,放了又偷的……

知青岁月的无数往事叠印在一起,让叶辛心中波澜起伏,感慨万千。是啊,知青是一个特殊的群体,他们出身于不同的家庭,性情各异,青春时期各有各的追求与理想,在那段共同经历的知青岁月中,他们或许有过幼稚和真诚,有过愚蠢和冲动,有过过错和悔恨,或许还有过悲剧,背负上沉重的灵魂,如今年过60,经历了命运的磨难和岁月的洗礼之后,在人生的路上殊途同归,他们终于明白,再辉煌绚烂的东西,最终也会输给时间。

叶辛陡地感觉到:就用一群老知青重返第二故乡的旅程,来写一部新的长篇小说,不是一件十分有意味的事情嘛!

叶辛激动起来,很快就构思了这部长篇小说的人物和故事,恨不得马上就动笔写起来。尽管他有一股强烈的创作冲动,但还是依照自己的创作习惯,让它冷却一阵,沉淀一段时间,一是他想等待一个好的开头,二是期待再一次的创作冲动。

叶辛将创作笔记放进抽屉里,他等待着……

一个等待已久的开头

两年后的一天,叶辛等来了一个感人的故事……

2010 年 4 月初,叶辛正在重庆参加中国作协七届九次主席团会和七届五次全委会。4 月 3 日,会议结束后不少作家已离渝回家,叶辛则随队赶赴武隆去看天坑,当天晚上 9 点半才能结束集体活动,次日早上 8 点飞回上海。

在去武隆的路上,叶辛突然接到《重庆晚报》一个记者的电话,这个记者叫张一叶,她采写的新闻故事《重庆知青哥,傣族冰糕妹———一段埋藏了 31 年的纯真爱情》,刊登在 4 月 2 日的《重庆晚报》上,引起了重庆的街头巷议,反响强烈。

故事讲述的是重庆知青哥陈俊在西双版纳插队期间悄悄地爱上了傣族的冰糕妹依香娜。陈俊爱弹吉他,还会吹口琴,被知青们奉为"才子",可是在贫穷落后的西双版纳,他感觉自己的生活仍是一片灰色。1976 年春天的一天,天气闷热,21 岁的陈俊从另一个知青营队玩耍归来,经过场镇劳动服务公司时,他又累又渴,像往常一样,径直走了进去。他递过 4 分钱,买了一只冰糕,伸手接冰糕的一刹那,他呆住了,不知什么时候,冰糕柜前的大妈,换成了一个年轻美丽的傣族姑娘。姑娘身着傣族服饰,身高 1.7 米左右,唇红齿白,双眸明亮,俊秀俏丽,十分迷人。陈俊怔怔地盯着姑娘,直到手中的冰糕快化了,才红着脸走开。

从那天起,不管刮风下雨,陈俊都会穿过三个寨子,跨过一条河,走 10 多里山路,花一个多小时去赶勐捧街,再去劳动服务公司买一支 4 分钱的白冰糕。他突然觉得,乏味的白冰糕变得特别甜美,这个怨恨了多年的地方也变得美丽起来。

这个卖冰糕的傣族姑娘依香娜,当年16岁,刚参加工作。她每天上班除了穿上最漂亮的傣服,还会特意采朵鲜花插上发髻,成了勐捧街上远近闻名的"一枝花"。

每天,不少男知青往劳动服务公司跑,慢慢地依香娜发现,许多人买完冰糕半天不走,傻傻地站在门口看她忙碌。

陈俊是这些知青里最执着的一个,他每天背着吉他准时出现在依香娜工作的商店,陈俊深情地弹奏起《三套车》《鸽子》……他身边会围满听众,陈俊众星捧月宛若明星,每一曲结束,他都帅帅地一甩头,人群中就会爆出阵阵掌声。

帅气的陈俊,美妙的吉他声,深深打动了依香娜,听陈俊演奏也成了她每天最快乐的事。除了买冰糕,两人没多说一句话,但懵懵懂懂的感情不知不觉地滋长了。

一次区里放露天电影,陈俊赶到时,早已没了位置。依香娜已悄悄安下一张长凳等着陈俊,就在陈俊焦急地四处寻找座位时,被依香娜一把拉住,把他带到一边,远离了朋友,两人挤在70厘米长的板凳上,陈俊的心一直"咚咚"地跳,直到电影放完,也不知道看的是什么。

那天以后,他们成了好朋友。陈俊常常骑着自行车带依香娜穿行在香蕉林里,为她弹奏那曲永远听不厌的《鸽子》。

有一次下大雨,大河涨水,河面宽达100余米,没有船只。依香娜以为陈俊不会来了。可是商店刚开门不久,陈俊手里拿一只菠萝,全身湿漉漉地站在依香娜面前,他为了给依香娜送菠萝,竟然不顾涨水游泳过了河。

1979年,知青开始大返城,得知这个消息后,一直盼着回城的陈俊又喜又忧。晚上他夜不能寐,犹豫不决,面对父母的催促和城市生活的诱惑,24岁的陈俊决心放下西双版纳的一切,回到重庆去。他不再去赶勐捧街,害怕看到依香娜期待的眼神后,自己会改变主意。

一个多月后,陈俊跟众多知青一起,坐上回城的拖拉机。经过勐捧街劳动服务公司时,拖拉机停下买东西。陈俊躲在人群里,慢慢地蹲了下去。透过人缝,他看到依香娜正焦急地向车上寻找和张望,陈俊本能地站起身来,张了张嘴却什么也没说,又坐了下去,他拼命躲在其他知青身后,并狠心地背过身去……

回到重庆后,陈俊顶替父亲进了歌乐山第一精神病院工作。他悄悄地把对依香娜的感情埋在心里,但依香娜的影子却挥之不去。

20世纪90年代,反映云南知青生活的电视剧《孽债》风行全国的大江南北,陈俊看后感慨万分。当年他和依香娜虽然互生爱意,但连手都没牵过,这一段纯真的感情,虽然没有留下"孽债",但电视剧表达的那份情感是他亲身经历过的,当年的情景会时时浮现在眼前。

岁月无情,54岁的陈俊患上肺癌,身体憔悴,他不时地怀念起依香娜来,一幕幕陈年往事又情不自禁地涌上他的心头。

也正在这时,重庆知青大聚会,有人提出说说当年最漂亮的傣族姑娘,没想到众人一致认为冰糕妹依香娜是心目中的美丽女神。大家突发奇想,开始寻找依香娜。

在昆明有生意的知青苏慧生,几经周折,终于找到了依香娜。一番叙旧之后,依香娜把尘封心底的往事和盘告诉了苏慧生,并委托苏慧生帮忙打听陈俊的消息,她说:"30多年了,我一直想知道他过得好不好……"苏慧生被深深地感动了,答应一定帮依香娜打听到陈俊的消息。

回重庆后,苏慧生立即通过知青四处联系,辗转找到了陈俊。苏慧生将陈俊约到茶楼里,拨通了依香娜的电话,依香娜听到陈俊的声音,语无伦次不断重复着:"真的是你?31年了,我好不容易才找到你……"陈俊也早已语带哽咽,两人握着话筒不知说什么,却又久久不肯放下……

电话里,依香娜一再邀请陈俊到昆明去玩,而陈俊身体虚弱,已无法成行,两人只好时不时通过电话叙旧。

陈俊知青年代纯情的故事,打动了妻子谢寿珍。陈俊病情加重,身体状况每况愈下,妻子觉得找了30多年,无论如何也要让他们见一面,别留下遗憾。她背着丈夫,悄悄拨通了依香娜的电话,约她来重庆。

找了31年,等了31年,两人终于在重庆陈俊的家里见了面,曾经的俊男美女,现已两鬓染霜,一个因肺癌极度虚弱,一个因脑血栓后遗症行动蹒跚,时隔31年,再次相见,两人老泪纵横,泣不成声。

陈俊曾多次提到《孽债》,希望有一天自己这段没留下"孽债"的故事,也能像《孽债》一样,给众多知青留下一段纯真的回忆。

重病中的陈俊,4月3日看到新闻报道,得知叶辛正好在重庆出席作协会议,他联系到《重庆晚报》采访他的记者,请她帮忙联系,渴望与叶辛见上一面。

叶辛接到记者打来的电话,提前结束了武隆的行程,晚饭都没来得及吃,一路驱车赶回城时,已是晚上9点,他又风尘仆仆地赶到陈俊的家里。

看到年过花甲的叶辛真的站到面前,一天没吃饭的陈俊激动地挣扎着从病床上爬起来,断断续续地说道:"叶老师,您——写的——《孽债》,写得太好了!"

陈俊还告诉叶辛,电视剧《孽债》很真实地再现了他知青年代的经历,每天守着看,巴不得打电话到电视台要求一口气放完。后来,每次重播,都是一次不落地看。

叶辛掏出特地带来的一本《孽债》送给陈俊,当场给他签名并写道:"让我们永远记得那段难忘的日子"。

陈俊手捧这本展现知青生涯的长篇小说《孽债》,面泛喜色,爱不释手。但由于他病情太重,说话困难,只好委托妻子谢寿珍播放了依香娜来渝的视频。

名为《相思的债》的视频上,依香娜风韵犹存,但因曾患脑血栓而行动不便,陈俊更是面容憔悴。叶辛看完视频,深情地说道:"岁月无情,但他们的美好经历值得回味。"

临走前,叶辛掏出身上的 1000 元钱,悄悄夹进送给陈俊的书里。他不喜欢购物,这些钱是他此次来渝开会带的全部盘缠,希望陈俊能恢复健康。

陈俊与依香娜的纯真爱情,也深深地感动了叶辛,两年前构思的那部小说的开头正需要这样一个引人入胜的故事壳子,揪住读者看下去。陈俊与依香娜的动人故事,正是他期待着的小说开头,他决定将他们的故事纳入构思中的新书。

回到上海,叶辛又一次产生了强烈的创作冲动,他捡拾起搁置了两年多的构思,以陈俊和依香娜为原型,增加了肺癌晚期的方一飞和念念不忘一往情深的情妹蒙香丽这样一组人物关系,起笔创作这部新的长篇小说《客过亭》。

沉重的心灵之旅

《客过亭》是叶辛第十部知青题材的长篇小说,与以往不同的是,他是以老年知青的一次"第二故乡之旅",来描绘知青晚年的生活和心灵上的重负,写的是一本沉甸甸的人生之书。

小说的开头,就预示着这是一次不同寻常的旅游。老年知青方一飞的妻子钱洁找到一位知青出身的商人汪人龙,请求他为重病之中的丈夫寻求下乡时的初恋情妹蒙香丽。方一飞知青岁月里究竟有一场怎样的恋情,以致感动了妻子,使她如此违背常理地要把丈夫的情人叫到他身边来?

牵挂当年插队落户山乡的又岂止是方一飞一人,参加这次"第二故乡之旅"的老年知青,个个怀有心事,他们刚从工作岗位上退下来就结伴返回当年插队落户的山寨去,其实是希望通过这次"第二故乡之旅"了却一些心事的,谁知故地重游却更加触碰到了他们的疼处,让这次旅行成了一次沉重的心灵之旅。老年知青汪人龙是古玩书画商人,做古玩字画生意赚了大钱,他是特地为武斗中被流弹打死的一同下乡的同学沈迅宝去上坟的,多少年来,他保守着两个秘密:一是沈迅宝是陪自己去省城看病而被流弹打死的,是为了自己沈迅宝才葬送了年轻的生命;二是自己的发迹完全得益于当年沈迅宝藏匿的价值连城的名画,他独吞了这笔钱财。这个无人知晓的秘密,让他于心不安,他也暗中帮助沈迅宝下岗的妹妹而进行灵魂的自我赎救,但是这些秘密就像一块大石头,沉重地压在他的心上。当面对沈迅宝的坟墓,他的灵魂颤抖了,固守多年的心理防线彻底崩溃了,他扑倒在沈迅宝的坟头,多年来灵魂深处的忏悔化成了撕心裂肺的大哭;山乡里美貌惊人的羊冬梅,当年因知青丘维维而变成了丑陋的恶魔般的疯女人,丘维维来到山乡再次碰见了变疯的羊冬梅,她故作镇定,但是她的精神状态却已近乎毁灭。丘维维开始惶惶不安,惊魂不定,感觉到自己一段隐秘的历史,正被一双疯狂的眼睛注视着,他恐惧的内心里充满了犯罪感,他说:"多少年里,我总以为一辈子得风得雨,想要的多半能得到。羊冬梅的出现才让我陡地明白过来,一个人当年有意无意犯下的错,迟早是要得到报应的。"罗幼杏与何强当年在激情与欲望的驱使下未婚先孕生下了一个男婴,生活和道德舆论的双重压力,使他们悄悄地把孩子送给了当地素不相识的农民,罗幼杏这次实则是到山乡寻找儿子的,只有找到儿子她才能了却终生的牵挂和伤痛;季文进怀揣着十五万元的动迁款,是专为寻找当年抛下的怀着孩子的未婚妻雷惠妹赔礼赔罪的,可是当他见到历经艰难的雷惠妹和从未谋面的一副农民模样并已经结婚生子的儿子时,心里像灌进了铅一样沉重难忍,他已经当了爷爷,可是他根本不知道世上还有这样一个儿子,自责、愧疚的心情可想而知;方一飞在大返城的时候,面对苦尽甘来、峰回路转的机会,他义无反顾地抛下了恋人回归了城市,但是记忆不会泯灭,而且还会时常隐隐作疼,已是肺癌晚期的方一飞在弥留之际,依然念念不忘一往情深的情妹蒙香丽,与之不辞而别的负疚感让病床上的他深感痛苦;本来心情最为轻松的是缉毒大队长应力民,却因一桩未了结的女知青失踪案查出了下落,深为自己年轻时办案工作中一个小小的疏忽失去了破案线索,并错误地把男知青岑达成当成了杀人凶手,造成了岑达成终生的精神痛苦,使他潦倒一生,应力民为此后悔不已。

过去的知青文学作品,大多着墨于知青的生存状态,正面地反映他们的真实命运,而叶辛在长篇小说《客过亭》里,所有的故事都集中在一次老知青的"第二故乡之旅"之中,将知青群体的无数人生故事都汇聚到了一个原点,从"老知青"的视角和对过去的追忆,去不断地探寻这个群体的生命密码,进行人性上的反思和灵魂上的自省,一件件隐秘的真相,揭开了他们的伤疤,他们只得在忏悔中进行灵魂的自我救赎。

在《客过亭》中,叶辛发出了"不是一切创伤都能愈合,不是一切错误都能弥补"的人生感叹,深刻地描摹出了知青一代人的命运和他们灵魂的挣扎。

从知青时代的《蹉跎岁月》,到后知青时代的《孽债》,再到老年知青的《客过亭》,叶辛跟随着知青一代人的生活脚步,创作完成了《蹉跎岁月》《孽债》《客过亭》知青三部曲,完整地描摹了知青一代人几十年的人生轨迹和命运轨迹,也为沉寂了多年的知青文学画上了一个圆。

《客过亭》引发作家和评论家的高度关注

人生是匆匆的过客,人生驿站上的"客过亭"依然还在,但物是人非,一群年届花甲的老知青结伴回到当年上山下乡的村寨,追思走过的人生道路,体味中国历史上的那一段阵痛,有着反思人性、追问历史和警示后人的意义。

希腊哲学家苏格拉底曾经说过的:"未经审视的生活是不值得过的。"一个善于反思的民族才有可能达到文化上的自觉、自信和自强。长篇小说《客过亭》正是这个意义上的一部追思之作、体悟之作、反思之作,它有着文学的深度、力度和厚度。

这部长篇小说出版后,在社会上尤其是文学界和文学评论界引起了很大的反响。《人民日报》《光明日报》《文艺报》《中国文化艺术报》《中国社会科学报》《天津日报》《深圳晚报》《华夏文坛》等众多主流报刊纷纷发表评论文章。中国作家网、华夏作家网、光明网、中国文明网等许多网络媒体也不断转载,美国的《CHINA FORUM》(中国论坛季刊)杂志还转载了发表在《文艺报》上的《一代人的命运展示和灵魂深处的挣扎》的《客过亭》评论文章。一些文化单位和团体也不断召开长篇小说《客过亭》的研讨会,从不同角度和不同侧面,探讨这部长篇小说的内涵。

在北京,张抗抗、仲呈祥、吴秉杰、阎晶明、白烨、张水舟、张亚丽及部分知青读者共聚一堂,就这部作品展开深入的研讨。

中国作协党组成员、副主席、书记处书记、作家出版社社长何建明评价说,叶辛是中国知青文学最具代表性的作家之一,他的知青题材作品一贯"打得很响",所以出版社对这部作品的市场前景充满信心,并将其列入了重点书目之中。近年来图书市场新作不断,但是文学精品并不算多,作家社要寻求持续的良性发展,很需要像《客过亭》这样市场与社会效益"双响"的作品。

中国作协副主席张抗抗也是知青作家,她与叶辛相识在30世纪70年代中期知青时代的创作之初,对叶辛这部长篇小说《客过亭》更有感触,她对这部小说的名字印象深刻,"'亭'是一个封闭的结构,'过'则是流动的,'客过亭'三个字营造出匆匆过客的意象"。《客过亭》可读性强,秉承了叶辛一贯的创作风格,体现出他架构情节、设置人物的能力。知青文学发展到今天,大家都在探索其深入发展的途径和可能性,思考那个时代留给了我们什么。

叶辛在这部作品中综合了《蹉跎岁月》和《孽债》的长处,并从向时代的发问转到对知青自身的发问,这是一个很大的突破。叶辛的创作如同一台摄像机,完整地记录了知青各个历史阶段,填补了知青文学转折期的空白,可以说画了一个近于完美的'圆'。"

中国传媒大学影视艺术学院院长仲呈祥教授,曾经担任过国家广电总局副总编辑、中国文联副主席、书记处书记,他从事专业文艺评论工作已经30年了,他将《客过亭》这部作品认同为"反思之作"与"体悟之作",深有感触地说,一个作家在一口深井中不断挖掘,这需要恒心和定力,叶辛的坚持正是因为他的反思。如今市面上的作品流行对读者的阅读神经进行生理上的刺激,这在某种意义上是阅读审美与反思能力衰减的表现。在知青群体普遍迈入老年的当下,《客过亭》追问了这个群体对历史的反思与责任,就审美思维而言是迈上了一个新的台阶。

中国作家协会创研部研究员、主任吴秉杰从叶辛的《客过亭》中读出了"心结"与"心债",他觉得每个人都要面对自己的内心,这部作品从众人的经历中提炼出一种亲切的、痛苦的而又"无解"的情感,对这段真实的历史做了一段心灵层面的总结,也写到了我们民族的一些根本上的东西,这对"80后""90后"甚至更后面的读者也有相当的启示意义。

著名文学评论家、中国当代文学研究会会长白烨认为,除了贯穿性,叶辛的作品在知青文学中还具有介入早,起点高,比他人觉悟快、反思彻底的特点,立足知青文学,同时又超越了知青文学。在这部作品中,每个人都有一段悬疑性的故事,引人入胜,发人深思。《客过亭》告诉读者,不是一切创伤都能愈合,不是一切错误都能弥补,人与人、人与自然、人与历史之间都有一个"如何善待"的问题。

小说《客过亭》研讨会召开之时,著名作家梁晓声因时间不便未能出席,特亲自写信给叶辛,直陈作品创作的得失之处,探讨知青文学的价值所在。梁晓声的信刊登在《光明日报》上,人民网、光明网、中国作家网等都纷纷转

载了梁晓声致叶辛的这封信,信的内容是:

《客过亭》读后致叶辛　　梁晓声

尊敬的叶辛副主席:

尊敬的朋友:

大作《客过亭》收到,刚刚读完。

现将读后心得汇报如下:

1. 插队知青也罢,兵团知青也罢,近年多有自发组织"旧地重游"之现象。但这样的活动,我却一次也未参加过。兄的大作,以小说之方法叙述了一次知青们的"回访",角度很新,是我读过的第一部这样角度的小说。

2. 小说中设置了对一桩以往旧案的现在时破解,起到了悬念的效果。在"回访"群体中,两位男主人公在当地留下了纠结不脱的遗情故事,不,算上安康青,应是三位这样的男子,还有托他们找儿子的,路上还有些现在时的男女之情发生,比如白小琼对汪人龙就是在这一路上发生好感,并且似乎想要进一步发生一夜情。倘非沈迅碍事,很有可能了愿……这些人事,组合在一个当年的知青小群体里,并且一路上继续抖落出一些新情节,给我一种在读克里斯蒂《东方列车案》似的感觉——很小说,也很上海。我这么说,绝无贬义,但也并不完全就是褒义,而只不过是一种主观印象的坦白。我觉得,插队知青和黑龙江生产建设兵团的知青,即使在当年,情感表现和行为方式都是极为不同的。或许正是这一点,决定了同样是现在时的"回访"这一种事,过程竟也那么的迥然。

兄呈现了这一区别。

而于是,小说对于知青这一庞大群体的南北差异性具有了一定量的文学以外的研究价值。

3. 我喜欢《客过亭》这一书名。

比之于祖祖辈辈的农民,当年的知青真的不过是过客。广而论之,谁又不是人间过客呢?但这"客"字,足以代表大多数,不能代表全部。比如当年一些所谓"黑五类"或"黑七类"子女,他们的人生遭遇,往往便与"客"字无缘了,更接近着"发配"。

4. 两名题记,我很认同第二句。对第一句是不认同的,尽管是普希金的话。普式之死是令人同情的。但观其一生,其实并没多么的痛苦过。他最大的痛苦,乃是觉察到美丽妻子对他的不忠。故我认为,他这句话实在是挺那个的——对痛苦的解说味道太甜了。

恰恰相反,我倒认为,有的痛苦伴随终生,希望变成亲切的回忆谈何容易?除非是高僧大德,或庄子第二。

我并不认为大多数知青当年的经历是痛苦的。

几亿农民世世代代为农,对大多数的知青,倘言痛苦,未免娇气。

但就是觉得,普式的前一句话,不足以代表真痛苦过的人的切身感受。

我觉得你应该选到更好的引言。

而你没有。

我对你不满意。

5. 我很在乎写当年的知青生活是否带出"文革中国"的背景。倘滤得很干净,在我这儿就是"伪"。"上山下乡"与"文革"是重叠在一起的。我们既是"上山下乡"的亲历者,又是"文革"的见证人。别人遮蔽随人家去,但我们有记录的历史责任和文化责任。

这一点兄写得很充分。

我大满意。

6. 你我都是知青一代幸运儿。大多数知青,返城后的人生况味,比是知青的当年强不到哪儿去。到如今,晚景凄凉凄苦者大有人在,每令人闻而揪心。

你写到了这一点。

好。

7.当年知青们"烧麻疯"的情节,令我震惊。尤其是你写到,还有知青攀树夜观——这太令人发指了。那个丘维维很可怕。

我只从书中看到了她受惊,没读到有关她忏悔的心理描写。

生活中做了恶事而不忏悔的人为数不少。

但对于中国,作家有责任通过文学作品传播忏悔意识。"高于生活",有必要高在这些方面。或反过来,将人做了恶事竟缘何毫无忏悔意识剖析给读者看,也是必要的。

两方面的必要,你都太吝笔墨了——这是我的一点点挑剔。

文人之谊,当以诚见。

在这一方面,我们太不如"五四"时期的前辈了。

我们应该向他们学习。

否则,我们的友谊岂不也是腐败的?

汇报完毕,仅供参考。

不当之处,包涵则个。

在上海,上海市人大常委会主任刘云耕兴致勃勃地读完了叶辛新出版的长篇小说《客过亭》,晚上特意打电话给叶辛,他感慨良多,感受深刻。刘云耕主任工作很忙,极少参加文学研讨会,他却饶有兴趣地参加了上海市人大科教文卫委员会和上海社科院文学研究所联合举办的长篇小说《客过亭》研讨会,会上刘云耕主任高兴地说:"过去这里是'往来有布衣',今天这里是'谈笑有鸿儒'。叶辛是上海市人大常委,又是科教文卫委员会的副主任,讨论他的小说非常有意义。小说我多年不看了,不过这本书我是一口气读完的,不累。叶辛做人做官是一致的,他对社会了解很多。这部书文如其人,作品贴近生活,富有海派特色,蕴含丰富的人生哲理,里面有上海的市井生活,我很有感慨。"

中国戏剧家协会副主席罗怀臻,一直十分关注知青文学,叶辛的新作他更是关注,他觉得叶辛一直关注知青这一代人的命运,关注这一特殊的群体,让人肃然起敬,而且表达不矫情,把文学性和世俗性结合起来,塑造人性的而非神性的人,感觉很亲近,他思索着这本书的主题,觉得是"放下",但又放不下。

上海作协副主席秦文君从另一个角度看《客过亭》,觉得《客过亭》是一部寻根之作,知青生活是叶辛的根,因为对很多人来说,年轻时的生活会影响他的一生。一部书能找到作家的"真我"才是好作品,而叶辛的书中有"真我",叶辛是个很纯的人,在这本书中有体现,继续保留很真、很纯的东西,即"寻根",寻找失去的东西。她认为《客过亭》也是一部很精彩的悬疑之作,书中设置了很多悬念,一个个悬念,推动了故事的发展,叶辛就像在摆龙门阵,阵法让人佩服。这部书还是一部通透的人性之作,《客过亭》塑造了人物群像,对人性基础上的世态人情的呈现真实、丰富。比如汪人龙,按照过去的评价,他就是一个坏人,而小说写来也很真实。季文进和雷惠妹的关系可信,有血有肉,很感人。另一个人物罗幼杏,如果不死,在生活中也找不到真爱的,叶辛把人物写到了位。

已故的上海作协副主席、原《萌芽》杂志主编赵长天觉得,咬着知青不放的作家,除了叶辛好像没有第二人。知青这一特殊的群体,以前没有过,将来应该也不会有。叶辛作为知青代言人、知青文学的代表,将来文学史上如果有"知青文学"这一章,叶辛是绕不过去的。叶辛走到哪里就把哪里当故乡,他与贵州保持着密切的联系。叶辛随口就有故事,这是小说家很重要的素质。《客过亭》里白小琼这个人物很重要,我们和上一代人差别不大,而下一代人和我们完全不同,虽然我们生活在一个时代,我们写知青不能不写下一代人。他觉得《蹉跎岁月》《孽债》《客过亭》三部作品的题目都很好,很贴切,但是他还期待着第四部。

著名文学评论家、原《文汇报》笔会主编刘续源则觉得,《客过亭》里季文进和雷惠妹的故事写得好,罗幼杏写得也好,他如果活下来复婚是可能的,因为人生无常。这本书最好的地方在于,这一代人即将退休的时候对人生的忏悔。叶辛是有生活体验的,人生不要留遗憾,这是叶辛纯的一面,几个人物,比如季文进和雷惠妹,也许是《孽债》的余脉,反而在这里面特别活跃。

上海市滑稽剧团团长王汝刚刚看完这本书,他以戏剧的眼光看,觉得这本书把上海与贵州,都市与乡村写在一起,像折子戏。他认为知青的故事一直在延续,知青的故事绝不是一个喜剧的故事,《客过亭》的人物、故事栩栩如生,是部很好的小说,应该努力把这部小说拍成一部好的电视剧。

有人做过统计,20世纪七八十年代写知青题材的作家有二三十人之多,但现在,还在坚持写知青文学的唯有叶辛一人。《客过亭》这部知青题材的小说,问世不久即引发热议。在奉贤海湾园举行的作品研讨会上,华师大中文系教授、著名文学评论家杨扬表示,知青小说千人一面的局面,在《客过亭》中有喜人的转变。在杨扬看来,小说不外乎有两种被人接受的方式:一种是给读者人生的解答(如托尔斯泰的小说),一种是给人审美的愉悦。但过去中国的知青题材小说,更多的是体现第一种,总在表达一种激愤,所以知青小说很多都是千人一面,人们渐渐觉得不好看,很无趣,知青小说的读者也越来越少,题材领域不断萎缩。出版于1982年的成名作《蹉跎岁月》当然也表达了一种激愤,但叶辛的高明之处就在于他很快进行了转型,《孽债》虽然写的还是知青,但已经由表达激愤转变为展现知青日后生活中的欲望,而到了这部《客过亭》,叶辛已经摈弃了怀旧和幻想,表现了一种"不愿意再回去"的思考了。

在这部小说里,叶辛思索了整整一代人的信仰和爱,描摹了逝去年代里他们生命轨迹中的尴尬和无奈,追问这群背上心灵重负老知青的爱情、人生和命运,探索一代人心灵深处和精神世界,向社会和历史发出了诘问,他觉得放下了些什么,心里轻松了不少。

让叶辛没有想到的是,这部小说能引起文学界和学界、评论界如此热议。

叶辛经常参加作品讨论会,发言者大多都是说些溢美之词和客套话,很多人作品都没读过,很少讨论作品的详细内容,而长篇小说《客过亭》的研讨会开了多次,每一次的研讨会上,作家和评论家们都认真读了小说,从文本上探讨这部小说的得失,这也从一个侧面反映了大家对他的厚爱和尊重,叶辛心里十分感动。

在长篇小说《蹉跎岁月》和《孽债》轰动中国之后,长篇小说《客过亭》能得到文学界和评论界的如此盛赞和高度评价,这也是一次极大的成功。

长篇小说《客过亭》创作的成功,使叶辛又一次攀上了创作的高峰。读者和文学界、评论界的反响与赞誉,就像一抹辉煌而艳丽的夕阳,给叶辛送来了一个美丽的黄昏。

第十七章
井喷式的创作晚年

几经风雨,几经沧桑,在时代的变迁中,在岁月的更迭里,叶辛这棵文学的大树,一直枝繁叶茂,并不断地开花结果。

《安江事件》:一个作家的良心

历史是不会忘记的,历史也是不能忘记的。

从人类的起源,到现代的文明社会,正是一部部经典的文学作品,记录下了人类历史发展的每一个脚印。

在长篇小说《安江事件》里,叶辛把自己的记忆以文学的样式呈现给了大家,这些记忆的画面都是我们经历过的历史,那么真切,那么触目惊心,那么撕心裂肺,那么撼动人心。

这篇作品的起因要从"文革"刚开始时说起……

叶辛上初三的时候,"文革"刚刚开始,中国掀起了"不忘阶级苦,牢记血泪仇"的忆苦思甜阶级教育活动,学校里特别做了糠菜团子给学生们吃,学生们吃着难以下咽的糠菜团子,都觉得旧社会很苦,苦不堪言,还是新社会好,只有新社会才能吃上白米饭。

三年以后的 1969 年,叶辛随着全国 1700 万上山下乡的知青洪流来到偏远闭塞的山寨上,山寨上同样对知青们进行了忆苦思甜的阶级教育,让大家记住旧社会的苦,知道新社会的甜。

忆苦会上,山乡的老农你一言我一语,叶辛听明白了,山寨上说的饿饭年代,是我国的三年困难时期,发生在1959年到1961年我国"大跃进"、人民公社时期,土地归了集体,村村寨寨吃上了食堂,大家敞开肚子吃,都感觉到了新社会人民公社好。可是紧接着全国掀起了大炼钢铁的高潮,土地里的庄稼倒在地里没人收,全国人民忙啊,再说土地是集体的,关自己啥事?大炼钢铁是头等大事,大家都忙着把自己家里的铁锅、铁盆凡是暂时不用的铁器,都扔到炼铁炉里烧成铁疙瘩。人是铁饭是钢,人们急吼吼地炼钢铁,好像来年就吃这些铁疙瘩似的。谁知庄稼没人收,明年肚子吃了亏,闹起了饥荒。老百姓人人饿得眼里冒金花,偏偏又刮起了浮夸风,层层干部拿集体的粮食往自己脸上贴金,纷纷虚报粮食产量,他亩产五百斤,你亩产一千斤,我亩产两千斤。当时的《人民日报》到处充斥着"人有多大胆,地有多大产""地的产是人的胆决定的""没有万斤的思想,就没有万斤的收获"的言论。很多专家纷纷讨论,粮食已经多到吃不完,要解决"粮食多了怎么办"的问题。结果庄稼一成熟,老百姓眼睁睁地看着收获的粮食全部缴了公粮,肚子仍然饿得"咕咕"叫,很多地区春天断粮,几乎人人得了浮肿病,活着的人都没有力气将死尸抬出去。

听了老农的控诉,叶辛脑子里闪现出一个镜头,那正是饿饭的年代,叶辛还只是一个十来岁的儿童,他看见上海嘉善路一家酱油店外面,每天下午3点钟就支起一口大锅,锅里是滚烫的米粥,来上海讨饭的叫花子一拥而上,排队领米粥吃。这些讨饭的人,大多来自安徽,他们破衣烂衫,露宿街头,靠讨饭为生。小小的叶辛心里纳闷:"怎么会有这么多讨饭的人呢?"

叶辛终于明白了,饿饭是政治方向出了错,是农村的政策出了错,是层层的干部作风出了错!

叶辛觉得,作家有记录历史和揭开真相的责任,这是一个作家的良心!

2013年,叶辛提笔写下了长篇小说《安江事件》。这篇小说,以安江市政协主席贺兴雨在一个清晨突然坠楼离世为由头,逐渐翻开了一页沉重的历史。这个安江事件,牵出了过去历史上一个又一个的"安江事件",让我们看到了在一个血淋淋的舞台上,上演的一幕接一幕的悲剧,而所有的人都在认真地扮演着各自的角色,虔诚的、盲从的、狂热的、残暴的,甚至心怀鬼胎的,那个特殊时代里的众生相和各种人物各自不同的命运,有的让人怜悯,有的让人心碎,有的让人愤恨。

一个人的遭遇,往往不是他个人的。在这篇小说里,叶辛用多个艺术形象和贺兴雨的命运,探讨了三年困难时期和"文化大革命"产生的根源,呈现了"文革"期间将阶级敌人及他们的子女异化和对他们施暴从恶的全过程,让大家看到了在当时的政治环境下狂热、盲目、仇恨、嫉妒、报复、自私、狭隘等人性弱点和人性恶的集中大爆发。

《安江事件》给了人们极大的警醒和警示,它告诉人们:人性的恶就如同一个恶魔,潜伏在人的内心深处,当政治气候达到了合适的温度时,人性之恶就会点燃,一幕幕血腥残暴的悲剧就会如此上演。从带血带泪的《安江事件》中,我们听到了叶辛的声声责问和呐喊:在苦难面前,那么多人失去了良知和正义,这到底是为什么?!

叶辛一口气写完了长篇小说《安江事件》,多年来如鲠在喉,终于一吐而快,欣然释怀了。邪恶无论隐藏多久,总会被正义揭穿,他觉得这篇小说里一幕幕惨烈的悲剧场面,足以引起人们的惊醒,自己作为一个作家,良心得以安宁了。

写完了《安江事件》,叶辛思考着再写点啥?

《问世间情》：问世间情为何物

久居都市，日子像无风无雨的海面，风平浪静，看不到波折，也感觉不到动荡，这种生活对一个作家来说是最要命的。

文学就是叶辛的生命，不写他手就痒，可是写些啥呢？

几年前，叶辛也关注过底层的社会生活，创作了长篇小说《缠溪之恋》和《上海日记》，他觉得似乎还没有完全沉到这座城市的生活里去，还没有找到这座城市和这个时代的一些焦点问题，还没找到一些人心灵上的需要和精神上的重负。

创新多么重要啊！只有捕捉到生活和时代的新意，才能创作出触及时代脉搏的好作品。

叶辛细细咀嚼着生活中的点点滴滴，想在生活的金矿中，挖出最有价值的东西。好在叶辛天生有一副小说家的敏锐目光，一旦沉进生活里去，总能在第一时间发现新的问题。他又一次想到了多年以前曾关注过的一种"临时夫妻"现象，这些问题已经积郁了多年，随着城市化进程的发展这种现象是消失了还是越演越烈了呢？

早在20世纪90年代末，叶辛就发现广西和广东中山市、佛山市的城乡接合部不但出现了农民工，而且这个群体陆续密集起来。

那时，中国改革开放的窗口刚刚打开，城市化进程快速发展，经济特区也不断设立，城市开始需要大量的外来劳动力。城市的需要就是召唤，成千上万乡村里的年轻人，舍家撇小，告别了自己的家园，义无反顾地跑到繁华的城市里，去过城里人一样的好日子。

谁知繁华的城市也并非天堂，票子赚得很辛苦，日子也依然艰苦。因为常年在外，夫妻分居两地，他们寂寞无助，孤独无依，需要生活上的照应，需要心灵上的陪伴，也需要情感上的慰藉，一种不可思议的"临时夫妻"现象油然而生了。

杂志上不时地刊登农民工"临时夫妻"真相暴露之后大打出手的故事，有的被打断了腿，有的被打断了肋骨，甚至诉诸法律，这让叶辛深感忧虑。

改革的洪流席卷中国，洪流中也有沉渣淤泥泛起，叶辛知道这些都是改革开放和社会发展的支流，而文学要表现社会的主流，这些东西是社会的阴暗面，是写不得的。他习惯性地把这些印象深刻的材料记在日记里，没有去想创作的事儿。

2013年，十二届全国人大一次会议期间，有一名全国人大代表叫刘丽，她是厦门三度足浴有限公司的洗脚妹，在"一线工人农民代表谈履职"为主题的记者会上，她提出了打工族中的"临时夫妻"现象，引发了媒体的广泛关注。据她介绍，来自农村的打工族，大多已在农村结了婚，因为家里老的太老、小的太小需要照顾，只能一个人留在家里，另一个人出去打工。因为长期两地分居，就出现了一种建立在不影响夫妻关系的情况下，重新组建的"临时夫妻"现象。她痛心地说："也许很多人听了很意外，但是在我身边，在我这个群体里非常常见。这个年代也不像以前，一个女人可以抱着一个贞节牌坊过一辈子。但是这种现象，导致了本来就早结婚的农村夫妻婚外恋越来越多，离婚率也不断增高，导致了两个家庭都不得安宁，更影响了下一代的教育。"

看了电视报道，叶辛很惊讶，改革开放之初他就注意到的现象，竟然发展得如此普遍和严重，既然身处基层一线的全国人大代表都如此呼吁，来源于生活高于生活的文学更应该去表现才是。他决定把文学的笔触伸进这些"临时夫妻"的内心深处，去探究他们精神上的苦楚和无奈，展现他们的生活场景，以引起社会的广泛关注。

叶辛开始走进上海的城乡接合部，去了解农民工的生活和心态，了解他们的喜忧悲苦。

有一次,他走进了上海城乡接合部一个贵州老板的电缆厂,他与民工们座谈聊天得知,原来上海的民工中也有很多"临时夫妻"现象,他们各自有家庭,并不与农村的妻子或丈夫离婚,在城里又组建了"临时夫妻"家庭,一起过日子。很多"临时夫妻"被留守在农村的另一半得知后,闹得不可开交,还有的闹出了人命案子。

还有一次,叶辛走进了一个民工集体宿舍,房间里潮湿阴暗,散发着一股子臭味,一个房间里住着大大小小几家人,晚上布帘一拉就睡觉。看到这种情景,他惊呆了,如此的生活,怎能不出问题?

生活在艰苦条件下的民工们,也是人,也有情感,有欲望,为了解决自己生理上的欲望和心理上的孤单,他们不得不组成了"临时夫妻",社会又将如何看待这种"临时夫妻"的现象呢?

2014年,叶辛创作了长篇小说《问世间情》,讲述了一个本分的农民工索远与两个女人之间纠结冲撞的情感故事。索远在城市工厂的流水线上做领班,他工作出色,深得同事的喜爱和老板的赏识,但是他与农村的妻子长期分居两地,打工过程中漂泊的寂寞、灵魂的苦闷和生理的欲望,让他自觉不自觉地与流水线上的女工麻丽组成了"临时夫妻"。不料家乡突发洪水,冲走了索远年迈的父母,家乡的妻子和年幼的女儿孤苦无依,只好来投奔远在上海打工的索远。而麻丽与在外地当包工头的丈夫常年分居,感情早已破裂,在与索远做"临时夫妻"的三年之中,她与索远产生了深厚的感情和生活的依赖。妻子与女儿的到来,打破了索远生活与内心的平静。之后,他颤颤悠悠地行走在情感的钢丝上,在两个女人的感情旋涡里苦苦挣扎,无法割舍,无法抉择,精神极度地煎熬和痛苦。

长篇小说《问世间情》,是最早关注农民工中"临时夫妻"现象的文学作品。小说中虽然是一些平凡小人物的悲苦人生,但是叶辛以文人的悲悯情怀,感知他们的所思所想,探知他们精神世界里的无奈和苦痛,描摹出了他们艰辛的生活图景。这些有血有肉的小人物的喜怒哀乐,不也折射着我们这个时代巨大而微妙的变化和发展中的困顿吗?

在这个城市里,有一个庞大的外来群体在过着另外一种生活,而那些真实的存在,是过去我们很少甚至从不曾去关注的。

叶辛把笔触伸进了处于城市夹缝中的农民工群体,他觉得应该把他们种种的悲苦生活和困顿人生描摹出来,替他们发出心灵的呼声,呼吁社会广泛关注,这是一份社会责任,作家有责任担当起来。

中央文艺座谈会:总书记激励继续创作

2014年10月15日,这是一个不同寻常的日子。

就在这一天,叶辛与中国72位文学艺术界的著名人士一起经历了一个历史性的时刻。

两天之前的13日下午3点20分,叶辛参加完中国作协和中国文联共同组织的走进美丽贵州的活动,从安顺回到上海,走出机舱门,叶辛打开手机,电话铃就急切地响起来,电话是中国作协办公厅的同志打来的,电话通知说:"10月15日星期三上午9时,习近平总书记在人民大会堂东大厅主持召开文艺工作座谈会,请你参加,请不要请假。因为联系不上你,我们已经通知了上海作协,请他们给你订明天到北京的机票。请你拿到票之后,通知我们航班,我们会安排车去接。"电话里讲得清晰明白,这次文艺座谈会是由习总书记主持召开的,能参加这样一次历史性会议,叶辛心里十分激动。

叶辛走到机场出口处,上海作协特意来接他的小罗早已等在门口,一见到叶辛就说:"请你给办公室小周打个电话,他让我转告你,有重要事情通知。"叶辛拨通了小周的电话,小周告诉他,已给他订了东航的机票,明天下午 3 点钟飞北京,到达北京的时间也已通知中国作协,他们会来接。

当晚 7 点,叶辛正吃晚饭,电话铃又响起,电话是李小东打来的,他是中国作协老领导金炳华书记的秘书,现在中国作协办公厅任秘书处长,是老熟人。李小东说:"我们接到通知,要你在会上发言,时间不长,七分钟左右。"

叶辛有点犯难,这么重要的会议,在中央领导和全国那么多名家面前发言,可不能乱说,从哪个角度发言好呢?他试探性地问李小东:"领导有没有说写哪方面的内容?"

李小东沉思了一下说:"没规定内容,建议你根据自己的创作实际,结合对当前文艺的看法,谈点自己的体会。"

这个晚上,一阵忙碌,但是发言稿终于确定下来了,叶辛心中踏实了许多。

10 月 15 日早晨,几辆面包车早已等在京西宾馆大楼前,通知说是 7 点 45 分准时发车,叶辛 7 点 40 分走出了大堂。

早饭之前,京西宾馆的大院里还有几分清冷,了无人影,这会儿,太阳一出来,感觉暖洋洋的,参加中央文艺座谈会的与会人员在这里集合,集体前往人民大会堂,院子里来来往往的,有了人气。

叶辛上了一号车,迎面见到了大个子冯骥才,和他握手招呼时,叶辛扫了一眼,发现整辆车几乎全都坐满了,王安忆、贾平凹、阿来、麦家、迟子建都在座,莫言坐在后排,见作家协会系统通知的与会作家已大多坐在车上,叶辛和众人打了招呼,就在面包车第一排的里侧坐下。一会儿,张抗抗匆忙赶来,她上车时整辆车只有叶辛身旁还有一个空位了,她坐下来,就急忙打听这会怎么开。

有人说:"我们只要到了会上,认真听总书记的报告就行了。"

也有人说:"还有人发言的,我们作协口子就有两位。"

张抗抗急忙问道:"哪两位发言?都是女作家吗?"

把座位都腾出来给了参会作家,中国作协办公厅主任胡殷红只得坐在司机旁边的车盖上,她转过来对着张抗抗说:"我们作协发言的有两位,一位是铁凝,一位是叶辛。"

张抗抗转过头去,问叶辛道:"你讲些什么?"

叶辛笑了笑说:"一会儿你就听见了,很简短的。"

面包车顺着长安街时堵时畅的车流缓缓前行,终于在上午8点半抵达了人民大会堂的北门,上了台阶,走进了东大厅,叶辛果然又收到了一份稿子,他对比了一下,三份稿子一个字都没改动,只是字体不一样,而最后这份稿子,字体更大,十分清晰,年纪再大的人,也不需要戴眼镜就能一目了然。

走进人民大会堂之前,每一位与会者都收到了一条短信通知和一份书面通知,上面写着参加本次会议的注意事项:1. 带上身份证。2. 请着便装。3. 不要带照相摄影器材。叶辛当过全国人大代表,参加过全国两会,每次都是要求代表和委员要着正装、佩戴代表证,收到这样的通知,叶辛心里想,这次会议的氛围肯定是更和谐更融洽。

8点40分前后,参加会议的72位代表已经在东大厅自己的席卡前入座。会上7位发言的人士面对着主席台。叶辛看了一下,坐在第一排右侧的是几位老同志:王蒙、冯其庸、陈爱莲、玛拉沁夫。他们后面坐着中国宣传口的部长们,中国作协党组书记李冰和中国文联党组书记赵实也坐在这一排。坐在左侧第一排的也是四位老同志:欧阳中石、冯骥才、靳尚谊、李维康。

8点45分,中央办公厅主任栗战书走进会场,和第一排的与会者一一握手打招呼,随后中宣部长刘奇葆也走进来和大家握手打招呼,他俩都是中央政治局委员,提前来到了会场,等候习总书记及中央其他领导的到来。开会前五分钟,栗战书给大家打招呼说:"总书记一进来,会就正式开始,整个会议结束以后,总书记会与每位同志合影留念,请大家稍候。"

9点之前,从上海调任中办的副主任丁薛祥同志走进来,把几份文件放在总书记的席卡上,然后在右侧第二排第一个座位上入座。9点整,以习近平总书记为首,刘云山、王沪宁、刘延东、刘奇葆、许其亮、栗战书走进会场,全体与会人员起立鼓掌,掌声热烈而又持久,总书记双手示意两次,大家才坐下来。

会议正式开始,总书记说:"今天召开这个座谈会,主要是想听听大家的意见和建议,同大家一起分析现状,交流思想,共商我国文艺繁荣发展大计。"总书记开场白之后,就是 7 位同志轮流发言。第一个发言的是中国作协主席铁凝,她发言的题目是《牢记良知和责任》,在她的发言中,又一次回忆到总书记和作家贾大山之间的感情,并提到总书记当年写的那篇《忆大山》。在她发言之后,总书记将当年他和贾大山之间的交往与感情,向与会人员娓娓道来,总书记十分赞赏贾大山对人民的感情和他对社会上不正之风嫉恶如仇的正义感。

轮到叶辛发言,他说道:

"最近,我又去了一趟贵州。上海的作家朋友们问我,你怎么对贵州乡下有那么大的兴趣?几乎一年要回去一次。我用一首小诗回答:'明丽艳阳耀山川,洁白云朵绕山峦。冬春夏秋到山乡,四季景观不一般。'这虽然有一点和朋友开玩笑的意思,但也是我由衷的体会。每一次回到我熟悉的贵州山乡,我总会发现生活当中的一些新的带着泥土味的实感的东西,心中也就会萌动起一股创作的愿望。

差不多 20 年前,我写过一篇《两种生命环》的短文,写到作家应该不断地向生活学习,用两副目光来观察生活的体会。我初到农村插队的时候,经常是用一双上海小青年自以为是的目光来看待贵州山乡里的一切,觉得山乡偏远、闭塞,甚至还荒蛮和落后。但是,在村寨上待得久了,慢慢地我的目光起了变化,我经常也会用一双乡下人的眼睛,疑讶而愕然地瞅着县城、中型城市、省城,瞅着北京,瞅着上海一年和一年不同的新景观,并且把这些新的人和事带给我心里的震颤用笔记下来。就是这样,当两副目光交织在一起的时候,我往往会有新的灵感冒出来,新的创作冲动涌现出来。

35 年前,当我创作长篇小说《蹉跎岁月》的时候,有出版社的编辑劝我说,知识青年上山下乡怎么写小说啊？我也为此困惑了很久,但是我后来想,我要写的都是我生活当中体验过的插队落户的生活,只要准确地把我们这一代人的思想感情表达出来,捕捉时代的新意,是会有读者的,所以,我还是把《蹉跎岁月》写了出来。事实证明,《蹉跎岁月》发表、出版,尤其是改编成电视剧以后,受到了广泛的欢迎。

20年前,我写作长篇小说《孽债》的时候,也有人劝我说,你这种故事,是知识青年命运中的少数,没什么典型意义。我也犹豫了,很久不敢下笔,但是我回想起知识青年的苦恼眼神,我想这是生活恩赐给我的,我应该把这样的故事写出来,因为这样的故事带着时代的烙印,它折射出来的是我们这代人的命运和感情经历,会给读者耐人寻味的思考。后来《孽债》出版了,也改成了电视连续剧播出了,同样受到了欢迎。

今年,我又写作了长篇小说《问世间情》,写的是进城打工一族中时有所见的临时夫妻现象,又有人劝我说,这是城市化进程中的支流。但是我看到生活中有过这种烦恼的感情经历的男男女女,像生活中旋涡般打转转似的情景,这是一种新的矛盾,处理好这样的矛盾有我们这个时代的新意。我还是把它写了出来。书出版短短几个月,就印了好几次。

不断地向生活学习,不断地感受生活,不断地在生活中捕捉新意,可以说这是我40年创作的一个信念。李白、杜甫、白居易为他们所生活的时代留下了不朽的诗篇,每一个有追求的当代中国作家也应该为我们的祖国和我们今天所生活的时代书写新的篇章。"

在叶辛讲到这一次去贵州乡村时,总书记插话问:"那是在什么地方?"叶辛愣怔了一下,又把那地方放慢速度重述了一遍:"那是黄果树附近的安顺市西秀区旧州镇浪塘村。"总书记听后,点了点头。

叶辛发言完毕,他抬起头来看着总书记,总书记也看着叶辛,然后说:"我和叶辛同志都是上山下乡的知识青年一辈,他讲到的一些体会和心态,像开始见到农村、农民的那种感受,我是很能理解的。他是在贵州插队,我是在陕北黄土高原。当时,我从延安坐卡车到延川县城,然后从延川坐卡车到文安驿公社,下车以后再徒步走15华里才到我那个村。这一路过去,走一步那个土就往上扬,比现在的 PM2.5 可难受多了。后来回忆当时的情景,我开玩笑说,那叫 PM250。晚上出来到村里的沟边上,看到的最大平面不足 100 平方米,看着窑洞里星星点点的煤油灯火,我当时说了一句非常不恭敬的话——这不是'山顶洞人'的生活嘛。当时对那里很不适应,有种距离感。但是,后来我就同老百姓打成一片了。我住的那个屋子有一排炕,因为就剩我一个知青了,睡的全是当地的农村孩子,虱子、跳蚤也都不分人了,咬谁都可以。晚上,我那个屋子就成了一个说古今的地方,由我主讲。最后,我发现他们有很多让我敬佩之处。我说,你别小看这一村的人,也是人才济济,给他们场合,给他们环境,都是'人物'。当时我们有这样的经历,也看到有这样的现象,这是活生生的,我觉得写这些东西才是真实的生活。"

习总书记还讲起有一次回城,他兜里揣着 5 元钱,豪气地对姐姐说:"今天我请你吃饭,你想吃什么随便点。"结果,姐姐想了半天,说想吃个榨菜肉丝。话音刚落,全场响起了欢快的笑声。习总书记喜欢博览群书,他还深情地回忆说,在插队期间,听说离开自己村子 30 里地的一个知青那儿有歌德的《浮士德》,他专门抽了个空,约了一个知青伙伴,走了 30 里地去向那个知青借阅这本书,那个知青起先不肯借,后来给他磨,他才勉强答应借三个星期。大家听了总书记居然有如此的借书经历,都"哈哈"地乐开了。听着习总书记深有感触地回忆下乡时的往事,大家看出总书记对插队落户生活和上山下乡的岁月怀有一份特殊的感情。习总书记与叶辛都有插队落户的经历,人们不由自主地感到,这段对话别有意味。听着总书记的回忆,叶辛不由得想起了总书记在 1999 年给知青们的题词:广阔天地,永难忘怀。

习总书记讲了许多往事和故事,叶辛听得入神,没有顾上把他的每一句话记下来,事后他觉得十分可惜。

10 点 20 分,7 位同志发言结束,习总书记说道:"下面我讲,会很长。"说着他望了望坐在右侧第一排的中国红学会名誉会长、90岁高龄的冯其庸先生,又对大家说,"今天出席会议的不少老同志年事已高,大家如果累了,就到休息室休息或者走动走动,请工作人员照顾一下。"

叶辛留神地扫了一眼,见工作人员很快就走到了几位高龄老同志身旁征询,几位老人都摇头,没有动,接着总书记作了100分钟的重要讲话。

习近平总书记的讲话,博得了全场热烈而经久不息的掌声。总书记走下主席台,走到每位同志面前,亲切握手并和大家热情交流。整个会场里洋溢着喜悦热烈的气氛,欢声笑语不绝于耳。

习总书记在与叶辛握手时,亲切地说道:"你写这些才是真实的。"并鼓励他说,"你还可以写。"

习总书记的鼓励,像一股暖流涌进了叶辛的心头。

三个半小时的会议,叶辛觉得仿佛只是一个瞬间,让他激动不已。会后,王安忆夸赞叶辛说:"你的发言最精彩,最实在,为我们作协,也为我们上海长了脸,总书记对你的发言回应的最多。"不少人也都对叶辛表示了同样的意思。叶辛看了中央电视台15日、16日晚上的详细报道和网络上的详尽叙述,他细细回想,似乎确像大家感觉的一样,能与习总书记如此面对面地亲切交流,他觉得十分荣幸。

一时间,叶辛的手机里信息爆满,曾经的一代老知青群体,反响更是十分热烈,他们从天南海北给他发来短信:"我太感动了!""你太幸福了!""真该好好祝贺!"他们喜悦和兴奋的心情也溢于言表,这是以往叶辛参加任何文艺会议之后从未遇到过的情景。

喜悦和兴奋很快就过去了,叶辛牢记习总书记"创作是自己的中心任务,作品是自己的立身之本,要静下心来,精益求精搞创作,把最好的精神食粮奉献给人民"和"艺术一定要脚踩土地,并追求真善美的永恒价值"的希望——他沉下心来,很快就投入新的创作之中。

《圆圆魂》：揭开陈圆圆归隐之谜

明朝的一代名妓陈圆圆,似乎身上藏着无数的秘密,她生在哪里,归隐何处,死在哪里,又葬在何处? 陈圆圆的一切,似乎都被几百年的沧桑所覆盖。只言片语、含糊不详的历史记载,引得学术界和各方人士众说纷纭,争论不休,更加让陈圆圆蒙上了一层层神秘的面纱。

叶辛对陈圆圆的兴趣,要从20世纪80年代初说起。那时,叶辛刚从插队落户的山寨调进省城贵阳,住在黔灵山麓的石板坡,离省政府很近。

有一天晚上,省政府一位多年从事信访工作的老宋兴冲冲地跑到叶辛家里,刚一入座,喝了一口茶,就对叶辛说:"你晓得吗? 陈圆圆的坟,在我们贵州岑巩县水尾镇乡间发现了!"

看到老宋喜滋滋的神情,叶辛不由得好奇起来。小时在上海读书时,他曾听说陈圆圆是苏州附近的昆山人,她的墓地也在苏州。到乡下劳动时,又听说陈圆圆死后葬在松江。听老宋一说,叶辛更加糊涂了,岑巩县地处贵州、湖南交界的山水间,那么偏远,她一个绝代佳人,怎会葬在岑巩乡下,忍受那无边无际的寂静?

老宋言之凿凿:"就在马家寨发现的,有墓碑,是她的十一世孙吴永鹏、十二世孙吴能江亲口说出来的。"

一代一代口传密授家史、族史,在中国闭塞的农村是常有的事,叶辛插队期间,一些偏僻寨子上的村民自称是远征西南的明朝大将军傅友德的后代,是沐国公沐英的后代,知青们听了都摇头讥笑道:"穷成这个样子,还自称是皇亲国戚呢!"

不料从1984年到1985年,国内的很多报刊都登载了马家寨发现陈圆圆墓的消息,学界沸沸扬扬,议论纷纷,开始争论起来。

据说,陈圆圆原姓邢,出身于货郎之家,母亲早亡,从小由姨夫家养大,便跟着姨夫改姓了陈,名沅,字畹芬,居住在苏州桃花坞。

陈圆圆自幼冰雪聪明,艳惊乡里。那一年,江南年谷不丰,重利轻义的姨夫将圆圆卖给苏州梨园,年少的陈圆圆就开始了她的演艺之路,开始演弋阳腔戏剧。每一登场演出,貌美如花,似云出岫,明艳出众,独冠当时,台下看客都凝神屏气,着了魔一般地入迷。

18岁时,陈圆圆已经是一位声色甲天下、倾国倾城的一代名妓,她色艺双绝,精于舞乐,能诗会画,名动江左,倾倒了无数江南风流名士。陈圆圆入京以后,成为崇祯帝田妃之父田弘遇的家乐演员。田弘遇因贵妃去世,日渐失势,为了巩固自己的地位并在乱世中找到倚靠,有意结交当时声望甚隆且握有重兵的吴三桂。吴三桂奉命出征山海关时,田弘遇便设宴为他送行。席间,"出群姬调丝竹,皆殊秀。一淡妆者,统诸美而先众音,情艳意娇"。而这位淡妆丽质的歌姬,就是陈圆圆。绝代美人陈圆圆的美艳让吴三桂十分惊诧,他"不觉其神移心荡也",田弘遇看出了吴三桂的心思,将陈圆圆赠送给了吴三桂,并置办丰厚的嫁妆,送到了吴府。李自成农民军攻占北京以后,陈圆圆被李自成的大将刘宗敏所俘虏。吴三桂本想投降农民军李自成,得知陈圆圆遭刘宗敏劫掳以后,怒发冲冠,愤而投降了清兵,并引清兵入关,李自成因而败亡,清帝国建立起来。吴三桂在兵火中找到了陈圆圆,军营团圆,此后陈圆圆一直跟随吴三桂辗转征战,吴三桂平定云南后,陈圆圆进入了吴三桂的平西王府,还一度"宠冠后宫"。可是吴三桂独霸云南以后,阴怀异志,穷奢极欲,歌舞征逐,陈圆圆因年老色衰,又与吴三桂正妻不合,况且吴三桂另有宠姬数人,陈圆圆日渐失宠,于是归隐山林,再也无人知晓她身在何处。

明末清初的诗人吴伟业在《圆圆曲》中一句"冲冠一怒为红颜",让《圆圆曲》成为流传千古的名诗,也使陈圆圆一枝独秀,名压同时代的董小宛、李香君、柳如是、寇白门、莴嫩娘、红娘子等名妓，也有别于薛涛、班超、李清照等历朝历代的风情才女。

陈圆圆人生跌宕，命运坎坷，又聪颖才气过人，三百多年来，不知有多少文人墨客为她作诗写文，《圆圆传》《后圆圆曲》等文章、戏文不计其数。身世、归隐、死亡、葬身等等陈圆圆的身上有无数个谜，引得多少人追寻、探究和感叹啊！

2003年，叶辛写下《陈圆圆归隐之谜》一文，在《新民晚报》连载了十日，引起了众多文人和读者的浓厚兴趣，有人还把报纸剪贴下来，有的人还来与叶辛探讨陈圆圆究竟去了何处。

一天，年过八旬的著名电影导演谢晋给叶辛打电话，约请他去华亭宾馆附近的办公室，电话里没有细说，叶辛猜想，谢导肯定是想找他写剧本拍电影。叶辛来到十八楼谢导宽敞的办公室，看到桌上凌乱地堆满了书籍和拍摄纪念品，深感年迈的谢导依然十分敬业。

不出所料，谢导精神矍铄地与叶辛畅谈了一下午，说读到了《十日谈》上叶辛的文章，非常感兴趣。他翻来覆去谈了一个主题，就是希望叶辛能把陈圆圆的题材写成电影剧本，由他负责筹资，拍成一部反响强烈又传之久远的电影。

在谢导的邀约和激励之下，叶辛开始准备起来，不知不觉，陈圆圆、吴三桂、李自成、刘宗敏等一些人物形象在叶辛的心里鲜活起来，生动起来，甚至他们的一言一行，叶辛在心里都能看得到。他按捺不住创作的激情，投入陈圆圆的小说创作之中，刚写出开头部分，却听到了谢导辞世的消息，创作这一题材作品的事也就此搁笔了。

小说写不成了，陈圆圆却驻到了叶辛的心里，让他念念不忘。三百余年里，不知多少人写过陈圆圆，不是把她写成一个妩媚多情、善解人意、忧国忧民、深谋远虑的救世才女，就是把她写成周旋于崇祯皇帝、李自成、永历帝、吴三桂、刘宗敏各种男权之间妖娆鬼魅、阴险放荡、迷恋权势的红颜祸水，这些都不是叶辛心中的陈圆圆。十几年之后的2014年4月,《新华每日电讯》发出了一条消息,经20多位历史学家多年论证,确认陈圆圆的墓就是在岑巩县马家寨,叶辛再次提起笔来,重新塑造他心里的陈圆圆形象,走进她的灵魂深处,探寻她身上的无数秘密。

2015年夏天,长篇小说《圆圆魂》刚一出版,就引起了一些人的关注,在一次活动中,原中国作协副主席、著名作家蒋子龙夸赞叶辛说:"《圆圆魂》你写得真不错!"陈圆圆、吴三桂等小说人物的鲜明个性和完全不同的形象,小说的悬念和意想不到的情节,也博得不少影视公司的关注,不断纷纷前来洽谈影视版权。

常言道,盖棺定论。这个三百多年都不曾有定论的奇女子,在叶辛的笔下又有了崭新的形象,有了可爱的灵魂,在九泉之下的陈圆圆也许想不到吧!

《古今海龙屯》:探寻土司王朝的秘密

海龙屯,曾是宋、元、明时期西南播州(遵义古称)杨氏的土司城堡。1600年,播州第29代世袭土司杨应龙因反叛朝廷,在24万明军114天的围攻之下,海龙屯城堡最终湮灭在战火之中。

大中十三年(859年)南诏酋龙自称皇帝,派兵侵占了播州。安南都护曾收复播州。咸通十四年(873年)南诏再一次攻陷播州。唐僖宗乾符三年(876年)山西太原人杨端应朝廷之募,与其舅舅谢氏率江西向氏、令狐氏、成氏、赵氏、犹氏、娄氏、梁氏、韦氏、谢氏等九姓子弟开始定居播州,明攻娄山,暗渡赤水,再一次收复了播州。罗荣五世孙罗太汪偕同征战,平乱之后朝廷命杨端"世袭"播州,建立了持续七百余年、共29代的杨氏土司政权。

金灭亡之后,蒙古与南宋开始了正面的冲突,蒙人采取由西到东迂回包抄南宋的战略,使四川重庆一片成为首冲之地,战事频出。

宝祐五年(1257年),两府节使吕文德与杨文商议"置一城以为播州根本",根据因山为城的防御理念,打算在险绝的地势上建筑"龙岩新城",也就是以后的海龙屯,平时练兵,战时作为行政、军事中心。宝祐六年(1258年)正月,南宋朝廷先派吕逢年到达四川,督办播州等地的关隘、屯栅的事宜。四月,下诏思州田应己前往播州共筑关隘防御蒙军。七月,"吕文德入播,诏京湖给银万两",一场由官民共筑关隘、以御蒙军的运动大规模展开。

明朝末年,杨氏29代"土司"、骠骑将军、播州宣慰使杨应龙与四川、重庆地方政权发生了矛盾,后来逐渐激化为军事冲突,演化为叛乱。

1600年,国力衰竭的明朝廷为了平定播州叛乱,倾全力调集八省24万大军分八路发动"平播之役"。战争初期,北面有川军3000人,在娄山关全部被播军歼灭、片甲不留,南面的乌江之战,又消灭了联军3万人马。相持了两个月,播州各地关隘相继失守。1600年农历四月十六,杨应龙只好带领一万七千人马仓皇退守海龙屯。四月十八,24万朝廷大军合围攻打,五十多天却攻打不下。总督李化龙感叹道:"囤即险绝,岂真天造地设,人迹所必不能到者乎?"

杨应龙的守军有天险可凭,又有足够的积蓄,还大都是骁悍勇猛的苗兵,海龙屯下面河谷中的朝廷军队死伤无数。两军对峙,苦战114天,朝廷大军终于爬上"后关",攻占了这座"固若金汤、坚不可摧"的军事要塞,杀播军两万两千多人,招降了播民十二万。六月初六,海龙屯被攻破,杨应龙一看大势已去,自缢身亡,杨氏土司七百多年的播州统治也随之灰飞烟灭。

"龙岩囤"被血雨腥风的战火焚毁,后来"龙岩囤"又被易名曰"海龙屯",意为"龙困于海,不能再兴云覆雨"。播州从此"改土归流",分为两府:一是平越府,划给贵州省;一是遵义府,隶属于四川省。

叶辛曾多次前去"海龙屯"遗址考察调研,残垣断壁静静地在风雨中飘渺地站立着,晨风暮雨,历史变迁,它形单影只地守候着这个城堡近千年的记忆。只有那些闪着明朝光亮的青花官窑瓷器碎片，还依稀透出杨应龙极度奢侈和荒淫无度的生活，这与他的祖辈可是大相径庭。

杨应龙的祖先们深谙平衡之道，能正确处理"家"与"国"关系，杨应龙的先祖杨粲曾作《家训》十条，第一条便是"尽臣节"，他的儿子杨价曾对天发誓："所不尽忠节以报上者，有如皦日。"杨价的儿子杨文，曾数次使危难之中的四川化险为夷，又向朝廷进献"保蜀三策"，因此杨氏才能世代拥有播土多达29代700余年。叶辛感慨万千，"家"与"国"关系的处理，不但考验着人的生存智慧，还能看出一个人的境界和胸怀。杨应龙如不是骄纵自负，心里只装着他的土司城，不把国家放在眼里，与朝廷对立，又心存谋反之心，触怒圣上，又岂能被灭身亡？

"海龙屯"被破，"从此四封千里尽入皇图，尺地一民尽归王化"，但是平播之战，使朝廷损兵折将，元气大伤，仅在44年之后，明朝廷的大厦便轰然而倒，江山从此易主。叶辛又在心里感叹："战争生灵涂炭，永远不是选项。"

曾经的"海龙屯"王宫，如今满目残垣断壁，一片废墟。星转斗移，世代更迭，风云变幻，"海龙屯"不正是掀开了中国近千年历史变迁的一角吗？

这个"家"与"国"的故事，让叶辛感慨良深，念念不忘。他常常会想，这个曾经的土司王朝，又给这一方土地留下了怎样印记和血脉相连的东西？

叶辛每去贵州，好客的贵州人总给他讲起"海龙屯"的土司王朝，讲起平播之战，一些贵州的领导也多次鼓励他写一写"海龙屯"。

叶辛也很想以"海龙屯"为题材写一篇长篇小说，但是一直找不到一个合适的角度，只得把写小说的想法暂时存在心里，等待把握了好的角度，灵感再一次降临。

一天，叶辛看到报纸上刊登了一则消息：又一只清代乾隆年间的青花彩瓷瓶拍到了破亿的天价，他忽然想到了"海龙屯"的青花瓷碎片，青花瓷便是杨应龙时代与现在当今的连接之物，何不以寻找一只杨应龙传世的青花瓷瓶为主线，穿插自己知青时代的故事，来创作这篇小说？如此一来，既可抽丝剥茧,渐渐拨开几百年前的迷雾,探寻土司王朝的诸多秘密,又可将古代、现代、当代的历史贯穿起来,形成历史的脉络。

这个想法,让叶辛十分兴奋,他还从未这样构思过小说,决定尝试一下,将这部小说分成现代、古代、当代三段式来写。

2016年上半年,叶辛伏案写作,开始了他的寻宝之旅,小说的主人公黄山松是上海某街道一名普通的书画教员,经朋友介绍,他参加了一次拍卖会,亲眼见证了一只青花瓷瓶从一百五十万拍到了一亿八千万,他忽然想起在贵州当知青的时候,当年的恋人杨心一是明朝杨应龙土司的贵族血脉,长得鬼美妖美的杨心一家里有一个传世之宝,是一只明代神宗皇帝御赐给当地土司杨应龙的青花釉里红水梅瓷瓶,杨心一的父亲曾将这件宝物赠予了黄山松,作为他与杨心一的爱情信物。那只明代神宗皇帝御赐给杨应龙的青花釉里红水梅瓷瓶,又何止一亿八千万啊!

黄山松踏上了贵州的土地,开始寻找当年遗失的青花釉里红水梅瓷瓶的下落,他梦想着以这只青花瓷瓶的拍卖款,到澳洲画家村买一栋房子,在那里创作一幅题为《时代列车》的巨型画像,像世界人民展示中国宏伟变幻的历史。可是这只遗失多年的瓷瓶完全没有线索,他当年心爱的恋人杨心一到底在哪里?她又过着怎样的日子?

长篇小说《古今海龙屯》,已经在叶辛心里酝酿了三十年。这一次,他借用笔下的人物黄山松寻找毫无踪迹的青花釉里红水梅瓷瓶和当初的恋人杨心一的故事,慢慢地呈现出了古代"海龙屯"土司王朝和知青年代的时代画面,揭开了那些不为人知的秘密……

《古今海龙屯》纵横数百年,跨越几个朝代,风云变幻、历史变迁,给后人留下很多思考和启迪。

长篇小说《古今海龙屯》在《十月》杂志刊出之后,很快就获得了"十月文学奖"。

哦,贵州,那片神奇的土地!她就像母亲一样将叶辛从一个知青抚养成

为著名作家。长篇小说《古今海龙屯》,是叶辛奉送给第二故乡的又一份大礼,他在这部书的扉页上写道:

  山地上花儿在开,
  树在生长,
  和它们一同生长的
  就是一辈一辈人的故事,
  这些故事
  和围着火塘讲的传说,
  就是人活着的另外一种食粮。

第十八章
叶辛在世界

优秀作家的作品，富有永恒的魅力，是世界宝贵的精神财富和文化遗产。叶辛是中国的，也是世界的，他的作品不断被翻译成多国文字，跨越时空，超越国度，在世界传播……

作品翻译成了多国文字

1975年，叶辛还在插队落户的时候，他插队落户的寨子上有一个小水发，大雨冲塌茅草屋时，叶辛曾借住在他家里。那时他十几岁，经常蹦蹦跳跳地到叶辛住的土地庙前玩耍。那时的叶辛，整天像着了魔一样，天天伏案写作，小书桌上摞着厚厚的稿子，但是还没有任何作品发表和出版出来。

有一次，小水发睁大疑惑的眼睛问道："叶老师，你写得这么辛苦，能出版吗？"

叶辛望着呆呆的小水发，自信满满地说道："我不但能出版，以后我还要出版厚厚的英文版的书！"

小水发不解地点点头。

那时，叶辛的确是非常自信，他的自信来自于他的毅力，他坚信功夫不负有心人，只要功夫深，铁杵磨成针。他觉得只要自己不气馁，不放弃，就一定能有成功的一天。他这样回答小水发，也是在给自己打气。

以后，叶辛的小说一部接一部地在杂志上刊登出来，在很多出版社出版了，而且一些作品被翻译成了外文。

1979年，我国的优秀文学作品还比较少，每年一度的法兰克福书展总要有图书去参展。叶辛的中篇小说《高高的苗岭》1977年初版以后，社会反响强烈，影响很大。1979年，这本小说刚一再版，就被出版社送到了法兰克福书展上参展。

法兰克福书展，是德国举办的大型国际图书展览，是世界上最大规模的书展，一直享有国际盛誉，被誉为"世界出版人的奥运会"。它的起源要从15世纪中期说起，那时住在法兰克福附近的约翰·古登堡发明了活版印刷术，并第一次出版了印刷本的《圣经》，第一版180本还没有正式发行就已全部售出。印刷术的兴起，使得16世纪至17世纪时的法兰克福，成为德国最重要的图书贸易场所。来自于德国和拉丁语系的欧洲国家的书籍，一箱一箱地运往法兰克福，又被来自各地的书商带回本地销售。

1949年，德国书业协会在法兰克福保罗教堂举办了第一次图书博览会，从此一年一度的法兰克福书展一直延续到现在，成为世界各国出版商、代理商以及图书馆人员洽谈版权交易、出版业务和展书订书的场所。每年10月，法兰克福书展如期举行，世界100多个国家云集而来，不仅有盛大的开幕式、丰富多彩的开幕音乐会、高端的论坛等大型活动，还会举办朗读会、签售会、首发式、读者见面会、研讨会等一系列活动，是一次世界文化交流的盛会。

德国人对文学的渴望，特别是对外国文学的渴求，委实令人产生敬意！

1979年，在这届法兰克福书展上，《高高的苗岭》这本描写剿匪清霸内容的儿童文学作品，作为新书展示出来，被朝鲜的出版社看中，很快出版了朝鲜文版，他们给上海少儿出版社寄来样书，责任编辑赶忙给叶辛送去两本作为纪念。

20世纪80年代，叶辛的长篇小说《家教》在《十月》杂志刊登以后，也很快被翻译成了斯瓦希里语。从此以后，叶辛的作品不断被翻译成英语、日语等多国文字，有的还刊登在日本等其他国家的刊物上，他将中国文学传播到了世界各地。

有一次，叶辛的办公室里闯进来一个金发碧眼满脸络腮胡子的外国小伙儿，叶辛左看右看觉得未曾见过，正在纳闷，外国小伙却高兴地说："好不容易找到你了。"原来，他将叶辛长篇小说《孽债》的一些章节翻译成了英语，刊发在香港的英文版文学杂志上，这次是专程来上海给叶辛送样书的，让叶辛非常感动。

一天，叶辛接到小水发的电话，以为小水发可能有事找他帮忙，就忙问道："有什么事吗？"

小水发嘻嘻地道："正在犁地，坐在田头休息就想起你来，没什么事，就是想听听你的声音。"

这时的水发已年近 50 岁，他从小看着叶辛从一位知青一步一步成长为一个著名作家，对叶辛既亲切又尊敬，时不时地打电话来与他聊天。

小水发得知叶辛的作品被翻译成了多国文字，高兴地说："你做到了，你没有鬼扯！"

叶辛当然没有鬼扯，他不但做到了，而且他的作品在一些国家还产生了很大的影响……

《孽债》在越南

20 世纪 90 年代，电视剧《孽债》的热播和轰动，成了许多人的回忆，那些让人心酸心疼的故事，那些感动的眼泪，甚至那些街头巷尾议论的情景，都留在了人们的记忆里，留在了中国文学的史册上。让叶辛没有想到的是，这本描写中国知青的长篇小说,会在越南受到意想不到的热捧。

那是1996年夏天,即将升任越南文化通讯部部长的阮科恬先生(当时他还是越南作家协会的秘书长,即主席),带着时任越南世界出版社副社长的潘鸿江先生(他的好友)一起到中国访问,他们从北京飞到上海,当时电视剧《孽债》热播不久,轰动之后的余波还在强烈地震动。上海作协的领导介绍到叶辛时,就顺便介绍了电视剧《孽债》播出轰动的情况。阮科恬先生的翻译是越南中国新闻社的吴彩琼,她既是这个主席的翻译又是翻译家,讲一口流利的中国话,在文学交流会上她主动提出要将叶辛的长篇小说《孽债》翻译成越南语,在越南发行。

原来,当时正值中越恢复正常关系不久,越南百废待兴,优秀的文学产品很少,越南中央电视台到处寻求片源,以满足越南民众文化生活的需要。他们也想引进一些中国的优秀电视剧,中国驻越南使馆就想通过一些渠道,将当时在国内热播的电视剧《孽债》一片推荐到越南去。为了让该片在越南的播出有更深远的影响,越南世界出版社找来了叶辛的长篇小说《孽债》,准备翻译出版。阮科恬先生这次出访飞到上海,就是请叶辛授权在越南出版该书的越文版。

阮科恬先生以商量的口吻说道:"我们越南刚刚开始你们叫改革开放,我们叫开放变革,我们的经济还很困难,该书在越南出版,将是一件加强两国人民相互了解、增进友谊的好事,希望叶先生能免版权费由越南世界出版社出版该书的越南文版。"

叶辛听了没有马上表态,这件事突如其来,他不知如何答复是好。

阮先生看出了叶辛的犹豫,便指了指翻译吴彩琼说:"你相信她,她中国话说得这么好,一定会翻得很好!"

叶辛微笑着答应下来,在他们的要求之下,叶辛写下了书面授权。

一年以后的一天,一位瘦瘦小小中国大学生模样的年轻人,走进了上海作协叶辛的办公室,他自我介绍说:"我是吴彩琼的儿子,妈妈叫我来看看你,感谢你无偿地提供了版权。"说完,这位年轻人将翻译好的越南文《孽债》递给了叶辛。

看到这本崭新的越南文版的《孽债》,叶辛一下觉得自己以文学的形式为中越关系的发展做出了一些贡献,心里非常高兴。

没过多久,中国驻越南大使馆的文化秘书借到中国来出差的机会特来拜访叶辛,他说:"对中越交流来说,这样一部长篇小说的出版,也是一件大事,我知道你的《孽债》在中国是很轰动的,我很想联系《孽债》这个电视剧到越南中央电视台播放,在播放的同时发行越南版的长篇小说《孽债》,效果就会更好。"

叶辛心里很喜悦,高兴地说:"这是好事!"

得到叶辛的认可后,这位中国驻越南大使馆的文化秘书,揣着文化部的证明很快就联系了上海电视台。上海电视台的领导,考虑到中越两国刚刚恢复关系,这件事能促进中越交流,他们就表态说:"叶辛主席是无偿提供版权的,上海电视台也愿意做这个贡献。"

电视剧《孽债》很快就在越南中央电视台播出,不承想这部在中国热播的电视剧,在越南也同样受到广泛的欢迎,引起强烈的轰动。与此同时,越南版的长篇小说《孽债》也在越南热销发行,一销而光。

就在此后不久,时任文化部长的王蒙出访越南,回来后见到叶辛就兴奋地说:"我这次到越南去访问,等于在做你的解说员,他们刚刚引进了你的电视剧《孽债》,走到哪儿都在说《孽债》,人人都在说《孽债》,越南人见到中国人更要问《孽债》。"

跟随王蒙一同出访越南的秘书彭世团,访问回国不久,就在上海的报纸上发表了《〈孽债〉在越南》一文,介绍了《孽债》在越南受到热捧的情况,他写道:

"《孽债》电视剧与越南文版图书几乎同时在越南推出,得到了越南观众的热烈追捧。一时间,《孽债》成为越南河内坊间的流行语。无论我到菜市去买菜,到小咖啡馆去喝咖啡,洗相店去洗照片,总能听到人们对此片人物、场景的议论,云南的风情、地名一时为众人所熟知。"

2006年春天,王蒙访问越南,他见到越南作家协会的朋友时,大家又谈起《孽债》,该书越文版的译者吴彩琼女士还担当了王蒙在越南作家协会演讲的翻译。后来,代表越共中央接见王蒙的,正是当年为《孽债》一书向叶辛申请版权的阮科恬先生,这时他已经是越共中央政治局委员、书记处书记(越南不设常委,只设书记处)兼越共中央思想文化部(相当于中宣部)部长。王蒙对于《孽债》能在越南受欢迎也颇为好奇。对方谈到的,大概就是越南六七十年代越战时期,很多干部南来北往,两地奔波,两地都有家庭,很多人产生了与该剧人物共通的感受。

确实,越南长期战争造成的这种人间悲欢故事是很多的,战争条件下,很多人在无奈里结合,又在无奈里分离,这确实是《孽债》在越南产生巨大影响的原因之一。更深层次的原因还是文化心理上的共通性。越南长期与中国共享一种文化,孔孟之道都曾是国家正统。对于性,对于家庭,有着一致的观念。单就"孽债"这一来自于佛教的汉语词,越南语里跟中文都是一样的,而且在据称70%人口信佛的这个国家,对于这个词的字面与深层意义的理解,都不是问题。其次,片中所描述的环境,山水、竹林、村落,人际关系等,都与越南十分相似。因此,越南朋友在看电视剧、读书的时候,既无文化心理上的隔阂,也无生活实际上的陌生感,感觉那就是越南某地发生的故事,感觉十分亲近。

电视剧《孽债》在越南播出不久,越南全国文联和全国作协共同组织了一个60多人的庞大代表团前来中国访问。那天,上海作协的大厅里挤满了越南作家,文化部陪同的领导在介绍叶辛的时候,越南作家爆发出雷鸣般的掌声。会议结束之后,越南作家纷纷走到花园式的上海作协院子里观赏,大家争相簇拥着叶辛合影留念,文化部领导和上海作协的其他领导都在场,这样一个热烈的场面,弄得叶辛很不好意思。

越南翻译吴彩琼也给叶辛来信，详细描述了电视剧《孽债》在越南热播的情况。

《孽债》在越南引起了轰动，快乐的涟漪在叶辛心里荡漾开来，他感到了暖暖的幸福。

《孽债》在越南的成功，给了叶辛很大的动力，他朝着世界文学的方向，不知不觉加快了步伐……

《孽债》在澳洲

2016年5月18日，这是一个令叶辛十分难忘的日子。

这天，叶辛踏上了大洋彼岸的澳大利亚国土，前去参加澳大利亚作家节和《孽债》英文版的新书发布会。

每年5月，澳大利亚都会在风景迷人的悉尼大桥湾，举行盛大的悉尼作家节，这是整个南半球最大的文学节，也是一个纪念文字力量的节日。在这里，世界各国精彩纷呈的图书琳琅满目，应有尽有。悉尼作家节，每年都会邀请世界各国的著名作家，前去参加作家节的作家走进校园、作家面向社会、作家面向媒体、作家签名售书等各种活动，还会邀请世界各国著名作家和世界著名学者做精彩演讲，这是一个世界作家的盛会。

叶辛已是第三次飞往大洋彼岸参加悉尼作家节，这次悉尼作家节上安排了三场与《孽债》英文版有关的活动，飞机一落地，他心情就与往常不太一样，有一些兴奋和激动。

每一个作家，都希望自己的作品能走出国门，在国际上提高知名度。叶辛也期待着这次《孽债》英文版的读者见面会和签名售书活动，能达到预期的效果。

《孽债》英文版是由澳大利亚吉瑞蒙都出版公司出版发行的,小说的翻译历经了六年的时间,澳方起初请了一位母语非中文的外国人翻译,后来在当地电视台从事英文字幕师工作的华人韩静进入了出版社的视野,她对中英文化都相对熟悉,这本书由她翻译完成后,吉瑞蒙都出版公司又专门请澳大利亚的英语作家在文字上作了润饰才最终出版。

　　叶辛下榻在著名的悉尼海港大桥下面的大酒店里,从酒店望出去,辽阔的大海,一望无垠,海面上漫天的海鸥在大海上自由地盘旋飞翔,看到这样的景致,叶辛心旷神怡,心里十分舒畅。

　　悉尼海港大桥是悉尼的标志性建筑,1857 年悉尼的工程师彼得·翰德逊绘成了第一张设计图,之后经过反复修改,到 1923 年才根据督建铁路桥的总工程师卜莱费博士的蓝图进行招标,由英国一家工程公司中标承建,于 1932 年 3 月 19 日竣工通车,历时 8 年多。它像一道横贯海湾的长虹,巍峨俊秀,气势磅礴,与举世闻名的悉尼歌剧院隔海相望,共同成了悉尼的象征。

　　叶辛刚到达澳大利亚,著名的作家盖斯盖尔就来看他。盖斯盖尔是澳大利亚著名的女作家,前几年她访问中国时,叶辛曾把她的两本小说介绍给上海文艺出版社出版,她心存感激,见到叶辛十分亲切。在悉尼的日子里,盖斯盖尔每天都要来看望叶辛,与这位中国的同行老朋友建立了深厚的友谊。

　　在悉尼的闹市中心,有一家 CBD 文学书店,是悉尼最大的百年老字号书店,这里保留了浓郁的古典气派,店内提供咖啡和点心,读者在这里会感到随意而又温馨。《孽债》英文版的第一场首发式,就是在这里举行。

　　首发式在 6 点半举行,定居在澳大利亚的华人华侨和澳大利亚中国知青协会的知青们,听说叶辛的《孽债》英文版首发式在这里举行,都纷纷慕名前来。6 点不到书店的殿堂里已经挤满了 100 多人,大多数读者是华人,只有三成读者是澳大利亚本地人。书店的总经理惊奇地看着满书店的人,一百多年的书店还从未有过如此热闹的场面。他走近一个定居在澳大利亚的黑龙江知青问道:"你们中国人新书发布会,怎么像开运动会一样的?"

书店经理又指指墙边一些小圆桌说:"在澳大利亚,著名作家的新书发布,就是将两个小圆桌并起来,邀请五六个作家或是七八个作家,送一束鲜花,坐着喝喝咖啡,作家们聊一聊,向新书作家表示一下祝贺,然后合影留念,仪式就算结束了,是一件很雅致的事,没想到中国作家的新书发布会是这样热烈。"

黑龙江知青也没见过如此热闹的新书发布会,他对这位澳大利亚书店经理解释:"叶辛是中国著名的作家,他的新书发布会自然要隆重一些。"

这次《孽债》英文版的新书首发式上,悉尼大学副校长赫尔姆斯教授、人文学院院长彼得教授、吉瑞蒙都出版社社长印迪克教授、中国驻悉尼总领事馆张英保文化领事,悉尼怀阳市长伊顿先生和夫人、澳大利亚中国知青协会会长李秉文、名誉会长许昭辉、孙晋福等嘉宾都陆续赶来,他们兴致勃勃地出席了首发式活动,大家纷纷到场向叶辛祝贺。

现场的读者踊跃购书,大家自觉地排起了长队,请叶辛现场签名,场面非常热烈。

这次首发式,为这家百年书店留下了一个历史性的记忆。

第二场活动是《孽债》英文版的读者见面会,在车士活图书馆里举行。这里是作家节的分会场,活动前本书的翻译韩静担心地对叶辛说:"叶老师,这里是分会场,不是在主会场。"韩静是担心万一来人不多,现场会很难看。听她这样说,叶辛也密切关注着会场上的情况。一个中国作家,在国外哪有什么铁杆粉丝? 如是会场上来的人不多,那多难为情啊!

叶辛没有料到,悉尼的读者对他的《孽债》英文版却充满浓厚的兴趣,网上预约报名参加人数已经超过了限额,会场上爆满了读者。

读者见面会,先播放了叶辛的纪录片,全场观众聚精会神地观看了叶辛的知青时代和他的创作之路,接着叶辛向读者讲述了《孽债》创作的时代背景、故事起源和创作过程,悉尼读者们对中国的历史和国情不甚了解,他们频频向叶辛发问:"什么是知青?""为什么会有上山下乡运动?""知青时代教育资源是否缺乏"等等,叶辛诙谐风趣地向读者解答,掌声不断,气氛十分热烈。

长篇小说《孽债》不但中国人喜欢,英文版也受到了外国读者的热捧,他们也想了解中国的知青历史,大家争相购书,请叶辛现场签名,首批《孽债》英文版一天内就一销而空。

《孽债》英文版的第三场活动,是叶辛与澳大利亚著名女作家贾佩林的一场文学对话,贾佩林女士先向大家介绍了《孽债》这本书,并饶有兴趣地向叶辛提出了一系列深刻的问题,贾佩林女士尖锐地问道:"是怎样一种情形、一种状况、一种历史背景下,使得那些知青可以舍下丈夫妻子和孩子而义无反顾地加入到返城大潮中去?这是不是跟中国传统的以家为重的家庭观念背道而驰?"

叶辛从知青运动的始末,当时的城乡差别,返城政策和有关规定、上海的生活环境和压力等方面,回答了这些问题,澳洲的读者加深了对中国的了解,深深为这部小说的真实性和生动性所感动。

对话中贾佩林女士还与叶辛探讨了伤痕文学和"文化大革命"等问题。观众都积极举手提问,有一个观众问道:"山上下乡是在'文革'期间,听说你们"文革"很多人受到排挤和迫害,还有的被抄家,你自己有没有这样的经历?"

叶辛平静地回答:"我也是被抄了家的,尽管这样,我们对我们的国家,对我们的国土还是很有感情的,我们依然热爱我们的祖国。"因为时间有限,最后主持人不得不限制每人的提问时间,遗憾的是活动结束时仍有很多观众举手而没来得及提问。

这是一场高水平的文学和思想的对话,虽是收费15澳元的文学活动,但出乎意料的是,慕名而来的几乎全都是澳大利亚本地的文学爱好者,全场200余人,爆满会场。

叶辛以他精彩动人的演讲，圆满地结束了在悉尼作家节的最后一场活动，他的演讲受到了澳洲文学爱好者的高度评价和认可。

对话会结束后，叶辛又进行了《孽债》英文版的现场签售。在旁边，法国获得诺贝尔文学奖的作家让－马利·勒克雷奇奥也在为他的新书签售。

《孽债》英文版，为澳大利亚以及西方读者了解中国知青的历史和故事，架起了一座桥梁，叶辛心里十分愉快。

晚上，叶辛走在美丽的悉尼大桥上，大桥钢架和栏杆上千万盏璀璨的灯光，仿佛是在弓背和弓弦上镶嵌了无数的钻石，大桥落在黑丝绒般的夜空下，仪态万千。波平如镜的海湾中，五颜六色的霓虹灯倒影，让悉尼海湾如梦如幻，平添了几分神秘。叶辛欣然写道：

　　七彩晚霞抹天边，
　　巍然巨轮到眼前。
　　大桥注目歌剧院，
　　海鸥低徊悉尼湾。

叶辛告别了悉尼，又前往墨尔本大学，在那里还有一场《孽债》英文版的读者见面会。

2009年，叶辛曾访问墨尔本大学，并做了一场文学演讲，这次重访，见到了许多老朋友，格外亲切。

5月25日晚上，墨尔本大学的阶梯大教室里座无虚席，墨尔本大学孔子学院还专门邀请了澳大利亚 SBS 广播电台的中文高级节目监制、著名主持人胡玫女士主持。

叶辛回顾了知青岁月和小说《孽债》的创作经历，介绍了这本书的翻译出版过程。

听了叶辛的演讲，在场的读者都踊跃提问，他告诉大家："历史是不会忘记的,人性的关怀是文学创作的永恒魅力。"

  活动结束后,热心的读者排起了长队,大家纷纷走近叶辛签名留念,有的还拍下了珍贵的合影。

  优秀的作品没有国界,它总能冲破语言和文字的壁垒,去打动全人类的读者,因为人类的感情是相通的。

  《孽债》外文版走出国门,受到了越南和澳大利亚读者的热捧,这部独具魅力的经典文学作品,成了全人类共有的精神财富。

  叶辛以孜孜求索、奋力雄起的中国作家形象,跟随托尔斯泰、巴尔扎克等世界著名文学大师的脚步,款款走向了世界。

第十九章
叶辛的名字成为一张文化名片

社会和时代是生活的源泉,生活养育了作家,作家又反哺于社会。不知何时起,叶辛的名字也成了一张文化名片,在上海、在贵州都争相用他的名字,来带动休闲旅游和文化产业……

叶辛文学馆

叶辛的事业高峰,深藏着若干意味,比如每到知青下乡或是知青返城纪念日,人们总是忘不了他和他的《蹉跎岁月》与《孽债》,年逾花甲,他依然是众多媒体追逐采访的对象,在他身上存在着一种超乎寻常的巨大磁场效应和很多让人难以理解的现象,他的名字也变成了一种文化的标志,在他生活过的上海和贵州两地,都竞相用他的名字来提升文化品位,带动旅游经济。

叶辛文学馆的建立,源自于书院镇领导的热情相邀,也源自于叶辛对上海浦东这块土地的感情。

1990年,叶辛调回上海后,一家三口挤进了妈妈的房子里,后来他分到了三室两厅的房子,搬到了浦东潍坊新村,从贵州迁到上海,漂泊了半年的家,总算安定下来。从那以后,叶辛就与浦东这块土地结下了不解之缘。

没多久,叶辛当选了上海市人民代表,人大代表的关系也放在浦东。

1997年，叶辛的家又从浦东搬到了徐汇区，在上海市人大会议上，徐汇区的领导碰到叶辛就催促："你住到我们徐汇区了，人民代表的关系尽快迁到徐汇区来吧。"叶辛找到时任浦东新区区委书记的周禹鹏，周书记摆摆手说："你不要走，关系还是留在浦东新区！"周书记当时是上海市副市长，他的话当然要听，叶辛的关系就此留在了浦东新区。叶辛当选了上海市第十、十一、十二、十三、十四届二十年的人大常委，他的人大代表关系一直留在浦东代表团，每次人大组织视察都在浦东，他本人的联系点也一直是浦东的潍坊新村。

那年，叶辛第一次来到书院镇视察，对"书院"这个名字产生了好奇心，当地的领导告诉他，相传清朝末年，有一个秀才进京赶考，但屡次考试都未中榜，他觉得没有脸再回去见他的家人，就来到上海浦东这个地方定居下来，秀才发了家，在这里办起了一所私塾，浦东南汇的老百姓都能在这里接受教育。后来，当地老百姓以粮代税，建造了五开间两厢房做租税粮仓库，这些税款主要是用于教育开支，当地人就把租税粮仓库称作为"书院厂"，后来村名、镇名都沿用了"书院"二字，已经有一百多年的历史。

这个名字的由来和这些故事，给叶辛留下了深刻的印象。

缘，是一个奇妙的东西。

2014年，叶辛先后两次参加在上海浦东书院镇举办的农家乐文化研讨会。研讨会上，大家都想听听叶辛的高见，他便说："农家乐不仅仅需要风光美景，还需要文化的支撑，应该将文学、文化和新农村建设、农家乐文化融合在一起，打造一个总书记所说'望得见山，看得见水，记得住乡愁'的美丽乡村。"

在场的许多人有些茫然，都市人的乡愁是什么？又如何表达乡愁？

叶辛解释道："乡愁是一种人文情怀，是人对土地的感情，是人对家乡的感情。"他就此作了详细的阐述。

大家眼睛亮了，既然乡愁是一种思乡的文化，哪个人没有家乡？而很多上海人的老家是在郊区,上海还有一百多万知青都下过乡,对土地的感情深厚,而文学是乡愁的最好表达。

叶辛的话,就像一颗火种点亮了大家的想法,农家乐融进乡愁文化才能吸引更多的客流,才能提升市民的素质,不仅仅只是吃吃喝喝玩玩乐乐,要是"叶辛文学馆"落地于此,可真是天上掉下来的大好事!

这几年,书院镇正在建设美丽乡村,打造文化小镇,一直在探索和弘扬"乡愁"文化,他们设立了复旦大学国学堂书院培训基地、上海书法家协会书院创研基地、沪上首个专门研究收集整理"乡愁文化"的"上海农家乐文化沙龙"。而叶辛是全国著名的作家,又是中国知青的代表,在中国大地上和整整一代人中具有强大磁场和影响力,他的名字本身就是一张文化的名片,"叶辛文学馆"与具有书卷气的"书院"两个字真是珠联璧合,相得益彰。

"叶辛文学馆",既是中国文学的缩影,又是中国知青文学的标志,更是乡愁文化的守护和表达。书院镇领导经请示浦东新区四大班子的领导,众领导都表示这是一件大好事,全力支持。就此,书院镇领导正式找到叶辛,落实了这一事宜。

2016年2月28日,"叶辛文学馆"正式落户于浦东书院镇。开馆那天,在书院镇举行了盛大的开馆仪式,时任浦东新区区委常委、宣传部部长尤存,浦东新区人大常委会副主任袁胜明,浦东新区副区长谢毓敏,上海市作协家协会副主席孙甘露,书院镇党委书记王新德及镇党政四套班子的主要领导都出席了揭牌仪式。

"叶辛文学馆",成了书院镇上一个著名的文化景点,开馆以后,前来参观的游客络绎不绝。

这天,时任浦东新区区委书记的沈晓明由书院镇党委书记王新德陪同,专门来到"叶辛文学馆"视察调研,他工作十分繁忙,却把"叶辛文学馆"当作浦东的一件大事来看,沈晓明书记对随同的时任浦东新区区委宣传部部长尤存(现任上海文联党组书记、专职副主席)嘱咐道:"对'叶辛文学馆',宣传部一定要给予大力支持。"

海军上将董四平、上海人大常委会原主任刘云耕、武警部队政委李光金等领导都前来"叶辛文学馆"视察。中国知青网的秘书长亲自从北京来到上海接洽,他们每月一次组织上海知青到"叶辛文学馆"参观,并在书院镇参观游玩。中国知青网联盟上海服务站,还特地来到书院镇举行2017年闹元宵活动。上海的很多中小学也经常组织学生,到"叶辛文学馆"感受文学的熏陶。"叶辛文学馆"在全市的影响力和知名度提高了,游客的数量显著提升,还在向全国的知青群体辐射。

萨特说过:写作行为是召唤。叶辛的名人的效应,像磁石一样为书院镇不断吸引着人气。文学的力量,又像杠杆一样,撬动着书院镇文化小镇的发展。仅仅一年,"叶辛文学馆"就给书院镇,甚至浦东带来了很大的社会效益。

书院镇陈渡江镇长介绍说,在知青时代,书院镇曾有一个很大的农场,"叶辛文学馆"落地于"书院",就有了一个很好的关联,也让知青这一代人找到了一个感情寄托的地方。书院的生态农庄是早期的农业休闲项目,在上海远郊给上海都市人提供了农耕文化的体验,而"叶辛文学馆"不但很好地体现了乡愁文化和知青文化,还让书院镇和书院的农业项目多了一个文化的内涵,两者相得益彰。现在书院镇正在打造休闲文化长廊和文化带,"叶辛文学馆"已经成为书院镇的一个文化标志。

"叶辛文学馆"落地书院镇以后,叶辛与镇党委书记王新德成了好朋友,王书记十分支持"叶辛文学馆",还专门协调书院镇临港新城管委会,让他们每年拿出专项资金来支助"叶辛文学馆"的发展。"叶辛文学馆"让书院镇的名字内涵丰富起来,更加增添了浓厚的文化气息,还为书院镇打造全国"书法之乡"等其他文化项目形成文化产业链提供了动力。书院镇还准备把"叶辛文学馆"办成一个青少年的教育基地,利用"叶辛文学馆"的影响力把书院的文学爱好者和文艺爱好者,都集聚到这个平台上来。

一百多年的书院镇,一直拥有尊师重教、尊重文化的美好传统。"叶辛文学馆",更使书院镇融进了高层次的文化内涵。

这个以叶辛名字命名的文学馆,是一种别致的"书院表达",为书院镇增光添彩,带来了很好的社会效益和经济效益,叶辛心里由衷地高兴。

叶辛书屋和叶辛阅览室

叶辛的名字,成了一张文化名片,他插队落户的贵州,也争相以他的名字来做文章,贵阳、遵义、六盘水、黔东南、黔南、惠水、修文等好几个地州市争着要成立叶辛书屋和叶辛阅览室。

事情的起因是2013年的一次活动……

2013年,叶辛到贵州参加一个活动来到黔东南,黔东南州是苗族老乡最集中的地区,当年《蛊》事件发生时,居心不良的人想借机整一整叶辛,事态发展中,叶辛来到黔东南,这里的州长说:"你就藏在我们这里,今天把你藏在这个寨子里,明天把你藏在那个寨子里,他们找不到你的。"叶辛十分感动,苗族老乡对他的好,他永远铭刻在心。这次,叶辛又来到黔东南州,新任的州长依然热情如故,特别亲切。

这天,黔东南的州长与叶辛商量道:"叶老师,我们黔东南州一向对你很尊重,我们想给你搞一个纪念性的地方,里面陈列你的作品,搞好了也能成为我们一个文化旅游景点。"

叶辛答应下来,还没等细细思量,黔南州惠水县布依族的领导见到叶辛也说:"叶老师,我们布依族很尊重你,我们在布依族好花红乡的旅游风景区给你搞一个纪念性的地方,你看怎样?"

布依族好花红乡,是惠水县民族文化品牌"好花红"民歌的发源地,也是惠水著名的"文化之乡""山歌之乡""金钱橘之乡",山水风光秀丽,民族风情浓郁,生态环境和自然风光奇特,的确是一个美丽的地方,可是这件事是黔东南苗族先提出来,叶辛有点犯难了。

更让他犯难的是,遵义、贵阳和修文县也相继提出了同样的问题。

贵州各地如此热情,这样争来争去,如何是好呢?

2015年,中央电视台与中国作协联合拍摄中国当代文学大家的纪录片,叶辛这一集专题片,大部分镜头要在他曾生活过21年的贵州拍摄,叶辛便与中央电视台一起去贵州拍摄。

拍摄期间,叶辛接到时任贵州省委书记陈敏尔秘书的电话说:"陈书记听说你回到了贵州,他说要与你见一面,请你4点钟到他办公室来一下。"趁这次见面的机会,叶辛把这难题给敏尔书记说了。

敏尔书记听完一摆手说:"这件事由我处理。"

一个月后,贵州省委宣传部就指示在孔学堂建好了"叶辛书屋"。

正逢贵州省举办中国古典文学书籍展览,书展地点就在贵阳孔学堂,贵州省委宣传部特邀叶辛去书展上讲课,一块去看看"叶辛书屋"。

孔学堂,建在贵阳市花溪区,背倚大将山,俯瞰花溪河,因袭了宏伟、大气的汉唐风格,并且融入了贵州地域的民族建筑元素。

孔学堂中轴线起于棂星门,过泮桥,拾阶渐上,经过大成门、礼仪广场和大成殿,止于杏坛。左边有溪山书院、讲堂群,右边是六艺学宫、乡贤祠、阳明祠和奎文阁。大成门前,一座高达9.28米的孔子行教像高高耸立。

孔学堂里还有一些古色古香的建筑,其中有二十四套客房像宾馆一样,称之为"教授公寓",老百姓都叫"专家公寓",是专门提供给全世界的著名学者在此做学问、写著作的,无论是关乎贵州的作品,还是研究贵州的课题,只要跟贵州有关,都可以住在这里精心研究,潜心创作。

省委宣传部把叶辛带到孔学堂的一套公寓,这套客房已经改成了书房客居的模样,书橱里摆满了叶辛的作品和照片,里面是床铺,门口挂着一个牌子,上面写着:"叶辛书屋"四个大字。

叶辛在贵阳有了一个住处,贵州省各部门有文化活动都会请叶辛参加,贵州省还聘请叶辛为省旅游文化大使,茶文化大使,决策、咨询专家。

2013年贵州建省600周年,《叶辛的贵州》一书出版,叶辛给贵州88个县每县赠送了100本,贵州各地更是把叶辛当作了家乡人。2016年,黔东南州和黔南州分别建州60周年,他们早早地把请帖寄到他手上。

"叶辛书屋"落地于贵阳,惠水县的布依族好花红乡很不服气,他们说:"上海搞'叶辛文学馆',省里搞了'叶辛书屋',我们搞个'叶辛作品阅览室'总可以吧?"

叶辛为好花红乡的热情所感动,就给他们开了一份作品目录,好花红乡迅速在网上购买到70多本,其余的由叶辛补齐,惠水县布依族好花红乡在旅游景区,建起了一个带有布依族风格的"叶辛作品陈列室",使好花红乡在原生态的自然风光里,增添了浓郁的文化气息,吸引了很多游客慕名到惠水县布依族好花红乡的"叶辛作品陈列室"前来观光。

文化名人,有一种文化的磁场效应,叶辛把他的一切,反哺给了养育他的社会和时代,也反哺给了他的两个故乡。

叶辛是中国知青的代表,也是中国知青文学的代表。他的人生有高度,有重量。

叶辛是在不断挑战命运的极限和不断蜕变新我中走过来的,无论人生有多少起伏和挫折,他都紧抱着梦想,永不放弃。

叶辛是在光荣与梦想中走过来的,人民给了他很多荣誉,鲜花簇拥,但他时刻让自己保持一颗清醒的心,不迷失自我。

叶辛是一个受尽磨难而不屈不饶、坚忍不拔的人,这叫我们想起屈原、司马迁、杜甫、苏轼一些伟大的名字,他传承了这些优秀人物的文化基因。

叶辛的人生,磨难与惊喜连连,荣誉与麻烦不断。但是叶辛为文学而生,为文学而活,他在厄运中挣扎,在陡峭中攀越,终于达到了卓尔不群的高度,活出了生命的重量。

细读叶辛,让人辛酸。掂量他的人生,掂量他的文字,更让人揪心。

一个人的人生就是一部历史,阅读叶辛的人生,中国六十多年在凄风苦雨中走过的路和一幕幕风起云涌、跌宕起伏、惊心动魄的时代画面,全都历历在目。

如今,叶辛虽已是花甲之年,但是生命的火焰依然在熊熊地燃烧着,美丽灿烂的夕阳,染红了他的天空,映衬着他身后深邃而又广阔的背景。

夕阳熔金,霞光瑰丽。

叶辛以一颗平静的心,张开双臂,拥抱未来的日子……

附一

伟大作家的名字是写在人民心坎上的

（叶辛对谈录）

林影

叶辛是一位有着独特创作魅力的作家，他始终关注着一代人或一个群体的命运，并将创作的笔触伸进他们的心灵深处和精神世界。纵观他早年的《我们这一代年轻人》《风凛冽》《蹉跎岁月》《在醒来的土地上》，中年时期的《家教》《孽债》《华都》，现在的《客过亭》《问世间情》《圆圆魂》《古今海龙屯》等不同时期的作品，从题材到形式再到创作方法，都在不断地探索和变化之中，并赋予了作品以文学的深度、高度和厚度，因而备受读者和社会的广泛关注。聆听叶辛对文学的深度思考，会感受到一种超越文学的透彻感悟和穿透力量。

林影： 知青时代已经走远，你的创作题材也已发生了很大的变化，但是很多人仍然将你冠以中国知青文学的代表，你如何定位自己的创作？

叶辛： 从文学的角度讲，我在知青题材之外还写了很多非知青题材的作品，比如《华都》《省城里的风流韵事》和我的处女作《高高的苗岭》，这些都不是知青题材，但是很多人还是把我当作知青文学的代表，一是基于全国有2000万上山下乡的知青群体，算上2000万知青的血缘关系，知青的兄弟姐妹、知青的父母，知青这个群体要波及一亿多人，再也没有一个群体有如此庞大，这个群体十分关注知青题材的作品，因为这是他们经历过的事，他们对知青题材有一个认可度，会做出自己的判断，觉得我比较真实地写出了他们的生活和人生。二是正因为有这样一个庞大的群体，无论是当年引起轰动的电视剧《蹉跎岁月》《孽债》，还是比较有影响的长篇小说《客过亭》，以及《叶辛作品全集》（十卷本）、叶辛作品八卷本、七卷本、三卷本等文集，这些文集中除收入了《蹉跎岁月》《孽债》《客过亭》等一些产生过社会影响的作品之外，还有很多知青题材的作品，正是这两个原因，使很多人把我看成是一个知青作家，很多人在不知不觉间也认为我是知青文学的代表之一。

林影：知青文学这棵大树，曾枝繁叶茂，结满了伤痕文学的果实，现在失去了知青时代的养分，是已经枯萎还是变异或是转基因？

叶辛：对文学来说，题材不是决定的因素，就像抗日战争的题材、辛亥革命的题材，甚至更久远的第一次世界大战的题材，第二次世界大战的题材，都不会因为历史的久远而消失。文学作品的消失与存留，要看是不是具有文学价值，是不是留在读者和人民的心目当中，为数不少的应景之作和追随形势炮制出来的文学作品，都会随着时间的流逝而流失，但是真正走进读者和人民心中的作品，随着时间的推移，它的价值更会体现出来，并会成为经典。经典作品不会随着影视的热播而轰动一时，而是一直流传下去的，从这个意义上说，知青文学是不会消失枯萎的。

林影：也就是说一个时代结束了，这个时代的文学不会消失，优秀的文学作品会一直流传下去。你的《蹉跎岁月》和《孽债》已经出版几十年，出版社还在出版，有的出版社还要在知青上山下乡五十周年出版珍藏版和纪念版，堪称经典之作。

叶辛：李白、杜甫、白居易、苏轼、韩愈等古代作家的作品，尽管互联网如此发达，他们的作品在中国文学的历史上依然熠熠生辉，随着时间的流逝，更经受住了历代读者的考验，因为他们把笔触伸进了同时代人的心里。伟大作家的名字是写在人民心坎上的，只有写在人民心上的作品，才是经典，才会流传不朽。

林影：你早年的《蹉跎岁月》是伤痕文学中最有影响力的作品，是带着伤感情绪的反思文学。在《蹉跎岁月》中，你反思的是知青一代人的人生和命运,知青岁月对知青一代人有怎样的影响?

叶辛:对2000万知青来说,他们的命运都与上山下乡经历有关。当年他们最大的愿望就是跳出农门,有的想方设法就业、读书,有的为了回归城市,转到无锡,再转到苏州,辗转回到上海,有的知青一生都没有回归,在小县城里工作到退休。生活的动荡,命运的多舛,对他们的人生有着深远的影响。

林影:你有漫长的知青生涯和坎坷的人生经历,你经历了挫折与磨难,也获得了鲜花与掌声,你的经历赋予你怎样的创作?

叶辛:我曾经在千里之外的偏远贵州山乡插队落户,度过了十年七个月的山乡生活,一是让我懂得了中国山乡的农民,是如何过他们日出而作、日落而息的那一份人世间的日子,了解了他们最大的愿望就是有一份温饱的生活,他们会经常发愁冬日没有衣服穿,青黄不接的时候填不饱肚子,而任何的社会动荡,都会给他们的生活带来巨大的影响,渐渐地我对他们产生了一种感同身受的情怀。

二是我经历了上海和贵州两种反差极大、相距甚远的生活形态,正是这样两种生活形态和复杂的经历,使我看世界具有了不同于别人的视角和方式,使我拥有了两副目光,我会情不自禁地用乡村的目光看待都市,用城市的眼光看乡村。我在长篇小说《孽债》里,借助于来自都市的上海知青的目光来观照西双版纳,关照山乡,也借助从小生活在西双版纳山乡五个孩子的目光来观照都市。我用这两副目光看社会,看不同社会阶层的人,觉得是客观而真实的。

1996年,在日本东京召开的国际笔会亚洲、太平洋会议的会场上,世界43个国家的名作家济济一堂,我做了"两副目光观照中国"的主题发言。这个"都市与乡村"的话题,引起了世界各国作家的强烈关注,原来我以为是我自己的感觉,没想到引起了世界各国各种肤色作家的共鸣。我的发言一结束,在场的外国作家们就饶有兴趣地频频向我发问,都说每个国家都有城市和乡村,这是一个世界性的命题。一个黑人作家站起来说:"你说的是全人类都有的话题,无论在发达国家和落后国家都存在着乡村与城市,存在着你说的两种文明的碰撞,我们国家也是一样的。"没想到我的发言,使会场上的气氛热烈起来,会议形成了高潮,这说明世界各国的作家对此都有同感。

林影:你的经历让你对中国农村有了深入的了解,你对笔下的人物更有了悲悯的情怀。

叶辛:两副目光,这是特殊的经历赐予我的,也是命运赐予我的。

林影:你是知青文学中最坚守的作家,当知青文学变成了一种积怨积愤的情绪宣泄时,你在题材上转型从知青一代人转为知青后代,来反思知青时代对知青后代的影响,你觉得是谁作的孽、谁欠的债?

叶辛:澳大利亚红公鸡出版社的休·安德森先生来到上海,看到我的长篇小说《孽债》,不解地问:"这是什么意思?"翻译家任溶溶先生思忖片刻解释道:"难以还清的债。"我补充说:"感情债。"后来丹麦研究中国的盖·玛雅女士来访,也问了同样的问题,我仍用"难以还清的感情债"做解释。

我觉得这个孽是被彻底否定了的"文化大革命"作下的,历史不可能重复,我们如何不忘已经有过的这段历史,并从历史当中汲取教训,就像整个世界都在反思二战法西斯作下的孽一样,更多是要反思这段历史,使我们不会重走这样的弯路,不会再犯同样的错误。

林影:《客过亭》是另一种转型,关注的是老年知青的命运,描摹的是知青一代人的人生轨迹,人到老年,他们开始审视和反思当年的过错,并进行灵魂的自我救赎,一个时代的错误,造成了一些人的错误,他们的自赎是让灵魂得以安宁还是一种良心的发现?

叶辛:明年是知青上山下乡50周年,说明所有的知青都已进入老年,他们已有儿孙辈,不会像年轻时愤世嫉俗,但是知青时代的印记会永远存在,知青一代是共和国的同龄人,在知青下乡50周年的时候,我们的共和国也走过了70年的历程,每一个知青的足迹都带有共和国发展的印记,在很多年里,我都跟随他们的脚步创作,把笔触伸进了同时代人的心里,力图写出超越时代的作品,写好这代人的命运,我在《客过亭》扉页上写过一句话:所有的东西都会输给时间。但是有一个东西会留存下来,那就是对时代的反思和感悟,它会留给历史,要在这种感悟当中揭示出生活的哲理,升华成对无数代读者有意义的东西,不管时间如何推移,作品都会留传下去。

过了55岁的时候,在跟所有老知青的接触中,我发现无论是青春时期相当狂热的人,还是年轻时远避时代的逍遥派,或是始终追随时代的人,他们都开始感悟人生,会对当年做下的好事感到庆幸和沾沾自喜,也会对当年有过的过火行动和错误的,甚至是犯罪的行为而受到良心的谴责。比如当年一些知青用卑劣的手段去上大学、招工,现今在很多老知青聚会的场合,大家都会以鄙视的眼光看他;当年被推荐去读书,他把自己到省城读大学的机会让给了恋人,而得到这个便宜的恋人,不但没有报答他,相反与他分了手。像这样的往事,在很多知青群体中存在,我是不是要写一部同时代人救赎的故事?时间的尘土似乎不露痕迹地掩盖了一切,但是任何人犯下的不光彩错误和那些灵魂扭曲的事,都会留下痕迹,昭白于天下。我想警示后人,在人生的路途上,在追逐财富和向上爬的过程中,在争取个人利益的时候,不要不择手段,俗语说:好有好报,恶有恶报,不是不报,时机未到。这是一种因果关系,这些故事本身已经蕴含着这样的韵味。

林影:在你的小说中,很多都是生活在矛盾或是情感的纠结之中,在矛盾或是纠结的过程中建立了一个复杂的世界,复杂的人与复杂的世界组成了一个矛盾体,但又是真实存在的,你为什么总是塑造这样的人物主体?

叶辛:不是我刻意塑造这样的人物,而是生活当中本来就是这个样子,我们这一代人曾虔诚地学过雷锋,做过好人好事,很多人会在日记本上留下那一页,晚上记日记时会记录下今天做了哪些好事,做了哪些不好的事,今天对谁的态度不好都会在日记本上对自己自责,但是世界和历史的真相告诉我们,仅仅有这样虔诚的心态是不够的。我的《在醒来的土地上》这本书,写的是一个女知青的命运,透过这个故事,我挖掘和探讨的是人生的依附关系,一个女知青在无奈的状态下,对男人的依附,对社会的依附,写到最后是很残忍的,但是告知世人的是世界就是这个样子。有一个外国名作家说过,我们指望这个世界随着我们的写作变得美好起来,但是当我渐入老年的时候,我觉得世界并非想象的那么美好,作家们都会从这样一个角度看待他所经历的人生,我期待我们的文学可以照亮生活。

林影:《在醒来的土地上》你还写出了一些人的心态,当那个女知青与一个当地农民结婚的时候,其实很多人都知道她是没有美好未来的,但是大家还是表面上高高兴兴地祝贺她,没有人来提醒她,说明人性是复杂的。

叶辛:世界是复杂的,人性当然也是复杂的。

林影:你的作品大多是从现实生活中获取创作素材,关注一个个体或是一个群体在时代里的生活与人生,你在小说里怎样打量这个时代?怎样表达这个时代里的自己?

叶辛:一方面作家所有的作品都在表现作家个人,一方面作家自己的主观意识在作品当中显现得越隐蔽他的作品越深沉,纵观我所写的100多本书,除了几部有影响、有代表性的作品以外,有的作品可能也会随着时间的流逝而流失,但是只要你打开这些书,重读那些故事,你会发现我给这个时代是留下了一些东西的,无论是思想上的,还是文学上的,那些作品还将经受时间的考验。

林影:你的作品是对时代的思考或是对这个时代里人的命运的思考,这些作品里也包括你自己。

叶辛:每一个作家的作品,都会有自己的影子,但是优秀的作家和优秀的作品都要经受住时代和读者的考验,只有把笔触伸进读者心里的作品才能经受住读者的考验,这个作家的名字才会写在人民心坎里。

林影:过去你的创作很少涉猎历史题材,近两年开始转向历史题材。在《圆圆魂》中,你笔下的陈圆圆与历代文人笔下的陈圆圆都有所不同,你赋予了陈圆圆一个崭新的形象,是还原真实的陈圆圆,还是还原你心中的陈圆圆形象?

叶辛:我力图要还原的是作为一个人的陈圆圆,站的更高一点看陈圆圆,你会发现我之所以选择她作为主角,用《圆圆魂》这样一个书名,是因为她这样一个女性是处于时代的风口浪尖上,不是一般的风口浪尖而是一个大明王朝覆灭、一个大清王朝建立和兴起的历史转折中,而她恰恰与起义军李自成、刘宗敏,与吴三桂这样一个多变的历史人物和明朝皇帝、清朝名臣、文人雅士各色人等都有着某种联系,处于矛盾不断发生的战火之中,是在历史的巨变之中,还有比一个王朝的覆灭和一个王朝的兴起更大的历史巨变吗? 但是陈圆圆恰恰处于这个巨变的风口浪尖上,这是这个人物吸引我的一个原因。另外一个原因,她是一个声色甲天下的美女,中国历史上有名有姓的大美女足有四五十个,人们都喜欢把笔触伸向她们,可能是受观念和时代的局限,陈圆圆的形象除了"声色甲天下"之外,就是"冲冠一怒为红颜",吴三桂之所以叛变,是因为吴三桂为她冲冠一怒,把她视为红颜祸水,从明史、清史上文字不多的记载、吴伟业的《圆圆曲》和三百几十年里与陈圆圆有关的传记及文章中看,基本上都是以上这两点,他们忘记了作为一个女性,作为一个绝色美女,陈圆圆也是一个人,她有少女时代,有青春时代,有中年时代,也有步入晚年的时代。陈圆圆的人生遇到了各种经历,她在苏州梨园接触了各种文人雅士、公子哥儿、纨绔弟子,她也看到过明朝的皇帝和大清的名臣,并与凶狠暴虐的刘宗敏斗智斗勇,还接触过众多与吴三桂同时代的高级将领,她尽管是一个女性,但是这样的地位使她可以更高地看待历史、看待人生,看待人与人的关系。我从她步入晚年开始写起,故事中包含了她如何看待人生和悟透人生真谛,有了一个高度,形象自然有所不同。

林影:你的创作一直在探索和变化中,《古今海龙屯》一改过去的创作表达,在文本上分成了现代、明代、当代三段式,每一个时代都是一本大书,你为什么只抽取了三个时代的一些片断,而没有集中写一个时代?

叶辛:古今海龙屯这个题材,我思考了三十年,遵义谁都知道这里有中国历史转折的遵义会议,是红色文化的名城,但是我多次去往遵义,发现古代遵义叫播州,统治播州的是杨家的土司,这个土司竟然在古播州这样广袤的山地上,建立起一个土司王朝,绵延了725年,我不知不觉为这段历史所吸引,我写过一篇短文叫《杨应龙的年龄》,皇上派24万大军镇压第29代土司杨应龙,杀了两万两千多人,那时他只不过49岁,站在历史的高度来看待这个人物,就会以更加客观、更加宏阔的目光来看待他。我觉得这个人物是复杂的,是多变的,是狡诈的,也是英武的,他也有时代造成的短视,这样一个复杂多变的人物,当然是很值得写的。我选择了海龙屯被攻克几天里的生活,更关照的是他跟几个妻妾的关系,他在与几个不同性格的妻妾喝酒、交往、言情,不仅仅是他跟女人的关系,也是他占有的女人和他土司王朝的关系,是他即将覆灭以前的那种悲凉境地。我把杨应龙和他几个妻妾的关系与黄山松和杨心一的恋情做了一个对比。黄山松虽然只是一个街道文化中心的绘画美术教员,地位不高,但是他是一个有造诣的美术家,他也有他的恋情。杨应龙是末代土司王朝的宣慰使,他统治了湖南、四川、贵州等地相当于一个省的疆土,但是他和他的妻妾,他和他的家族的故事,他和大明王朝的纠结,展示的是恢宏的历史画卷,小说展示出的是这个历史画卷中各种男人与女人的命运。

　　杨应龙并不是一味地反对万历皇帝,他也曾想讨好万历皇帝的,现在北京城故宫里的金丝楠木,就是贵州四川交界处的播州生长的,当年他曾逼迫当地的老百姓进山砍伐楠木,为皇帝砍下70根大楠木,"进山一千,出山五百",去砍树的人有的被压死,有的被毒蛇、蜈蚣咬死,随着赤水河运到乌江、长江,辛辛苦苦送到皇城。金丝楠木是木中极品,皇上拊掌大笑,欣然赏赐给他土司王的龙袍和大批的绫罗绸缎与瓷器。我小说中以一个古瓷瓶为道具,穿起了古代和当代的历史,上下几百年,我之所以选择这样一只古瓷瓶,一是因为杨应龙爱好青花瓷器,考古发现海龙屯的山地上随处可以挖出青花瓷的残片,我小说的真实是从历史的真实而来的。二是瓷器是中国的一个象征,是中华民族历史的象征,是中国命运的象征,在英文中"瓷器(china)"与中国(China)同为一词,它显示了中国古代文化的光辉。小难隐于乡,大难隐于市,瓷器非常易碎,不易保存。这样一个带着历史痕迹的瓷器,有着它独特的象征意义。而我写的青花釉里红水梅瓷瓶,一般农民不知道它的价值,杨心一的父亲杨文德肯定是知道的,他十分珍视这个上海知青跟他长得鬼美妖美女儿的恋爱关系,他希望自己嫁不出去的女儿能获得幸福的未来,所以他将这只价值连城的古瓷瓶送给了黄山松。我之所以从当代写起,是因为这只古瓷瓶显现了它的价值,黄山松不是一个贪财的人,他的画不但有深厚的功力,透过画面还有独特的思想性,他想找到这只古瓷瓶,以拍卖款实现进入世界著名的澳洲画家村的愿望,古瓷器不但穿起了历史,还有它的言外之意,那就是黄山松的追求与梦想。

林影:最近,你写了一组微信群体的小说,在探索小说的新形式,这样的探索很有意义,值得思考,文学来源于生活,你认为小说的形式也来源于生活?

叶辛:这也是生活给我的提示,中国的现当代小说,连头带尾算起来也只有一百年,是从五四运动的白话文运动开始的,这一百年里,西方的小说有各种各样的探求,而中国一直固守传统的小说形式。中国作协组织作家重走长征路之后,作家们分别前建起了一个微信群,以共享文坛上的信息,通过这个群我知道了内蒙古作家在干什么,云南作家在干什么,甘肃作家在干什么,天南地北作家的动向一目了然;我还有一个老知青群,是一帮一起插队的老知青,以往我们一年最多相聚一次,但是现在可以在群里经常见面,知道他们到哪里旅游,大家在干什么了解得清清楚楚;还有一个中学群,以前老同学几年才见一次面,现在也可以经常在群里见面;我去澳洲参加新书发布会,澳洲华人中间也有一个知青群,以往他们几年回一趟中国,或者我去澳洲访问时,难得一见,自从《孽债》英文版新书发布会以后,他们拉我进群,我了解了他们各式各样的联欢活动、上山下乡周年纪念活动,看到了刚出版的知青画册和知青回忆性的散文,遥隔万里,就如同对面而坐,侃侃而谈。我一下意识到,这种微信形式不是也提供了一个小说的舞台吗？我首先写了微信群体小说《婚姻底色》,通过红松社区文化中心书画班群,大家不但知道了家长里短的事,还了解了学员于曼丽对书画老师李东湖的爱慕和于曼丽的婚姻底色。我又写了微信群体小说《梦魇》,是写今天退休以后的老人到美国去养老的一个悲剧,如是传统写法,起码要有中篇小说的文字,用微信群体小说形式,只是一个短篇就淋漓尽致地展现了一个精彩的故事。我还要写一篇微信群体小说《大山洞老刘》,老刘的一辈子,我可以写成一个长篇小说,如果用微信群体小说写也就是一个短篇小说。小说走到今天一百年,也应该有一个小说的新形式了,这种微信群体小说,不同于长篇小说、中篇小说、短篇小说及微型小说的传统形式,它具有微信群的简洁明了,是一种新型的表现形式,是一种新的文体,这是前所未有的小说形式。

附二

叶辛作品目录

长篇小说

1.《岩鹰》(与忻昀合作)	上海文艺出版社	1978年3月出版
2.《我们这一代年轻人》	中国青年出版社	1980年8月出版
3.《峡谷烽烟》	人民文学出版社	1980年8月出版
4.《风凛冽》	中国青年出版社	1981年11月出版
5.《蹉跎岁月》	中国青年出版社	1982年6月出版
6.《绿荫晨曦》	人民文学出版社	1983年8月出版
7.《基石》	人民文学出版社	1984年1月出版
8.《在醒来的土地上》	北京十月文艺出版社	1985年4月出版
9.《拔河》	人民文学出版社	1985年5月出版
10.《虎的年》	少年儿童出版社	1985年5月出版
11.《新澜》	人民文学出版社	1985年10月出版
12.《三年五载》	贵州人民出版社	1985年10月出版
13.《家教》	中国文联出版公司	1986年10月出版
14.《遥远的山谷》	上海文艺出版社	1986年11月出版

15.《三年五载》下	贵州人民出版社	1987年8月出版
16.《爱的变奏》	中国青年出版社	1988年4月出版
17.《家庭奏鸣曲》	中国文联出版公司	1988年7月出版
18.《私生子》	中国文联出版公司	1989年10月出版
19.《省城里的风流韵事》	北京十月出版社	1990年3月出版
20.《家庭的阴影》	《红岩》杂志	1990年第六期
21.《恐怖的飓风》	浙江文艺出版社	1991年10月出版
22.《孽债》	江苏文艺出版社	1992年7月出版
叶辛代表作系列(三卷)	江苏文艺出版社	1995年3月出版
23.《蹉跎岁月》		
24.《家教》		
25.《孽债》		
当代名家精品(六卷)	贵州人民出版社	1995年6月出版
26.《蹉跎岁月》		
27.《闲静河谷的桃色新闻》		
28.《私生子》		
29.《孽债》		
30.《巨澜》上		
31.《巨澜》下		
32.《炫目的云彩》	江苏文艺出版社	1995年8月出版
叶辛文集(十卷)	江苏文艺出版社	1996年3月出版
33.《我们这一代年轻人》《高高的苗岭》		

34.《风凛冽》《省城里的风流韵事》

35.《蹉跎岁月》《秘而不宣的往事》

36.《在醒来的土地上》《两个感情冒险者的命运》

37.《爱的变奏》《家庭的阴影》

38.《孽债》

39.《恐怖的飓风》《发生在霍家的事》

40.《基石》《私生子》

41.《中篇小说卷》

42.《短篇小说卷》

叶辛知青作品总集(七卷)　　广东出版社　　　　1999年1月出版

43.《我们这一代年轻人》

44.《风凛冽》

45.《蹉跎岁月》

46.《记忆中的白鸽花》

47.《在醒来的土地上》

48.《爱的变奏》

49.《孽债》

50.《生死呼唤》　　　　　　　群众出版社　　　　2002年5月出版
（与赵福莲合作）

叶辛新世纪文萃(三卷)　　　上海人民出版社　　2004年3－4月出版

51.《华都》

52.《爱也无奈》

53.《我生命的两极》

54.《蹉跎岁月》(中国当代名家长篇小说代表作)	人民文学出版社	2004年5月出版
55.《孽债》(新世纪珍藏版)	上海人民出版社	2004年9月出版
56.《缠溪之恋》	上海文艺出版社	2005年8月出版
57.《上海日记》	上海人民出版社	2007年1月出版
58.《孽债1》		
59.《孽债2》	上海文艺出版社	2008年1月出版
60.《蹉跎岁月》(白玉兰文学丛书)	东方出版中心	2008年1月出版
叶辛经典知青作品文集(八卷)	百花文艺出版社	2008年3月出版
61.《我们这一代年轻人》		
62.《风凛冽》		
63.《蹉跎岁月》		
64.《往日的情书》		
65.《泛滥的樱桃弯》		
66.《在醒来的土地上》		
67.《爱的变奏》		
68.《孽债》		
共和国作家文库(1949—2009)	作家出版社	2009年4月出版
69.《蹉跎岁月》		
70.《孽债》		

71.《华都》		
72.《蹉跎岁月》（新中国60年长篇小说典藏）	人民文学出版社	2009年7月出版
73.《客过亭》	作家出版社	2011年1月出版
74.《孽债》上、下	武汉大学出版社	2012年出版
75.《蹉跎岁月》	武汉大学出版社	2014年出版
76.《安江事件》	东方出版社	2014年出版
77.《圆圆魂》	安徽文艺出版社	2015年出版
78.《圆圆魂》（手稿珍藏版）	文汇出版社	2015年出版
79.《古今海龙屯》	新星出版社	2017年3月出版

中、短篇小说及散文随笔诗集

80.《高高的苗岭》	上海人民出版社	1977年2月出版
81.《深夜马蹄声》	上海人民出版社	1977年11月出版
82.《叶辛中篇小说选》	贵州人民出版社	1983年2月出版
83.《冰与火》（与钦武合作）	贵州人民出版社	1983年10月出版
84.《带露的玫瑰》	重庆出版社	1984年10月出版
85.《发生在霍家的事》	贵州人民出版社	1985年1月出版
86.《恩怨债》	四川文艺出版社	1985年11月出版
87.《闲静河谷的桃色新闻》	贵州人民出版社	1987年4月出版
88.《曼谷姑娘的眼睛》	学林出版社	1993年9月出版

89.《凶案一桩》	上海文艺出版社	1994年4月出版
90.《我的生命环》	上海人民出版社	1995年12月出版
91.《叶辛中短篇小说自选集》	内蒙古人民出版社	1997年10月出版
92.《叶辛散文随笔自选集》	内蒙古人民出版社	1997年10月出版
93.《半世人生》	上海画报出版社	1998年6月出版
94.《叶辛散文》	华夏出版社	1999年1月出版
95.《叶辛谈创作》	学林出版社	1999年10月出版
96.《若有似无的城市》	上海书店出版社	1999年12月出版
97.《西雅图之思》	少年儿童出版社	2002年4月出版
98.《我和共和国》	时代文艺出版社	2007年出版
99.《一支难忘的歌》	上海社会科学院出版社	2009年1月出版
100.《茅台酒秘史》	东方出版中心	2009年5月出版
101.《揭密黔台酒》	上海文艺出版社	2011年出版
102.《岁月不是空白的》	江苏文艺出版社	2012年出版
103.《往日的情书》	武汉大学出版社	2012年出版
104.《叶辛的贵州》	东方出版中心	2013年出版
中篇小说选（典藏版）（十卷）	东方出版中心	2013年出版

105.《两个感情冒险者的命运》

106.《秘而不宣的往事》

107.《发生在霍家的事》

108.《废人柏道斌》

109.《悠悠落月坪》

110.《月亮潭情案》

111.《世纪末的爱情》

112.《爱情跨世纪》

113.《玉娃》

114.《名誉》

115.《爱神花园笔记》	武汉大学出版社	2014 年出版
116.《叶辛山水情韵》	武汉大学出版社	2015 年出版

电影、电视文学剧本

117.《火娃》(与谢飞合作)	贵州文艺	1977 年第六期
118.《蹉跎岁月》	新文学大系（影视卷）	1990 年出版
119.《悬念》	贵州日报连载	1986 年
120.《家教》	荧屏舞台	1987 年第 1、2 期
121.《省城里的风流韵事》	电影、电视、文学	1992 年第 2 期
122.《孽债》	影视文学	1993 年第 3 期
123.《一代风流宋耀如》	浦江同舟	1997 年 1—1998 年 6 期

翻译的版本

124.《高高的苗岭》朝鲜文版	延边出版社	1982 年出版

125.《家教》斯瓦西里语版	外文出版社出版
126.《我们这一代年轻人》维吾尔族文版	新疆出版社出版
127.《玉蛙》英文版	纽约图书公司出版

注：本统计仅限于各类作品第一次印刷的版本，多次印刷和编进合集的作品，散见于报刊的中、短篇小说、散文、随笔等均未收入。

后　记

窗外,丝丝春雨轻柔地飘落。

漫长的严冬,终于在略带潮湿的清新气息中褪去了它凛冽的虚伪。

从落英缤纷的秋季到冰雪飘零的严冬,我追随着叶辛老师艰辛坎坷的脚印,走进了他的传奇人生。尽管所有寒冷的日子都是随着这本书的文字流淌着,但是以半年多的时间,跟随他68年跌宕起伏而又曲折艰难的人生,又显得那样短暂和仓促。

20世纪80年代初的一天,我捧着一本长篇小说看得入神,看到小说主人公在压抑苦闷中艰难地跋涉着,就像书中写道的:"看见你,就想到一个背着磨盘走路的人,压得喘不过气、挺不起腰、昂不起头。"正是这种感觉把我写哭了,成串的泪珠不停地滴落下来,书都被打湿了。那本书的名字是《蹉跎岁月》,而我才是一个20岁喜爱文学的小姑娘,正是少年不知愁滋味的花季。

20世纪90年代中期,我在电视里看见五个曾被父母遗弃的孩子去上海找爸妈,而上海的爸妈已经有了新的家庭,又有了自己另外的孩子,来到上海的五个孩子显得是那么多余,小小年龄就都陷在困境里。刚做了母亲两年的我,母性大发,为五个孩子的处境而难过,怀抱里的女儿呆呆看着我难过的表情,大为不解。这部电视剧是《孽债》,我那时是一个年轻的报社编辑,多愁善感,还经常愤世嫉俗。

正是长篇小说《蹉跎岁月》和电视剧《孽债》,让我不知不觉中就先入为主地对叶辛老师有了深刻的印象。

我心里时常纳闷:"写出如此打动人心作品的是怎样一位作家?又有何等的经历?"

2001年,在"海上作家与南京路座谈会"上,我第一次将曾感动过我的《蹉跎岁月》和《孽债》的作者与亲眼所见的叶辛老师联系起来。不久,我跟随全国50位作家参加了由叶辛老师带队的"走向海洋"活动,在十几天的活动里,大家都熟悉起来。之后,又在许多活动中碰见叶老师。

我有集中阅读的习惯,喜欢一段时间阅读一个人,我曾这样阅读过托尔斯泰、巴尔扎克、茨威格、三毛、村上春树、铁凝、莫言等很多作家,那几年我开始集中阅读叶老师的《叶辛文集》(10卷本)和其他小说、散文、随笔等作品,并跟着他以后的创作,阅读了他大部分的作品。

阅读着那些凄美的文字和触动心灵的故事,仿佛看见叶老师留着小平头、穿件青色卡其布便装,挑着一副沉重的扁担,顶着风雨,在泥泞的乡间小道跋涉前行;也仿佛看见在狂风呼叫的冬夜,一间破旧的土地庙,一个没有窗玻璃的小窗户洞开着,大口大口地吞进寒风,而瘦弱的他点着用墨水瓶自制的小油灯,瑟瑟发抖地伏案写作……

从那时起,我有了写这本书的愿望。

为了写好这本书,我深入采访了叶辛老师,了解了一些他不为人知的心酸经历和感人故事。还专门走访了贵州他曾插队落户十年七个月的山乡坝子,看过他曾居住的破旧不堪的土地庙,看过他教过书的小学校,追寻了他在山乡度过的艰难岁月和青春时代的影子,从清水江边到都柳江畔,从苗寨侗村到水族、布依族聚居的黔南,寻觅了他当年歪歪扭扭的足迹。

人生就像一场充满坎坷和挫折的旅行,而对叶辛老师来说,人生的旅行充满了美妙的景色和险峻的奇观,磨难、坎坷、孤独、痛苦和荣誉、鲜花、掌声、赞赏都是他人生的财富,他享受着这所有的一切。

叶辛老师近四十年的创作生涯中,创作了120多本书,可谓著作等身。

他那些凝重沉郁的文字曾感动过无数人，他的长篇小说《蹉跎岁月》《孽债》《客过亭》以及同名小说改编的电视剧《蹉跎岁月》《家教》《孽债》等，都永远留在了人们的心坎上，并成为人类巨大的精神财富，将世代流传下去。

　　我希望读者透过这本书的文字，能触摸到叶辛老师坚硬的筋骨，体味到他坚韧不拔的精神和博达高远的境界。

　　春天来了，又是一个姹紫嫣红的世界，愿这朵腊梅花能给你的生活增添一些美好的春意。